AVE-LIRA

cecelia ahern

AVE-LIRA

Tradução
Paula Di Carvalho

Rio de Janeiro, 2024

Copyright © 2016 by Cecelia Ahern
Copyright © 2016 by Greenlight Go Unlimited Company
Copyright da tradução © 2024 por Casa dos Livros Editora LTDA. Todos os direitos reservados.
Título original: *Lyrebird*

Todos os direitos desta publicação são reservados à Casa dos Livros Editora LTDA.
Nenhuma parte desta obra pode ser apropriada e estocada em sistema de banco de dados ou
processo similar, em qualquer forma ou meio, seja eletrônico, de fotocópia, gravação etc., sem
a permissão dos detentores do copyright.

Coordenadora editorial: *Diana Szylit*

Assistência editorial: *Lui Navarro*

Estagiária editorial: *Livia Senatori*

Copidesque: *Marina Constantino*

Revisão: *Andréa Bruno e Jacob Paes*

Design de capa: *Heike Schüssler © HarperCollinsPublishers*

Adaptação de capa: *Beatriz Cardeal*

Adaptação de projeto gráfico de miolo e diagramação: *Abreu's System*

Ilustrações de capa e miolo: *Pena (baseado em uma fotografia de Simon Cotter);*
    folhas (Shutterstock)

Publisher: *Samuel Coto*

Editora-executiva: *Alice Mello*

CIP-Brasil. Catalogação na Publicação
Sindicato Nacional dos Editores de Livros, RJ

Ahern, Cecelia

Ave-lira / Cecelia Ahern ; tradução Paula Di Carvalho. – Rio
de Janeiro : HarperCollins Brasil, 2024.
    384p.

Tradução de Lyrebird
ISBN 978-65-6005-092-1

1. Ficção irlandesa I. Título.

23-172829   CDD-Ir823

Cibele Maria Dias – Bibliotecária – CRB-8/9427

Os pontos de vista desta obra são de responsabilidade de seu autor, não refletindo
necessariamente a posição da HarperCollins Brasil, da HarperCollins Publishers ou de sua
equipe editorial.

HarperCollins Brasil é uma marca licenciada à Casa dos Livros Editora LTDA.
Todos os direitos reservados à Casa dos Livros Editora LTDA.
Rua da Quitanda, 86, sala 601A — Centro
Rio de Janeiro, RJ — CEP 20091-005
Tel.: (21) 3175-1030
www.harpercollins.com.br

Para Paula Pea

Não é a espécie mais forte que sobrevive, nem a mais inteligente. É a que mais se adapta a mudanças.
Atribuído a Charles Darwin

PRÓLOGO

Ele se afasta dos outros, o constante falatório se mesclando num tedioso som monótono em sua cabeça. Não tem certeza se é o jet lag ou se simplesmente não está interessado no que está acontecendo. Poderiam ser ambos. Sente-se em outro lugar, distante. E, se ele bocejar mais uma vez, ela não hesitará em lhe chamar a atenção.

Os outros não notam quando ele se afasta ou, se notam, não comentam nada. Ele carrega seu equipamento de áudio consigo; nunca o deixaria para trás — não só pelo valor, mas porque já é parte dele a essa altura, como um membro a mais do corpo. É pesado, mas ele está acostumado ao peso, estranhamente reconfortado por ele. Sente que está faltando uma parte de si mesmo sem o equipamento e anda como se carregasse a bolsa de áudio mesmo quando não está, o ombro direito arriado para o lado. Isso poderia significar que ele encontrou sua vocação como engenheiro de som, mas essa conexão subconsciente não faz nenhum bem para sua postura.

Ele se afasta da clareira, se afasta da casa dos morcegos, o motivo de discussão, e se encaminha para a floresta. O ar fresco o atinge quando ele chega até a margem.

É um dia quente de junho. O sol bate no topo da cabeça e queima a pele exposta da nuca. A sombra é convidativa. Um grupo de mosquinhas executa danças folclóricas agitadas em feixes de sol, parecendo insetos mitológicos. O solo da floresta é acolchoado e primaveril sob seus pés, com camadas de folhas caídas e casca de árvore. Ele não consegue mais ver o grupo que deixou para trás e os tira da cabeça, enchendo os pulmões com o aroma revigorante dos pinheiros.

Repousa a bolsa de áudio ao lado e recosta o microfone boom contra uma árvore. Espreguiça-se, desfrutando dos estalos do corpo e da flexão dos músculos. Tira o suéter, erguendo a camiseta junto e expondo a barriga, então o amarra na cintura. Puxa o elástico do cabelo comprido e o amarra mais alto num coque, apreciando a brisa no pescoço suado. A cento e vinte metros acima do nível do mar, ele olha por cima de Gougane Barra e vê montanhas cobertas de árvores se estendendo até onde a vista alcança, sem sinal de vizinhança por quilômetros. Cento e quarenta e dois hectares de parque nacional. É calmo, sereno. Ele tem o ouvido treinado; conquistou-o ao longo do tempo, precisou fazer isso. Aprendeu a escutar o que não se ouve imediatamente. Ouve os pássaros chilreando, o farfalho e o estalo de criaturas se movendo ao redor, o zumbido baixo de um trator à distância, construções ocultas nas árvores. É tranquilo, mas vivo. Ele inspira o ar fresco e, ao fazê-lo, ouve um graveto se partir ao fundo. Ele se vira depressa.

Uma figura se esconde atrás de uma árvore.

— Olá? — chama ele, ouvindo a agressividade em sua voz por ser pego desprevenido.

A figura não se mexe.

— Quem está aí? — pergunta ele.

Ela espia brevemente por trás do tronco, então volta a desaparecer, como se brincasse de pique-esconde. Uma coisa estranha acontece. Agora ele sabe que está seguro, mas seu coração começa a martelar; o oposto do que deveria fazer.

Ele deixa o equipamento para trás e se aproxima lentamente dela, os ruídos e estalos do solo revelando cada passo. Certifica-se de manter o espaço entre eles, fazendo um círculo amplo ao redor da árvore que ela usa para se esconder. Então ela fica totalmente à vista. Ela se tensiona, como se preparada para se defender, mas ele ergue as mãos no ar, palmas abertas, como se em rendição.

Ela estaria quase invisível, camuflada na floresta, não fosse pelos cabelos platinados e olhos verdes, os mais penetrantes que ele já vira. Ele está completamente cativado.

— Oi — diz ele suavemente. Não quer afugentá-la. Ela parece frágil, prestes a escapar, na ponta dos pés, pronta para disparar a qualquer momento se ele fizer um movimento em falso. Então ele para de se mexer, pés enraizados no chão, mãos abertas no ar, como se o segurasse, ou talvez seja o ar que o segure.

Ela sorri.

O feitiço é lançado.

Ela parece uma criatura mística, ele mal consegue discernir onde a árvore começa e ela termina. As folhas que servem de cobertura flutuam na brisa, projetando efeitos de luz ondulantes no rosto dela. Eles estão se vendo pela primeira vez, dois desconhecidos, incapazes de tirar os olhos um do outro. É o momento em que sua vida se divide: quem ele era antes de conhecê-la e quem se torna depois disso.

PARTE 1

Uma das mais belas e raras e, provavelmente, a mais inteligente de todas as criaturas do mundo é aquela artista incomparável, a ave-lira [...] Essa ave é extremamente tímida e quase incrivelmente elusiva [...] caracterizada por incrível inteligência.

Dizer que ela é um ser das montanhas é uma definição incompleta. Ela é, certamente, um ser das montanhas, mas nenhuma grande proporção das altas cordilheiras que demarcam e limitam seu domínio pode reivindicá-la como cidadã [...] Seu gosto é tão exigente e preciso, e seu caráter tão discriminatório, que ela permanece sendo seletiva nessas belas montanhas, e era uma perda de tempo procurá-la senão em situações de extraordinário encanto e grandeza.

Ambrose Pratt,
The Lore of the Lyrebird [O lume da ave-lira]

1

Naquela manhã

— Tem certeza de que você deveria estar dirigindo?

— Sim — responde Bo.

— Tem certeza de que ela deveria estar dirigindo? — repete Rachel, perguntando a Solomon dessa vez.

— Sim — responde Bo de novo.

— Tem alguma chance de você parar de mandar mensagem enquanto dirige? Minha esposa está muito grávida, e o plano é conhecer meu primogênito — diz Rachel.

— Não estou mandando mensagem, estou olhando meus e-mails.

— Ah, então tudo bem. — Rachel revira os olhos e olha pela janela enquanto a paisagem rural passa depressa. — Você está em alta velocidade. E está ouvindo notícias. E está com um jet lag fodido.

— Coloque o cinto se está tão preocupada.

— Nossa, que reconfortante — murmura Rachel enquanto se espreme no assento atrás de Bo e prende o cinto de segurança. Preferiria se sentar atrás do banco do passageiro, onde poderia ficar mais de olho em Bo, mas o banco de Solomon está tão empurrado para trás que ela não cabe.

— E eu não estou com jet lag — diz Bo, finalmente largando o celular, para o alívio de Rachel, que espera para ver as duas mãos de Bo retornarem ao volante, mas em vez disso Bo volta sua atenção para o rádio e começa a trocar de estação. — Música, música, música, por que ninguém mais fala? — murmura.

— Porque às vezes o mundo precisa calar a boca — responde Rachel. — Bem, não sei você, mas *ele* está com jet lag. Nem sabe onde está.

Solomon abre os olhos cansados para olhar as duas.

— Estou acordado — diz preguiçosamente. — Estou só, sabe... — Ele sente as pálpebras se fecharem de novo.

— É, eu sei, eu sei, você não quer ver Bo dirigindo, eu entendo — diz Rachel.

Recém-saídos de um voo de seis horas que pousou às cinco e meia da manhã vindo de Boston, Solomon e Bo tinham tomado café da manhã no aeroporto e pegado o carro, e depois Rachel, para dirigir por trezentos quilômetros até o condado de Cork, no sudoeste da Irlanda. Solomon dormira por boa parte do voo, mas mesmo assim não fora suficiente; todas as vezes em que abrira os olhos, no entanto, encontrara Bo totalmente acordada, passando cada segundo assistindo ao máximo possível de documentários disponíveis no avião.

Algumas pessoas fazem piada sobre viver só de ar. Solomon está convencido de que Bo é capaz de viver só de informações. Ela as ingere num ritmo astronômico, sempre faminta por mais, lendo, escutando, perguntando, buscando-as de modo que sobra pouco espaço para comida. Ela mal se alimenta, a informação a abastece, mas nunca a abarrota, a fome por conhecimento e informação nunca é saciada.

Moradores de Dublin, Solomon e Bo tinham viajado a Boston para receber um prêmio pelo documentário de Bo, *Os gêmeos Toolin*, que ganhara o título de Contribuição Excepcional ao Cinema e Televisão na Premiação Anual do *Boston Irish Reporter*. Era o décimo segundo prêmio que recebiam naquele ano, depois de numerosos outros com os quais foram agraciados.

Três anos antes, acompanharam e filmaram, ao longo de um ano, um par de gêmeos, Joe e Tom Toolin, com setenta e sete anos na época. Eram fazendeiros que moravam numa parte isolada da área rural de Cork, a oeste de Macroom. Bo descobrira a história deles enquanto realizava pesquisas para um projeto diferente, e não demorou para os gêmeos conquistarem seu coração, sua mente e, por conta disso, sua vida. Os irmãos moraram e trabalharam juntos a vida toda. Nenhum dos dois jamais tivera um relacionamento romântico com uma mulher, nem com ninguém, para falar a verdade. Eles moravam na mesma fazenda desde que nasceram, onde trabalharam com o pai, e depois a assumiram quando ele falecera. Trabalhavam em condições difíceis e moravam num lar simples e humilde, uma casa de fazenda de chão de pedra, dormindo em camas de solteiro com nada além de um rádio para entretê-los. Raramente saíam do terreno, recebiam as compras semanais de uma moradora local que entregava as escassas mercadorias e fazia serviços domésticos gerais. A relação dos irmãos Toolin e sua visão sobre a vida haviam tocado o coração da audiência da mesma forma que o da equipe de filmagem, pois detrás de sua simplicidade havia uma compreensão sincera e clara da vida.

Bo havia produzido e dirigido a obra sob sua empresa de audiovisual, a Boca a Boca Produções, com Solomon no som e Rachel na câmera. Fazia cinco anos que formavam uma equipe, desde seu documentário *Criaturas de hábito*, que investigava a queda do número de freiras na Irlanda. Bo e Solomon estavam romanticamente envolvidos havia dois anos, desde a festa de encerramento não oficial do documentário. *Os gêmeos Toolin* era seu quinto projeto, mas o primeiro grande sucesso, e eles tinham passado o ano viajando pelo mundo, indo de um festival de cinema ou cerimônia de premiação a outro, onde Bo vinha recebendo prêmios e havia aprimorado seu discurso à perfeição.

E agora eles estão novamente a caminho da fazenda dos gêmeos Toolin, com a qual já são tão familiarizados. Não para celebrar os sucessos recentes com os irmãos, mas para comparecer ao funeral de Tom Toolin, o mais jovem por dois minutos.

— Podemos parar para comer alguma coisa? — pergunta Rachel.

— Não precisa. — Bo estende uma das mãos perigosamente até o chão do lado do carona, mantendo a outra mão no volante enquanto o carro desvia de leve na pista.

— Meu Deus — diz Rachel, incapaz de olhar.

Bo pega três barras de proteína e joga uma para ela.

— Almoço. — Bo abre a dela com os dentes e dá uma mordida. Ela mastiga agressivamente, como se fosse um comprimido que precisa engolir; comida como combustível, não comida por prazer.

— Você não é humana, sabia? — diz Rachel, abrindo a barra de proteína e a examinando decepcionada. — Você é um monstro.

— Mas ela é minha monstrinha não humana — diz Solomon com a voz grogue, estendendo o braço para apertar a coxa de Bo.

Ela dá um sorrisinho.

— Gostava mais quando vocês dois não trepavam — diz Rachel, desviando o olhar. — Você costumava ficar do meu lado.

— Ele continua do seu lado — responde Bo em tom de piada, mas falando sério.

Solomon ignora a provocação.

— Se só vamos prestar condolências ao pobre Joe, por que você me fez trazer todo meu equipamento? — pergunta Rachel, a boca cheia de castanhas e passas, sabendo exatamente a resposta, mas no clima de causar ainda mais. Bo e Solomon eram divertidos assim, nunca completamente estáveis, sempre fáceis de abalar.

Solomon abre os olhos para analisar a namorada. Dois anos de relação amorosa, cinco anos de relação profissional, e ele sabe ler Bo como um livro aberto.

— Você não acha mesmo que Bo está indo a esse funeral só porque tem bom coração, acha? — provoca ele. — Diretores premiados e renomados internacionalmente precisam ser receptáculos para histórias o tempo *todo*.

— Parece mais verídico — diz Rachel.

— Eu não tenho coração de pedra — defende-se Bo. — Eu revi o documentário no avião. Lembram quem disse as palavras finais? Tom. "Todo dia em que levantamos da cama é um bom dia." Estou de coração partido por Joe.

— Fraturado, pelo menos — provoca Rachel de leve.

— O que Joe vai fazer? — continua Bo, ignorando a cutucada de Rachel. — Com quem ele pode conversar? Será que vai se lembrar de comer? Era Tom quem organizava as entregas de comida *e* cozinhava.

— Sopa enlatada, feijão com torrada e chá com torrada não é exatamente cozinhar. Acho que Joe vai ser capaz de assumir o desafio com tranquilidade. — Rachel sorri, lembrando-se dos dois se juntando para jogar pão endurecido numa sopa rala nas tardes de inverno quando a escuridão já baixara.

— Para Bo, isso é um menu de três pratos — provoca Solomon.

— Imaginem como a vida dele vai ficar solitária agora, no alto daquela montanha, ainda mais no auge do inverno, sem ver ninguém por uma semana ou até mais — diz Bo.

Eles fazem um momento de silêncio enquanto refletem sobre o destino de Joe. Eles o conheciam melhor do que a maioria. Ele e Tom os tinham recebido em sua vida e aceitado todas as perguntas.

Durante as gravações, Solomon se perguntara com frequência como os irmãos conseguiriam sobreviver sem ter um ao outro. Com exceção da ida ao mercado e do cuidado com as ovelhas, eles raramente saíam da fazenda. Uma governanta cuidava de suas necessidades domésticas, o que para eles parecia mais uma inconveniência do que uma necessidade. As refeições eram feitas de modo rápido e silencioso, enfiando comida na boca com pressa antes de voltar ao trabalho. Eles eram unha e carne, completavam as frases um do outro, se moviam ao redor um do outro com tamanha familiaridade que parecia uma dança, mas não necessariamente uma dança elegante. Era mais uma dança que fora aperfeiçoada com o tempo, de maneira involuntária, despercebida. Apesar da falta de graciosidade, e talvez por isso mesmo, era bonita de se ver, intrigante de se observar.

Era sempre Joe e Tom, nunca Tom e Joe. Joe era dois minutos mais velho. Eram idênticos na aparência e se relacionavam bem apesar das diferenças de personalidade. Eles faziam um sentido peculiar numa paisagem que não fazia sentido nenhum.

Havia pouca conversa entre os dois, que não tinham necessidade de explicações ou descrições. Em vez disso, a comunicação se baseava em sons que para eles tinham significado, acenos de cabeça, dar de ombros, um gesto com a mão, algumas palavras aqui e ali. Levou um tempo para a equipe de filmagem entender que mensagem se passara entre eles. Eram tão sintonizados que sentiam os humores, as preocupações, os medos um do outro. Sabiam o que o outro estava pensando a todo momento e davam à beleza dessa conexão absolutamente nenhuma importância. Com frequência ficavam atarantados com a profundidade da análise que Bo fazia deles. A vida é como é, as coisas são como são, não faz sentido analisá-las, não faz sentido tentar mudar o que não pode ser mudado ou entender o que não pode ser entendido.

— Eles não queriam mais ninguém porque tinham um ao outro, se bastavam um para o outro — diz Bo, repetindo a frase que já dissera mil vezes ao divulgar o documentário, mas ainda acreditando em cada palavra. — Então, estou correndo atrás de uma história? — pergunta Bo. — Claro, porra.

Rachel joga a embalagem vazia por cima do ombro de Bo.

Solomon dá uma risadinha e fecha os olhos.

— Lá vamos nós de novo.

2

— Uau — diz Bo enquanto o carro avança em direção à igreja e seu entorno deslumbrante. — Estamos adiantados. Rachel, pode preparar a câmera?

Solomon se empertiga, completamente desperto.

— Bo, nós não vamos filmar o funeral. Não podemos.

— Por que não? — pergunta ela, os olhos castanhos encarando os dele intensamente.

— Você não tem permissão.

Ela olha ao redor.

— De quem? Não estamos em propriedade privada.

— Tá bom, fui — diz Rachel, saindo do carro para evitar se envolver em mais uma das discussões do casal.

Bo não tem uma relação tumultuosa só com Solomon, mas com qualquer um com quem entre em contato. Ela é tão teimosa que inspira brigas até na mais plácida das pessoas, como se sua única forma de se comunicar ou aprender fosse forçando a barra a ponto de atiçar uma faísca de debate. Não faz isso pelo prazer de debater; ela precisa da discussão para descobrir como as outras pessoas pensam. Bo não funciona igual à maioria das pessoas. Por mais que seja sensível, ela é mais sensível em relação às histórias das pessoas, e o método para descobri-las pouco importa. Não está sempre errada; Solomon já aprendeu muito com ela ao longo do tempo. Às vezes é preciso forçar a barra em momentos constrangedores ou desconfortáveis, às vezes o mundo precisa de pessoas como Bo, que forçam os limites a fim de encorajar os outros a se abrirem e compartilharem sua história, mas é uma questão de escolher os momentos certos, e Bo nem sempre acerta nesse ponto.

— Você não perguntou ao *Joe* se pode filmar — explica Solomon.

— Vou perguntar quando ele chegar.

— Você não pode perguntar isso logo antes do funeral do irmão dele. É insensível.

Ela olha a vista ao redor, e Solomon percebe o cérebro dela trabalhando.

— Mas talvez alguns dos presentes no funeral possam dar uma entrevista depois, nos contar histórias sobre Tom que não sabíamos ou compartilhar sua opinião sobre como será a vida de Joe daqui para a frente. Talvez Joe queira falar conosco. Quero ter uma ideia de como a vida dele está agora ou como ficará. — Ela diz isso tudo enquanto gira, admirando a vista em trezentos e sessenta graus.

— Solitária e miserável pra caralho, imagino — retruca Solomon rispidamente, perdendo a paciência e saindo do carro.

Ela olha para ele, pega de surpresa, e exclama para as costas dele:

— E depois disso vamos providenciar alguma *comida*. Para você não arrancar minha cabeça fora.

— Demonstre alguma empatia, Bo.

— Eu não estaria aqui se não me importasse.

Ele olha feio para ela, então, cansado da briga que tem a sensação de que vai perder, alonga as pernas e olha ao redor.

Gougane Barra fica a oeste de Macroom, no condado de Cork. Seu nome irlandês, *Guagán Barra*, que significa "a pedra de Barra", se derivou de São Finbar, também chamado de Barra, que construiu um mosteiro na ilha de um lago próximo no século VI. Sua posição isolada fazia com que o Oratório de São Finbar fosse popular durante a época das Leis Penais irlandesas para celebrar as missas católicas proibidas. Atualmente, seu entorno deslumbrante o tornou popular para casamentos. Solomon não sabe bem por que Joe escolheu essa capela; ele tem certeza de que Joe não segue tendências, nem escolheria cenários românticos. A fazenda Toolin é tão remota quanto se pode imaginar e, por mais que deva fazer parte de uma paróquia, não conseguiria apontar qual. Sabe que os gêmeos Toolin não eram homens religiosos; incomum para a geração deles, mas eles eram homens incomuns.

Ele pode até achar que não é certo entrevistar Joe no dia do funeral do irmão, mas de fato gostaria de obter algumas respostas para suas próprias perguntas. Apesar de sua frustração com Bo por passar dos limites, ele sempre se beneficia com isso.

Solomon se afasta sozinho para gravar. Vira e mexe Bo indica uma área, um ângulo ou um item que ela gostaria que Rachel registrasse, mas na maior parte do tempo os deixa por conta própria. Por isso Solomon gosta de trabalhar com ela. Quase ao modo dos gêmeos Toolin, Bo, Solomon e Rachel entendem como cada integrante da equipe prefere trabalhar e se dão espaço para fazer isso. Solomon sente uma liberdade nesses projetos que faz falta em outros trabalhos que aceita unicamente para pagar as contas. Um inverno passado filmando partes de corpo incomuns para um programa de TV chamado *Corpos Grotescos*, seguido de um verão gravando um reality show de academia para pessoas gordas que o drenou. Ele se sente grato por esses documentários com Bo, por sua curiosidade. O que lhe irrita nela é o mesmíssimo conjunto de habilidades que ajuda a libertá-lo dos trabalhinhos que o sustentam.

Depois de uma hora de filmagem, o carro funerário chega, seguido de perto por Joe, com seus oitenta anos, conduzindo o Land Rover. Joe sai do jipe, usando os mesmos terno marrom-escuro, suéter e camisa que eles já viram centenas de vezes. Em vez das galochas, ele está com um par de sapatos. Mesmo nesse dia ensolarado ele veste o que usaria no ápice do inverno, talvez com uma camada interna a menos. Uma boina de tweed cobre sua cabeça.

Bo vai direto até ele. Rachel e Solomon a seguem.

— Joe — diz Bo, estendendo a mão e apertando a dele. Um abraço seria demais para ele, que não se sente confortável com gestos físicos de afeto. — Sinto muito pela sua perda.

— Vocês não precisavam ter vindo — diz, surpreso, olhando para os três ao redor. — Não estavam nos Estados Unidos quando eu telefonei? — pergunta, como se estivessem em outro planeta.

— Sim, mas voltamos na mesma hora para estar ao seu lado. Podemos filmar, Joe? Teria problema? As pessoas que assistiram à sua história gostariam de saber como você está.

Solomon fica tenso com a audácia de Bo, mas ela também o diverte. Ele acha sua ousadia, sua honestidade, notável e rara.

— Oxi, vá em frente — diz Joe, fazendo um gesto de dispensa como se não fizesse diferença para ele.

— Podemos conversar com você depois, Joe? Vai acontecer alguma reunião? Chá, sanduíches, esse tipo de coisa?

— Vai ter o cemitério e só. Sem alarde, sem alarde. De volta aos negócios, vou trabalhar por dois agora, não vou?

Os olhos de Joe estão tristes e cansados, com olheiras. O caixão é tirado do carro e colocado num carrinho pelos carregadores. Contando com a equipe de filmagem, há um total de nove pessoas na igreja.

O funeral é curto e direto ao ponto; o encômio lido pelo padre menciona a competência de Tom, seu amor por sua terra, seus pais há muito falecidos e sua relação próxima com o irmão. O único movimento que o estoico Joe faz é tirar a boina quando o caixão de Tom é baixado à cova no cemitério. Depois disso, ele a devolve à cabeça e segue para o jipe. Mentalmente, Solomon consegue quase ouvi-lo dizer: "Então é isso".

Depois do enterro, Bo entrevista Bridget, a governanta, por mais que esse título seja usado sem rigor, já que ela apenas entrega a comida e limpa as teias de aranha da casa úmida deles. Ela tem medo de olhar para a câmera, como se o equipamento fosse explodir diante dela, parece na defensiva, como se todas as perguntas fossem uma acusação. O policial local Jimmy, o fornecedor de ração dos gêmeos Toolin e um fazendeiro vizinho cujas ovelhas dividem o mesmo terreno montanhoso se recusam, todos eles, a dar uma entrevista.

A fazenda Toolin fica a trinta minutos de carro, longe de tudo, no âmago da encosta da montanha.

— Tem livros na casa dos Toolin? — pergunta Bo do nada. Ela faz isso com frequência: lança perguntas e pensamentos aleatórios ao juntar em sua cabeça vários pequenos pedaços de informação vindos de diferentes lugares para contar uma única história coesa.

— Não faço ideia — diz Solomon, olhando para Rachel. Dos três, Rachel era quem tinha a melhor memória visual.

Rachel pensa um pouco, repassando o plano de filmagem mentalmente.

— Não na cozinha. — Ela fica em silêncio enquanto avança pela casa. — Nem no quarto. Não em prateleiras expostas, pelo menos. Eles têm mesas de cabeceira, poderiam estar lá dentro.

— Mas em nenhum outro lugar.

— Não — responde Rachel, confiante.

— Por que a pergunta? — diz Solomon.

— Bridget. Ela disse que Tom era um "leitor ávido". — Bo franze o cenho. — Eu não o taxaria de leitor.

— Não acho que dê para definir se alguém costuma ler ou não só pela aparência.

— Leitores definitivamente sempre usam óculos — brinca Rachel.

— Tom nunca mencionou livros. Acompanhamos a rotina toda deles por um ano. Eu nunca o vi lendo, nem ao menos segurando um livro. Eles não liam jornal, nenhum dos dois. Eles ouviam rádio. A previsão do tempo, competições esportivas e *às vezes* notícias. Então iam dormir. Nada sobre ler.

— Talvez Bridget tenha inventado. Ela estava muito nervosa por estar sendo filmada — diz Solomon.

— Ela foi muito específica sobre comprar livros para ele em sebos e bazares beneficentes. Acredito que ela tenha comprado os livros, só não consigo entender por que nunca vimos nenhum exemplar na casa, nem nenhum dos dois lendo. É algo que gostaria de saber. O que Tom gostava de ler? Por quê? E, se ele lia, era em segredo?

— Não sei — diz Solomon, bocejando, nunca muito interessado nos pequenos detalhes que Bo disseca, em especial agora, quando a fome e o cansaço voltam a bater. — As pessoas falam coisas estranhas quando tem uma câmera apontada para a cara delas. O que acha, Rachel?

Rachel fica em silêncio por um momento, dando mais importância do que Solomon.

— Bem, ele não está lendo nada agora — diz.

Eles estão mais do que familiarizados com o terreno ao chegar à fazenda Toolin; passaram muitas manhãs e noites escuras, em meio à chuva torrencial, vagando por aquele solo traiçoeiro. Os irmãos tinham trabalhos separados. Como fazendeiros de ovelhas montanhesas, tinham dividido as responsabilidades desde o começo e se atido a elas. Era muito serviço para pouca renda, mas ambos haviam seguido os papéis designados depois da morte do pai.

— Conte-nos o que aconteceu, Joe — diz Bo com gentileza.

Bo e Joe estavam sentados na cozinha da casa, nas duas únicas cadeiras à mesa de plástico. É o cômodo principal da casa e contém um antigo fogão elétrico, sendo as quatros bocas a única parte em uso. É fria e úmida, mesmo nesse calor. A extensão ligada na única tomada na parede alimenta tudo na cozinha: o fogão, o rádio, a chaleira elétrica, o aquecedor. Um acidente esperando para acontecer. O zumbido do aquecedor, o inimigo sonoro de Solomon. O cômodo — na verdade, a casa inteira — cheira a cachorro por causa dos dois border collies que moram com eles. Mossie e Ring, nomeados em homenagem a Mossie O'Riordan e Christy Ring, que foram essenciais para a vitória de Cork na final do Campeonato Irlandês de Hurling de 1952, uma das poucas vezes em que os garotos viajaram a Dublin com o pai, um dos únicos interesses deles além da agropecuária.

Joe se senta numa cadeira de madeira, quieto, com os cotovelos nos apoios de braço e as mãos espalmadas na barriga.

— Era quinta-feira. Bridget tinha passado para entregar a comida. Tom deveria guardá-la. Eu saí. Voltei para tomar meu chá e o encontrei aqui no chão. Soube na mesma hora que ele se fora.

— O que você fez?

— Guardei a comida. Ele não tinha feito isso ainda, então era cedo quando ele morreu. Deve ter sido logo depois que saí. Infarto.

Então fiz uma ligação... — Ele acena com a cabeça para o telefone na parede.

— Você guardou a comida primeiro? — pergunta Bo.

— Guardei.

— Para quem você ligou?

— Jimmy. Na delegacia.

— Você lembra o que disse?

— Não sei. "Tom morreu", imagino.

Silêncio.

Joe lembra que está sendo filmado, se lembra do conselho que Bo lhe deu três anos antes, para continuar falando, de maneira que seja ele a contar a história.

— Jimmy disse que teria que ligar para a ambulância de toda forma, mesmo que eu soubesse que não havia como trazê-lo de volta. Então ele veio na frente. Tomamos um chá enquanto esperávamos.

— Enquanto Tom estava no chão?

— Claro, aonde eu ia levá-lo?

— A lugar nenhum, imagino — diz Bo, um leve sorriso se desenhando nos lábios. — Você disse alguma coisa a Tom? Enquanto esperava por Jimmy e a ambulância.

— Se eu disse alguma coisa a ele? — repete, como se ela estivesse louca. — Ele tava morto! Mortinho da silva. Pra que eu ia dizer alguma coisa?

— Talvez se despedir ou algo assim. Às vezes as pessoas fazem isso.

— Ah — diz ele em tom desdenhoso, desviando o olhar, pensando em outra coisa. Talvez na despedida que ele poderia ter tido, talvez nas despedidas que ele já tivera, talvez nas ovelhas que precisavam ser ordenhadas, na papelada que precisava ser preenchida.

— Por que você escolheu a igreja de hoje?

— Foi onde mamãe e papai se casaram — responde ele.

— Tom queria que o velório fosse lá?

— Ele nunca disse.

— Vocês nunca conversaram sobre seus planos? Do que gostariam?

— Não. Sabíamos que seríamos enterrados no cemitério com nossos pais. Bridget mencionou a capela. Foi uma ótima ideia.

— Você vai ficar bem, Joe? — pergunta Bo, de modo gentil, com uma preocupação genuína.

— Vou ter que ficar, não vou? — Ele abre um raro sorriso, tímido, e parece um garotinho.

— Acha que vai ter alguma ajuda por aqui?

— O filho de Jimmy. Já foi providenciado. Ele vai fazer algumas coisas sempre que eu precisar. Levantar peso, o trabalho braçal. Dias de feira.

— E quanto às tarefas de Tom?

— Eu vou ter que fazer, não vou? — Ele se remexe na cadeira.
— Não tem ninguém mais pra fazer.

Tanto Joe como Tom sempre se divertiam com as perguntas de Bo. Ela fazia perguntas que tinham respostas óbvias; eles não conseguiam entender por que ela questionava tanto as coisas, analisava tudo, quando para eles as coisas eram como eram, sempre. Por que questionar algo quando a solução era óbvia? Por que se dar ao trabalho de tentar encontrar outra solução quando a primeira serviria?

— Você vai ter que falar com Bridget. Dar sua lista de compras para ela. Cozinhar — lembra Bo.

Joe parece aborrecido com isso. Nunca gostou de afazeres domésticos, esse era o território de Tom — não que Tom gostasse; ele só sabia que, se esperasse ser alimentado por Joe, morreria de inanição.

— Tom gostava de ler? — pergunta ela.

— Hein? — pergunta ele, confuso. — Acho que Tom nunca leu um livro na vida. Não desde a escola, de qualquer forma. Talvez o caderno de esportes quando Bridget trazia o jornal.

Solomon sente o entusiasmo de Bo à distância. Ela estica as costas, pronta para mergulhar no que a está perturbando.

— Na quinta-feira, quando você guardou as compras, havia algo atípico nas sacolas?

— Não.

Conhecendo o domínio de Joe sobre a língua inglesa, ela reformula a pergunta:

— Tinha algo diferente?

Ele olha para ela então, como se decidindo algo.

— Tinha comida demais, para começar.

— Demais?

— Dois pães de fôrma. Duas porções de presunto e queijo. Claro que não lembro o que mais.

— Algum livro?

Ele volta a olhar para ela. A mesma expressão. Interesse aguçado.

— Um.

— Posso ver?

Ele se levanta e pega uma brochura da gaveta da cozinha.

— Aqui está. Eu ia devolver a Bridget; achei que fosse dela, assim como a comida extra.

Bo o analisa. Um romance policial bem folheado que Bridget arranjara. Ela abre a capa torcendo por uma dedicatória, mas não encontra nada.

— Você não acha que Tom pediu isso?

— Ora, por que ele pediria? E, se pediu, o problema dele não era só no coração. — Ele diz isso para a câmera e dá uma risadinha.

Bo fica com o livro.

— Voltando às tarefas de Tom. Quais são as tarefas da fazenda que você tem agora?

— As mesmas de sempre. — Ele pensa nisso como se pela primeira vez, em tudo o que Tom fazia durante o dia e nas tarefas em que nunca pensara ou nas coisas que costumavam discutir à noite. — Ele cuidava do poço perto da casa dos morcegos. Não vou lá há anos. Vou ter que ficar de olho naquilo, imagino.

— Vocês nunca mencionaram a casa dos morcegos antes — diz Bo. — Pode nos levar lá?

As quatro pessoas e um dos leais cães de pastoreio entram no jipe de Joe. Ele os leva através do terreno, em trilhas de terra que parecem perigosas agora, sem falar durante o inverno, naqueles dias de tempestade ou manhãs gélidas. Um homem de oitenta anos não tem como fazer isso sozinho; dois homens de oitenta anos mal davam conta. Bo espera que o filho de Jimmy seja um rapaz em forma que faça mais do que Joe lhe pedir, porque Joe não é de pedir ajuda.

Uma cerca enferrujada os detém. Solomon é mais rápido do que Joe e salta do jipe para abri-la. Ele corre para alcançá-los. Joe estaciona numa clareira à beira da floresta, e Solomon pega seu equipamento. Precisam subir uma trilha a pé pelo resto do caminho. O cachorro, Mossie, sai correndo na frente.

— Esse terreno é ruim, nunca conseguimos fazer nada aqui, mas ficamos com ele mesmo assim — diz Joe. — Nos anos 1930, papai plantou espruce e pinheiro-da-praia. Se dão bem em solos ruins, aguentam ventos fortes. Uns vinte acres. Dá para ver o Parque Florestal de Gougane Barra daqui de cima.

Eles percorrem as trilhas e chegam a uma clareira com uma cabana que já foi pintada de branco, mas agora está desbotada, desgastada pelo tempo, revelando a superfície de concreto sem graça. As janelas foram cobertas por tábuas. Mesmo nesse lindo dia é sombria, a construção austera em desacordo com a linda paisagem.

— Essa é a casa dos morcegos — explica Joe. — Tem centenas deles aí dentro. Costumávamos brincar lá dentro quando garotos. — Ele dá uma risadinha. — Nos desafiávamos a entrar, trancar a porta e contar até o máximo possível.

— Quando foi a última vez que esteve aqui? — pergunta Bo.

— Ah. Vinte anos. Mais.

— Com que frequência Tom conferia essa área? — pergunta Bo.

— Uma ou duas vezes por semana, para se certificar de que o poço não estava contaminado. Fica ali, atrás da cabana.

— Se não dá para fazer dinheiro com esse terreno, por que não o venderam?

— Depois que o papai morreu, o terreno ficou à venda. Um camarada de Dublin queria construir uma casa aqui em cima, mas não pôde fazer nada com a casa dos morcegos. Esse pessoal ambiental — ele ergue o queixo no ar para demonstrar a irritação —, disseram que os morcegos eram raros. Não pôde derrubar a cabana nem construir ao redor dela porque arruinaria o local de pouso dos animais, então foi isso. Tiramos do mercado. Mossie! — Joe chama o cachorro, que sumiu de vista.

Eles param de filmar. Rachel se aproxima da casa dos morcegos, pressiona o rosto contra as janelas para ver através das rachaduras na madeira. Bo nota Solomon se afastar, equipamento em mãos, e seguir em direção à floresta. Ela torce para ele ter escutado alguma coisa interessante para gravar e o deixa ir. Mesmo que não seja o caso, sabe que acordou Rachel e ele cedo e os trouxe até aqui sem comida. Ao contrário dela, eles não funcionam sem comer, e Bo está começando a notar a irritação deles. Ela o deixa ir, para ficar um pouco sozinho.

— Onde está o poço?

— Ali em cima, depois da casa dos morcegos.

— Se importa se filmarmos você verificando o poço? — pergunta.

Ele responde com aquele mesmo grunhido que ela reconhece como um sinal de que ele vai fazer o que ela quiser, ele não se importa, não importa quanto ache Bo estranha.

Enquanto Rachel e Joe falam sobre morcegos — Rachel é capaz de manter uma conversa sobre praticamente tudo —, Bo perambula um pouco pelos fundos da casa dos morcegos. Há um chalé ali atrás, arruinado, o exterior nas mesmas condições da casa dos morcegos, a tinta branca quase completamente gasta e o concreto cinza sombrio em meio a todo o verde. Mossie perambula pela frente do chalé, farejando o chão.

— Quem morava aqui? — pergunta Bo de longe.

— Hein? — grita ele, incapaz de ouvi-la.

Ela analisa o chalé. A construção tem janelas. Janelas limpas.

Joe e Rachel a seguem, fazendo a curva para a trilha do chalé.

— Quem morava aqui? — repete Bo.

— A tia do meu pai. Há muito tempo. Ela se mudou para outro lugar, os morcegos se mudaram para cá. — Ele dá outra risadinha. Fecha os olhos ao tentar pensar no nome dela. — Kitty. A gente atormentava aquela mulher. Ela costumava nos bater com uma colher de pau.

Bo se afasta um pouco, aproximando-se do chalé, estudando a área. Há um canteiro de vegetais na lateral da casa, com algumas frutas crescendo também. Flores selvagens num vaso alto numa das janelas.

— Joe — diz Bo. — Quem mora aqui agora?

— Ninguém. Morcegos, talvez — brinca.

— Mas olha.

Ele olha. Nota tudo que ela já observou. O jardim de frutas e vegetais, o chalé, as janelas brilhantes, a porta pintada de verde, tinta mais fresca do que qualquer outra coisa nos arredores. Ele está genuinamente confuso. Ela anda até os fundos. Encontra uma cabra e duas galinhas vagando por ali.

Com o coração disparado, ela exclama:

— Tem alguém morando aqui, Joe.

— Intrusos? No meu terreno? — pergunta ele cheio de fúria, uma emoção que ela nunca viu em Joe Toolin ou no irmão durante todo o tempo que passou com eles.

Com as mãos fechadas em punhos cerrados na lateral do corpo, ele avança em direção ao chalé, o mais rápido que consegue, e ela tenta detê-lo. Mossie o segue.

— Espera, Joe, espera! Me deixa buscar Solomon! Solomon! — grita ela, sem querer alertar a pessoa dentro do chalé, mas sem opção. — Rachel, filma isso. — Rachel já está a postos.

Mas Joe não se importa com o documentário e põe a mão na maçaneta. Está prestes a abrir a porta, mas se contém; é um cavalheiro, afinal. Em vez disso, ele bate.

Bo olha na direção da floresta onde Solomon desapareceu, então volta a atenção para o chalé. Ela quer matar Solomon, não deveria tê-lo deixado se afastar, não foi nada profissional da parte dele. Ela o deixou ir porque sabia que ele estava faminto, porque, como sua namorada, sabe como ele fica. Mal-humorado, distraído, irritado. Novamente, uma das partes frustrantes de se ter uma relação amorosa com um colega de trabalho é de fato se importar quando suas decisões vão deixá-lo com fome. O som vai ficar a desejar. Pelo menos eles terão um registro visual, podem adicionar o som depois.

— Cuidado, Joe — diz Rachel. — Não sabemos quem está lá dentro.

Nenhuma resposta vem do interior, então Joe empurra a porta e entra. Rachel está atrás dele, e Bo a segue apressada.

— Mas que... — Joe para no meio do cômodo, olhando ao redor, coçando a cabeça.

Bo aponta rapidamente para objetos específicos que ela quer que Rachel capture.

É um chalé de um só cômodo. Tem uma cama de solteiro encostada contra a parede com uma das janelinhas que dá para o canteiro de vegetais. Do outro lado ficam uma lareira, um fogão não muito diferente daquele na casa de Joe e uma poltrona ao lado de prateleiras de livros. As quatro prateleiras estão lotadas e, ao lado, há pilhas organizadas de livros no chão.

— Livros — diz Bo em voz alta, pensativa.

Há meia dúzia de tapetes de pele de ovelha, sem dúvida para aquecer o chão frio de pedra durante os invernos rigorosos numa casa sem nenhum tipo de aquecimento evidente além da lareira. Tem pele de ovelha sobre a cama, pele de ovelha na poltrona. Um radiozinho solitário numa mesa lateral.

O lugar possui uma nítida atmosfera feminina. Bo não consegue explicar exatamente por que sente isso. Sabe que é enviesado basear isso no vaso de flores; o lugar não tem cheiro, mas passa uma sensação feminina, não a sensação empoeirada e rústica da casa de Tom e Joe. A atmosfera aqui é diferente. Bem cuidada, vivida, e tem um cardigã cor-de-rosa dobrado sobre o encosto de uma cadeira. Ela cutuca Rachel.

— Já filmei — diz Rachel, com suor brotando na testa.

— Continua filmando, já volto — diz Bo, saindo correndo do chalé em direção à floresta. — Solomon! — grita com toda a força, sabendo que não há vizinhos ao redor para incomodar.

Ela volta à clareira em frente à casa dos morcegos, o vê um pouco abaixo da colina, na floresta, simplesmente parado, olhando alguma coisa, como se em transe. A bolsa de equipamento está no chão a alguns metros dele, o microfone boom encostado numa árvore. O fato de que ele nem sequer está trabalhando a tira do sério.

— Solomon! — grita, e ele enfim olha para ela. — Encontramos um chalé! Alguém mora ali! Equipamento, rápido, se mexe, agora! — Ela não sabe bem se as palavras que usou fazem sentido ou se estão na ordem certa. Ela precisa que ele se mexa, ela precisa do som, precisa registrar a história.

Mas o que Bo ouve em resposta é um som diferente de tudo o que já ouviu.

3

O som é meio como um grasnido, de um pássaro ou algo não humano, mas ele vem de um humano, da mulher parada ao lado da árvore.

Bo corre para a floresta, e a cesta da mulher loira sai voando pelos ares; seu conteúdo se espalha pelo chão da floresta e os olhos dela se arregalam de pavor.

— Está tudo bem — diz Solomon, com as mãos abertas, querendo acalmá-la, postado entre Bo e a desconhecida como se tentasse domar um cavalo selvagem. — Não vamos te machucar.

— Quem é essa? — pergunta Bo.

— Só fica aí, Bo — diz Solomon, aborrecido, sem se virar.

É claro que ela o ignora e se aproxima. A jovem emite outro som, outro som incomum, meio como um chilreio, se um chilreio pudesse se parecer com um latido. É direcionado a Bo.

Bo está chocada, mas um sorriso de fascínio surge em seu rosto.

— Acho que ela quer que você se afaste — diz Solomon.

— Tá bom, dr. Dolittle, mas eu não fiz nada de errado — diz ela, irritada por receber ordens. — Então não vou embora.

— Bem, então só não se aproxima mais — responde Solomon.

— Sol! — exclama ela, olhando-o com surpresa.

— Ei, ei, está tudo bem! — diz ele para a garota, aproximando-se devagar, ficando de quatro para catar as flores e ervas do chão. Ele as guarda na cesta e a estende para ela. A moça para de chilrear, mas está claramente aflita, olhando de Solomon para Bo com os olhos arregalados e temerosos.

— Meu nome é Bo Healy. Sou cineasta, e estamos aqui com a permissão de Joe Toolin. — Ela estende a mão.

A mulher loira olha para a mão de Bo e emite mais uma série de sons aflitos, nenhum deles palavras.

— Ai, meu Deus. — Bo olha para Solomon, de olhos arregalados, pegando o celular e ligando para Rachel. — Rachel, vem aqui na clareira, rápido. Preciso da câmera. — Ela desliga. — Grava isso — articula para Solomon, sinalizando para o equipamento com os olhos, com medo de mexer o resto do corpo.

A jovem está disparando um som bizarro depois do outro, e é a coisa mais estranha que Solomon já testemunhou. Não parece vir da laringe, é como se fosse uma gravação. Ele está tão perplexo e fascinado que não consegue parar de observá-la; procura fios e não encontra. É real.

Ele dá alguns passos em direção à bolsa com o equipamento.

Rachel aparece pelo meio das árvores, correndo com a câmera nas mãos, seguida de perto por Joe.

— O que diabos está acontecendo aqui? — grita Rachel, parando de súbito ao ver com os próprios olhos.

A jovem se vira para Rachel e começa a reproduzir o som de um alarme de carro. Solomon tenta enxergar a situação da perspectiva dela, cercada de três pessoas estranhas na floresta: ela deve estar se sentindo completamente encurralada. Ele não consegue se forçar a gravar isso. Não é certo.

Bo sente a hesitação dele e suspira.

— Ah, pelo amor de Deus — fala com rispidez. Então faz o que devia ter feito desde o começo, se tivesse pensado na hora, e filma a cena com o celular.

Joe se junta a eles.

A mulher loira para de emitir sons; por um momento, olha para Joe e parece aliviada.

— Quem é você? — grita Joe, meio encoberto por uma árvore. O medo é evidente em sua voz. — O que está fazendo no meu terreno?

Ela volta a se desesperar, recuando pelo meio das árvores.

Solomon observa todos eles. Bo filmando com o celular, Rachel apontando a câmera para a mulher, Joe com uma expressão feroz.

Solomon está exausto, precisa comer.

— Parem! — grita, e todos silenciam. — Vocês a estão assustando. Todo mundo, se afasta. Deixem-na ir.

Ela o encara.

— Pode ir embora se quiser.

Ela continua a olhar. Aqueles olhos verdes fixos nele.

— Acho que ela não entende — diz Bo, ainda filmando.

— É claro que ela entende — retruca Solomon com rispidez.

— Acho que ela não sabe falar... palavras. Qual é o seu nome? — pergunta Bo.

A jovem ignora a pergunta e continua olhando para Solomon.

— O nome dela é Laura — diz ele.

De repente, Mossie vem correndo da casa dos morcegos, em direção à floresta, latindo obstinado, protegendo o terreno da intrusa. Mas, em vez de parar ao lado de Joe, ele continua a seguir para a floresta, bem na direção de Laura.

— Opa, opa, opa, manda ele se afastar, Joe — diz Solomon temerosamente, com medo de que o cão vá tirar um pedaço dela.

Mas Mossie para bem aos pés dela, circula-a animado, pulando para cima e para baixo pedindo atenção, lambendo a mão dela.

Ela o afaga — eles claramente não são estranhos — sem desviar o olhar apreensivo de todos ao redor. Estende a mão para Solomon, que retribui o olhar, confuso, pensando que ela quer segurar a mão dele. Ele a estende, então ela sorri e baixa o olhar para a cesta.

— A cesta, Sol — diz Bo.

Envergonhado, ele a entrega.

Laura sai andando com Mossie em sua cola, tentando se esquivar de todos. Está hesitante a princípio. Ao passar por Bo, ela rosna, uma imitação perfeita de um rosnado de cachorro, tão real que parece uma gravação ou como se tivesse vindo de Mossie. Laura escrutina Joe e, assim que se distancia, corre floresta acima, passando pela casa dos morcegos e seguindo para o chalé.

— Você gravou isso? — pergunta Bo a Rachel.

— Aham. — Ela tira a câmera do ombro e seca o suor da testa. — Gravei a loira latindo para você.

— Aonde ela foi? — pergunta Solomon.

— Tem um chalé nos fundos da casa dos morcegos — explica Rachel. Bo está ocupada demais assistindo à gravação para confirmar se o momento foi registrado.

— Você a conhece? — pergunta Solomon a Joe, completamente confuso sobre o que aconteceu, mas sentindo a adrenalina lhe causar um leve tremor ao se espalhar pelo corpo.

— Ela está invadindo uma propriedade privada — bufa ele, espumando de raiva.

— Acha que Tom sabia sobre ela? — pergunta Bo.

Essa pergunta o deixa perplexo. Seu rosto vai da certeza para a confusão, para a raiva, a traição, e volta à incredulidade. Então ele fica triste. Se seu irmão sabia que essa mulher estava morando no chalé de sua propriedade, ele escondeu isso de Joe. Os irmãos que não guardavam segredos entre si, no fim das contas, tinham um enorme segredo.

4

— Só há uma maneira de descobrir as respostas — diz Bo, arregaçando as mangas da blusa preta e revelando a pele bronzeada enquanto o sol continua a açoitá-los no céu. — Temos que falar com a garota.

— Ela não é uma garota. Ela é uma mulher, e seu nome é Laura — diz Solomon, sem saber ao certo de onde vem aquela raiva. — E duvido muito que ela queira falar com a gente depois do susto que demos nela.

— Eu não sabia que ela era... que ela tinha uma... *deficiência* — defende-se Bo.

— Deficiência? — balbucia Solomon.

— Ah, vai, qual é o termo politicamente correto? — Bo reflete. — Com atraso de desenvolvimento, com deficiência de desenvolvimento, limitada. Algum desses o satisfaz? Você sabe o que quero dizer, eu não percebi.

— Bem, ela não é exatamente normal — diz Rachel, sentando-se numa pedra, exausta e suada.

— Seja lá qual for o termo, tem claramente algo de *errado* com ela, Solomon — diz Bo, afastando o cabelo do rosto e refazendo o rabo de cavalo curto, transbordando entusiasmo. — Se eu soubesse, a teria abordado de outra forma. Vocês dois conversaram? Além do fato de ela ter dito o nome dela. Você ficou lá por um tempo.

— Acho que a partir de agora o que acontece é uma decisão de Joe. O terreno é dele — diz Solomon, ignorando as perguntas de Bo, com o estômago roncando.

Bo lança um olhar irritado para ele.

Joe se remexe, claramente muito desconfortável com a sucessão de acontecimentos. Ele gosta de rotina, de que tudo permaneça igual. Seu dia estava sendo muito estressante e sentimental.

— Quero Mossie de volta — diz ele por fim. — E ela não deveria estar morando no meu terreno.

— As leis de posseiros são complicadas — diz Rachel. — Um amigo meu passou por isso. É necessária uma ordem judicial para expulsá-los.

— Seus amigos se livraram do posseiro? — pergunta Solomon.

— Meu amigo *era* o posseiro — responde Rachel.

Apesar de sua frustração com o que está acontecendo, Solomon dá um sorrisinho pretensioso.

— Ela não tem direito de ficar com meu cachorro. Vou buscar Mossie — diz Joe, ajeitando a boina e marchando em direção ao chalé.

— Vá atrás dele — diz Bo depressa, pegando a câmera de Rachel e entregando-a para ela, ignorando o olhar feio e exausto que recebe.

Mas então Joe perde o ímpeto.

— Talvez seja melhor uma mulher falar com ela.

— Não olha para mim — Rachel se dirige a Bo em tom de alerta.

Além da mãe, Bo, Rachel e Bridget, Joe não convive com muitas mulheres e passou grande parte da vida sem falar com uma a não ser em raras ocasiões. Rachel se dá bem com todo mundo, mas Joe precisou se adaptar para se acostumar a ela, especialmente porque ela não é o tipo de mulher ao qual ele está acostumado; uma mulher casada com outra mulher foi um fato que deu um nó em sua cabeça ao descobri-lo. Joe não pensa em Bridget como mulher, ele nem sequer pensa nela, na verdade; e Bo ainda é motivo de certo constrangimento devido às suas próprias habilidades sociais, ou ausência delas. Ter que falar com outra mulher nova o desconcertaria. Ainda mais uma tão estranha, que exige cuidado, atenção e compreensão.

Os quatro seguem para o chalé, seus movimentos menos enérgicos e agressivos do que antes. Bo bate na porta, enquanto Rachel e Solomon esperam do lado de fora.

— O que você acha? — pergunta Solomon a Rachel.

— Estou com uma fome do cacete.

— Eu também. — Solomon esfrega o rosto, cansado. — Não consigo pensar direito.

Eles a observam bater de novo.

— Se Bo estava procurando uma nova história, porra, pode apostar que ela encontrou. Isso é outro nível de loucura — diz Rachel.

— Ela não vai concordar em dar entrevista — diz Solomon, atento à porta.

— Você conhece Bo.

Ele conhece. Bo tem o dom de convencer pessoas certas de que não querem ser filmadas a acabarem falando com ela. Quer dizer, quando ela realmente quer que isso aconteça; as três entrevistas no cemitério não eram importantes, então ela não insistira. Solomon e Rachel normalmente não são tão letárgicos durante projetos, mas o típico estilo de filmagem de Bo se alterou profundamente hoje. Ela está agitada, agarrando-se a pequenas coisas, obviamente sem um plano.

Laura aparece na janela, mas se recusa a abrir a porta.

— Fala para ela que eu quero o Mossie — diz Joe em voz alta, inquieto, com as mãos nos bolsos.

Ele está desconfortável. Foi um dia repleto de emoções, com o enterro de sua alma gêmea. Um dia passado fora da zona de conforto, uma quebra na rotina inalterada havia cinquenta anos. Seu mundo virou de cabeça para baixo. Foi demais, e ele só quer pegar seu cachorro e voltar à segurança de sua casa.

— Por favor, abra a porta, nós só queremos conversar — diz Bo.

Laura encara Solomon pela janela.

Então todo mundo olha para Solomon.

— Fala para ela — diz Bo a ele.

— O quê?

— Ela está olhando para você para ver se está tudo bem. Fala que só queremos conversar.

— Joe quer o cachorro — diz Solomon com honestidade, e Rachel dá uma risadinha.

Laura some da janela.

— Suave — diz Rachel com um sorrisinho sarcástico. Os dois já estão delirantes pela falta de comida.

Joe está prestes a esmurrar a porta quando ela se abre. Mossie corre para fora e a mulher volta a fechar a porta e trancá-la.

Joe sai pisando forte enquanto um Mossie empolgado dança ao redor dele, quase o fazendo tropeçar.

— Vou ligar para Jimmy — resmunga Joe ao passar. — Ele vai cuidar dela.

— Espera, Joe — chama Bo.

— Deixa pra lá — fala Rachel com rispidez. — Estou morrendo de fome. Vamos para o hotel. *Comer*. Comida de verdade. Eu preciso ligar para Susie. Então você pode fazer um plano. Estou falando sério.

Rachel raramente perde a paciência. As únicas vezes em que ela se exalta são quando algo atrapalha sua filmagem — pessoas no plano de fundo fazendo careta ou o microfone de Solomon aparecendo no enquadramento —, mas, quando ela perde a paciência, todo mundo sabe que é sério. Bo sabe que passou do limite.

Ela cede, por enquanto.

De volta ao Hotel Gougane Barra, Solomon e Rachel devoram o jantar, sem emitir uma palavra, enquanto Bo pensa em voz alta.

— Tom devia saber sobre essa garota, certo? Era ele quem verificava aquela área, era parte da responsabilidade dele conferir o poço algumas vezes por semana. Não dá para conferir o poço sem notar o chalé. Ou o canteiro de vegetais, ou a cabra e as galinhas. Seria impossível. E também tem a comida a mais na lista de compras, as prateleiras de livros e o livro de Bridget. Além disso, Mossie a conhece, então Tom o deve ter levado para visitá-la.

— Ele é um cachorro. — Solomon fala pela primeira vez desde que começou a comer, há dez minutos. — Cachorros perambulam. Ele pode a ter conhecido por conta própria.

— Faz sentido.

— Conhecido — repete Rachel. — Cachorros *conhecem* pessoas? Talvez conheçam pessoas que falam a língua dos cachorros — brinca, então para de rir ao perceber que os outros não se juntam a ela; Bo porque não está ouvindo, Solomon porque não gosta de zombar de Laura. — Que seja. Vou ligar para Susie. — Rachel leva seu prato para outra mesa.

— O que era aquele negócio que ela estava fazendo? Os barulhos? — pergunta Bo a Solomon. — É uma parada de Tourette? Ela rosnou e latiu e chilreou.

— Pelo que sei, pessoas com Tourette não latem para outras — responde Solomon, lambendo o molho melado dos dedos antes de dar uma mordida nas costelas de porco.

Ele tem molho por todo o rosto. Bo o olha com repulsa, sem entender sua absoluta incapacidade de ser funcional sem comida. Ela para de beliscar sua salada verde.

— Você já tem comida, por que continua me dando foras?

— Acho que você não lidou bem com as coisas hoje.

— E eu acho que você passou o dia todo de jet lag, mal-humorado e irritado — diz ela. — Mais sensível que o normal; o que, para você, não é pouca coisa.

— Você assustou Laura.

— *Eu* assustei Laura — repete ela, como sempre faz, como se repetir as palavras fosse ajudá-la a processá-las. Ela faz a mesma coisa durante as entrevistas com as respostas dos entrevistados. Para eles pode ser inquietante, como se ela não acreditasse, mas na realidade só está tentando compreender o que eles acabaram de dizer.

— Dava para notar que ela estava assustada. Dava para notar uma jovem cercada por quatro pessoas numa floresta. Três de nós vestidos de preto para um funeral, como se fôssemos ninjas. Ela ficou apavorada, e você estava filmando.

Esse cenário parece lhe ocorrer subitamente.

— Merda.

— É, merda. — Ele chupa os dedos novamente e a analisa. — O que foi?

— O que vimos hoje foi extraordinário. O que aquela garota fez...

— Laura.

— O que *Laura* fez, aqueles sons que ela emitiu foram como mágica. E eu não acredito em mágica. Nunca ouvi nada como aquilo na vida.

— Nem eu.

— Eu fiquei empolgada.

— Você ficou gananciosa.

Silêncio.

Ele termina as costelas, assiste às notícias na TV de canto.

— Você sabe que as pessoas não param de me perguntar o que tenho pela frente — diz ela.

— Sei, estão me perguntando isso também.

— Eu não tenho nada. Nada tipo *Os gêmeos Toolin*. Todos esses prêmios que estamos recebendo... As pessoas agora se interessam pelo meu trabalho. Preciso conseguir manter o nível.

Ele sabe que ela vem sentindo essa pressão e fica satisfeito por ela enfim admitir.

— Você deveria ficar feliz por ter feito *uma* coisa da qual as pessoas gostam. Tem gente que nunca consegue isso. O motivo de você ter feito sucesso, para começo de conversa, é não ter tido pressa. Você encontrou a história certa, foi paciente. Escutou. Hoje foi tudo uma bagunça, Bo. Você estava correndo de um lado para o outro que nem uma galinha decapitada. As pessoas preferem ver algo autêntico e de qualidade a uma coisa que foi feita de qualquer jeito.

— É por isso que você está fazendo *Clube Fitness para Gordos e Corpos Grotescos*?

Ele sente a raiva borbulhando, mas tenta manter a calma.

— Estamos falando de você, não de mim.

— Eu estou me sentindo *pressionada*, Solomon.

— Não se sinta.

— Não dá para dizer a alguém para não sentir pressão.

— Acabei de dizer.

— Solomon... — Ela não sabe se ri ou se fica com raiva.

— Você se perdeu na floresta — diz ele.

Não planejava dizer isso, só escapou. Ela o analisa.

— De quem está falando? De mim ou de você?

— De você, é óbvio — responde ele, então joga a costela no prato. Ao atingir a porcelana, o osso emite um barulho mais alto do que ele pretendia, e ele pega outra costela.

Bo cruza os braços, analisando-o por um momento. Ele não a olha de volta, não diz uma palavra.

— Nós dois vimos uma coisa fascinante na floresta. Eu entrei em ação, você... paralisou.

— Eu não paralisei.

— O que você ficou fazendo lá, por todo aquele tempo, enquanto eu estava no chalé? Ela estava lá o tempo todo?

— Não fode, Bo.

— Bem, é uma pergunta válida, não é?

— Sim. Nós transamos. Nos dois minutos em que fiquei longe de você, nós transamos. De pé, apoiados numa árvore.

— Não é isso que eu quero dizer, e você sabe disso, porra. — Não era? — Estou tentando entendê-la e você não está me ajudando em nada. Você deve ter conversado com ela, mas fica ignorando a pergunta. Ela te disse o nome dela. Vocês estavam sozinhos antes de eu chegar, eu quero saber sobre o que vocês conversaram.

Ele a ignora. A vontade de gritar a plenos pulmões na frente de todo mundo é grande demais. Ele enterra a raiva, fundo, bem fundo, até que só reste um fervilhar. É o máximo que aguenta. Ele olha para a TV, mas não assiste.

Bo acaba saindo da mesa — e do cômodo.

Ele poderia pensar no que Bo disse, analisar, entender, buscar as respostas dentro de si. Poderia pensar no que falou e por quê, poderia pensar nisso tudo. Mas está com jet lag, faminto e puto da vida, então, em vez disso, concentra-se nas notícias do telejornal, começando a ouvir as palavras que saem da boca do apresentador, começando a enxergar as palavras que passam no rodapé da tela. Quando termina de comer, ele chupa o molho melado dos dedos e se recosta na cadeira, sentindo-se estufado e satisfeito.

— Feliz agora? — pergunta Rachel do outro lado do restaurante vazio.

— Uma noite de sono e eu estarei ótimo. — Ele boceja e se espreguiça. — Como está Susie?

— Meio puta. Está fazendo muito calor. Ela não consegue dormir. Pés e tornozelos inchados. O bebê está com o pé nas costelas dela. Acha que vamos para casa amanhã?

Solomon pega um palito de dentes da embalagem e tira um pedaço de carne dos dentes da frente.

— Espero que sim.

Ele realmente quer ir para casa, isso ele sabe. Porque está assustado. Porque de fato se perdeu naquela floresta. E Bo viu. E, assim como Joe queria voltar para sua casa na fazenda, Solomon quer voltar a Dublin, ao programa *Corpos Grotescos*, que ele despreza, ao seu apartamento que tem um constante cheiro de peixe com curry que sobe dos vizinhos. Ele quer normalidade. Quer ir aos lugares com os quais está acostumado, sem ter que pensar sobre seus sentimentos, onde não é necessária nenhuma confusão ou análise, onde ele não é atraído a pessoas pelas quais sabe que não deveria ser, ou a fazer coisas que sabe que não deveria fazer.

— Está dormindo? Porque seus olhos estão abertos — diz Rachel, balançando uma costela diante das vistas dele, espirrando molho na mesa e no chão. — Merda.

Bo entra no bar correndo, com *aquela* expressão no rosto e o celular na mão.

— Era Jimmy, o policial que conhecemos mais cedo. Ele está na fazenda dos Toolin. Joe ligou para ele e pediu para ir falar com a garota, mas ele acertou Mossie com o carro ao subir pela trilha. A garota levou Mossie para o chalé e está fazendo aquele negócio maluco com a voz. Ela se trancou lá dentro e não deixa ninguém chegar perto dela nem dar uma olhada no Mossie.

Solomon olha para ela de um jeito meio "e daí?". É só o que ele consegue expressar, mas por dentro seu coração está martelando loucamente.

Bo fixa nele um olhar intrigado.

— Ela está pedindo para chamar você, Sol.

5

Jimmy está parado ao lado da viatura, portas abertas, rádio da polícia ligado, carro apontado diretamente para as árvores perto da casa dos morcegos. Ainda está claro nesta noite de verão.

Ele ergue os braços como se pedisse desculpas quando eles se aproximam.

— Mossie estava correndo ao redor do carro, eu não vi.

— Cadê a garota agora? — pergunta Bo.

— Ela pegou o cachorro, carregou para o chalé e agora não quer sair nem deixar ninguém entrar. Está fora de controle. Joe disse para chamar vocês.

Ele parece tão perplexo quanto eles ficaram ao testemunhar pela primeira vez as explosões vocais de Laura.

— Ela pediu para chamar Solomon? — pergunta Bo, ansiosa para acelerar as coisas.

— Primeiro ela pediu para chamar Tom. Não parava de exigir que eu fosse buscá-lo, que ele poderia me dizer quem ela é. Eu disse que ele tinha morrido e ela ficou ainda mais tantã. Então mencionou Solomon.

Eles estavam na floresta, ambos incapazes de quebrar o contato visual.

"Oi", disse ele suavemente.

"Oi", respondeu ela com delicadeza.

"Meu nome é Solomon."

Ela sorrira.

"Laura."

Bo está olhando para ele daquele mesmo jeito hesitante.

— Eu disse meu nome para ela antes de transarmos — fala, ríspido. Jimmy se eriça, Bo olha feio para Solomon.

— Você vai buscá-la? — pergunta ela.

— Não se ele for prendê-la.

— Eu não tenho nenhum motivo para prendê-la. Preciso conversar com ela, descobrir quem ela é e por que está na propriedade de Joe. Se ela for uma posseira, essas leis são complicadas, e, se Tom lhe deu permissão, não tem muito o que podemos fazer. Só vim aqui para tranquilizar Joe. Aí fui lá e atropelei o maldito cachorro — diz em tom culpado.

— Então o que você quer que eu faça? — pergunta Solomon, sentindo a pressão aumentar.

— Vai até o chalé e veja o que ela quer — diz Bo.

— Tá bom, Deus do Céu — pragueja, passando os dedos pelo cabelo, voltando a amarrá-lo no topo da cabeça.

Ele sobe a trilha até o chalé; os outros dois o seguem, mas param perto da casa dos morcegos conforme ele continua até o chalé.

O coração de Solomon dispara enquanto ele se aproxima da porta, e ele não faz ideia por quê. Seca as mãos suadas na calça jeans e se prepara para bater, mas, antes mesmo que ele erga a mão, a porta se abre. Ele não a vê, conclui que ela está atrás da porta e entra. Assim que passa, a porta se fecha. Laura tranca a porta e vira de costas para ela, como se para reforçar o ato.

— Oi — diz ele, enfiando as mãos nos bolsos.

— Ele está em frente à lareira — diz Laura, quase incapaz de fixar os olhos em Solomon. Parece nervosa, preocupada.

Mesmo que ela tenha se apresentado mais cedo, Solomon fica quase surpreso ao ouvi-la falar. Na floresta, ela passava uma sensação de garota selvagem; em casa ela parece mais real.

Mossie está deitado de lado num tapete de pele de ovelha diante da fornalha a lenha, o peito subindo e descendo a cada respiração lenta. Está de olhos abertos, por mais que pareça inconsciente do que acontece ao redor. O fogo arde ao lado dele, e uma tigela de água e outra de comida estão intocadas perto de sua cabeça.

— Ele não está comendo nem bebendo nada — diz ela, sentando-se no chão ao lado de Mossie com os braços por cima dele, protegendo-o.

Solomon deveria estar examinando o cachorro, mas não consegue tirar os olhos de Laura. Ela o encara, perdida, preocupada, com lindos e encantadores olhos verdes.

— Ele está sangrando? — pergunta e vai até Mossie e, abaixando-se junto do cachorro, do lado oposto de Laura, o mais perto que já estiveram. — Oi, garoto. — Ele põe a mão no pelo e o afaga delicadamente.

Mossie olha para ele, a dor óbvia em seus olhos. Ele gane.

Laura ecoa o ganido de Mossie com uma semelhança impressionante que força Solomon a analisá-la de novo.

— Ele não está sangrando. Não sei onde está doendo, mas ele não consegue se levantar.

— Ele deveria ir ao veterinário.

Ela o encara.

— Você o leva?

— Eu? Claro, mas nós deveríamos pedir ao Joe, levando em conta que o cachorro é dele. — Então, ao ver a expressão dela, adiciona. — Também.

— Joe não gosta de mim — diz ela. — Nenhum deles gosta de mim.

— Não é verdade. Joe não está acostumado a mudanças, só isso. Mudanças deixam algumas pessoas com raiva.

— Mude com as mudanças — diz ela, mas sua voz se alterou drasticamente. Ficou mais grave, mais grossa, com sotaque do Norte da Inglaterra, de outra pessoa.

— Perdão?

— Gaga. Minha avó. Ela costumava dizer isso.

— Ah. Certo. Você vai comigo ao veterinário? — pergunta ele, querendo que ela vá com ele.

— Não. Não. Eu fico aqui.

É uma declaração genérica. Não é "eu *vou* ficar aqui", mas eu fico aqui. Sempre.

Sua pele lisa está iluminada pelo fogo. Está tudo tão calmo e sereno no cômodo, apesar do esforço de Mossie para sobreviver e o pânico silencioso de Laura.

Ela afaga a barriga de Mossie, que sobe e desce devagar.

— Quando foi a última vez que você saiu da montanha? — pergunta ele. — Ela esconde o rosto atrás do cabelo, desconfortável com a pergunta. — Há quanto tempo você mora aqui?

Ela leva um tempo para responder.

— Desde que tinha dezesseis anos. Há dez anos — responde, fazendo carinho em Mossie.

— Você não saiu desde então?

Ela faz que não com a cabeça.

— Não tive motivo.

Ele é pego de surpresa por isso.

— Bem, você tem um motivo agora. Mossie provavelmente preferiria se você fosse com ele — diz.

E, como se de acordo, Mossie exala, estremecendo.

Bo está do lado de fora com Jimmy, andando de um lado para o outro, puxando papo sem jeito, observando o fogo bruxuleante nas janelas, o cheiro de fumaça exalando da chaminé do chalé.

— Interessante que Joe nunca tenha notado o fogo. — Ela olha para a nuvem de fumaça se erguendo da chaminé.

Jimmy ergue o olhar.

— Imagino que fazendeiros sempre estejam queimando uma ou outra coisa.

Bo assente. Faz sentido.

— Então você não sabe quem é essa garota?

— Eu nunca a vi antes. — Ele balança a cabeça. — E conheço todo mundo por aqui. É fácil numa cidade rural como a nossa, com só algumas centenas de moradores espalhados pelas montanhas. É um mistério. Minha esposa acha que ela é uma turista, que não é daqui, uma dessas pessoas que fazem trilhas e esbarraram com chalés e resolvem ficar. Recebemos muitos desse tipo. Ao longo dos anos, alguns ficaram. Eles se apaixonam por esse lugar ou por alguém daqui e decidem criar raízes. Talvez ela não esteja aqui há muito tempo.

Bo reflete, mas a conclusão da esposa dele não ajuda em nada a mitigar sua curiosidade, só atiça ainda mais as crescentes perguntas. Por que Tom mentiria sobre alugar o chalé? Será que era para ganho financeiro próprio? Ela duvida disso. Ela filmou nessa montanha há três anos e Tom nunca os levou ali, nunca nem mencionou o lugar. Ela imagina que a garota esteja aqui pelo menos desde então, senão teriam filmado no local.

— Por que o segredo? — pergunta ela, confusa.

Jimmy parece pensativo, mas não responde.

A porta do chalé se abre e Solomon aparece, preenchendo o minúsculo batente com seu físico. Com a luz do fogo às costas, ele é uma grande sombra escura. Parece um herói carregando um cachorro para fora de um incêndio ardente.

Bo sorri diante da cena.

Solomon se vira e fala com a garota atrás dele, encorajando-a a sair.

— Vamos, Laura, está tudo bem. — E tem alguma coisa na maneira como ele diz isso, ou em sua expressão ao dizê-lo, que congela o sorriso de Bo.

Então a garota aparece, com um vestido chemisier xadrez com cinto, All Star e um cardigã volumoso por cima, seu longo cabelo loiro descendo pelos ombros.

— Precisamos levar Mossie ao veterinário — diz Solomon. — Aonde podemos ir?

— Patrick Murphy, na rua principal. A clínica estará fechada a essa hora, mas vou dar uma ligada para ele — fala Jimmy, estudando Laura. — Olá, Laura — diz gentilmente, querendo compensar a abordagem anterior.

Laura encara o All Star. Parece apavorada. Estende a mão e se segura no braço de Solomon. Ela o aperta com tanta força que ele sente o corpo dela tremendo.

— É melhor irmos rápido, policial. — Solomon se mexe. — Mossie não está muito bem. Tenho certeza de que Joe gostaria que cuidássemos dele antes de qualquer coisa.

— Certo — diz Jimmy, recuando. — Laura, podemos combinar uma conversa informal dentro dos próximos dias. Esse camarada pode te acompanhar se você quiser.

De cabeça baixa, Laura continua agarrada ao braço de Solomon, a outra mão protetora em Mossie. Ela emite um som que parece o estalo de um rádio policial.

Jimmy franze a testa.

— Podemos combinar um horário para você e Laura conversarem — diz Bo, acompanhando Laura e Solomon. — E talvez você concorde em dar uma entrevista?

Ela pedira a Jimmy que falasse sobre o encontro com Joe na casa quando Tom estava caído no chão, queria ouvir a cena peculiar descrita por outra pessoa. Agora é um bom momento para negociar. Bo o ajudará a falar com Laura se ele falar com ela.

Laura para de andar.

— Vamos lá — fala Solomon delicadamente, num tom de voz que Bo nunca o viu usar com ela, ou com mais ninguém, por sinal.

Laura só encara Bo, o que põe Solomon numa posição incrivelmente difícil, mas isso já está ficando ridículo. Ele está exausto, quer dormir. Sente Mossie ficando mais pesado em seus braços.

— Jimmy, você se importa de dar uma carona para Bo até o nosso hotel, por favor? — Ele evita o olhar de Bo ao fazer o pedido. — Eu te encontro lá mais tarde, Bo.

O queixo dela cai.

— Você me disse para ajudar — diz ele rispidamente, seguindo a trilha que leva ao carro deles, ajeitando o cachorro nos braços. — Estou ajudando.

Laura se senta no banco traseiro com Mossie. O cachorro se deita no banco, com a cabeça em seu colo. Bo entra no carro da Gardaí, a polícia irlandesa, de cara fechada. Seria uma cena engraçada se Solomon fosse capaz de se divertir ao menos um pouco com a situação.

— Obrigada, Solomon — fala Laura, tão baixinho que o corpo de Solomon relaxa imediatamente e a raiva o abandona.

— De nada.

* * *

Laura fica quieta no carro, ganindo de vez em quando junto com Mossie, o que Solomon imagina ser uma demonstração de apoio. Ele liga o rádio, abaixa o volume, então muda de ideia e o desliga. O veterinário fica a meia hora de distância.

— Por que o policial estava lá? — pergunta ela.

— Joe ligou para ele. Queria descobrir quem você é e entender por que está morando lá.

— Eu fiz algo errado?

— Não sei, você que me diga — diz ele rindo. Ela não ri, e ele volta a ficar sério. — Você está morando num chalé no terreno de Joe, sem o conhecimento dele. Isso é... bem, é ilegal.

Os olhos dela se arregalam.

— Mas Tom disse que eu podia.

— Ora, então tudo bem, você só precisa dizer isso a eles. — Ele faz uma pausa. — Você tem esse acordo por escrito? Um contrato de aluguel?

Ela faz que não com a cabeça.

Ele limpa a garganta, ela o imita, o que é bem desconcertante, mas seu rosto inocente não sugere malícia, nem sinal algum de que ela tem consciência do que fez.

— Você pagava aluguel para ele?

— Não.

— Certo. Então perguntou se podia morar lá e ele disse que tudo bem.

— Não. Gaga perguntou.

— Sua avó? Ela poderia confirmar isso? — pergunta ele.

— Não. — Ela baixa o olhar para Mossie e o afaga. Beija a cabeça e esfrega o nariz dele. — Não de onde ela está.

Mossie gane e fecha os olhos.

— É verdade que Tom morreu? — pergunta ela.

— Sim — diz Solomon, observando-a pelo retrovisor. — Sinto muito. Ele teve um infarto na quinta-feira.

— Quinta-feira — repete ela baixinho.

Eles estacionam na rua principal e batem na porta da clínica. Ninguém atende, mas a porta da casa anexa se abre e um homem aparece, limpando a boca com um guardanapo, e o cheiro de um assado caseiro que exala da porta chega até eles.

— Ah, olá, oi — diz ele. — Jimmy me ligou. Emergência, né? — pergunta, vendo Mossie nos braços de Solomon. — Entrem, entrem.

Solomon se senta do lado de fora da clínica enquanto Laura entra. Ele apoia os cotovelos nas coxas e descansa a cabeça nas mãos. Sentia-se tonto, o chão girando por causa do jet lag.

Quando a porta da clínica se abre, Laura aparece com lágrimas descendo pelas bochechas. Ela se senta ao lado de Solomon, sem dizer palavra.

— Vem cá — sussurra ele, passando o braço ao redor dos ombros dela e a puxando para si. Outra perda da semana. Ele não sabe quanto tempo ficam assim, mas ele continuaria de bom grado se não fosse o veterinário, parado à porta, esperando pacientemente que eles se recompusessem e partissem para que pudesse voltar à sua família depois de um longo dia.

— Sinto muito. — Solomon tira o braço dos ombros de Laura. — Vamos lá.

Do lado de fora, na noite agora escura, uma música escapa do pub local.

— Eu realmente adoraria tomar uma cerveja — diz ele. — Quer se juntar a mim?

Uma porta de saída de emergência se abre na lateral do bar e uma garrafa sai voando, aterrissando numa caçamba de reciclagem, colidindo com as outras no interior.

Laura imita o som do vidro estilhaçando.

Ele ri.

— Vou interpretar isso como um sim.

Eles se sentam na área externa do pub, numa das mesas de piquenique de madeira, perto dos fumantes. Quando Solomon abriu a porta e todas as cabeças se viraram para encarar os dois estranhos, Laura recuou depressa. Solomon ficou aliviado de não ter que sentar do lado de dentro e ser analisado pelos locais. Agora ela se senta com um copo de água, enquanto ele bebe uma caneca de Guinness.

— Não bebe? — pergunta ele.

Ela balança a cabeça, fazendo o gelo tilintar contra o vidro com o movimento. Ela imita o som do gelo perfeitamente. É algo que Solomon ainda não consegue entender, embora não saiba bem como abordar o assunto; é como se ela nem notasse.

— Você está bem? — pergunta. — Tom e Mossie... é muito para perder em uma semana.

— Um dia — corrige ela. — Eu só descobri sobre Tom hoje à noite.

— Sinto muito por ter descoberto desse jeito — diz Solomon com delicadeza, pensando em como Jimmy falara de supetão.

— Tom costumava trazer as compras na quinta-feira. Como ele não apareceu, sabia que havia algo errado, mas não tinha para quem perguntar. Pensei que Joe fosse Tom hoje na floresta. Eu nunca o vira antes. Eles são idênticos. Mas ele estava tão bravo. Nunca tinha visto Tom tão bravo.

— Você mora lá há dez anos e nunca tinha visto Joe?

Ela assente com a cabeça.

— Tom não permitia.

Ele está prestes a perguntar por que, mas se detém.

— Joe está de luto, ele costuma ser mais compreensível. Dê um tempo a ele.

Ela dá um gole na água, preocupada.

— Então você não come nada desde quinta-feira — conclui Solomon de repente.

— Eu tenho o canteiro de frutas e legumes, os ovos. Faço meu próprio pão. Tenho o suficiente, mas Tom gosta... gostava... de fornecer algumas coisas a mais. Eu estava forrageando quando te vi. — Ela sorri timidamente ao lembrar como eles se conheceram. Ele retribui o sorriso, então ri de si mesmo por seus sentimentos de menino.

— Meu Deus, deixa eu pedir uma comida para você. O que você quer, hambúrguer com batata frita? Vou pedir para mim também.

— Ele se levanta e olha para a lanchonete do outro lado da rua. — Já faz mais de duas horas que eu não como.

Ela sorri.

Ele espera que ela devore a comida, mas ela não o faz. Tudo nela é calmo e lento. Ela cata delicadamente as batatas com os dedos longos e elegantes, examinando uma ou outra antes de dar uma mordida.

— Não gostou?

— Acho que não tem batata nenhuma aqui — diz, largando-a no papel engordurado ao desistir. — Eu não como esse tipo de comida.

— Ao contrário de Tom.

Ela arregala os olhos.

— Sempre disse para ele dar um jeito naquela dieta. Ele não me dava ouvidos. — Ela parece triste de novo ao começar a se dar conta da notícia da morte de Tom e sua própria perda.

— Joe e Tom não são do tipo que dão ouvidos a ninguém. — Solomon sente que ela está se culpando.

— Uma vez ele me disse que tinha jantado um sanduíche de presunto, e eu dei um sermão tão grande nele que, quando voltou na semana seguinte, veio me contar todo orgulhoso que tinha comido um sanduíche de banana no lugar. Achou que a fruta seria mais saudável.

Os dois riem.

— Talvez eu estivesse errado — diz Solomon gentilmente. — Ele dava ouvidos a alguém, sim.

— Obrigada — responde ela.

— Como a sua avó conhecia Tom? — pergunta Solomon.

— Você faz muitas perguntas.

Ele pensa um pouco.

— Faço mesmo. É como puxo assunto. Como você puxa assunto? — pergunta ele, e os dois riem.

— Eu não puxo. Com exceção de Tom, eu nunca tenho ninguém para conversar. Não pessoas, de qualquer forma.

Alguém na mesa da esquina se levanta, empurrando o banco, que guincha contra o chão. Ela imita o som. Uma, duas vezes, até acertar. A garçonete limpando a mesa ao lado deles lança um olhar esquisito para ela.

— Tenho ótimas conversas comigo mesma — continua Laura, sem notar o olhar ou sem se importar. — E com Mossie e Ring. E objetos inanimados.

— Você não seria a única. — Ele sorri, observando-a, completamente intrigado.

Ela emite um novo som, um que o faz rir. Parece um celular vibrando.

— O que é isso? — pergunta ele.

— O quê? — Ela franze a testa.

Então ele ouve o som de novo, que não está vindo dos lábios de Laura, por mais que ele precise analisá-la com mais atenção para saber disso. Sente o celular vibrando no bolso.

— Ah. — Enfia a mão no bolso e pega o celular.

Cinco ligações perdidas de Bo, seguidas de três mensagens com variados níveis de desespero.

Ele põe o aparelho sobre a mesa com a tela para baixo, ignorando-o.

— Como você conheceu Tom?

— Mais perguntas.

— Porque eu acho você intrigante.

— Eu acho você intrigante.

— Me pergunta alguma coisa, então. — Ele sorri.

— Algumas pessoas aprendem sobre pessoas de outras formas. — Os olhos dela penetram tanto nos dele que o coração de Solomon dispara.

— Tá bom. — Ele limpa a garganta e ela imita o som perfeitamente de novo. — Nós... eu, Bo e Rachel... fizemos um documentário sobre Joe e Tom. Passamos um ano com eles, observando todos os seus movimentos, ou ao menos foi o que pensamos. Você pelo visto nos escapou. Minha ideia de Joe e Tom é que eles não tinham contato com absolutamente mais ninguém, tirando fornecedores e clientes, e mesmo assim era raro que fosse um contato humano.

Eram só os dois, todo dia, a vida toda. Não sei bem como Tom pode ter conhecido sua avó.

— Ela o conheceu por meio da minha mãe, que levava comida e suprimentos para eles. Ela limpava a casa deles.

— Bridget é sua mãe?

— Antes de Bridget.

— De quanto tempo atrás estamos falando? — pergunta Solomon, inclinando-se na direção dela, encantado, quer ela esteja inventando lorotas ou não. Ainda que ache ser verdade. Ele quer pensar que é verdade.

— Vinte e seis anos atrás — responde ela. — Ou um pouco mais do que isso.

Ele a olha, processando lentamente. Laura tem vinte e seis anos. Tom fez um favor para sua avó. Sua mãe era governanta na casa deles há vinte e seis anos.

— Tom era seu pai — diz em voz baixa.

Apesar de Laura estar ciente, ouvi-lo dizer isso em voz alta parece deixá-la agitada, e ela olha ao redor, imitando o tilintar dos copos, o estilhaçar de garrafas na lixeira de reciclagem, o estalido do gelo. Todos os sons escapando e se sobrepondo como um sinal de aflição.

Solomon está muito chocado com a verdade de sua conclusão. Ele repousa a mão sobre a dela.

— Sinto mais ainda por você ter descoberto a morte dele desse jeito.

Ela imita o som do pigarreio dele mesmo que ele não o tenha feito; ela o conectou ao constrangimento dele, talvez esteja lhe dizendo que se sente desconfortável, esteja tentando mostrar como se sente, conectá-lo aos momentos em que ele se sente assim. Talvez haja uma linguagem em seu mimetismo. Talvez ele esteja enlouquecendo por completo, investindo tanto tempo e confiança em alguém que Bo considera limitada ou com atraso de desenvolvimento. Mas não parece haver nada de limitado na mulher sentada à sua frente agora. No mínimo, ela se comporta e se comunica em mais níveis e camadas do que ele jamais presenciou.

— Laura, por que você pediu para me chamar hoje à noite?

Ela o encara, aqueles olhos verdes encantadores.

— Porque, além de Tom, você é a única pessoa que conheço.

Solomon nunca na vida foi a única pessoa que alguém conhece. Isso lhe parece estranho, mas íntimo de um modo primoroso. E algo que não deve ser tratado de forma leviana. É algo que traz uma enorme responsabilidade. Algo para estimar.

6

Na manhã seguinte, a equipe de filmagem está na cozinha de Joe. Joe está sentado silenciosamente em sua cadeira. Ring está a seus pés, em luto pela morte do amigo.

Bo lhe revelou, o mais delicadamente possível, que Laura é filha de Tom. Ele não disse uma palavra, não fez absolutamente nenhum comentário. Está perdido em pensamentos, talvez repassando todas as conversas, todos os momentos em que ele poderia ter deixado a informação passar, os momentos em que ele foi possivelmente enganado, perguntando-se como Tom pode ter vivido uma vida da qual ele nunca soube.

Parte o coração de Solomon; ele não consegue nem ver. Segura o microfone boom no ar, desviando o olhar por respeito, tentando dar a Joe o máximo de privacidade possível nesse momento, apesar das três pessoas invadindo sua casa e da câmera apontada para seu rosto. É claro que Solomon foi contra revelar essa notícia para Joe com a câmera ligada, mas a produtora tem a palavra final.

— A mãe de Laura, Isabel, foi sua governanta há mais de vinte e seis anos.

Ele olha para Bo, voltando à vida.

— Isabel? — vocifera ele.

— Sim, você se lembra dela?

Ele pensa.

— Ela não ficou muito tempo com a gente.

Silêncio, cérebro tiquetaqueando, repassando os arquivos de memória.

— Lembra se Tom e Isabel eram especialmente próximos?

— Não. — Silêncio. — Não. — De novo. — Bem, ele... — Limpa a garganta. — Sabe, ele fazia igual ao que faz com Bridget: pagar pela limpeza e pelos mantimentos. Eu ficava fora nesses momentos. Não tinha muito a ver com essa parte.

— Então você não fazia ideia do caso amoroso entre eles?

É como se essa expressão lhe ocorresse pela primeira vez. A única maneira de Tom ter se tornado pai era tendo um caso amoroso. Algo que ambos disseram nunca ter tido. Dois virgens de setenta e sete anos.

— Essa garota tem certeza disso?

— Depois que Isabel morreu, a avó revelou a ela que Tom era seu pai. A avó de Laura, que também estava adoentando, fez um combinado com Tom para que Laura morasse no chalé.

— Então ele sabia sobre ela — diz Joe, como se essa fosse a questão crucial desde o começo, mas ele estivesse com medo de perguntar.

— Tom só descobriu que ela era filha dele depois da morte de Isabel, há dez anos. O chalé foi modernizado o máximo possível, por Tom, por mais que não tenha eletricidade nem água quente encanada. Laura mora lá sozinha desde então. — Bo consulta suas anotações. — A avó de Laura, Hattie Murphy, retomou o nome de solteira, Button, depois da morte do marido. Isabel também mudou de nome, então Laura chama a si mesma de Laura Button. Hattie morreu há nove anos, seis meses depois de Laura se mudar para o chalé.

Joe faz que sim com a cabeça.

— Então ela está sozinha.

— Está.

Ele reflete.

— Ela espera receber a parte dele então, imagino.

Solomon olha para ele.

— A parte dele de...

— Do terreno. Tom fez um testamento. Ela não está nele. Se é isso o que ela está buscando.

A infame gana irlandesa por terras se manifesta.

62

— Laura não mencionou nada sobre querer uma parte do terreno. Não para nós.

Joe está agitado; os comentários de Bo não ajudam muito a acalmá-lo. É como se ele estivesse se preparando para uma briga. O terreno e a fazenda são sua vida, é a única coisa que conheceu em toda a vida. Ele não vai abrir mão de nada disso por uma mentira de seu irmão.

— Talvez Tom tenha planejado conversar com você sobre ela — diz Bo.

— Bem, ele não conversou — responde ele com uma risada nervosa, irritada. — Nunca disse uma palavra. — Silêncio. — Nunca disse uma palavra.

Bo lhe dá um momento.

— Sabendo o que sabe agora, permitirá que Laura continue morando no chalé? — Ele não responde. Parece perdido em pensamentos. — Você gostaria de iniciar uma relação com ela? — pergunta com suavidade. — Silêncio. Joe está completamente imóvel, por mais que sua mente provavelmente não esteja. Bo olha para Solomon, insegura sobre como proceder. — Talvez uma relação seja muito em que pensar agora. Talvez fosse mais simples pensar se você gostaria de continuar a sustentá-la, como Tom fazia?

Suas mãos apertam os braços da cadeira. Solomon observa a cor se drenar dos nós dos dedos.

— Joe — diz Bo delicadamente, inclinando-se para perto. — Você sabe que isso significa que você não está sozinho, não sabe? Você tem uma família. Você é tio de Laura.

Joe então se levanta da cadeira, remexendo no microfone da lapela. Suas mãos tremem e ele está claramente aborrecido, irritado com a presença da equipe de filmagem, como se ela tivesse trazido esse incômodo para sua vida.

— Já chega — diz, largando o microfone no fino estofado da cadeira de madeira. — Agora já chega.

É a primeira vez que ele lhes dá as costas.

* * *

A equipe segue para o chalé de Laura. Ela está sentada em sua poltrona, o mesmo vestido chemisier ajustado na cintura com um cinto e um par de All Star surrado. Acabou de lavar seu longo cabelo, que ainda está secando, e não há vestígio de maquiagem em sua pele bela e lisa.

A câmera está desligada. Rachel está do lado de fora com o equipamento, falando com Susie pelo celular. O dia está chuvoso, diferente da onda de calor de ontem, e Solomon se pergunta como ela sobrevive nesse lugar no auge do inverno, quando até o apartamento moderno dele na cidade parece depressivo. Enquanto Bo fala, Laura observa Solomon. Com Bo no cômodo, isso se torna um bocado constrangedor. Ele limpa a garganta.

Laura o imita.

Ele balança a cabeça e sorri.

Bo não percebe o que se passa entre eles enquanto se prepara para a conversa.

— Então, levando em conta que não sabemos se Joe a ajudará daqui para a frente, nós gostaríamos, eu e Solomon...

Ele fecha os olhos quando ela o menciona. É uma estratégia para ganhar a confiança de Laura, apresentar-se como uma aliada de Solomon e, por consequência, uma aliada de Laura. Tecnicamente, é verdade; ela é sua namorada, afinal. Mas ainda assim parece uma estratégia.

— Gostaríamos de fazer uma sugestão. Gostaríamos de oferecer ajuda. Sinto que nós duas começamos com o pé esquerdo; e deixe-me explicar por quê. Peço mil desculpas pela maneira como me comportei quando te conheci. Eu me empolguei. — Bo põe a mão sobre o peito ao falar com completa honestidade, com intenção em todas as palavras. — Eu faço documentários. Dois anos atrás, acompanhei seu pai e seu tio ao longo de um ano.

Solomon nota como Laura se encolhe ao ouvir isso, como se estivesse tão desconfortável com a verdade quanto Joe.

— Eles são, eram, pessoas fascinantes, e essa história se espalhou pelo mundo todo. O documentário foi ao ar em vinte países, eu o tenho aqui. Isso é um iPad; se você fizer assim... — Ela desliza o dedo pela tela cuidadosamente, olhando para Laura antes de voltar a se concentrar no iPad para ver se ela é capaz de entender.

Laura imita os sons de clique do iPad.

— Então você aperta para assistir. — Bo toca a tela e o filme começa a ser exibido.

Ela permite que Laura assista por um momento.

— Eu adoraria fazer um documentário sobre *você*. Adoraríamos filmar você aqui no chalé, entender quem você é e como vive a sua vida.

Laura olha para Solomon. Ele está prestes a limpar a garganta, mas se detém. Laura faz o som no lugar, soando como ele. Bo ainda não nota.

— Tem um pagamento, mas é pequeno. Tenho os termos aqui.

Bo tira uma folha de sua pasta e entrega para ela.

Laura olha para a folha, inexpressiva.

— Deixarei isso com você para que decida.

Bo olha para a folha de papel, perguntando-se se deveria explicar mais ou se pareceria condescendente se fizesse isso. Solomon está parado às suas costas, julgando-a, talvez não deliberadamente, mas ela sente o julgamento, essa frieza que vem dele quando ela faz ou diz alguma coisa. Ela reconhece que ele tem mais jeito para negociar em certas situações, mas também quer ter a liberdade de poder agir como julga apropriado, sem medo ou pavor do feedback, da sensação de desaprovação e decepção. De sempre desapontá-lo. De precisar se policiar. Ela não quer mais frieza entre eles, mas, acima de tudo, não gosta de precisar questionar o trabalho que sabe que é mais do que capaz de realizar. De certas maneiras, era mais fácil quando a relação deles era platônica. Ela se importava mais com o que ele pensava, em vez de se preocupar com o que ele pensa dela.

Ela está sentada na beirada da cadeira, invadindo demais o espaço pessoal de Laura. Ela recua e tenta parecer relaxada, espera uma resposta positiva.

Laura está assistindo aos primeiros minutos do vídeo de seu pai e seu tio no iPad.

— Acho que eu não gostaria que as pessoas soubessem de mim — diz Laura, e Solomon fica surpreso com o alívio que sente.

Ele nunca consideraria os documentários deles sensacionalistas, mas está orgulhoso de Laura por se ater ao que lhe parece certo, por não ser influenciada pela promessa de atenção e fama, como tantas pessoas são. Bo raramente precisa convencer as pessoas a falar para a câmera; ela balança o aparelho na frente delas e elas se empertigam, prontas para seus cinco minutos de fama. Ele gosta de Laura ser diferente. Ela é normal. Ela é uma pessoa normal que aprecia seu anonimato, que dá valor à privacidade. Disso, e de algo mais.

— Você não precisa compartilhar nada que não queira com a gente — diz Bo. — Joe e Tom permitiram que nós os acompanhássemos e víssemos como viviam e se comunicavam entre si, mas acho que nunca sentiram que ultrapassamos o limite. Tínhamos um acordo muito bem definido de que, no momento em que se sentissem desconfortáveis, nós pararíamos de filmar.

Como naquela manhã, na cozinha de Joe. Bo ficou se sentindo mal com aquilo, como se tivesse se desentendido com um amigo.

Laura parece aliviada.

— Eu gosto de ficar sozinha. Não quero... — Ela olha para o iPad, para os artigos de jornal e críticas de revistas na mesa. — Eu não quero tudo isso.

Laura puxa as mangas do cardigã por cima dos punhos e as aperta entre os dedos, depois se abraça, como se estivesse com frio.

— Entendido — diz Solomon, e olha para Bo, com um ar conclusivo. — Nós respeitamos sua decisão. Mas, antes de irmos, trouxemos algumas coisas para você.

Solomon traz as sacolas de mercado, colocando-as no chão junto dela. Era provável que ele tivesse exagerado, mas não queria que ela fosse deixada sem nada, especialmente se Bridget ficasse do lado de Joe e não continuasse a abastecer Laura. Ele correra até a loja de suvenir local e comprara o máximo de mantas, camisetas e casacos de moletom possível. Não conseguia imaginar o frio que devia fazer ali dentro, o vento assobiando por entre as frestas nas paredes, as janelas velhas, enquanto morcegos voavam a metros de sua porta.

Bo não comentara nada sobre as compras. Ficara no carro verificando os e-mails enquanto ele enchia o porta-malas com sacolas de compras. É só agora que Bo olha para a quantidade de coisas que ele deixa no chão, as registra e o encara, pega de surpresa. Ele está envergonhado, mas ela está impressionada com o esforço. Na opinião de Bo, poderia ajudar muito a convencer Laura a trabalhar com eles.

— Achei que pudesse ficar muito frio aqui em cima — explica Solomon, sem graça, passando as mãos por cima das sacolas e murmurando sobre seu conteúdo.

Bo sorri, tentando segurar a risada provocada pelo desconforto do namorado.

— Muito obrigada por todas essas coisas — diz Laura, espiando o interior das sacolas, então se dirigindo a Solomon. — É demais. Acho que não consigo comer tudo isso sozinha.

— Bem, tem três pessoas aqui que adorariam te ajudar — brinca Bo como quem não quer nada, ainda insistindo, sempre insistindo.

— Vou precisar devolver tudo a vocês — diz ela para Solomon, então para Bo. — Não posso fazer seu documentário.

— É para você — responde Solomon com firmeza —, quer você faça o documentário ou não.

— Sim, sim, pode ficar — diz Bo, distraída.

Enquanto Solomon se apronta para ir embora, fazendo aquilo de não querer forçar a barra, não querer ser visto como grosseiro, invasivo, Bo se prepara. Essa parte nunca a incomoda, é um constrangimento momentâneo num cenário mais amplo. Bo sente em seu âmago que não pode desistir de Laura. Ela é uma garota fascinante, linda, interessante, tremendamente intrigante, de um jeito como ela nunca antes vira. Ela tem não só uma história pronta para virar narrativa, como também uma característica única que é visualmente esplêndida. A garota é perfeita.

Enquanto Solomon se despede de Laura, Bo fica para trás, arrumando sua papelada sem pressa. Empilhando com cuidado as cópias de jornais, repassando em sua cabeça o que pode dizer em seguida.

— Vai indo na frente, Sol. Vou em um minuto — diz Bo, guardando a pasta na bolsa devagar.

Solomon sai, fechando a porta atrás de si.

O namorado rabugento desaprovador se foi.

Bo ergue o olhar para Laura, e a garota parece tão desolada, como se estivesse prestes a chorar.

— O que houve? — pergunta Bo, surpresa.

— Nada, eu... Nada — diz, um pouco sem ar.

Ela se levanta e atravessa o cômodo em direção à cozinha integrada. Serve-se de um copo d'água e o bebe de uma vez só.

É uma garota peculiar. Bo quer saber tudo sobre ela. Quer ver o mundo pelos olhos dela, colocar-se no lugar dela. Ela precisa que Laura diga sim. Não pode perdê-la. Bo sabe que é apaixonada pelo trabalho, de um jeito que beira a obsessão, mas é isso que lhe permite entender seu objeto de estudo por completo. Ela precisa se imergir na vida dele ou dela, *quer* fazer isso. Bo estava buscando algo novo para suceder *Os gêmeos Toolin*, e aqui está: o nascimento natural de uma nova história literalmente emergiu da primeira. É perfeita, certeira, tem o potencial de ser ainda melhor do que *Os gêmeos Toolin*. É o trabalho de Bo fazer outras pessoas virem o que ela vê, sentirem o que ela sente. Ela precisa fazer Laura enxergar isso.

— Laura — diz delicadamente. — Eu respeito sua decisão de não participar, mas quero ter certeza de que está enxergando as coisas como um todo. Quero te ajudar a analisar melhor a situação. Esta semana foi obviamente pesada para você, um momento de mudanças enormes em sua vida, com o falecimento de seu pai.

Laura baixa o olhar, seus longos cílios roçam as maçãs do rosto. Bo nota sua reação quando se refere a Tom como pai dela, a Joe como tio; ela precisa tomar cuidado ao usar isso. São termos com os quais Laura se sente desconfortável, e ela quer saber por quê. *Por que, por que, por quê!* Parece que essa garota é toda feita de segredos; concebida em um, nascida em um, crescida em um, existente em um. Bo quer quebrar a corrente.

— É um novo começo para você. Sua vida está seguindo em frente. Não é certo se Joe vai permitir que você more aqui e, em caso positivo, não sabemos se ele vai te ajudar a continuar vivendo como Tom fez pelos últimos dez anos. Não sei se Joe vai assumir o papel de Tom e agir como intermediário entre você e Bridget, providenciar seus mantimentos e pagar por eles, porque presumo que Tom cobrisse os custos, não?

Laura faz que sim.

— Se Joe não fizer isso, como você vai fazer compras sem carro? Você tem dinheiro? Pode pagar por comida? Tom, por mais prestativo que fosse com você, realmente a deixou numa situação muito vulnerável. — Ela começa a frase seguinte com delicadeza. — Não tem nenhuma menção a você no testamento de Tom. Ele deixou a parte dele para Joe. Talvez pretendesse conversar sobre sua presença aqui com Joe, mas nunca fez isso.

Ela deixa que a informação seja absorvida por Laura, que estende o braço e segura com força o encosto da cadeira. Seus olhos disparam pelo cômodo, perdidos em pensamentos, tudo o que formava seu mundo possivelmente se dissolvendo diante dos olhos.

— Se você participar desse documentário, nós podemos ajudar. Nós três estaremos aqui, podemos trazer qualquer coisa que você quiser. Podemos até te ajudar a se instalar em outro lugar se quiser. Seja lá o que queira, nós podemos ajudar. Você não está sozinha. Você terá a mim, Rachel e, é claro... você terá Solomon, que já percebi que gosta muito de você — adiciona Bo com um sorriso.

7

— Ela topou! — cantarola Bo da trilha, seguindo até Solomon e Rachel, que a esperam ao lado do carro.

— O quê? — diz Rachel, olhando para Solomon. — Ele acabou de me dizer que ela não topou.

— Bem, agora rolou! — Bo ergue a mão no ar para cumprimentá-los.

Os dois a encaram.

— Ah, vai, não me deixem no vácuo.

Rachel bate na mão dela com uma risada surpresa.

— Você é inacreditável. Você é realmente fora de série.

Bo ergue a sobrancelha, apreciando o elogio, mão ainda no ar, esperando por Solomon.

Ele cruza os braços.

— Eu não vou dar tapa nenhum até você me dizer como a fez mudar de ideia.

Bo baixa a mão e revira os olhos.

— Você faria essa pergunta a outro produtor? Ou só para mim? Porque eu gostaria de receber o mesmo reconhecimento que você daria a outra pessoa, não acha justo?

— Se eu estivesse num cômodo com um produtor que recebeu um não objetivo e, depois que eu saísse, conseguisse um sim, então, sim, eu perguntaria a ele.

— Por que o produtor é imediatamente *ele*? — pergunta Bo.

— Ou ela. Quem se importa? O que você fez para convencê-la?

— Tudo bem, gente. Antes que vocês comecem um barraco, podemos combinar algumas coisas de logística? — Rachel chama a atenção deles. — Eu realmente preciso ir para casa ficar com Susie; temos um ultrassom na sexta, e eu não vou perder — diz, falando sério. — Preciso saber o que vai acontecer. Qual é o plano?

Bo encara os dois com os olhos arregalados de choque.

— Gente — diz, exasperada. — Podemos parar de resmungar por um segundo e aceitar, verdadeiramente tomar consciência do fato de que o tema do nosso novo documentário está *confirmado*? Podemos não arruinar o momento com mil perguntas e comemorar? — Ela olha para os dois. — Estamos prontos para recomeçar. Uhuu! Vamos lá! — Ela tenta animá-los até que eles por fim cedem e comemoram com ela, num abraço coletivo, Rachel e Solomon escondendo suas ressalvas momentaneamente.

— Parabéns, sua filha da mãe implacável — diz Solomon, beijando-a.

Ela ri.

— Obrigada! Finalmente o reconhecimento que eu mereço.

— Então... — diz Rachel.

— Eu sei, eu sei, *Susie* — diz Bo, pensando. — É claro que você precisa voltar para ela. Eu sinto que todos os sinais apontam para filmar agora — diz Bo. — O clima, para começar. Estivemos aqui no inverno, fica tudo enlameado, é complicado. Rachel, você caiu de bunda mais vezes do que consigo lembrar e, por mais que tenha sido hilário pra caramba, foi perigoso; como você bem apontou.

Solomon dá uma risadinha.

— E, por mais que eu queira filmar como Laura vive aqui em todas as estações, porque acho importante, quero fazer a parte principal agora. Quero mostrar às pessoas como a encontramos. Bela Adormecida em seu chalé escondido na floresta. Quero as cores, quero luz, quero esses sons — diz ela, olhando para tudo. — É uma atmosfera de verão. Além disso, se esperarmos demais, há chance de Laura mudar de ideia. Eu quero seus pensamentos, desejos, sonhos imediatos, não algo que ela concluiu alguns meses mais para a frente. A vida dela mudou *agora*, pá! Precisamos acompanhá-la agora, quando ela está bem na transição. E, por fim, não sei por quanto tempo Joe vai permitir que ela siga morando aqui. Se formos embora, ele pode simplesmente expulsá-la do chalé; se estivermos aqui, talvez sejam maiores as chances de ele deixá-la ficar.

"Então, com tudo isso em mente, nós vamos para casa hoje, nos recompomos, eu vou preparar a papelada. Rachel, você junta o equipamento, e nós voltamos no domingo à noite. Começamos a filmar na segunda-feira por uma sequência de duas semanas, no máximo."

Todos concordam.

— Rachel, sei que faltam três semanas para a data prevista do parto de Susie, então se por qualquer motivo você precisar sair do projeto... — diz Bo, começando a pensar em outros cinegrafistas com quem ela já trabalhou. — Eu poderia ligar para Andy e ver se...

— Andy é um babaca com uma técnica bastante inferior à minha. Não me substitua por Andy. Seria um insulto. Não me substitua por ninguém — diz Rachel com firmeza. — *Isso* é uma história — diz Rachel, apontando para o chalé na montanha. — Eu quero trabalhar nela.

Diante da demonstração de apoio de Rachel, Solomon sente formigamentos na pele. Ele nunca a viu tão entusiasmada e também nunca se sentiu desse jeito em relação a um projeto antes. Todos estão ansiosos para começar, almejando mergulhar na descoberta da história de Laura. Fervilhando de empolgação, Bo volta ao chalé para discutir o cronograma de filmagem com Laura. Mas volta momentos depois com menos energia.

— Ela mudou de ideia — supõe Solomon, sentindo um buraco no estômago.

— Não exatamente. Ela está em pânico. Está fazendo o negócio dos barulhos. Ela quer você, Sol. De novo.

Solomon abre a porta do chalé. Laura está de pé, andando de um lado para o outro na pequena área entre a cama, a cozinha e a sala de estar.

— Oi — diz ele.

Ela imita um som que ele não reconhece até fechar a porta e ela emitir o exato mesmo som. A tranca se fechando. Os sons dela talvez sejam as coisas que ela deseja que aconteçam. Solomon adiciona essa observação à sua lista de estudos.

— Achei que fosse começar amanhã — diz ela, retorcendo nervosamente os dedos.

— O documentário?

— Sim.

— Não, sinto muito. Não tem como começar imediatamente. Temos que ir para casa e nos preparar para a filmagem, mas não se preocupe, voltaremos na segunda-feira e vamos passar duas semanas aqui.

— Quando você vai embora? — pergunta ela, andando de um lado para o outro.

— Hoje — diz ele. — Laura, o que houve?

— Se você for, eu vou ficar sozinha aqui.

Ela começa a fazer barulhos, agitada. Sons de pássaros, angustiados.

— São só cinco dias. Você sempre fica sozinha.

— Joe não me quer aqui.

— Nós não sabemos se Joe não te quer aqui — diz Solomon. — Ele está em choque, precisa de um pouco de tempo.

— Mas e se ele vier aqui enquanto você não estiver e quiser que eu vá embora? E se o policial voltar? O que farei? Aonde irei? Não conheço ninguém. Não tenho ninguém.

— Você pode me ligar se isso acontecer. Aqui. — Ele revira os bolsos em busca de papel e caneta. — Vou te dar meu número.

— Como eu vou te ligar? Não tenho telefone.

Ele hesita, a caneta pairando sobre o papel.

— Por favor, fique. Eu gostaria de filmar amanhã. — Ela engole em seco, nervosa. — Se for para essa filmagem acontecer, tem que ser amanhã — diz, tentando ser firme.

— Não podemos filmar amanhã, Laura — responde ele gentilmente. — Olha, está tudo bem. Por favor, se acalme. Eu preciso visitar minha mãe esse fim de semana. Ela está fazendo setenta anos. Mora em Galway, não posso deixar de ir. Rachel, a da câmera, está com a esposa grávida, precisa ir para casa vê-la, e Bo, ela é a diretora, produtora... ela tem muito trabalho a fazer para a semana que vem, planejamento, papelada, uma palestra, esse tipo de coisa. Precisamos de mais equipamento, há documentos a serem preparados, permissões a serem concedidas, não tem como começarmos amanhã.

— Posso ir com você? — pergunta ela.

Ele a encara em choque, incapaz de pensar em uma resposta.

— Você quer...

— Posso ficar com você? Não posso mais ficar aqui. Tudo mudou. Eu preciso... mudar com as mudanças.

Ela está em pânico, a mente funcionando a milhão.

— Relaxa, Laura, está tudo bem, nada mudou. — Ele vai até ela, segura-a pelos braços, delicadamente, tenta fazê-la olhar para ele. Seu coração está martelando; apenas tocá-la o tira do eixo. Ela o encara, e aqueles olhos verdes como grama o investigam, chegando até sua alma.

— Meu pai está morto. — Ela o encara, olhos penetrantes. — Meu pai está morto. E eu nunca nem o chamei de pai. Eu nunca nem soube se ele sabia que eu era filha dele. Nós nunca nem... — As lágrimas escorrem por suas bochechas.

— Ah, venha aqui — sussurra ele, abraçando-a e puxando-a para perto até que ela descanse a cabeça em seu peito e esteja completamente envolta em seu amor e cuidado.

— Como um lugar pode ser um lar se ninguém te quer nele? — pergunta ela em meio às lágrimas. — Isso não é um lar.

Ele não sabe como responder.

Ele é a única pessoa que ela conhece. Não pode deixá-la aqui.

— Mas. Que. Porra — diz Bo, aprumando-se, enquanto Solomon vai na direção dela e de Rachel com sacolas nas mãos, seguido de perto por Laura.

— Ela vem com a gente — anuncia ele, evitando o olhar de Bo ao guardar as sacolas no porta-malas do carro.

— O quê? — Bo se junta a ele.

— Aqui ela vai ficar com medo. Não quer esperar sozinha até voltarmos. Eu me pergunto quem foi que a deixou se cagando de medo, Bo — diz ele entre dentes, as veias pulsando no pescoço. Ele está muito bravo.

— Mas... você tem que ir à casa dos seus pais.

— Sim, e vou ter que levá-la comigo. Ela não vai para Dublin com você — murmura, tentando encaixar as sacolas de compras e a mala junto com o equipamento de gravação no porta-malas.

Ele espera que Bo lhe diga que nem pensar, que isso é ridículo, que ela não vai permitir que seu namorado leve uma jovem e linda desconhecida para a festa de sua família, mas, em vez disso, quando ele ergue o olhar, ela está sorrindo de orelha a orelha.

— Laura — exclama Bo, erguendo os dois polegares. — Essa é a melhor notícia possível. A *melhor*.

8

— Branca de Neve! — anuncia Bo, batendo a garrafa de cerveja na mesa do bar do hotel mais alto do que pretendia.

Rachel ri. Solomon balança a cabeça e enfia a mão na tigela com amendoim.

— Sério, ela é tipo a Branca de Neve da vida real — diz ela com empolgação. — Eu com certeza poderia vender essa ideia. Mora na floresta, canta para a porra dos bichos...

Solomon e Rachel não conseguem deixar de rir disso e da intensidade de Bo. Ela está alta, de olhos brilhantes e bochechas rosadas, enquanto eles discutem os planos para o documentário. Bo conseguiu convencer Rachel a ficar por mais dois dias em vez de ir para casa. Elas vão ficar no hotel de Gougane Barra por duas noites, filmar no chalé durante o dia, seguir cada uma para o seu canto no fim de semana, voltar a Cork no domingo à noite. Ela não consegue se conter, e sua empolgação é tão contagiante que tanto Solomon como Rachel acham impossível dizer não. Laura está no andar em cima, num quarto anexo ao deles, no qual eles a filmaram se instalando. Bo tinha filmado tudo. Os primeiros passinhos de formiga no grande e cruel mundo — não que tenha acontecido algo dramático para registrar. Laura não fora criada por lobos; ela sabia se portar. Tudo permanecia dentro dela, contido. Rachel filmara Laura sentada no carro, pela primeira vez em dez anos, o chalé desaparecendo ao fundo atrás da casa dos morcegos. Laura não olhou para trás, por mais que tenha imitado a partida do motor. Quando Laura saiu da propriedade dos Toolin, sua expressão não mudou nem uma vez. Ela processava tudo silenciosa e lentamente;

era relaxante de assistir, tão hipnótico quanto observar um recém-nascido. E, por mais que tudo parecesse trancado dentro dela, seus sons escapavam e revelavam um pouco de si.

"Sinto como se tivéssemos uma filha", Bo brincara para Solomon, referindo-se ao quarto anexo, antes de estremecer.

— Se Laura é a Branca de Neve, quem é a bruxa má que a trancafiou? — pergunta Rachel.

— A avó dela — responde Solomon, soltando a língua. Considerando que passou o dia caindo de sono, está bem desperto agora.

— Mas não má. No mínimo, bem-intencionada.

— Todas as pessoas más pensam que são bem-intencionadas de alguma forma — diz Bo. — Manson achava que seus assassinatos acelerariam a guerra racial apocalíptica... Que tal Rapunzel?

— Que tal Mogli? — brinca Rachel.

Bo a ignora.

— Confinada num chalé no topo da montanha, isolada do mundo. E ela tem longos cabelos loiros e é linda — adiciona. — Não que isso devesse fazer diferença, mas faz, e todos nós sabemos. — Ela aponta o dedo para o rosto de Solomon e Rachel para evitar que eles contestem, não que eles fossem fazer isso.

— Não sei por que você está pensando em filmes da Disney — diz Rachel. — Vai ser uma coisa comercial?

— Porque essa história tem uma atmosfera de contos de fada. Laura tem uma atmosfera etérea, sobrenatural, não acham?

É claro que Solomon concorda, ele sentiu isso desde o começo e talvez estivesse errado, sido tolo até, em pensar que era o único afetado por Laura.

— Ela fala com animais e pássaros — comenta Bo. — Isso é bem Disney.

— De Niro falava com o espelho — sugere Rachel. — Shirley Valentine com a parede.

— Não é bem a mesma coisa. — Bo sorri.

— Ela não fala com eles, ela os imita — explica Solomon. — Tem uma diferença.

— A imitadora. A imita*triz*.

— Títulos com gênero, de uma feminista como você. Deveria estar envergonhada — provoca Rachel, sinalizando para o barman trazer mais uma rodada.

— Ecos de Laura.

— Perfeito — diz Rachel. — Para um novelão.

— Ela imita — continua Solomon, pensando alto. — Ela repete coisas que nunca ouviu antes, algumas vezes, até acertar. Talvez seja para entendê-las. Ela emite sons aflitos quando se sente ameaçada, como o latido, o rosnado, os sons de alarme do carro quando a conhecemos. Ela associa esses sons a perigo e defesa.

As duas refletem sobre a análise dele.

— Interessante. — Rachel concorda com a cabeça. — Não tinha percebido que havia uma linguagem nos sons.

— Não tinha? — pergunta Solomon. Parecera óbvio para ele. Os sons eram todos diferentes. Compassivos quando ela gania com Mossie; defensivos, agressivos quando ela estava cercada. Simulando o pigarreio de Solomon quando identifica que ele está desconfortável, ou durante uma situação desconfortável de maneira geral. Os sons fazem sentido para ele. Totalmente peculiares, mas parecem formar um padrão.

— A linguagem de Laura — diz Bo, continuando a busca por um título.

— Então ela imita — diz Rachel. — Laura, a Mímica.

— Profundo. — Bo dá uma risada.

— Ela não imita ações ou movimentos. Apenas sons — explica Solomon.

Os três pensam.

— Quero dizer que ela não fica de quatro, rosnando que nem um cachorro, ou correndo pelo cômodo e balançando os braços como um pássaro. Ela repete sons.

— Justo.

— Nosso amigo antropólogo — diz Rachel, erguendo a nova caneca na direção dele.

— Antropólogo, isso sim é uma boa ideia — fala Bo, pegando caneta e papel. — Precisamos falar com um sobre ela.

— Tem um pássaro em algum lugar que imita sons — diz Solomon, sem escutar as duas. — Vi num programa sobre natureza há um tempo. — Ele pensa com esforço, a mente enevoada pelo jet lag e agora pelo álcool.

— Um papagaio? — sugere Rachel.

Bo dá uma risadinha.

— Não.

— Um periquito.

— Não, ele imita todos os sons. Humanos, máquinas, outros pássaros, eu vi num documentário.

— Huum. — Bo pega o celular. — Pássaro que imita sons.

Ela pesquisa por um momento. De repente, o celular começa a tocar alto e, quando os clientes se viram para olhar de novo, ela logo pede desculpas e abaixa o volume.

— Foi mal. É isso.

Eles se aglomeram para assistir a um vídeo de dois minutos de David Attenborough sobre um pássaro que imita os sons de outras aves, uma serra elétrica, um celular, o clique de uma câmera.

— É exatamente igual a Laura — diz Rachel, cutucando a tela com o dedo gorduroso e salgado de amendoim.

— Chama ave-lira — diz Bo, perdida em pensamentos. — Laura, a Ave-Lira.

— A Ave-Lira — diz Rachel.

— Não. — Solomon balança a cabeça. — Só Ave-Lira.

— Amei. — Bo sorri. — É isso. Parabéns, Solomon, seu primeiro título!

Exultantes, eles dão a noite por encerrada à meia-noite e voltam para os quartos.

— Achei que estivesse cansado. — Bo sorri quando Solomon se aconchega em seu pescoço enquanto ela abre a porta com um cartão. Ela erra a mira algumas vezes. — Você parece um vampiro, ganhando vida à noite — diz ela com uma risadinha.

Ele dá mordiscadas em seu pescoço, o que o faz lembrar de um morcego, o que o faz lembrar da casa dos morcegos, o que o faz lembrar de Laura, que está no quarto anexo, o que o tira do eixo, o faz afrouxar a pegada em Bo. Por sorte, ela não nota ao enfim acertar o cartão na porta e a abrir.

— Eu me pergunto se ela está acordada — sussurra Bo.

Com Laura em seus pensamentos, Solomon puxa Bo para perto de si e a beija.

— Espera — sussurra Bo. — Me deixe escutar.

Ela se afasta e se aproxima da porta do quarto de Laura. Ela pressiona o ouvido contra a porta e, enquanto escuta, Solomon começa a despi-la.

— Sol. — Ela ri. — Estou tentando fazer uma pesquisa!

Ele puxa a calcinha dela pelo pé e a joga por cima do ombro. Começando pelo calcanhar, ele a beija perna acima, lambendo a parte interna de suas coxas.

— Deixa pra lá. — Bo desiste da pesquisa e dá as costas para a porta.

Na cama, Bo solta gemidos de prazer.

Solomon a puxa para si, para beijá-la e, quando seus lábios se conectam, volta a ouvir os sons de prazer. Os sons de Bo. Mas eles não vêm de Bo, eles vêm da porta do quarto anexo. Os dois congelam.

Bo olha para Solomon.

— Ai, meu Deus — sussurra.

Solomon olha para a porta. A luz do banheiro ilumina o quarto outrora escuro. Por mais que a porta do lado deles ainda esteja fechada, Laura deve ter aberto a própria porta e os está escutando.

— Ai, meu Deus — repete Bo, saindo de cima de Solomon e se envolvendo na roupa de cama de forma protetora.

— Ela não consegue ver você — diz ele.

— Psiu.

O coração de Solomon está martelando, como se ele tivesse sido pego fazendo algo que não devia. Mesmo que Laura não consiga vê-los, ela com certeza consegue ouvi-los.

— Não importa, é doentio.

— Não é doentio.

— Puta merda, Solomon — sibila ela, indignada.

Eles aguçam os ouvidos, mas não ouvem mais nada.

— O que você está fazendo? — sibila ela, observando-o sair da cama.

Ele vai até a porta anexa e pressiona o ouvido contra a madeira fria. Imagina Laura logo do outro lado, fazendo o mesmo. É sua primeira noite longe do chalé; talvez eles tenham errado em deixá-la sozinha por algumas horas. Ele espera que ela esteja bem.

— E aí? — pergunta Bo quando ele volta para a cama.

— Nada.

— E se ela for doida, Sol? — sussurra Bo.

— Ela não é doida.

— Doida tipo psicopata-assassina louca.

— Ela não é.

— Como você sabe?

— Eu não... Foi sua ideia trazê-la para cá.

— Isso ajuda muito.

Ele suspira.

— Podemos pelo menos terminar?

— Não. Isso me deixou apavorada.

Solomon suspira, descansa os braços atrás da cabeça e encara o teto, sentindo-se totalmente desperto. Bo joga a perna por cima dele, de forma que ele não consiga nem terminar sozinho enquanto ela dorme. Totalmente desperto agora, e insatisfeito.

Ele afasta as cobertas e se mexe para tirar Bo de cima dele.

— Se você for bater punheta no banheiro, é melhor ser silencioso, ou então a Ave-Lira vai passar as próximas duas semanas repetindo todos os seus sons na frente da câmera — alerta Bo, sonolenta.

Ele revira os olhos e volta para a cama, o clima completamente liquidado.

A certa altura adormece escutando o som de Laura o escutando.

9

Solomon acorda de manhã na cama vazia. A porta do quarto anexo está entreaberta. Ele se senta e se recompõe. Ouve a voz de Bo flutuando até ele. Gentil, mas pragmática.

— Joe concordou em nos dar acesso ao chalé hoje para podermos te filmar lá. Podemos acompanhar o seu dia, o que faz, como vive, esse tipo de coisa. Então vou fazer algumas perguntas sobre como você imagina o futuro, o que gostaria de fazer com sua vida. Então talvez você possa pensar nessas coisas.

Silêncio.

— Você já tem essas respostas?

Silêncio.

Solomon sai da cama pelado e atravessa silenciosamente o quarto até a porta. Ele espia pela fresta e as vê, Laura sentada na cama e as costas da cabeça de Bo.

— Tá, tudo bem, não precisa responder às minhas perguntas agora. Mas entende o que estamos planejando?

— Entendo.

— Vamos filmar hoje e amanhã, fazer uma pausa no fim de semana, então voltar na segunda-feira. Tudo bem por você?

— Eu vou passar o fim de semana com Solomon em Galway.

— Sim.

Silêncio constrangedor.

— Ontem à noite, Laura...

Silêncio.

Solomon fecha os olhos e se encolhe, desejando que Bo só deixasse para lá. Foi a primeira noite em dez anos que Laura dormiu numa cama diferente, num cômodo diferente. Tudo foi diferente. Os sons de Bo foram novos para Laura, imitá-los foi sua maneira de compreendê-los, só isso. Ele queria que Bo entendesse e ignorasse.

— Hum, ontem à noite ouvi você fazer um som. Enquanto eu estava na cama.

Laura faz o som de novo, uma réplica exata dos gemidos de prazer de Bo, como se os tivesse gravado e os estivesse tocando em sua laringe.

Solomon morde o lábio, tentando não rir.

— Sim. Isso. — Bo está morta de vergonha.

— Você quer isso no seu filme?

Solomon volta a espiar Laura pela fresta ao notar a mudança em seu tom de voz. É um tom brincalhão. Ela está brincando com Bo. Bo, por outro lado, não percebe.

— Não! — diz, rindo com nervosismo. — Veja bem, *isso*, o que você ouviu, foi particular, um momento particular entre mim e... — Bo pausa, sem querer mencionar Solomon.

— Sol — diz Laura, reproduzindo o nome exatamente como Bo o diz. É a voz de Bo saindo da boca de Laura.

— Meu Deus. Sim.

— Solomon é seu namorado?

— Sim.

Solomon engole em seco, seu coração martelando de novo.

— Tudo... bem? — pergunta Bo.

— Tudo bem para quem?

— Para você. Tudo bem *por* você — responde Bo, confusa.

Laura limpa a garganta, incomodada, mas o som não é dela, e sim de Solomon. Ela olha rapidamente na direção da porta, e ele percebe que Laura sabe que ele estava escutando. Solomon sorri e vai para o chuveiro.

Eles passam a quinta-feira filmando na casa de Laura. Depois de perceber que, sob observação, Laura tendia a congelar e olhar para a câmera, perdida, Bo teve a ideia de filmá-la fazendo sopa de legumes. É uma atividade que deixa Laura à vontade. A princípio ela fica desconfiada da presença deles, constrangida sob os olhares deles e da câmera. Então, ao se perder nas tarefas, relaxa visivelmente. Eles mantêm distância, tentando não ser intrusivos, por mais que sejam tão pouco naturais quanto três pessoas com equipamentos de filmagem numa floresta. Ela imita menos seus sons ao se locomover por ali.

Laura cuida do canteiro de frutas e legumes, cata ervas na floresta; alho-selvagem cresce em abundância ao longo dos riachos e das áreas sombreadas; ela colhe as folhas maiores e flores que já abriram.

Ela não fala muito, às vezes praticamente nada. Bo pede a ela que descreva o que encontrou pelo chão, mas então para, decidindo que será um desses documentários, bem como *Os gêmeos Toolin*, em que o áudio terá que ser adicionado às imagens gravadas posteriormente, quando respostas podem vir de perguntas diretas. Laura não é nenhuma narradora, mas imita cantos de pássaros; os pássaros parecem confusos, ou ao menos convencidos de sua autenticidade de longe, e respondem.

Bo está fervilhando, isso é óbvio. Todos eles estão. Trabalham juntos no maior silêncio possível, respeitando a necessidade de Laura por ele. Entre as filmagens, suas conversas são reduzidas ao mínimo, só comunicação básica. Gestos, uma palavra aqui e ali. É possivelmente o dia mais silencioso da vida de Solomon, não só porque ele teve que ficar quieto — está acostumado a isso —, mas também porque ele passa a maior parte dos dias ouvindo os outros. Apesar de estarem filmando na mesma montanha de *Os gêmeos Toolin*, há uma diferença distinta entre as sensações, os sons e os ritmos. O que eles têm nas mãos é um documentário completamente diferente. É lírico, musical, até mágico. As imagens de Laura navegando pela floresta, com seu cabelo platinado e temperamento calmo, são esplêndidas, sublimes. Levam Solomon de volta àquele primeiro momento, como ela quase que literalmente lhe tirara o ar no instante em que a viu. Ele poderia observá-la o dia todo. Poderia ouvi-la o dia todo. Ele faz isso. E, com o equipamento de som preso às roupas dela, o microfone em sua camiseta, ele consegue escutar praticamente cada respiração e batida do coração de Laura. Ainda assim, quando olha para ela, quando seus olhares se encontram, não há nada de frágil nela. Ela é forte. Ela é firme. A mente dela é estável.

Laura se ergue do chão da floresta e alonga as costas. Ergue os olhos para o céu, inspira e, como se lembrasse que a equipe está ali, se vira e ergue a cesta no ar.

— O que você pegou? — pergunta Bo, encantada por Laura estar pronta para conversar.

— Alho selvagem; é bom para temperar sopas. Também é bom para tosse e para o peito. Uso para uma sopa de alho selvagem, batata e cebola. Tenho cogumelos... — Ela passa os longos dedos por uma variedade de cogumelos.

— Como você sabe que eles são seguros?

Laura ri, e sua risada parece de alguém mais velho. Ela imita um som de vômito, um tão real que dá ânsia em Rachel. Ainda assim, não parece notar o som, é como se uma lembrança tivesse ganhado vida através do próprio som, como uma imagem de relance na mente de outra pessoa.

— Tentativa e erro pelos primeiros anos — explica Laura, então passa a mão pela comida na cesta. — Isso aqui é trangulho, também conhecido como castanha-subterrânea. Fica bom assado. Salsa-de-cavalo, é parecido com aipo. Urtigas, flor de tojo para geleia de flor e erva-alheira. É integrante selvagem da família dos repolhos, boa para marinar carne. Gosto dela porque dá para comer todas as partes: raízes, flores e sementes. A raiz dá um vinagre de raiz de erva-alheira gostoso.

— Tá bom, ótimo, obrigada. — Bo sorri alegremente.

No chalé, Laura abre os armários para lhes mostrar a coleção de comida conservada em vinagre ou salmoura, seca e enlatada. Ela preserva as frutas e os legumes que não dão no inverno, quando sua dieta se tornaria monótona caso não o fizesse. É nessa época que ela realmente depende do que Tom lhe dá. *Dava*. Ela faz uma pausa e se recompõe antes de continuar. Está confiante, orgulhosa de seu trabalho com a comida, e fica feliz em falar sobre isso. Suas frases são curtas e limitadas, é claro, mas, para ela, oferecer qualquer informação espontânea é um sinal de sua confiança, que cresce ao longo do dia de filmagem.

Ela faz sua sopa, então lhes oferece para provarem. Bo toma uma colherada por educação. Solomon e Rachel terminam suas tigelas.

Está no fim da tarde.

— O que você faria em seguida? — pergunta Bo, tentando dar continuidade às coisas.

— Normalmente eu ainda estaria lá fora, forrageando. — Laura sorri com educação, consciente de que o tempo é importante para Bo.

— Não sinta que precisa apressar tudo por nossa causa. Quero registrar como você seria normalmente.

— Normalmente não teria servido minha sopa a três pessoas. — Ela sorri e acrescenta para Solomon: — É a primeira vez que faço isso em dez anos.

— Quatro pessoas — diz Rachel. — Posso repetir?

Laura dá uma risada. Ela gosta de Rachel, é óbvio. É desconfiada em relação a Bo. Com Solomon, todo mundo sabe que é uma certeza.

A moça sugere limpar as roupas, algo que não interessa Bo. Ela não chega a franzir o nariz, mas é uma reação parecida.

— Que tal se filmarmos você lendo? — pergunta Bo. — Livros são uma parte importante da sua vida, não são?

— É claro. Eu leio todo dia.

— São sua conexão com o mundo?

— Eu diria que são as únicas coisas que *não são* minha conexão com o mundo — responde Laura. — Eles são entretenimento, escapismo.

— Sim — diz Bo, ainda que esteja ocupada demais planejando a próxima cena para processar a resposta. — Onde você costuma ler?

— Em vários lugares. Aqui dentro. Lá fora.

— Vamos lá fora, nos mostre aonde você iria.

— Depende da época do ano, do dia, da hora do dia, da luz — diz. — Eu ando um pouco até encontrar um lugar com a sensação certa.

— Vamos fazer isso, então — diz Bo, sorrindo, e, quando Laura não está olhando, dá uma espiada no relógio.

Não é que Bo não esteja interessada — ela está, quer toda a informação possível —, é que o tempo não está a seu favor. Há coisas demais a serem feitas, e pouco tempo para fazê-las. O objetivo é fazer tudo, rápido, de forma que ela não deixe nada passar, e é claro que, ao fazer coisas tão rápido o tempo todo, ela *deixa* coisas passarem, como Solomon vive a alertando.

Solomon acompanha Laura até a estante de livros, que está transbordando. Há livros empilhados no chão por todos os lados.

— Você tem algum favorito? — pergunta ele.

Ela pega um livro, um romance erótico chamado *Uma rocha e um lugar duro*, e o mostra para ele. Então faz o som que ouviu na noite anterior, os sons de prazer de Bo. Ela é silenciosa o suficiente para Bo não escutar. Solomon dá uma risada e balança a cabeça.

— Você está apaixonado por ela? — pergunta Laura.

Ele fica tão surpreso com a pergunta que não sabe bem como responder. Ele deveria saber, mas não consegue se forçar a externalizar uma resposta.

Ela imita o pigarreio desconfortável dele.

— Fico surpresa por Bridget ter comprado esse livro para você — diz ele, mudando de assunto.

— Eu nunca a conheci, mas também fiquei surpresa. — Ela ri.

— Havia uma caixa cheia deles. De segunda mão, bazar da igreja. Uma virgem chamada Betty Rocha e o safado Nathan, o limpador de janelas. Eles ficam cheios de sabão em vários lugares.

Ambos riem.

— Não. Esse é o meu favorito. Já li mais de cinquenta vezes. — Ela entrega um livro de imagens para ele.

— Não tem palavras — diz ele, folheando-o.

— Palavras são frequentemente supervalorizadas.

— É sobre o quê?

— Uma árvore que se transforma numa mulher.

— Bem como Bo disse — fala Solomon com sarcasmo, analisando-o. — Sua conexão com o mundo.

Ela ri.

Ele olha para a capa. *Enraizada*.

— Como é a história?

— Tem uma árvore num parque. Um parque urbano movimentado. Ela tem centenas de anos e observa pessoas todo dia. Crianças brincando com bolas, mães passeando com bebês em carrinhos, pessoas correndo, casais discutindo. A vida. À medida que o tempo passa, quanto mais ela absorve a vida ao seu redor, mais humana a árvore se torna. Seu tronco se transforma em pele, suas folhas em cabelo, seus galhos em braços. Ela encolhe. Até que um dia ela não é mais uma árvore, é uma linda e jovem mulher. Ela desenraíza os pés do solo e sai andando do parque.

— Interessante — diz Solomon, folheando as páginas.

— Pode ler, se quiser — oferece ela.

— Ela sai do parque pelada? — pergunta ele. — Nudez é essencial num livro de imagens.

— Isso é revelado na página pop-up. — Ela sorri.

Ele dá uma risada e a analisa, curioso.

Ela ergue os olhos, nem um pouco desconfortável sob o olhar ávido de Solomon. Não parece se importar com a atenção dele, então ele a sorve um pouco mais.

Ele respira fundo, solta lentamente.

— Obrigado pelo livro. Vou devolver no mesmo estado. Na verdade, tenho um livro para você. — Solomon tira um exemplar em brochura da bolsa de áudio. — Bridget o trouxe na quinta-feira. Tenho certeza de que é para você.

Solomon precisava dar crédito a Bo. Assim que Bridget mencionou que Tom era um leitor ávido, ela soube que havia algo estranho. Ele se pergunta o que mais ela é capaz de perceber.

Laura pega o livro dele, sua energia mudando completamente. É o último livro que recebeu do pai, mesmo que ele não o tenha escolhido, mesmo que nunca o tenha dado a ela, mesmo que nunca tenha tocado nele ou sabido qual era. Ele o pedira para ela. Ela o abraça junto ao corpo.

— Vamos lá — diz Solomon. — Então, como você limpa suas roupas? — pergunta ele enquanto pega seu equipamento e se prepara para sair.

— A lavanderia fica no topo da montanha, do lado da boate — responde Laura, séria. — Mas Bo não quis saber sobre nada disso.

Solomon joga a cabeça para trás e dá uma risada calorosa.

Laura toma nota daquele lindo som, grava-o em sua mente, repassa-o de novo e de novo.

10

É impressionante como o mundo de Laura fica escuro à noite, como ela fica isolada e afastada. O que durante o dia parece remoto, porém pacífico, durante a noite parece ameaçador e cruel, como se ela tivesse sido abandonada. Ela não tem ninguém. Ninguém. Ring, o cão pastor sobrevivente, vem até ela às vezes quando não está com Joe, talvez se sentindo confortável devido ao luto compartilhado que sentem por Mossie e Tom. Ele é sua única companhia, além dos pássaros e das criaturas que se movem ao seu redor. Ela se tornou apta a senti-los antes de qualquer um, alertando Rachel antes que ela dê um passo para trás e descubra um texugo morto ou um ninho de pássaro caído. Seus sentidos são tão sintonizados com o mundo natural ao redor dela, ou pelo menos é o que parece a Solomon, que Ave-Lira, como Bo agora cismara de chamá-la, quase desapareceu. Solomon sente que Laura não se considera presente no ambiente, e em vez disso assume os sons, a essência, a vida de tudo que a rodeia, assim como em seu livro favorito. Enquanto a árvore absorve a vida humana e se torna uma jovem mulher, essa jovem mulher absorve a natureza e se torna parte da natureza, ou tenta se tornar.

— Deveria ter uma continuação — diz ele, referindo-se ao livro, enquanto os dois estão junto a uma janela do chalé. Solomon não consegue vencer o instinto de olhar para fora toda vez que ouve um som. Sente-se responsável por protegê-la, o que é ridículo considerando que Laura identifica facilmente todos os sons a cada vez que ele se encolhe, para tranquilizá-lo. Ele não sabe bem quem está protegendo quem. Rachel e Bo estão sentadas no sofá perto da lareira, olhando as filmagens do dia. — Quero saber como essa mulher descalça que já foi uma árvore se vira no mundo. Ela se torna uma mulher de negócios bem-sucedida no mundo corporativo e perde todas as emoções? Ela se torna um robô? Ou se apaixona, se casa e tem cinco filhos-árvore ou... — Ele ri.

— O quê?

— Deixa pra lá.

— Fala.

— Ou, assim que ela sai do parque e pisa na rua, é atropelada por um caminhão porque não conseguia ver o trânsito do parque. — Ele sorri, mas Laura parece pensativa.

— Acho que ela só precisa encontrar alguém em quem confiar e ficará bem.

— Confiar — diz ele, indiferente à palavra. — A mulher-árvore aprendeu sobre confiança no parque?

— Não. — Ela ri. — Quer dizer, talvez. Ela aprendeu sobre humanidade. Você vai ter que ler. Mas ela não precisa ter aprendido no parque. Confiança é o tipo de coisa que alguém sente dentro de si.

— Ah. É instintivo.

— Sim.

— Não entrega o final, hein.

— Isso não faz parte da história.

Ele a encara, sem se importar se ela nota. Os olhos dela brilham mesmo no escuro, seus lábios tão carnudos e macios que ele quer beijá-los mais do que tudo. Está perturbado pela força desse instinto, seguro de que nunca se sentiu desse jeito antes. Ele desvia o olhar, limpa a garganta.

— Quer dormir aqui esta noite? — pergunta ele.

— Você também vai?

— Não — diz ele baixinho. — Não posso, Laura.

— Ah, eu sei. — Ela fica afoita, mas ele não consegue ler seu olhar direito na escuridão. — Quis dizer todos vocês. São todos bem-vindos.

— Todos nós aqui dentro? — pergunta ele, olhando ao redor do chalé.

— Não, tem razão, vamos para o hotel — diz ela. — Não quero ficar aqui sozinha.

E para si mesma ela adiciona: "não mais".

Na manhã seguinte, eles visitam a casa da avó de Laura, onde ela e a mãe foram criadas. Longe da rua principal, a vinte minutos do vilarejo, é um bangalô remoto, distante de olhos intrometidos. Como tantas casas na área rural, não daria para ver a pequena trilha que leva à casa sem saber de sua existência. Mesmo se alguém acabasse notando-a, ela carecia de apelo, e não fazia jus à ternura e ao amor que havia em seus limites. Estava desabitada desde a morte de Hattie, há nove anos, e isso transparecia. Apesar de não ir ali havia dez anos, Laura os guia como se estivesse estado ali ontem. Bo falava delicadamente com ela enquanto avançam, ciente da fragilidade do momento.

Bo estacionou na rua principal; queria registrar a reação de Laura ao andar em direção à casa pela primeira vez em dez anos. Logo depois da entrada da trilha há um portão, que, segundo Laura, sua avó instalou pouco depois da morte do avô, por proteção.

— Sabe se sua mãe ou sua avó escreveram um testamento? — pergunta Bo enquanto caminham pela longa entrada em meio a árvores altas até a casa.

Laura balança a cabeça.

— Como eu saberia?

— Perguntando ao advogado ou testamenteiro da sua avó.

— Gaga não tinha chuveiro, duvido que tivesse um testamenteiro.

Rachel e Solomon evitam se olhar para não rir alto.

— Se não havia um testamenteiro, então um administrador seria indicado. Um administrador seria o parente mais próximo. O motivo de estar falando tudo isso é que você poderia ter direito a este terreno e propriedade, Laura. Se houver dinheiro num banco, ou investimentos ou uma pensão, isso também seria seu. Posso te ajudar a pesquisar, se quiser.

— Obrigada. — Ela deixa passar um longo momento de silêncio. Para e se curva para catar uma frésia, que enrosca nos dedos.

Rachel se mexe para registrar a silhueta escurecida de Laura na frente do sol, cuja luz forte se suaviza e então arde por trás das árvores conforme eles se movem, como a luz de um farol.

Laura volta a caminhar, mais rápido dessa vez.

— Gaga não tinha mais ninguém. Era filha única. Seus pais morreram há muito tempo. Ela nasceu em Leeds, largou a escola aos catorze anos, trabalhou numa fábrica, costurando. Mudou-se para a Irlanda para cuidar das crianças de uma família próxima, mas não ficou com eles por muito tempo. O verão chegou, ela conheceu o vovô... — Laura ergue o olhar para a casa quando ela fica à vista. Arqueja.

Solomon se prepara para apoiá-la. A qualquer momento vai estender a mão, mergulhar à frente para pegá-la.

Silêncio.

Rachel se mexe atrás dela. Baixa a câmera. A vista que Laura tem da casa.

Solomon quer ver o rosto dela, mas precisa ficar atrás da câmera. Ele a analisa, absorve tudo sobre ela. Como seus ombros se ergueram, paralisados, tensos. Seus dedos pararam de enroscar a frésia. A flor cai no chão, aterrissa ao lado de sua bota. Ele a ouve respirando nos fones de ouvido. Respirações curtas e rasas.

Solomon se força a desviar o olhar de Laura para apreciar a vista. A grama cresceu tanto que chega à altura das janelas do bangalô. Está longe de um conto de fadas: tijolos marrons, telhado reto, porta da frente e duas janelas de cada lado. Nada de encantador, mas ainda assim, para Laura, é um baú de tesouros de momentos preciosos.

Ele espera que as palavras dela sejam tão previsíveis quanto as que Bo disse quando ergueu seu primeiro prêmio: "Nossa, é pesado". Palavras sobre as quais ele a provocou assim que ela voltara com o primeiro pedaço de cristal na mão. Ela nunca mais as disse depois disso, mais eloquente, mais treinada, menos surpresa. Ele imagina o encanto delicado de Laura — "Encolheu, é menor do que eu imaginava", as palavras usuais de um adulto que volta a um lugar da infância —, mas a imagem da casa lhe traz outra coisa, um comentário surpreendente.

— Gaga não teria deixado isso para mim — diz Laura com firmeza —, porque não há registro de mim. As únicas pessoas que já souberam que eu existo estão mortas.

Ela avança para longe deles e perambula pelo meio da grama alta em direção à casa. Rachel olha para Solomon com espanto.

— Ela acabou de dizer que ninguém sabia da existência dela? — pergunta Rachel em voz baixa quando eles cortam por um momento.

Bo assente, nem um pouco surpresa, mas com as pupilas grandes e dilatadas de empolgação.

— Venho perguntando pelo vilarejo e ninguém sabia que Isabel Murphy, ou Isabel Button como ela preferia ser chamada, teve um bebê. Na verdade, todos acharam a ideia risível.

Rachel franze a testa.

— Então ela está mentindo?

Solomon olha para Rachel, a princípio irritado com sua deslealdade, então se lembra que Rachel é sempre racional e que sua pergunta foi sensata. Ele sente um leve pânico ao pensar que a mulher a quem tanto se apegou, pelo menos em sua mente, poderia estar inventando toda essa história. Ele foi completamente sugado. Enquanto em sua cabeça tudo parece sair fora de controle, Bo o resgata, puxa-o de volta à realidade e diz algo que o faz amá-la ainda mais.

— Eu ouvi tudo o que todo mundo tem a dizer sobre essa família, o que, pode acreditar, é um monte de merda louca, e não é que não acredite neles, mas eu realmente acredito em cada palavra que Laura está dizendo — declara Bo com firmeza. Ela se apressa para alcançar Laura.

Laura tenta girar a maçaneta da porta da frente, mas está trancada. Ela olha pelas janelas do bangalô, uma por uma, pressionando o rosto contra o vidro sujo, bloqueando o sol com as mãos. O vidro está tão turvo que mal dá para ver o interior. Ela dá a volta até os fundos da casa.

— Qual era o seu quarto? — pergunta Bo, aparecendo.

— Esse aqui.

Do lado de dentro há uma cama de metal, sem colchão, um guarda-roupas com as portas arrancadas. Fora isso está vazio, não há nenhum rastro da vida de Laura. Solomon tenta ler sua expressão, tenta conseguir os melhores ângulos, mas Rachel o olha com irritação porque ele está bloqueando a luz, entrando no caminho dela, saindo da posição.

Finalmente, ele põe o equipamento no chão. Solta o suéter da cintura e o enrola ao redor do braço e do cotovelo.

O vidro se estilhaça. Bo, Rachel e Laura se viram para ele, surpresas.

— Agora está aberto — diz.

Laura dá um sorrisinho para ele.

— Conte-nos sobre sua vida aqui, do jeito que você quiser — diz Bo enquanto eles se acomodam do lado de fora, depois de andar pelo bangalô infestado por ratos.

Bo encontra um lindo cenário na grama alta, a casa e a floresta atrás deles. É um dia quente de verão, está abafado, como se uma tempestade assomasse, e o céu está cheio de nuvens velozes que desaparecem depressa na freguesia vizinha, como se soubessem algo que tudo que é estático desconhece. Fica ótimo na câmera. Laura se senta num banco, Bo na frente dela, mas fora de cena. E, com os encorajamentos de costume para que o entrevistado tente incluir a pergunta na resposta para a simplicidade e fluência do documentário, eles começam.

— Não mudou nada — diz Laura, fechando os olhos e inspirando. — A sensação é a mesma. Ao menos quando fecho os olhos.

— Como você se sente ao ver a casa desse jeito?

Laura olha para a casa como se fosse uma estranha.

— Não é como eu me lembro. Nunca foi imaculada, Gaga e mamãe tinham orgulho da casa, mas de um jeito diferente. Sempre havia coisas pra todo lado: jarras de vidro, coleções de coisas dentro delas, barbante, botões, ervas, pedras, tecidos. Poções, loções, emoções... — Ela sorri, como se lembrando de uma piada interna.

— É isso o que Gaga sempre disse sobre a casa. Nós três enchíamos a casa de poções, loções e emoções.

— Gaga e sua mãe (posso chamá-la de Gaga?) gerenciavam um negócio de confecção de vestidos e costura. Falei com alguns moradores locais, disseram que era um negócio bem-sucedido, popular.

Tanto ontem à noite quanto hoje de manhã, Bo havia sumido do hotel para fazer a "pesquisa". Sobrara para Solomon a tarefa de entreter Laura. Os dois haviam jogado cartas até Bo voltar, à meia-noite, com hálito de cerveja e cheiro de cigarro nas roupas. Solomon ficara desapontado quando ela voltara. Queria mais tempo com Laura, ouvindo seus sons, ela imitando o barulho das cartas sendo embaralhadas, o gelo no copo derretendo e encontrando um novo lugar para se acomodar. Era como música. A companhia dela era relaxante, lenta, nada urgente ou surtada. O tempo não era uma questão, era como se nem existisse. Ela não tinha celular para conferir, não levava um relógio no pulso. Estava simplesmente ali, presente no agora; a linha suave de sua boca, a maneira como seu cabelo comprido roçava e fazia cócegas no braço dele quando ela se inclinava para pegar as cartas. Todas as sutilezas eram grandes. Seu coração nunca se sentira tão contente, mas ainda assim palpitava. É só quando está longe dela que a culpa, o conflito, a comparação com Bo têm início, o terror interno silencioso que o gela.

— Elas tinham um negócio bem-sucedido — concorda Laura.

— Tinham uma base leal de clientes para quem faziam vestidos; de casamento, primeira comunhão, festa… Com tantas famílias enormes por aqui, sempre havia alguma ocasião. Eu adorava a confecção. Elas me usavam na hora de marcar os ajustes, não conseguiam ver o movimento nos manequins. Eu adorava girar neles, fingindo que era o meu casamento, ou meu aniversário, o que as deixava loucas. — Ela sorri com a lembrança. — Quando a parte dos vestidos esfriou, só sobraram os ajustes, e então mamãe passou a fazer serviços de governanta para algumas pessoas idosas que moravam sozinhas; fazia compras para eles, lavava e passava roupas... o que precisasse ser feito. Havia muitas pessoas em locais remotos cujos filhos se mudaram para alguma cidade para cursar uma universidade ou trabalhar. As pessoas paravam de voltar para casa. O trabalho se tornou escasso para Gaga e mamãe.

— Os clientes entravam na casa?

— Não. O estúdio, ali — ela aponta para a garagem —, era a oficina delas. Elas não gostavam que as pessoas entrassem em casa.

— Por que não?

— Elas eram reservadas. Queriam manter o negócio separado da casa.

— Não queriam que ninguém visse você, não é?

— Não.

— Qual você acha que era o motivo?

— Porque elas eram reservadas.

— Pode incluir a pergunta na respos...

— Elas não queriam que ninguém me visse porque eram reservadas — diz Laura, um pouco impaciente.

A frase sai ríspida, e eles não poderão usá-la. Agressiva demais, defensiva demais.

Bo deixa que ela se acalme por um momento, fingindo que está passando o som com Solomon.

— Está perfeito. — Ele dá uma piscadela para Laura quando Bo está de costas. Rachel o observa.

— Tenho duas perguntas sobre isso. Uma eu vou fazer agora, outra vou guardar para mais tarde. O que você acha que o desejo delas por privacidade significou para você na época?

Laura reflete sobre a pergunta.

— Eu notava que elas eram felizes com a companhia uma da outra. Conversavam e riam o tempo todo. Trabalhavam juntas, moravam juntas, ficavam acordadas até tarde, bebendo e papeando até altas horas da madrugada. Elas sempre tinham algo a fazer, um projeto, fosse um vestido ou uma receita. Gostavam de planejar, debater, analisar um cenário mais amplo. Eram pacientes, tinham planos de longo prazo, tanta coisa acontecendo ao mesmo tempo porque isso significava que sempre havia alguma coisa, um projeto ou um experimento sempre chegando ao fim, como se recebessem um presente. Elas marinavam folhas de faia em vodca por meses, tinham garrafas e mais garrafas na despensa. — Ela ri. — Então passavam noites bebendo e dançando, cantando e contando histórias.

Isso lembra Solomon de sua família, sem tirar nem pôr.

— Elas não precisavam de mais ninguém — diz Laura baixinho. Ainda assim, não parece que se sentia excluída, apenas que reconhecia se tratar de algo glorioso. — Eram companhia o suficiente uma para a outra. Acho que tinham um tipo de caso amoroso juntas. Só as duas.

Isso lembra Solomon dos gêmeos Toolin. Talvez Isabel e Tom tivessem mais em comum do que qualquer um imaginava.

— Você ficava acordada até tarde com elas? Participava dessas festas? — pergunta Bo, os olhos brilhando, amando o cenário que Laura está desenhando.

— Às vezes eu ficava acordada até tarde com elas. Mesmo quando não deveria estar ali, eu ficava escutando. Não é uma casa muito grande, como você pode ver, e elas não eram tão silenciosas. — Ela ri, aquela linda risada musical.

Laura morde o lábio e olha para Solomon. Ele ergue o olhar da grama para ela, lindos olhos azuis reluzentes; uma mecha do cabelo dele se solta e cai por cima dos olhos, sobre os longos cílios pretos. Ele baixa o olhar para o equipamento, vira e desvira um dos botões.

— Conte-nos algumas das histórias que elas contavam — pede Bo.

— Não — diz Laura em tom agradável. — Isso fica entre elas.

— Mas elas não estão aqui agora — brinca Bo, conspiratória.

— Estão, sim. — Laura fecha os olhos e respira de novo.

Solomon sorri. Ele olha para Rachel e vê seu sorriso radiante, olhos lacrimosos. Bo dá um momento a Laura antes de continuar.

— Você recebeu ensino domiciliar — incita Bo.

— Gaga também. O pai dela achava uma perda de tempo mandar garotas para a escola, então a proibiu de ir. A mãe dela ensinou-a em casa em segredo. Ela fez o mesmo comigo.

— Você se arrepende de perder a experiência da escola?

— Não. — Ela ri. — Acho que muita gente perde as alegrias de estudar em casa. Lembro de Gaga perseguindo um sapo pelo córrego; ela disse que a escola da mamãe os dissecava para ensinar aos alunos como eram quando estavam mortos. Ela queria me mostrar como eles viviam. — Laura morde o lábio inferior de novo, e Solomon observa antes de engolir em seco. — Era uma cena e tanto, ela correndo para todo lado atrás dele. Eu não conseguia imaginar uma maneira melhor de passar a tarde. Mesmo assim conheço a anatomia de um sapo.

Bo ri com ela. Então pergunta:

— Você sabia na época que era um segredo? Que ninguém sabia que você existia?

— Sim, eu sabia. Eu sempre soube que era um segredo. Elas não confiavam nas pessoas. Eram desconfiadas. Diziam que, se nos mantivéssemos juntas, ficaríamos bem.

— Do que acha que elas estavam te protegendo?

— Das pessoas.

— As pessoas fizeram mal a elas?

Silêncio enquanto Laura busca uma forma de responder.

— Gaga e mamãe eram outras pessoas quando estavam sozinhas. Quando os clientes chegavam, eu ouvia as vozes delas, às vezes as observava pela janela e mal reconhecia as duas. Elas não riam, eram robóticas e diretas. Não havia nada de mágico nelas. Não eram engraçadas como eram em casa, cantando e rindo. Eram sérias. Sóbrias. Como se um escudo fosse erguido. Não era só por ser um negócio; elas se protegiam. Eram desconfiadas em relação às pessoas.

— Sua mãe largou a escola quando era nova. Aos catorze anos. Você sabe por quê?

Solomon analisa Bo agora. Ele tem certeza de que ela sabe alguma coisa sobre isso. Consegue enxergar nela. O corpo dela se contraiu, por mais que tente parecer relaxada, mas ela está com aquela expressão determinada. Bo não contou a Solomon nada sobre o que descobrira com os locais. Ele estava cansado quando ela voltou, rabugento por ter que deixar Laura. Quisera dormir imediatamente, enquanto Bo estava hiperativa, incapaz de relaxar, andando pelo quarto, fazendo barulhos que o deixaram irritado. Ele deveria ter adivinhado na hora que seu comportamento era porque descobrira alguma coisa que afetaria o documentário, mas estava distraído. Agora ele estava intrigado, por mais que tenha ficado na defensiva, porque Laura também ficou. Ele não quer que Bo continue investigando, se sente pronto para proteger Laura, como se estivesse do lado errado. O efeito é atordoante, desorientador.

Laura fica tensa.

— Vovô morreu. Gaga precisava que mamãe a ajudasse com os negócios. Vovô trabalhava numa fazenda. Elas precisavam de mais renda. Então minha mãe largou a escola e Gaga continuou a ensinando em casa. Elas expandiram o negócio de confecção de vestidos e ajustes. Faziam remédios também. Remédios naturais, que vendiam em feiras. Mamãe dizia que as crianças da escola as chamavam de bruxas.

— Isso a magoava?

— Não. Gaga e mamãe riam disso. Elas caíam na gargalhada quando estavam fazendo suas *poções*. — Ela sorri, lembrando.

— Crianças podem ser cruéis — diz Bo com suavidade. — Que outras coisas as crianças diziam para sua mãe?

Você não precisa responder, Solomon tem vontade de dizer. Rachel está olhando para os sapatos agora, averiguando o monitor de vez em quando, um sinal de que está desconfortável.

— Mamãe não era igual à maioria das pessoas — responde Laura pensativa, falando devagar, escolhendo cada palavra com muito cuidado. — Gaga tomava as decisões importantes. Mamãe ficava feliz por Gaga assumir a liderança — diz ela diplomaticamente. — Mamãe tinha seu próprio jeito. Se me perguntar o que algumas crianças costumavam falar sobre ela, eu diria que eles a chamavam de lenta. Mamãe me contou isso. Mas ela não era *lenta*. É uma palavra tão preguiçosa. Ela pensava diferente, tinha que aprender as coisas de outra maneira, só isso.

A linguagem corporal de Laura começa a se fechar, e Bo muda de assunto.

— Como você acabou no chalé dos Toolin?

— Minha mãe ficou doente, muito doente, em 2005. Nós nunca íamos a médicos, Gaga e mamãe não acreditavam nos medicamentos deles, preferiam fazer os próprios remédios naturais e raramente ficavam doentes, mas souberam que havia algo muito errado com mamãe quando seus remédios não a curavam, então foram a um médico que as encaminhou para um hospital. Ela tinha câncer de cólon. Ela recusou todos os tratamentos do hospital, disse que queria partir naturalmente, do jeito que chegara. Então eu e Gaga cuidamos dela.

— Quantos anos você tinha? — pergunta Bo delicadamente.

— Eu tinha catorze quando ela foi diagnosticada, quinze quando ela morreu.

— Sinto muito — sussurra Bo e faz um silêncio respeitoso.

Um pássaro voa no alto, uma mosca por perto. Laura imita ambos, demostrando sua aflição, enquanto tenta se recompor.

— Então sobraram você e Gaga aqui na casa. Me conte sobre essa época.

— Foi difícil para Gaga, porque ela teve que tocar o negócio de ajustes sozinha. Eu ajudava, mas ela ainda estava me treinando, e havia coisas que eu não podia fazer. Ela estava tendo problemas nas mãos, artrite, seus dedos estavam se retorcendo, e ela não conseguia mais trabalhar, certamente não tão rápido. Também havia menos clientes. O dinheiro que minha mãe fazia como governanta tinha ajudado até aquele ponto, mas isso eu não podia fazer.

— Mesmo aos quinze anos você não lidava com clientes? Não podia se expor ao mundo então?

— Como Gaga explicaria meu súbito aparecimento? — pergunta Laura. — Ela não podia. Tentava pensar em maneiras, mas isso a chateava. Deixava-a ansiosa, nervosa. Ela não queria mentir. Tinha medo de se embaralhar, esquecer a história. Estava esquecendo muitas coisas àquela altura. Ela sentia que, aos quinze anos, eu ainda era muito vulnerável, ainda era uma criança.

— De onde vinha o medo dela, Laura?

De novo aquela pergunta, mas dessa vez Solomon acha válido. Até ele quer saber. Mas Laura se fechou. Bo não insiste.

— Você algum dia perguntou quem era o seu pai?

Solomon a analisa. Laura olha para baixo, os olhos verdes brilhando, como se refletindo a grama alta ao redor. Ele quer passar o dedo por sua bochecha, seu queixo, seus lábios. Desvia o olhar.

— Não. — Então, como se lembrasse das instruções de Bo, ela recomeça: — Eu nunca perguntei quem meu pai era — diz suavemente. — Eu nunca perguntei porque nunca foi importante. Eu sabia que, quem quer que ele fosse, não faria diferença. Eu tinha todas as pessoas de que precisava bem aqui.

Rachel franze os lábios, claramente emocionada.

— Mesmo quando sua mãe faleceu?

— Eu cheguei a me perguntar então, quando mamãe se foi, se eu deveria ter perguntado, porque sentia que ela era minha única forma de saber. Imagino que nunca terei certeza, mas tinha uma sensação muito forte de que Gaga não teria me contado. Mamãe teve a oportunidade de me contar e decidiu não o fazer, eu sabia que Gaga respeitaria sua palavra. Talvez não faça sentido, mas não pensava com muita frequência sobre quem ele era. Não era importante.

Laura pensa por um momento.

— Pensei nele quando vi Gaga envelhecendo, quando comecei a refletir sobre ficar sozinha. Ela parecia envelhecer tão rápido. Ela e mamãe eram uma equipe. Só precisavam uma da outra no mundo, o que era lindo, mas *precisavam* uma da outra. Elas se alimentavam uma da outra. Quando mamãe morreu, foi como se Gaga subitamente também começasse a ir embora. E ela sabia disso. Por isso que começou a se preocupar comigo. A tentar planejar. Ela não dormia, eu sei que isso não lhe saía da cabeça.

— Elas não fizeram um plano para você antes de sua mãe morrer?

— Eu nunca perguntei. — Laura engole em seco. — Mas mamãe nunca foi de fazer planos. Gaga os fazia, mamãe ajudava a executá-los. Senti que mamãe teria aprovado o que aconteceu no fim das contas. Sei que parece estranho, como se não nos comunicássemos, mas não era assim. Morávamos tão perto uma da outra, coladas, nem sempre falávamos sobre as coisas, sabíamos como a outra estava se sentindo, não precisávamos perguntar sempre. — Ela olha para Bo, envergonhada, mas tentando fazê-la entender.

— Eu entendo — diz Bo, sincera, por mais que Solomon se pergunte se ela entende mesmo. Bo é uma pessoa que geralmente precisa perguntar. — Então quando você descobriu que Tom era seu pai?

— Quando Gaga me contou sobre o plano de me levar para o chalé. Ela me disse que Tom Toolin era meu pai, que ele nunca soubera de mim. Ela se encontrara com ele e ele concordara em me deixar morar no terreno. Ela me disse que ele tinha um irmão gêmeo que nunca poderia descobrir. Era o único pedido de Tom.

— Como você se sentiu em relação a isso? — pergunta Bo, e é óbvio pelo tom de sua voz que está indignada por Laura.

— Eu estava acostumada a manter segredo. — Ela abre um sorriso suave, mas seus olhos revelam uma tristeza.

Bo decide desviar do assunto de Tom e sua nova vida na montanha.

— Você morou aqui por dezesseis anos antes de se mudar para o chalé. Alguma vez já quis sair da casa? Sair daqui?

— Nós saímos, muitas vezes — responde Laura, iluminando-se. — Antes de mamãe ficar doente. Fomos passar férias em Dingle. Eu nadei em Clogherhead, quase me afoguei. — Ela ri. — Fomos a Donegal também. As duas gostavam de pescar. Elas pegavam peixes, os limpavam, os cozinhavam. Faziam óleo de peixe.

— Então você *de fato* saía? — pergunta Bo, surpresa.

— Elas não me trancavam em casa. — Laura sorri, encantada com a surpresa de Bo. — Era o oposto. Elas me deixavam ser livre. Eu podia ser quem eu quisesse, sem ninguém me julgando, sem ninguém me dizendo o que fazer. Não acredito que tenha havido sacrifício algum. Os ajustes tinham hora marcada, não era permitido passar sem aviso, então sabíamos que eu podia brincar onde eu quisesse até que os clientes viessem. Eles vinham quando eu estava dentro de casa, estudando.

— Mas você nunca fez provas.

— Não provas oficiais.

— Porque o Estado não reconhecia você.

— Ninguém sabia que eu tinha nascido — diz Laura simplesmente. — Tem uma diferença. Mamãe me deu à luz aqui na casa. Ela não registrou meu nascimento.

— Por que você acha que ela te manteve em segredo? Longe do mundo?

De volta à pergunta.

— Mamãe não me manteve longe do mundo. Eu estou aqui desde sempre, totalmente imersa nele — diz Laura com firmeza.

Bo faz uma pausa, desacelerando tudo.

— Então, eu te fiz uma pergunta em duas partes mais cedo: quando você era mais nova, por que achava que sua mãe e Gaga te mantinham em segredo. Você respondeu, mas eu quero te perguntar a segunda parte. *Agora*, como uma mulher adulta, com Gaga e sua mãe falecidas, qual é a sua opinião sobre o motivo de elas terem te mantido em segredo? Ela mudou?

Laura não se fecha imediatamente como fizera antes. É a maneira como Bo formulou a pergunta. Ela destacou que Laura é uma mulher adulta, não é mais uma criança. Sua mãe e sua avó não estão mais aqui e ela não precisa continuar defendendo as duas ou respondendo por elas. Laura pode dar as próprias opiniões agora.

Ela rosna, para ninguém em particular, só de maneira geral. Um tipo de sentimento de ameaça. Então faz um som de vidro se quebrando. Um walkie-talkie, estática de rádio. Não é claro se ela nota que está fazendo esses sons.

— Na época, eu sentia que elas eram felizes; desconfiadas, mas contentes. Pensando bem agora, acho que tinham medo. — Bo está praticamente prendendo a respiração. — Elas tinham medo de alguém me tirar delas. Tinham medo de as considerarem inaptas a cuidar de uma criança. Havia... boatos. — Vidro quebrando, a mesma estática de rádio. — As pessoas falavam delas. Que eram bruxas, que eram loucas. As pessoas as deixavam fazer seus vestidos ou ajustar suas roupas, mas não as convidavam para as festas ou os casamentos. Elas eram excluídas.

— Por quê? — pergunta Bo com gentileza.

— Gaga disse que ela nunca se encaixou, desde que chegou. Mas ela amava meu avô, então ficou, tentou. Só que ficou pior. Os boatos ficaram piores.

— Quando?

Laura pensa.

— Quando meu avô morreu — diz ela, e se fecha.

Então, quase como se Laura quisesse continuar falando ou estivesse cansada das perguntas que inevitavelmente viriam, ela continua:

— A saúde de Gaga sofreu depois que mamãe morreu. Ela não queria que eu fosse deixada sozinha. Queria que eu ficasse num lugar seguro, era isso que vivia dizendo. Às vezes me acordava no meio da noite para me dizer isso, e eu sabia que ela não conseguia tirar isso da cabeça. — Ela faz uma pausa momentânea. — Uma vez li que a construção de ninhos por animais é impulsionada por uma urgência biológica de proteger a cria, ou a si mesmos, do perigo. Ninhos são projetados para esconder ovos dos predadores, para protegê-los. Acredito que tenha sido isso que Gaga e minha mãe fizeram. O chalé para o qual ela me levou era o ninho de pássaro dela. Longe do perigo e perto do meu pai. Ela fez o melhor que pôde.

Silêncio.

— Por que você ficou no chalé? Agora você tem vinte e seis anos, Laura, poderia ter ido embora há muito tempo. Depois de adulta, você não precisaria se preocupar em ser levada embora.

Laura olha para Solomon. Bo nota isso. Solomon não tira os olhos de Laura. Ele não se importa. Quebrar o contato visual seria grosseiro depois que eles ouviram a história dela. Além disso, a atração que ele sente por ela é magnética, não é normal.

— Eu fiquei lá pelos mesmos motivos que minha mãe e Gaga fizeram o que fizeram. Porque eu estava feliz em ficar. Porque eu estava com medo de ir embora.

— Você não está com medo de ir embora agora. É porque Tom morreu? É porque está pronta para mudanças? — Ela faz uma pergunta atrás da outra para ajudá-la a prosseguir.

— Mudanças acontecem o tempo todo, mesmo na montanha. É preciso mudar com as mudanças — diz ela, a voz ficando mais grave de novo ao imitar Gaga. É a primeira vez que Bo e Rachel ouvem, e elas arregalam os olhos, pois é como se outra pessoa tivesse possuído o corpo de Laura. — Eu estava procurando pelo que Gaga e mamãe tinham uma com a outra. Tom tinha com Joe. Só é preciso ter uma pessoa em quem confiar.

Ela ergue os olhos para Solomon, cujo coração está martelando tão forte que ele está com medo de o microfone captar.

11

Na manhã de sábado, os quatro se reúnem no restaurante do hotel para tomar café da manhã. Laura olha ao redor, não exatamente como um marciano faria, mas com os olhos de alguém que não se encontra nesse tipo de situação social há muito tempo, se é que já esteve alguma vez.

— Bom dia, estão prontos para pedir o café da manhã? — pergunta uma garçonete.

Ela não consegue pronunciar o R, pronunciando-os como L.

Laura a analisa, fascinada, seus lábios se movendo para fazer o som de L.

Solomon observa, torcendo para ela não o reproduzir em voz alta.

— Sim — diz Rachel alto, pronta para comer o pé da mesa. Ela dispara seu pedido primeiro.

— Então deixe-me só confirmar: duas salsichas, dois ovos, dois tomates, cogumelos, dois torresmos... os torresmos são de Rafferty, fazendeiro local. São excelentes. Premiados.

— Tolesmos — diz Laura subitamente, imitando a garçonete com perfeição. Laura nem está olhando para a mulher; está passando manteiga na torrada e falando como se não notasse que as palavras saíam de sua boca. — Plemiados... plontos.

A garçonete para de anotar o pedido e encara Laura.

Bo não sente nenhuma compaixão pela garçonete que pensa que está sendo zombada; só observa, entretida e intrigada, tão faminta por essa cena quanto Rachel está pelo café da manhã irlandês duplo. Solomon, é claro, sente o suor escorrer pelas costas devido ao desconforto da situação.

— Lafferty — diz Laura.

— Ela não está zombando de você — fala Solomon sem jeito, e percebe que as mulheres ficam surpresas por ele ter tocado no assunto.

A raiva que se acendeu nos olhos da garçonete se acalma quando ela olha para Laura de um jeito diferente. Então Solomon percebe que sua percepção sobre Laura mudou, que acha tem algo de *errado* com Laura.

— Não, ela não é... sabe... Ela está aprendendo. É um som novo para ela. Ela... — Ele olha para Laura para justificá-la mais, e ela está olhando para ele, entretida. Como se fosse ele quem estivesse fazendo papel de bobo.

— Muito bem, gente, se vocês quiserem mais alguma coisa, me avisem. Vou levar o pedido para a cozinha bem rápido. — A garçonete dá um sorrisinho para Rachel.

Laura não consegue se controlar, ela imita "rápido" como "lápido", uma cópia exata da voz da garçonete, e Rachel parece estar sofrendo muito para tentar controlar uma risada nervosa.

— Para — diz Bo baixinho.

— Eu sei, eu não consigo, desculpa — responde Rachel com seriedade, então começa de novo, dando uma de *O médico e o monstro* ao ir da seriedade à risada num instante.

A garçonete se afasta da mesa, sem saber bem se Laura é limitada ou se está zombando dela.

— Ela vai cuspir no seu cappuccino — diz Solomon, passando manteiga na torrada.

— Por que você estava rindo? — pergunta Laura a Rachel.

— Não consigo controlar. — Ela seca o suor da testa com um guardanapo. — Rio em momentos constrangedores. Faço isso desde criança. Funerais são a pior coisa.

Laura sorri.

— Você ri em funerais?

— O tempo todo.

— Mesmo no de Tom?

Rachel olha para ela consternada.

— Sim.

Solomon balança a cabeça.

— Inacreditável.

— Por que você riu? — pergunta Laura, com os olhos arregalados de curiosidade, nem um pouco ofendida por Rachel ter rido durante o funeral do seu pai.

— Bridget peidou — explica Rachel.

— Ah, pelo amor — diz Solomon, balançando a cabeça.

— Rachel — diz Bo, enojada.

— Laura me fez uma pergunta e eu estou dando uma resposta sincera. Eu estava logo atrás de Bridget. Quando ela levantou para se ajoelhar, ele saiu, um punzinho. — Rachel faz o som.

Laura imita o som de pum de Rachel perfeitamente, o que faz Rachel rir ainda mais. Bo e Solomon se juntam a eles, mesmo sabendo que não deveriam.

— Chama dislalia — diz Solomon quando a risada morre.

— O quê? — pergunta Bo, confusa, olhando e-mails no celular.

— O som de R da garçonete. Eu tinha quando era criança — diz ele para Laura.

Bo ergue o olhar, surpresa.

— Você nunca me contou isso.

Solomon dá de ombros, ficando com as bochechas rosadas pela lembrança.

— Tive que ir ao fonoaudiólogo até os sete anos para resolver. Meus irmãos nunca me deixaram esquecer, infernizavam a minha vida. Até hoje meu irmão Rory ainda é chamado de Loly.

— Eu sempre me perguntei por que eles falavam assim. — Bo ri. — Pensei que fosse porque ele era o bebê da família.

— Ele era. Ele era o meu bebê Loly — diz Solomon, e todos riem.

De repente, uma máquina de cappuccino é acionada para vaporizar o leite. Laura se sobressalta, olhando ao redor em busca da origem do som enquanto o imita.

— O que ela está fazendo? — pergunta Bo baixinho.

— Eu diria que café — responde Rachel.

— Uau — diz Bo, pegando o celular e gravando.

As pessoas da mesa ao lado se viram para encarar, e duas crianças observam Laura, boquiabertas.

— Não encarem — diz a mãe calmamente, em voz baixa, mantendo um olhar atento em Laura por cima da xícara de chá.

Solomon reprime o impulso de dizer a mais pessoas que não tem nada de "errado" com Laura.

— É a máquina de café — diz Solomon, estendendo a mão e repousando-a no ombro de Laura para centrá-la, acalmá-la.

Ela olha para ele, com as pupilas dilatadas, assustada.

Solomon aponta para o balcão do outro lado do cômodo.

— É uma máquina de café. Eles estão vaporizando o leite para fazer um latte ou um cappuccino.

Ela observa, imita o som de novo antes de se acostumar e voltar a atenção à mesa. As crianças voltam aos seus joguinhos eletrônicos.

Laura se concentra neles, imitando os apitos, os tiros. O garotinho larga o jogo e se ajoelha na cadeira para espiá-la por cima do encosto. Ela sorri para ele, que, uma vez descoberto, se senta depressa. A mãe ordena que eles tirem o som.

A garçonete chega com a comida. Um café irlandês completo para Solomon e Rachel, uma toranja para Bo, que não a nota enquanto digita sem parar no celular, e dois ovos cozidos para Laura.

— Obrigada — diz ela para a garçonete desconfiada.

Faz-se silêncio enquanto eles atacam seus pratos, então Laura olha para o prato de Rachel, analisa seu conteúdo e imita a garçonete tão perfeitamente, de modo inocente e sem nenhum cinismo e sarcasmo.

— Tolesmos Lafferty.

Os três caem na gargalhada.

* * *

— Eu realmente acho que deveria ir até Galway com você — diz Bo de repente enquanto eles estão fazendo o check-out. Laura está ajudando Rachel a carregar as malas para o carro, e Solomon e Bo estão sozinhos no balcão.

— Essa é a primeira vez que ouço você falar isso sobre visitar minha família — brinca ele com leveza, por mais que seja verdade.

Quando Laura sai do hotel, ele passa a mão pelo cabelo de Bo. Ela sorri e ergue o olhar, os braços ao redor da cintura dele.

— Sua família me odeia.

— Odiar é uma palavra muito forte. — Ele a beija delicadamente. — Minha família *não gosta* de você.

Ela ri.

— Você deveria mentir e dizer que eles me adoram.

— Adorar é uma palavra muito forte.

Eles sorriem.

— Acho que temos algo especial aqui, Solomon.

— Que romântico, Bo. — Ele imita o tom sonhador dela, sabendo que ela está falando sobre Laura e não sobre o relacionamento deles.

Ela dá outra risada.

— Acho que deveríamos filmar a viagem para Galway. Vai ser o primeiro passo de Laura para o mundo lá fora e vamos perder. Como essa manhã no café, esse negócio é inestimável. Ela é a porra de um paraíso de frases de efeito.

— Você sabe por que não podemos filmar. — Ele dá de ombros, afastando-se, incomodado com a ganância repentina de Bo. — Não estamos prontos. Rachel tem que ir para casa, você tem sua palestra chique na universidade. O retorno da aluna pródiga.

Ela resmunga.

— Se não fosse pela palestra, eu iria com você.

— Eu me lembro de você agendando essa data especificamente para perder o aniversário da minha mãe.

— Verdade.

— Carma é foda.

Ela ri.

— Eu não sou boa com toda essa coisa de família. Venho de uma família de quatro pessoas socialmente reprimidas. Toda a cantoria e dança sentimental e expressões emocionais me deixam nervosa.

Solomon tem três irmãos e uma irmã, que estarão todos presentes nesse fim de semana, alguns com companheiros, esposas, filhos. E há tios, tias, primos e primas, isso sem contar os vizinhos doidos e pessoas aleatórias que aparecem porque ouvem música ao passar. É barulhento, não é fácil quando não se está acostumado, e Bo não tem o tipo de natureza relaxada que aguenta um fim de semana inteiro de chacotas. Ele se sente igualmente desconfortável na casa de subúrbio dela. Tem silêncio demais, atenção às palavras, polidez. A família de Solomon fala sobre tudo, um debate vivaz envolvendo política, assuntos da atualidade, esportes e o que acontece embaixo dos lençóis da casa vizinha. A família dele tem pavor de silêncio. Silêncio é usado apenas para dar efeito dramático a uma história. Palavras, música ou canções são criadas para erradicar o silêncio.

Mas, verdade seja dita, Solomon não se importa nem um pouco com o fato de que Bo não vai se juntar a eles. Na verdade, achava que seria mais fácil sem ela por lá, ou seria se Laura não estivesse indo com ele.

— Não acho que Laura vá mudar completamente até segunda-feira, quando for hora de filmar. Ela vai continuar fazendo esses sons — diz.

— Você acha?

— Acho. É parte de quem ela é.

— Talvez a gente possa ajudá-la a se consultar com alguém. Documentar a terapia dela ou algo assim — diz Bo, voltando ao modo produtora. — Como parte de sua evolução. Tem tantas maneiras de abordar esse documentário. Eu realmente preciso organizar minha cabeça.

— Por que ela ia querer perder seus sons? — pergunta Solomon.

Bo fixa um olhar confuso nele.

Solomon ouve Rachel voltando, e Bo lhe dá uma última beijoca antes de se afastar.

— Você não pode ficar aqui com ela? — pergunta. — Guardar todas as novas primeiras vezes dela para quando eu voltar?

O coração de Solomon acelera com esse comentário, tentando julgar o seu tom. Ele a interpreta errado; é claro que não está se referindo a essa primeira vez de Laura, se é que seria a primeira vez dela. Mas ele pensou muito nisso, e sua conclusão é que ela deve ser virgem, já que está no chalé desde os dezesseis anos. E não existiu ninguém na vida de Laura antes? Ela teria dito. Ele tenta esconder o que o comentário de Bo lhe causou.

Solomon limpa a garganta.

— Eu não vou perder o aniversário de setenta anos da minha mãe. — Ele estabiliza a voz. — Laura pode ir com você para Dublin se você realmente quiser. Pode assistir ao progresso dela pessoalmente.

Assim que diz isso, deseja voltar atrás. O coração dele bate ainda mais alto no peito enquanto espera pela resposta, mas a psicologia reversa funcionou. Bo parece alarmada, como a mãe de um recém-nascido diante da ideia de ser deixada sozinha com o bebê pela primeira vez.

— Não, ela vai ficar melhor com você. Ela prefere você.

Ele esconde o alívio enquanto ela disfarça o horror. Ele se pergunta se ela consegue enxergá-lo por dentro como ele a enxerga.

Solomon dá carona para Bo e Rachel até a estação de trem. O plano inicial era que Bo e Rachel fossem de carro para Dublin enquanto Solomon pegaria o ônibus para Galway, mas todos concordaram que uma viagem de três horas com Laura em um ônibus lotado e cheio de novos sons talvez não fosse o melhor jeito de ela viajar. A caminho da estação de trem, Rachel e Laura se sentam juntas, dando-se bem de um jeito amigável, falando de coisas simples e fáceis.

— Você acabou se revelando uma grande manteiga com ela — provoca Solomon enquanto eles tiram as malas do carro, ajudando Rachel com o equipamento de vídeo. — Deve ser a maternidade iminente que está fazendo isso com você. Hormônios.

— Menos, por favor — diz Rachel, rabugenta.

— É sério. Laura gosta de você — fala Solomon.

— É. Mas ela gosta mais de você — responde Rachel, fixando um olhar sábio nele. Um olhar de alerta. — Comporte-se. Te vejo na segunda.

12

— Mãe. É o Solomon.

— Oi, meu amor. Tudo bem?

— Sim. Tudo bem... É... Estou a caminho e levando uma pessoa comigo.

— Bo? — pergunta com um tom desconfiado, por mais que, entre todos os membros da família, ela seja a que mais tente disfarçar, sempre tentando ser respeitosa com as várias caras-metades com quem não simpatizou.

— Não, não é a Bo. Ela sente muito, mas não conseguiu escapar daquela palestra. É uma grande honra, e ela não pode perder — explica ele, dando todas as justificativas, sem nem saber por que se dá ao trabalho, sempre se desculpando em nome de outras pessoas quando ninguém dá a mínima.

— É claro, é claro, ela é uma mulher ocupada.

— Não é que ela seja ocupada demais, é só que é importante. Não que o seu aniversário não seja — corrige-se.

— Solomon, meu amor. — Ele ouve o sorriso na voz dela. — Não se preocupe. Você se preocupa demais, vai acabar ficando doido. Quem você vai trazer? Ele pode ficar no seu quarto? Estou meio sem espaço. — Ela abaixa a voz. — Maurice acabou de chegar com Fiona e os três filhos. Que Deus o tenha, um viúvo e tudo mais, mas as três crianças... Eu as coloquei no quarto que deveria ser de Paddy e Moira, mas Moira não pôde vir. As costas dela de novo. Paddy está com Jack, e ele está num mau humor só... Sei que os dois não se dão nem um pouco bem, mas o que mais eu posso fazer?

Solomon sorri.

— Não se preocupe com isso. Eles deveriam estar gratos por simplesmente estarem aí. Eu posso ficar no Pat.

— Você não vai ficar no Pat quando seu quarto e sua casa estão bem aqui. Não quero nem saber.

— Ele é *ela*, mãe. Isso vai dificultar sua vida. Se você insistir que a gente fique aí, ela pode dormir no meu quarto e eu durmo no sofá.

— Filho meu nenhum vai dormir no sofá. Quem é ela, Solomon?

— Laura. Laura Button. Você não conhece. Ela é de Macroom. É o tema do novo documentário que estamos fazendo. Ela tem vinte e seis anos. Nós não estamos, sabe, juntos.

Pausa.

— Eu vou colocá-la no quarto de Cara, então.

— Não, mãe, você não precisa fazer isso, de verdade. Ela pode ficar com o meu quarto. Ela vai ficar melhor num quarto só para ela.

— Ninguém vai dormir no sofá — diz ela com firmeza. — Especialmente meu próprio filho. Não planejei isso por um ano para acabar com pessoas em sofás.

Como proprietária de uma pousada de oito quartos, a mãe de Solomon gosta de cuidar e alimentar, é do tipo que insiste em deixar os outros confortáveis quase ao ponto de causar o próprio desconforto. Sempre se colocando por último. Porém, por mais acolhedora que seja, ela é antiquada em seus valores: nenhum dos filhos tem permissão de dividir quarto com namoradas ou namorados até se casarem.

— Quando você a conhecer, vai entender. Ela é diferente.

— É mesmo?

— Não desse jeito. — Ele sorri.

— Veremos — diz ela tranquilamente, com uma risada presa entre as palavras. — Veremos.

Solomon encerra a ligação e espera por Laura. Eles verão, de fato. Laura está parada ao lado de cones de trânsito que indicam uma obra na estrada, onde quatro homens de colete fluorescente e calça jeans abaixo do rego tentam trabalhar enquanto ela permanece plantada ao lado deles imitando o som da britadeira.

Quando vê que Solomon saiu do telefone, satisfeita por ter aperfeiçoado seu som, Laura se junta a ele.

— Vamos entrar no carro agora e continuar nossa viagem para Galway. Se quiser parar para ver ou ouvir qualquer coisa, fique à vontade. Na verdade, peça para parar sempre que quiser porque, quanto mais demorarmos para chegar, mais demoramos para chegar lá.

Ela sorri.

— Você tem sorte de ter sua família, Sol — diz ela na voz de Bo.

— Fala do seu jeito — pede ele.

— Solomon — diz, e ele sorri.

Toda vez que se conecta com ela, ele precisa se forçar a desconectar. Acontece muito. Então, bem quando está no processo de desentranhar sua alma da dela, ela imita seu pigarreio desconfortável e ele ri.

Eles voltam ao carro que Solomon abandonou numa posição estranha, pois ela decidiu fugir para explorar a fonte do som da britadeira assim que pararam num sinal vermelho.

— O que é uma ave-lira? — pergunta ela enquanto eles viajam.

Ele olha para ela depressa, então de volta à estrada à sua frente.

— Ouvi Bo dizer isso ao telefone. Que ela encontrou uma ave-lira. Sou eu?

— Sim.

— Por que ela me chama assim?

— É o título do documentário. A ave-lira é uma ave que vive na Austrália e é famosa por imitar sons.

O que ele realmente quer dizer, o que ele planejara dizer, era: *é uma das mais belas e raras e a mais inteligente de todas as criaturas selvagens do mundo.* Deparara-se com essa definição durante suas pesquisas, planejara dizer isso a ela, mas agora não consegue usar as palavras. Ele passara um bom tempo lendo sobre esse curioso pássaro desde que Bo se decidira pelo nome. É a primeira vez que ele traz à tona as imitações dela e teme que ela vá se ofender com a comparação. Até agora não houve indícios de que ela reconhece os próprios sons, por mais que momentos antes uma multidão tenha se reunido para assistir à sua imitação da britadeira.

— Olha...

Solomon pesquisa no celular, uma mão no volante, um olho na estrada. Entrega-lhe um vídeo curto da ave que encontrara no YouTube. Ele se esforça para assistir à reação dela enquanto dirige, pensando que Bo ficará chateada com ele por não registrar esse momento com a câmera. Ela sorri enquanto a ave imita outras aves da plataforma que construiu na mata.

— Por que ela faz isso? — pergunta Laura, o que intriga Solomon. Ele adoraria fazer a mesma pergunta para ela.

— Para atrair parceiras — explica ele.

Laura olha para ele, e aqueles olhos quase o fazem bater no carro que parou no sinal à frente. Ele limpa a garganta e freia com força.

— As aves-liras macho cantam durante a época de acasalamento. Eles constroem uma plataforma na floresta, como um monte, e sobem nela para cantar. As fêmeas são atraídas pelo som.

— Então eu sou uma ave macho procurando uma farra — diz Laura, franzindo o cenho.

— Vamos alegar licença poética.

Ela assiste ao vídeo do pássaro um pouco mais e, quando ele começa a emitir sons de serras elétricas e depois de uma câmera fotográfica, ela começa a rir, mais alto e mais expansiva do que Solomon jamais viu.

— De quem foi a ideia de me chamar assim? — pergunta ela com uma risadinha, secando as lágrimas dos olhos.

— Minha — diz ele, constrangido, pegando o celular de volta.

— Minha. — Ela o imita perfeitamente, então, depois de um curto silêncio durante o qual ele se pergunta o que está passando na mente dela, diz: — Você me encontrou. Você me nomeou.

Ele se encolhe de vergonha.

Laura continua:

— Eu li um livro sobre como os povos indígenas da América do Norte acreditam que nomear pode contribuir para enriquecer um senso de identidade. O nome das pessoas pode mudar ao longo da vida da mesma forma que as pessoas mudam. Eles acreditam que alcunhas fornecem informações não apenas sobre o indivíduo, mas também sobre como outras pessoas o veem. As pessoas se tornam um prisma duplo, em vez de um espelho de apenas uma face.

Solomon absorve cada palavra.

Ela emite o som de um carro apitando, o que o confunde, até que ele ouve uma buzina agressiva atrás de si. O sinal abrira enquanto ele estava perdido nas palavras dela. Ele acelera depressa quando o sinal fica amarelo outra vez, deixando o motorista furioso para trás.

— O que estou tentando dizer — ela sorri — é que eu gostei. Eu sou Ave-Lira.

13

— Ah, Solomon, ela é uma lindeza — diz Marie, mãe de Solomon, de um jeito arfante, recebendo-o na frente da casa como se ele estivesse trazendo seu primogênito do hospital. Ela abraça o filho, mas com os olhos em Laura o tempo todo. É quase como se estivesse perplexa ou tivesse perdido o ar. — Minha nossa, olha para você! — Ela pega as mãos de Laura, sem prestar mais nem um pingo de atenção no filho. — Parece um anjo, não? Vamos cuidar bem de você. — Ela a puxa para si e passa um braço ao redor do ombro dela.

Solomon carrega as malas para dentro com o pai, Finbar, que cutuca o filho com tanta força nas costas que ele derruba a bolsa. Finbar dá uma risada e corre na frente.

— Aonde vamos com isso, flor? — pergunta Finbar à esposa.

— O quarto das orquídeas para a querida Laura — diz ela.

— Esse é o meu quarto. — Uma cabeça se projeta pela porta de um quarto do lado direito. — Fala, mano. — Uma versão idêntica, porém mais velha de Solomon, Donal, sai do quarto para abraçar o irmão e cumprimentar Laura.

— Hannah, no fim da rua, vai ficar com você — diz Marie. — Se você não estivesse sozinho, Donal, encontraríamos outro lugar para você aqui, mas é assim que é agora.

— Ai — diz Solomon com uma risada, socando o irmão no braço.

Ela o está punindo por ter largado a única mulher com quem todo mundo pensou que ele se casaria.

Laura sorri, observando a interação dos dois.

— Solomon também vai ficar no quarto das orquídeas? — pergunta Donal inocentemente, e sua mãe lhe lança um olhar de pura maldade que o faz dar uma risadinha sarcástica.

Solomon se ocupa com as malas e tenta guiar Laura para longe da conversa.

— Solomon tem o próprio quarto — bufa Marie, divertindo-se com a chacota. — Agora, deem o fora, vocês dois. Laura, meu anjo, eu vou te levar ao seu quarto. Não vai começar a aprontar com ele aí dentro, Donal — alerta assim que eles entram no quarto de Solomon.

Donal ri.

— Mãe, eu tenho quarenta e dois anos.

— Não me importa sua idade, você vivia no pé do coitado do Solomon. Sei que foi você que o chutou para fora do beliche.

O sorrisinho de Donal se alarga.

— Ah, coitadinho do bebê Solomon.

— Eu não era o bebê coitadinho e você sabe disso — diz Solomon, distraído, tentando fazer contato visual com Laura para se certificar de que ela está bem, temendo que passar de contato nenhum com pessoas para isso em questão de dias possa a estar afetando.

— Loly — diz Laura, uma imitação perfeita do distúrbio de fala que Solomon tinha na infância, e Donal solta uma gargalhada estrondosa.

Ele ergue a mão para cumprimentá-la, mas Marie arrasta Laura para longe antes que os filhos a vejam rir. O trabalho de uma mãe, na opinião dela, é ser severa; se eles a vissem perdendo a compostura, ela perderia o poder. Hoje em dia eles vivem provocando-a, e manter essa compostura é sua brincadeirinha particular.

Laura é levada para a nova "ala", uma extensão com dois quartos novos construídos para a pousada depois que os filhos saíram de casa, por mais que Rory seja o único filho restante, o que provavelmente será pelo resto da vida, no ritmo que está indo.

Depois de lhe dar alguns minutos para se acomodar, Solomon bate à porta de Laura.

— Sim — diz ela baixinho, e ele abre a porta.

Ela está sentada na cama de casal, as malas intocadas no chão aos seus pés, olhando ao redor do quarto.

— É lindo — comenta, sonhadora.

— Ah, sim. O quarto das orquídeas é o favorito da mamãe — explica Solomon, entrando. É bem significativo que ela a tenha colocado neste quarto. — Minha irmã, Cara, é fotógrafa. Os quadros são fotos delas. Por algum motivo, ela gosta de fotografar flores. E pedras. Mas essas estão no quarto das pedras. Tio Brian Biruta está nele. Minha mãe não é tão fã de pedras.

Ela ri.

— Sua família é engraçada.

— É uma maneira de descrever. — Ele limpa a garganta. — Então, as festividades começarão em uma hora. Quase todo o povoado de Spiddal está prestes a invadir a casa, com uma canção para cantar, um instrumento para tocar, uma história para contar ou uma dança para dançar. Sinta-se à vontade para ficar aqui, em segurança.

— Eu gostaria de participar.

— Tem certeza? — pergunta ele, surpreso.

— Você vai cantar? — pergunta ela.

— Sim, todo mundo tem que fazer sua parte.

— Quero ouvir você cantar.

— Esteja avisada: talvez eles te forcem a cantar. Tentarei impedi--los, mas não posso prometer nada. Eles são um grupo difícil e tenho zero controle sobre eles.

— Vou me esconder no fundo — diz ela, e ele ri. — Por que está rindo?

— É a ideia de você se esconder. Mesmo numa sala cheia de gente, você se destacaria.

Ela morde o lábio diante do elogio, que ele não pretendia que soasse tão brega. Ele recua para a porta, encolhendo-se por dentro.

Ela imita o pigarreio.

— Exatamente — concorda ele. — Constrangedor. Foi mal. Vou te dar tempo para se trocar, tomar banho, sei lá. Trinta minutos está bom?

Para Bo, meia hora seria suficiente; ela não gasta muito tempo pensando na aparência, é naturalmente bonita e combina tudo de um jeito estiloso. Classudo. Sapatos Oxford e calças curtas, suéteres de caxemira fina e blazers como se ela estivesse indo para Harvard, um sonho erótico da J. Crew. Mas ele já teve namoradas que nem conseguiam secar o cabelo em meia hora.

Ela faz que sim com a cabeça.

— Espera. — Ela parece nervosa. — Todo mundo vai arrumado? Eu não tenho nada chique. Fiz algumas coisas, mas... nada muito apropriado para cá.

— O que você está vestindo agora é perfeito. É informal.

Ela parece aliviada, e Solomon se sente mal por ela ter ficado preocupada com isso por todo esse tempo. Esse é o tipo de coisa com que Bo teria se saído melhor.

— Qual é a da loira? — pergunta Donal quando Solomon sai do banho e o encontra deitado na cama do quarto. Donal está olhando o celular de Solomon.

— Vá em frente, olhe minhas coisas particulares, por que não?

— Cadê a vaca?

— *Bo* está em Dublin. Deu uma palestra para estudantes de cinema essa tarde. Não conseguiria chegar a tempo.

Donal suga o ar, mas de uma maneira sarcástica.

— Aposto que ela teria conseguido se livrar dessa palestra.

— Eu disse para ela nem tentar. É importante.

— Parece. — Donal o analisa.

Insatisfeito com o olhar do irmão, ele solta a toalha da cintura e ergue as mãos no ar.

— Olha, sem as mãos!

— Que maduro.

— É, bem. — Solomon revira a mala em busca de uma camiseta limpa. — Para mim, é mais fácil que ela não esteja aqui — diz, de costas, enquanto ouve o clique do celular de Donal. — Vocês dificultam a minha vida.

— Não dificultamos nada. — Ele aponta o celular para a bunda de Solomon e tira outra foto. — Estamos cuidando de você.

— Chamando-a de *vaca*.

Ele dá uma risada genuína ao ouvir isso.

— Você disse para falar inglês com ela.

Bó significa "vaca" em irlandês, e a família de Solomon se diverte em chamá-la assim.

— Vocês nunca dão um descanso para ela.

— É só brincadeira.

— Ela não tem o mesmo senso de humor.

— Errado. Ela não tem *nenhum* senso de humor. E ela mal nos vê, então não precisa nos aguentar com muita frequência.

— Por favor, pare de tirar fotos das minhas bolas.

— Mas elas são tão lindas. Vou mandar as fotos para a mamãe. Ela pode usar para decorar um quarto novo, chamá-lo de quarto dos bagos.

Com vergonha por achar a piada infantil engraçada, Solomon ri.

— E aí, você frequenta a casa, festas, brunches, encontros de família de *Bo* e coisas assim? — pergunta ele, fazendo um sotaque esnobe de Dublin.

— Às vezes. Não muito. Uma vez. Eu e Bo somos melhores sozinhos. Longe das famílias.

— Longe um do outro.

— Ah, vai.

— Tudo bem. Última pergunta. Vocês vão se casar?

— Se vamos nos casar? — Ele suspira. — Você parece uma velhota. Por que caralhos você se importa se vou me casar?

— Cara, acho que seu pau encolheu quando eu perguntei isso. Olha... — Ele ergue a câmera para mostrar a foto. — Antes de eu fazer a pergunta. — Ele passa a foto. — Depois.

Solomon dá uma risadinha.

— Muito bom, você me fazendo todas essas perguntas. Solteiro aos quarenta e dois. Deveria ter virado padre.

— Talvez eu saísse menos no zero a zero — diz Donal, e Solomon franze o nariz de repulsa.

Donal ri da própria piada.

— Sério, eu entreouvi uma conversa entre mamãe e papai sobre você ser gay.

— Cala a boca — diz Donal, fingindo que não se importou, mas largando o celular.

Solomon o pega. Trinta e duas fotos de seu próprio saco em seu telefone.

Donal muda de assunto.

— Mamãe disse que você estava em Boston. Como foi?

— O *Irish Globe* nos deu um prêmio.

— Parabéns.

— Obrigado.

— Então você está feliz.

— Eu estou sempre feliz.

— Então vai se casar com ela?

— Não fode.

— Qual é a da loira? — Ele repete a pergunta inicial.

— Laura.

— Qual é a da Laura?

Solomon o inteira da história de Laura e suas qualidades de ave-lira, tudo o que ele sabe sobre ela.

— Por que ela não foi para Dublin com Bo?

— Porque ela queria ficar comigo. Fui eu que a encontrei. Ela confia em mim. — Ele dá de ombros. — Vai, diz logo que é esquisito.

— Não é.

Solomon estuda o rosto dele em busca de sarcasmo.

— Cara, dá para vestir logo a cueca? — Donal joga uma almofada no irmão.

— É o que ganha por tirar fotos do meu pau. Vou mandá-las para você, para admirá-las o quanto quiser.

A porta se abre e mais dois irmãos se espremem pelo batente.

— Ihiii! — vibram todos, reunindo-se dentro do quarto com um engradado de cerveja.

Solomon ri e pega a cueca boxer que Donal joga para ele.

— O que está rolando aqui? — pergunta o irmão mais velho, Cormac, olhando Solomon de cima a baixo. — Belas bolas.

— Sua acompanhante está imitando cucos da janela do quarto das orquídeas — diz Rory, o irmão mais novo, abrindo a tampa da garrafa com os dentes.

— Tá. *E*? — Solomon fica tenso.

Ele veste a calça jeans e encara todos eles, pronto para brigar, pronto para defendê-la. Não seria a primeira vez que daria um soco em qualquer um deles.

— *E*. Ela é gata — diz Rory com um sorrisinho, passando uma garrafa para ele.

Ao descer as escadas, Laura escuta o som da multidão e hesita com um pouco de medo. Os irmãos notam, mas seguem em frente sem falar nada, o que Solomon aprecia. Se fosse Bo, eles não a deixariam em paz, provavelmente teriam a pegado nos braços e a carregado pessoalmente.

— Está tudo bem, eu prometo — diz Solomon suavemente.

Ele quer pôr a mão na cintura dela, guiá-la, quer pegar sua mão. Mas não faz nenhuma dessas coisas. Ele a olha de cima, vendo as leves sardas em seu nariz por entre os longos cílios. Ela acabou trocando de roupa, um vestido que ela mesma deve ter feito. Um modelo simples, mangas longas, mas barra curta. Tecidos diferentes costurados juntos. Quando se mudou para o chalé dos Toolin, obviamente levou os tecidos da garagem consigo.

— Você vai ficar comigo? — pergunta ela, erguendo o olhar.

Solomon quer afastar a mecha de cabelo que caiu na frente dos olhos dela.

Eles estão tão próximos que Laura sente o calor do corpo dele. Ela quer encostar o rosto na pele que vê através dos botões abertos da camiseta dele. Ela quer cheirar sua pele, sentir seu calor.

Ficam ali, só olhando um para o outro. Ele sente a intensidade do olhar dela. Limpa a garganta.

— É claro que vou ficar com você. Se você prometer ficar comigo. Posso acabar sendo devorado vivo lá embaixo.

Laura sorri.

Ela estende a mão e entrelaça o braço com o dele, apertando-o junto ao corpo; não consegue se controlar.

— Você vai ficar bem — diz ele suavemente, para o topo da cabeça dela, tão perto que seus lábios roçam o cabelo dela e ele sente seu suave e doce perfume.

14

As portas que ligam a sala de estar, a sala de jantar, a sala de leitura e a cozinha foram abertas, assim como as que levam ao jardim de inverno, criando um grande espaço para a festa. A mesa de jantar está cheia de comida que Marie preparou ou os vizinhos trouxeram consigo. Há uma centena de pessoas espremidas no térreo da casa, e Finbar já está no centro do palco contando uma versão de edição especial da história de como conheceu Marie. Está falando em inglês, não em irlandês, especialmente para parentes e amigos que vieram de Dublin.

Depois da história, ele a presenteia com um coração que ele mesmo entalhou na madeira de uma árvore que caiu durante uma tempestade. Alega que é a árvore sob a qual deram o primeiro beijo, mas Solomon imagina que esteja mais perto de ser uma árvore do parque onde eles passearam um dia. Ainda assim, o que vale é a intenção. Em cada uma das quatro cavidades do coração há quatro gavetas e dentro de cada gaveta há um objeto que representa as quatro gerações juntos.

Há lágrimas nos olhos de todos, celulares erguidos registrando o momento enquanto Marie, que sempre ocupa o palco com Finbar enquanto ele se apresenta, se afunda num abraço. Ela é a próxima a se apresentar. Antes de ter quatro filhos e abrir a própria pousada, Marie viajava o mundo todo, normalmente pelos Estados Unidos, trabalhando como harpista, tocando em aniversários, casamentos, teatros. Tocava música clássica, folclórica, o que fosse pedido, mas música celta era sua favorita; foi graças ao show celta que veio para Galway que Finbar pôs os olhos nela pela primeira vez. Essa deusa de cabelo ruivo atrás de uma harpa enorme, fascinando todo mundo. Não é querer desmerecer seu talento, mas Solomon e os irmãos passaram a vida toda ouvindo a mesma apresentação e, por mais que não estejam cansados dela, o brilho certamente já se apagou. É o encanto no rosto das pessoas a ouvindo pela primeira vez que os lembra do talento que ela tem de capturar uma multidão.

Marie começa a tocar "Carolan's Dream", e Laura, que permaneceu o tempo todo sentada ao lado de Solomon em completo silêncio, se empertiga na mesma hora, completamente fascinada. Solomon sorri ao ver a expressão dela e se recosta, braços cruzados, para assistir a Laura assistindo a sua mãe.

A vibração em seu bolso o faz esticar as costas e olhar o celular. Ele pede licença, por mais que ninguém nem note ou se importe, todos os olhos em Marie, ao escapar da sala para a cozinha.

— Oi — diz ele, beliscando a comida da festa na ilha da cozinha.

— Oi. — Ela está gritando, e ele afasta o celular do ouvido quando o burburinho de uma multidão invade seu ambiente sereno. Barulhos de bar.

— Achei que você estivesse trabalhando de casa — diz ele, tentando manter a voz baixa.

— O quê?

— Achei que você estivesse trabalhando de casa — repete ele um pouco mais alto, e alguém faz "psiu" para ele e fecha a porta. Solomon abre a porta dos fundos e sai para o jardim. O perfume das madressilvas é forte, lembrando-o de uma vida passada brincando ao ar livre, longos verões quentes e iluminados, aventuras em cada canto do jardim.

— Eu estava. Estou. Pesquisa — grita Bo, e ele percebe por sua voz que ela já bebeu algumas. Bo não precisa de muito para ficar bêbada. — Vim encontrar com um anprotólogo — diz ela, então dá uma risadinha. — Você entendeu. Enfim, eu estava procurando um, então espalhei algumas gravações de Laura por aí. Jack a amou. Ele quer que ela faça um teste para o *StarrQuest*, acha que ela seria fantástica. Não podemos deixar ninguém descobrir que ele a viu antes, porque os juízes não devem conhecer os participantes

antes dos testes, mas ele a achou incrível. Sei o que você pensa do programa, mas estou pensando na exposição de Laura, sabe, o impacto que isso teria no documentário, entende?

Bo está sem fôlego de tanta empolgação e parece estar andando também. Pela rua mais longa, barulhenta e movimentada de Dublin. Ou talvez ela esteja andando em círculos.

O sangue de Solomon ferve.

— Calma aí. Jack Starr quer que Laura faça um teste para o *StarrQuest*?

— Poderia ser ótimo, se você parar para pensar, Sol. Poderíamos filmar a jornada toda dela. Ela quer um novo começo, imagina como seria maravilhoso para ela? Ele não quer simplesmente que ela faça um teste, vai querer que ela participe dos programas ao vivo. Com certeza. Mas, de novo, não conta para ninguém. Eles não podem sair falando isso antes da hora. Pensa só como seria empolgante para Laura.

— Eu estou pensando e acho que é uma puta desgraça que isso tenha passado pela sua cabeça — diz ele, praticamente cuspindo no celular.

Ela fica em silêncio por um, dois, três…

— Eu deveria ter imaginado que você ia esculhambar a ideia toda. Eu te liguei, Sol, *empolgada*. Por que você nunca pode ficar entusiasmado com as mesmas coisas que eu? Ou ao menos compartilhar da minha felicidade em relação a alguma coisa? Você sempre pesa o clima.

— O que você está fazendo bebendo com Jack? — pergunta ele, exigente.

Jack é o ex-namorado dela, o cara com quem Bo namorou por cinco anos e com quem vivia antes de Solomon. Um cara de meia-idade acabado que era o vocalista famoso de uma banda americana de soft rock que teve um punhado de sucessos. Ele se mudou para a Irlanda nos anos 1980, saiu com uma penca de modelos e viveu do seu nome desde então. Agora ele é DJ de rádio, apresenta um programa de calouros na TV — no qual Solomon já trabalhou, um trabalho pelo dinheiro, não por amor — e tira Solomon do sério. Jack adora o fato de que ele e Bo eram um casal antes de

Solomon, soltando um comentário irritante e degradante depois do outro para provocá-lo.

— Eu não estava bebendo com ele — diz ela, defendendo-se. — Eu mandei um e-mail com um vídeo de Laura, procurando por um antropólogo... — Ela acerta a palavra dessa vez, tomando cuidado com cada sílaba.

— Por que caralhos ele conheceria um antropólogo, Bo? Ele é uma porra de cantor brega ultrapassado. É mentira. Você ligou para ele porque eu estou viajando e você queria transar.

Ele não tem ideia de onde a raiva está vindo, de onde o ciúme surgiu. Sabe que tem o direito de se sentir um pouco incomodado, mas certamente não dessa forma; no entanto, não consegue se segurar. É a culpa por como ele vem se sentindo por Laura, somada ao papel protetor natural que assumiu. Tudo isso o inflama.

Ela guincha para o telefone, em absoluta fúria e indignação pela acusação, mas ele fala por cima dela, nenhum dos dois se ouvindo, mas pegando uma ou outra palavra de insulto e contra-atacando. Eles discutem em círculos. E por fim fazem silêncio.

— Se Laura fizer o teste, ajudaria a atrair atenção e patrocínio para o documentário — diz ela, em tom de negócios.

— Achei que você não precisasse de patrocínio. Acho que é uma ideia cafona. Não vejo como isso te ajudaria como uma documentarista séria. Acho que vai desfazer todo o bem que você fez este ano — responde ele friamente, torcendo para sua frieza transparecer, perguntando-se se deveria carregar mais o tom.

Ela fica em silêncio. Ele se pergunta se a fez chorar, o que seria incomum para Bo, mas, quando ela volta a falar, está tão forte quanto antes.

— Como produtora, manterei todas as opções em aberto. Então vou fazer uma mudança de planos. Não vou a Cork no domingo. Em vez disso, você terá que trazer Laura a Dublin para o teste. Feliz aniversário para sua mãe. Boa noite.

Antes que ele consiga voltar a falar, ela encerra a ligação.

* * *

Bo encara o celular na mão, o fundo de tela iluminado, uma foto dela e de Solomon segurando um prêmio para *Os gêmeos Toolin*. Lágrimas de frustração ardem em seus olhos. Ela está com muito ódio do namorado neste momento, mas acima de tudo está magoada. Irritada, frustrada, sufocada, presa numa caixa. É tão previsível. Ela sabia que ele agiria assim, que faria de tudo para arruinar essa oportunidade, mas, apesar de saber isso, ela ainda assim o buscou entusiasmada e ainda assim ficou magoada com sua reação. Ela faz a mesma coisa de novo e de novo e espera resultados diferentes. Tem certeza de que essa é a definição de insanidade.

Ela sente braços deslizarem ao redor de sua cintura. Fecha os olhos, lembrando daquela sensação, saboreando-a, então desliza para longe.

— Para, Jack — balbucia.

Ele a encara.

— A ligação com o Príncipe Encantado não foi bem?

Ela nem consegue mentir, nem consegue defender a si mesma ou Solomon. Sente sobre si o peso do olhar fixo dele. Ele sempre fez isso: encará-la até ela dizer coisas que nunca planejou dizer. Bem, ela não vai ceder agora.

Jack fecha o zíper da jaqueta de couro e puxa a boina para trás enquanto um grupo o encara e sussurra sobre ele ao passar.

— Ele está em Galway com outra mulher e você está aqui comigo. Tem algo errado entre vocês dois.

— Nós confiamos um no outro, Jack — diz ela, cansada.

— Volta pra mim — pede ele, e ela ri.

— Pra você poder me trair de novo?

— Eu nunca te traí. Já te disse. Você é única pessoa que eu nunca traí.

Bo lança um olhar desconfiado para ele. Ela nunca acreditou nisso de verdade. A definição de traição deles sempre foi diferente. Jack estar numa boate, cercado de um aglomerado de mulheres seminuas caindo em cima dele, tecnicamente não era traição, mas ele nunca as impedia de roçar nele, de tocá-lo. Nunca se impediu também.

— Então o que me torna tão especial? — pergunta ela, sarcástica, sentindo que é uma cantada.

— Você não deveria ter que me perguntar isso — responde ele.

— Já deveria saber o que a torna especial. Deveria ouvir isso todo dia — diz ele suavemente.

— Ele me diz o tempo todo — diz ela, a voz seca. — Boa noite, Jack.

Ele estica o braço e passa o dedão pelo queixo dela, da maneira como sempre fazia. Ela sente o cheiro de cigarro em seus dedos.

— Você deveria parar de fumar.

— Isso te traria de volta para mim?

Ela revira os olhos, mas a irritação desaparece.

— Isso te faria parar?

Ele sorri.

— Volte para casa em segurança, Bo Peep.

Ela fica na frente do pub sozinha, cercada de uma dezena de fumantes rindo e papeando, mas sozinha. Pensa no que ele falou. Quando foi a última vez que Sol a elogiou ou disse que ela era especial? Não se lembra. Mas estão juntos há dois anos, isso acontece, não é? As coisas esfriam, é natural. Pelo menos ele é fiel, nisso ela acredita, sempre acreditou. Nunca se preocupava quando ele saía à noite, voltava para casa tarde; ele não era esse tipo de cara. Só o que ela consegue pensar é nas vezes em que ele a diminuiu, nas vezes em que tentou fazê-la mudar de opinião, naquela voz tranquilizante que agora parece condescendente. Mas isso também é natural, é o resultado de trabalhar e morar juntos. Eles raramente têm um descanso um do outro; as coisas se sobrepõem, limites se tornam difusos. Eles estão bem, pensa ela. Talvez precisem de mais regras, mais ajuda em como manter o relacionamento enquanto trabalham juntos. Nada de diminuir a diretora e produtora; ele não faria isso em nenhum outro trabalho. Mas, pensando bem, ela mesma sabe que frequentemente precisa disso. Ela mergulha de cabeça nas coisas, Solomon a ajuda a enxergar de outros ângulos. Ângulos que parecem óbvios assim que ele os expressa, mas que não estavam visíveis para ela a princípio. Eles formam uma boa equipe.

Mas, às vezes, não é a sensação que ela tem, especialmente agora. Ela tem certeza de que isso também é natural.

Quanto à ideia do *StarrQuest*, apesar das ressalvas de Solomon, que ela também tinha, continua achando que é uma boa ideia. Como Laura disse, às vezes só é preciso ter uma pessoa em quem confiar. *StarrQuest* é o programa de Jack e, apesar de tudo pelo que eles passaram, Bo confia nele.

Solomon xinga e enfia o celular no bolso. Está claro do lado de fora, o céu começando a escurecer à medida que a noite de verão se aproxima. Ele respira fundo, a mente fumegando pelo que Bo disse. Levar Laura para Dublin para participar do *StarrQuest* parece a merda mais brega e cafona que Bo poderia ter inventado, mas ele não pode se recusar diretamente. Só o que pode fazer é contar a Laura e ver o que ela diz. A vida é dela, não dele. Ele precisa parar de se envolver tanto nos problemas dos outros, precisa parar de ser tão sensível a qualquer coisinha que acontece ao seu redor. Não é sua responsabilidade apagar o incêndio de outras pessoas, mas ele é desse jeito, sempre foi. Não consegue evitar. Ele sempre foi o cara que tentava convencer casais a se reconciliarem se tivessem terminado por um mal-entendido. Ele sempre foi o cara que tentava apaziguar uma discussão entre amigos numa noitada de bebedeira. Qualquer mal-entendido com o qual não tenha relação, ele tenta se intrometer e consertar. O mediador. O terapeuta. O pacificador. Essas situações o estressam mais do que aos outros diretamente envolvidos; ele sente a raiva, a mágoa, a injustiça que essas pessoas deveriam estar sentindo multiplicadas dentro de si. Ele sabe que faz isso, percebe agora que provavelmente não deveria, mas não consegue parar.

Conforme a raiva esfria, sua temperatura corporal faz o mesmo. A brisa marítima provoca arrepios em sua pele. Ele planeja sair à caça de um cigarro — ele só fuma quando está tenso demais, ou bêbado demais, e está se sentindo um pouco dos dois agora —, mas de repente ouve um som vindo da casa que o paralisa e faz seu coração disparar.

"Carolan's Dream" está sendo tocada outra vez, mas ele sabe que não é sua mãe. Marie nunca a repetiria na mesma noite, nunca o fez antes, não imagina por que faria isso agora. Mas não é igual, é uma versão parecida com a dela. É a tentativa de outra pessoa, mas não consegue identificar o que há de errado. Não há ruído de cordas que não deveriam ser tocadas, nenhuma nota desafinada, mas há algo diferente, e ninguém passa perto de ser tão talentoso quanto sua mãe na harpa para tentar isso. Não naquele cômodo. Ele anda como se em câmera lenta, como se acompanhando uma câmera enquanto ela filma a cena. Mal sente os pés se mexerem, sua cabeça está dentro da música, a música está dentro de sua cabeça. Ele a segue conforme ela o chama, como se fosse um farol, atraindo-o. Da cozinha, cuja porta que leva à confraternização está novamente aberta, ele só consegue ver a multidão. Todos os olhares à frente, queixos caídos, cabeças balançando, olhos arregalados, alguns tomados pela beleza do que estão ouvindo e vendo. Ele para à porta e ninguém o nota. Olha para o palco e lá está Laura num banco, sozinha na plataforma, olhos fechados, boca aberta, imitando o som da harpa celta.

A mãe de Solomon, que está parada ao lado da plataforma elevada junto de Finbar, se vira para Solomon. Ela corre na direção dele, uma expressão de aparente preocupação no rosto, mãos à boca.

— Ah, Solomon — sussurra ela, envolvendo-o pela cintura e o abraçando. Ela se vira para encarar Laura.

— Você está bem? — pergunta ele, confuso.

Por um momento, teme que ela vá dar um chilique de diva por Laura estar reproduzindo a música dela em sua noite especial. Seria completamente atípico, mas ele não consegue identificar as emoções dela.

Ela o ignora por um momento, absorta pelo feitiço de Laura. Então se vira para ele.

— Eu nunca vi ou ouvi ninguém igual a ela em toda a minha vida. Ela é mágica.

Solomon sorri, aliviado. Orgulhoso.

— Agora você tem uma ideia de quão maravilhoso é o seu show — diz.

— Ah, nossa — responde ela, com as mãos nas bochechas quentes.

Ele relanceia para os rostos na plateia, todos profundamente cativados, vivenciando algo novo e espantoso pela primeira vez na vida.

Talvez ele tenha sido injusto com Bo. Talvez estivesse errado. Talvez Laura mereça uma plateia, e não só do tipo que um documentário conseguiria. Ela precisa de uma plateia de verdade, de uma reação ao vivo. Vê-la pessoalmente é visceral, dá vida a ela e às suas habilidades. Talvez, como a ave-lira, uma plataforma seja exatamente onde ela devesse estar.

15

Assim que Laura termina de imitar "Carolan's Dream", a multidão explode em aplausos. Todos se levantam num salto, gritando e assobiando, clamando por mais. Laura leva tamanho susto com a reação que fica congelada no lugar, encarando todo mundo.

— Vá salvá-la, Solomon — diz Marie, apertando-lhe o braço.

Ele corre para a plataforma e a pega pela mão. Pele com pele, ela o olha com surpresa. Pensando em sua discussão com Bo, ele a solta rapidamente, e ela o segue. Ele tenta descer do palco, mas seus irmãos o encurralam, e todos, parentes e vizinhos, pedem para ele cantar. Ele sabe que não vai conseguir sair do palco até ter cantado pelo menos uma música. Rory vai ao resgate de Laura e a leva até sua cadeira, o que Solomon observa incerto enquanto se posiciona com o violão. Rory fala no ouvido dela, e a moça se inclina para ouvir o que ele diz. Isso faz o sangue de Solomon latejar de novo, mas ele não pode fazer nada enquanto está no palco, não pode fazer nada porque não tem nenhum direito sobre ela. Rory é o bebê de vinte e oito anos e está mais próximo da idade de Laura do que Solomon. Ele também é solteiro, permanentemente solteiro, levando uma garota meiga atrás da outra para eventos de família, mas nunca ficando com elas por mais do que alguns meses. Rory pode escolher basicamente qualquer uma, e ele escolhe bem, sempre garotas bonitas, legais, conquistadas por seu charme. Bonitinho, fofo, é como as garotas o chamam, e ele aceita os elogios com todo prazer.

Solomon aperta o rabo de cavalo no topo da cabeça diante do grito de "Corta esse cabelo!" de Donal e das risadas em resposta, então toca as cordas do violão uma vez para segurar a plateia.

Laura ergue o olhar imediatamente. Rory não poderia estar menos interessado em Solomon, que está prestes a tocar sua música pela centésima vez, e pensa em formas de recuperar a atenção dela.

— Compus essa música aos dezessete anos, quando uma garota que deve permanecer anônima partiu meu coração.

— Sarah Maguire! — grita Donal, e todos riem.

— Todos vocês já a ouviram antes, exceto por uma pessoa, que é muito bem-vinda aqui esta noite. Ela não foi maravilhosa, gente?

Todos vibram por Laura.

— A música se chama "Vinte coisas que me fazem feliz...

Eles soltam um "oooohn" coletivo.

— ...e nenhuma delas é você" — completa ele, e a plateia comemora.

Eles sempre fazem isso, é igual toda vez. Faz parte do conforto da reunião, todo mundo sabendo seu papel, envolvendo-se, desempenhando sua função. E, apesar de conhecerem o título e até a letra, eles riem com generosidade.

Ele começa. É uma música animada sobre os prazeres simples da vida, como são importantes, como o fazem feliz. Bem mais do que a garota que partiu seu coração, agora reduzida a nada em sua vida, exatamente o que ele queria aos dezessete anos, furioso e magoado depois que ela o traiu com um amigo. Ela não foi seu primeiro amor, ele tivera outras, mas naquela época Solomon se apaixonava com facilidade e era apaixonado por estar apaixonado, um jovem romântico que compunha músicas românticas para si e músicas de rock para sua banda.

Seu objetivo sempre fora ser uma estrela do rock. O primeiro plano B era ser engenheiro de som num estúdio de gravação; o segundo era ser engenheiro de som em turnês. Acabara como engenheiro de som de documentários para satisfazer o espírito, de reality shows nos últimos tempos para pagar o aluguel. Ele ainda compõe e toca violão, embora com menos frequência agora que Bo mora com ele e Solomon tem menos tempo para si; e as paredes finas do seu apartamento na cidade não lhe permitem o luxo de suas atrapalhadas, quase sempre constrangedoras maneiras de compor uma nova música.

A multidão se junta a ele na lista.

Um: lençóis limpos na cama.
Dois: um dia de cabelo bonito.
Três: acabar de trabalhar quando está claro lá fora.
Quatro: um dia de folga num dia ensolarado.
Cinco: cartas que não são contas.
Essas são cinco coisas que me fazem feliz
    — ooooh...

Ele para de tocar, e a plateia preenche o silêncio com:

E nenhuma delas é você.

Eles vibram e riem, e ele continua:

Seis: um sanduba de bacon com ketchup.
Sete: o cheiro de grama recém-cortada.
Oito: Scarface *com cerveja.*
Nove: a torcida de Jackie na Copa de 90.
Dez: achar dinheiro no bolso.
Essas são dez coisas que me fazem feliz,
    ooooh...

Ele para de tocar e a multidão completa com:

E nenhuma delas é você.

— Sarah! — grita Donal, o que faz todo mundo gargalhar histericamente.

Onze: ouvir uma música favorita sem parar.
Doze: pegar o ônibus matinal.
Treze: estourar plástico-bolha.
Catorze: a torta de maçã da mamãe. [Isso ganha um grito
    de comemoração.]
Quinze: meias que formam um par.

Essas são quinze coisas que me fazem feliz,
oooh…
E NENHUMA DELAS É VOCÊ.

Dezesseis: a defesa de Packie Bonner contra a Romênia.
[Mais comemoração.]
Dezessete: café da manhã na cama.
Dezoito: um banho, um barro e uma barbeada.
Dezenove: o primeiro dia das férias.
Vinte…

Ele dedilha mais rápido, incitando a antecipação, para que todo mundo cante junto o último verso:

…e beijar sua melhor amiga!

A letra sempre foi "comer" sua melhor amiga, o que ele fizera para se sentir melhor na época, mas obviamente não funcionara, e ele a censurava em consideração aos pais.

A plateia explode de alegria e, enquanto ele sai do palco, Cormac, seu irmão mais velho, sobe para declamar uma cena de *Dançando em Lúnassa*, por Brian Friel.

Ao avançar pelo meio da multidão, parando para papear com pessoas que não via em meses, ele não encontra Laura ao chegar em seu lugar. Ele olha ao redor e faz contato visual com Donal. Ele aponta para a porta da cozinha. Solomon corre para lá.

A cozinha abriga convidados dispersos que beliscam petiscos durante a apresentação de Cormac. Seu irmão possui a habilidade de esvaziar o cômodo, não por não ser bom — ele é ótimo, ninguém faz um trabalho melhor —, mas por não saber escolher o momento certo. Quando todo mundo está no auge da empolgação, ele faz essa apresentação, sombria e silenciosa e triste, que é uma oposição direta ao que todo mundo quer. Ele mata o clima, deixa a energia despencar. Ele faz o mesmo em conversas, traz algum assunto sério à tona quando todo mundo está rindo.

Sua irmã, Cara, também fugiu do momento do irmão. Ela nota Solomon olhando ao redor, sente seu humor.

— Lá fora. — Ela aponta pela janela. — Foi mostrar os cucos para ela, nosso puta-especialista-em-cucos.

Ela tem a decência de nem rir, por Solomon. Ele se controla, controla os passos, tenta controlar os batimentos cardíacos ao seguir pela multidão crescente em direção à porta do jardim. Ao chegar ali, ele para, com a mão na maçaneta.

E qual é o grande problema de Laura estar lá fora com Rory? Por mais que isso o enlouqueça, ela é uma mulher de vinte e seis anos que pode fazer o que quiser. O que ele vai fazer, separar os dois? Declarar que não podem ficar juntos? Ele conhece bem o irmão, sabe exatamente o que ele quer com Laura, o que qualquer homem ia querer com qualquer mulher jovem e bonita num momento em particular, mas seu irmão não é um predador sexual. Ele não estará em cima de Laura, segurando-a contra o chão; ela não precisa ser salva.

Ou talvez Laura saiba exatamente o que Rory quer, talvez ela também queira. Dez anos sozinha num chalé sem intimidade, será que ela ia querer sexo? Isso não seria natural? Solomon sabe que ele ia querer. Mas será seu dever proteger Laura? Não é função dele cuidar dela, ou é? Talvez essa seja a função que ele se deu, colocando a si mesmo numa posição de importância para o bem do próprio ego. Um argumento que é reminiscente de brigas infantis entre irmãos: *eu a encontrei primeiro! Ela é minha!* Mas Laura de fato o escolheu. Ele é a única pessoa com quem ela quis ficar, apesar de não necessariamente querer ser posta numa redoma de vidro por ele. Ele também não é exatamente seu príncipe montado num cavalo branco, pensando algumas das coisas em que vem pensando. Tendo namorada. Uma namorada que ele acabou de acusar de tentar transar com o ex. Ele estava projetando. Bo entenderia tudo na mesma hora, se é que ainda não entendera. A maioria das namoradas nunca permitiria que os parceiros viajassem com outra mulher, especialmente para um evento de família, especialmente se fosse uma mulher jovem, bonita e solteira. Será que ela o estava testando ou nutria níveis ridiculamente altos de confiança e fidelidade? Ou será que ela queria que ele fizesse o que ele queria tanto fazer? Será que ela o estava incitando, desafiando-o a terminar tudo? Fazer o que ela não conseguia. Porque, se ele não fizesse, será que eles jamais terminariam? Será que ficariam juntos para sempre porque nenhum dos dois teria coragem para terminar, porque não havia um motivo bom o suficiente para terminar?

As coisas nunca iam mal entre Bo e ele, mas Solomon não sabia exatamente para onde elas estavam seguindo. Eles trabalhavam juntos, ligados um ao outro pela carreira, morando juntos mais como resultado de um acidente do que por algum motivo deliberado ou romântico. E quem ele acha que é imaginando que tem direito a uma chance com Laura, como se ela fosse algo disponível para ele tomar? Frustrado consigo mesmo por sua arrogância, ele sabe toda a culpa que lhe cabe e vem tentando justificar seja lá o que foi que aconteceu com ele na floresta no dia em que conheceu Laura.

— Meu Deus — diz Cara, interrompendo seus pensamentos. — Se você não for, eu vou.

Cara lhe entrega sua garrafa de cerveja, desloca-o para o lado e sai para o jardim. O frio atinge Solomon em cheio no cérebro, um choque de realidade. Ele vira o restante da cerveja, segue Cara pela noite escura adentro e a luz de segurança se acende, iluminando o jardim. Nenhum sinal de Rory e Laura.

Há três lugares para ir. O arco que leva ao labirinto; cercas vivas bem podadas em que escalavam para fazer travessuras; a praia.

— Ele não a levaria pra lá — diz Cara.

Ela olha para a praia do outro lado da rua, então outra vez para o jardim. A essa altura, o coração de Solomon está disparado.

— Aqui em cima — diz Cara.

Eles deixam o jardim bem-cuidado para trás e sobem o terreno selvagem irregular ao lado. Terra de ninguém. Eles não tinham permissão para ir ali quando crianças. Todo mundo sabia das crianças que eram levadas pela bruxa velha que morava ali, que não conseguira ter os próprios filhos; a versão de Marie do Bicho Papão. Funcionou até certa altura. Foi só na adolescência que eles começaram a ficar por ali. Cormac e Donal levavam ali, para sessões de bebedeira noturnas, as estudantes de catorze anos que vinham passar três semanas longe de casa em Dublin para aprender irlandês no verão. Eram coisas relativamente inofensivas: beber e fumar, beijar e passar a mão em qualquer parte do corpo em que fossem autorizados; mas uma noite Donal quebrara o tornozelo, torcera--o por conta de uma pedra, então eles precisaram avisar os pais, e fora o fim da brincadeira. Os pais decepcionados das alunas tinham ido buscá-las e, chorando, as garotas voltaram envergonhadas para Dublin; o assunto do ano escolar, a vergonha da escola, um acontecimento épico. Enquanto Cormac e Donal passaram o verão de castigo, Marie aprendera a não abrigar estudantes de programas de verão em sua casa até que os filhos fossem mais velhos.

Solomon e Cara atravessam o terreno escuro, com Cara na liderança.

— Aí estão vocês — anuncia de repente, e Solomon a alcança.

Laura e Rory estão sentados numa pedra lisa, fora do campo de visão da casa, com uma vista perfeita da praia. A lua ilumina o caminho, o mar quebra na areia. O braço de Rory está ao redor dos ombros de Laura. Solomon nem consegue falar, o coração entalado na garganta.

— Ela está com frio — diz Rory com um sorrisinho abusado.

Rory era quem mais tinha a habilidade de irritá-lo. Solomon nunca teve muito problema com os outros — e, quando tinha, as brigas eram físicas —, mas Rory sempre conseguiu afetá-lo. Não ser capaz de pronunciar o nome de Rory o deixou agitado em relação ao irmão mais novo desde sempre, desde que ele nasceu. Solomon sofria bullying dos outros por não conseguir chamá-lo pelo nome, e Rory se aproveitava disso, tentando tirar o irmão do sério de qualquer forma.

— Está frio aqui fora — diz Cara. — E nenhum cuco à vista. Está meio tarde para isso, não está?

Rory morde o lábio, mas isso não interrompe seu sorriso. Ele olha do irmão para a irmã, sabendo que deixou os dois agitados e gostando da sensação. Ou que só um está agitado, e a outra veio em defesa do primeiro. Ele parece orgulhoso de si mesmo.

— O que vocês dois estão fazendo aqui? — pergunta Rory.

— Tirando fotos — diz Cara.

— Vocês não estão com nenhuma câmera.

— Não.

Ela sustenta o olhar do irmão, irritada com ele também. Rory balança a cabeça e ri.

— Muito bem, Laura, acho que é melhor a gente entrar. Os detetives Turner e Hooch estão preocupados com você.

— Tá bom — diz Laura, olhando para os três, preocupada com o que está vendo e fazendo Solomon se sentir péssimo por lhe causar esse sentimento.

— Se precisar de mim a qualquer momento, quando esse tonto estiver te entediando, é só chamar. — Rory dá um sorrisinho e começa a seguir seu rumo por entre as pedras em direção à casa. Cara o segue.

— Você está bem? — pergunta Solomon, finalmente encontrando a voz.

— Sim. — Laura sorri, então olha para baixo. — Você ficou preocupado comigo.

— Sim — responde ele sem jeito, envergonhado.

Eles estão tão próximos que ela sente o hálito morno dele roçar sua pele no ar frio. Sente cheiro de cerveja. Está tarde, mas seu rosto está parcialmente iluminado pelas luzes da casa. Maxilar forte, nariz perfeito. Ela quer soltar o coque dele, passar as mãos pelo cabelo. Quer saber qual é a sensação, ver como os fios se movem. Ela vê o pomo de adão dele quando ele engole em seco.

— Você não precisava se preocupar comigo.

O que ela quer dizer é que não tem interesse algum no irmão de Solomon, não há nada parecido com o que ele a faz sentir meramente por estar em sua presença, mas sabe que a frase saiu errada. Ele parece magoado. Como se tivesse entendido que ela não quer que ele se preocupe, que ela não o *quer*. O coração dela martela. Ela quer voltar atrás imediatamente, explicar direito.

— Cuidado com as pedras — diz ele suavemente, virando-se para seguir até a casa.

16

Na manhã seguinte, a casa lotada até a boca de pessoas, com todos os quartos cheios, todos os sofás servindo de cama apesar dos planos de Marie, está em completo silêncio. Eram seis da manhã quando a festa finalmente terminou e, por mais que Laura tenha ido para a cama depois de sua discussão com Solomon, tão irritada consigo mesma por dizer o que dissera, e ele envergonhado por tentar ser seu príncipe num cavalo branco, ele ficara acordado por mais algumas horas, vigiando Rory, vigiando a escada para se certificar de que ela estava em segurança. Rory dera espaço para Solomon; físico, mas não mental, pois Rory nunca conseguiria evitar isso. Sempre que seus olhares se cruzavam, ele piscava ou dava um sorrisinho sarcástico que bastava para provocar uma onda silenciosa de fúria ciumenta. Por volta das duas, Solomon já havia ido para o quarto, onde foi mantido acordado pela cantoria e gritaria do andar de baixo, e por Donal, que desabou em cima dele por volta das cinco da manhã, roncando assim que a cabeça atingiu o travesseiro.

Solomon ficaria feliz da vida em passar o dia na cama ou em fugir para algum lugar silencioso com o violão para tocar ou compor: sente algo fervilhando por dentro. Os sentimentos de inspiração são raros por esses tempos, mas ele sabe que não vai conseguir sossegar. Imagina que Laura muito provavelmente vai acordar cedo e não quer que Rory a leve embora para algum lugar de novo. Ele não planeja agir como guarda-costas dela o tempo todo, mas com certeza não pretende deixar o irmãozinho botar as garras nela.

Ele toma um banho rápido e vai para o andar de baixo. Todas as janelas da casa estão abertas para deixar sair o ranço de cigarro e bebida da véspera. Marie está sentada à mesa da cozinha de camisola, com seus vizinhos, bebendo *bloody mary*.

— Quer que eu prepare algo? — pergunta ela com a voz cansada. As festividades cobraram seu preço.

— Estou ótimo. Obrigado, mãe. Vocês não foram para casa ainda? — brinca Solomon, despejando leite no cereal.

— Sim, mas voltamos para o segundo round, plim-plim! — O vizinho Jim dá uma risada, erguendo o drinque. — *Sláinte.* — Apesar da animação, o clima está calmo enquanto dissecam os acontecimentos da noite. — Sua Ave-Lira é um verdadeiro tesouro — diz ele.

— Como você sabe que ela se chama Ave-Lira?

— Ela nos disse. Disse que você a nomeou. Eu mesmo não conheço, mas parece uma ave fascinante. Nem de longe tão fascinante como a garota, no entanto. Minha nossa, que órgãos potentes que ela tem.

— Um par de órgãos muito potente de fato — diz Rory subitamente, entrando na cozinha arrastando os pés e coçando a cabeça.

— Ela foi até a praia — fala Marie, observando Solomon com cuidado, tentando disfarçar o sorriso perspicaz quando ele começa a enfiar colheradas enormes de cereal na boca num esforço para acabar rápido e ir atrás de Laura.

— Posso... — Ele se levanta e larga a tigela de cereal na pia.

— Vai. — Ela sorri. — Mas não esquece que você prometeu ao seu pai que sairia para atirar hoje.

Laura está parada à beira d'água em outra de suas interessantes criações de moda. Parece uma camisa masculina, provavelmente de Tom, mas, usando suas habilidades de costura, ajustou-a como se fosse um vestido, adicionou uma barra de tecido contrastante para ganhar comprimento, com um cinto de couro amarrado ao redor da cintura, um par de coturnos pretos com meias de lã puxadas até quase os joelhos e uma jaqueta jeans. Solomon não entende muito de moda, mas sabe que ela certamente não está seguindo nenhuma tendência. Mesmo assim, está estilosa.

Ela parece o tipo de mulher com quem ele papearia num bar, o tipo de mulher que atrairia a sua atenção. O tipo de mulher que atrairia o seu coração.

Laura sente que poderia ficar à beira d'água para sempre. Faz anos que não chega perto do mar, desde a última viagem em família com Gaga e mamãe para Dingle. Ela poderia facilmente continuar parada ali, mas este era o problema: Laura poderia ficar em qualquer lugar que decidisse, para sempre. Dias inteiros passados na floresta, recostada num tronco de árvore, olhando para o céu por entre as folhas. Um dia inteiro perdida em sua mente, em sua memória, em seus devaneios. Mas não mais. Ela precisa parar com isso, precisa mudar com as mudanças, preparar-se para um novo rumo.

Ela fecha os olhos e escuta as ondas baterem suavemente, quase começa a se balançar de relaxamento. As gaivotas cantam no céu e ela saboreia a beleza e a perfeição do momento, que ficou ainda mais perfeito com a chegada dele. Ela sente o cheiro dele antes de escutá-lo.

— Oi, Solomon — diz ela antes que ele diga algo, antes mesmo de se virar.

— Oi. — Ele ri. — Você é vidente também?

— Isso significaria que eu sei o que vai acontecer no futuro — diz, virando-se para olhar para ele. — Queria saber.

Ele está de camisa de manga comprida de algodão azul, com botões abertos na gola. Alguns pelos escuros de seu peito escapam. Seu cabelo é batido dos lados, mas o resto das ondas e cachos pretos está amarrado num rabo de cavalo alto. Ela nunca havia visto um homem de rabo de cavalo antes, mas gosta. Ele ainda é másculo, como um guerreiro, e isso transparece em suas feições, as maçãs do rosto altas, o maxilar forte sempre com barba por fazer. Ela quer passar as mãos pelo maxilar como ele faz quando está pensando, parecendo perdido e intenso.

— O que foi isso? — Ele franze a testa.

— O quê? — pergunta ela.

— Esse som.

Ela nem tinha noção de que fizera o som, mas estava pensando nele. O som dos dedos dele roçando a barba por fazer, o movimento que ele faz quando está pensando. Ela gosta desse som.

— Você realmente gostaria de saber o que acontecerá no futuro? — pergunta ele, parando ao lado dela, olhando o mar.

— Às vezes eu me interesso mais pelo que aconteceu no passado — admite ela. — Penso em conversas que tive, ou entreouvi, ou mesmo coisas que não fiz. Eu as analiso, imagino como poderiam ter acontecido, como teriam acontecido.

— Tipo...

— Tipo minha mãe e Tom. Como foi esse caso amoroso secreto, eu fico imaginando... não, sabe, todas as partes, mas...

— Eu entendi — diz ele, ansioso para que ela continue.

— Acho que esse é provavelmente o meu defeito. Porque nunca saí da montanha. Estava tão ocupada pensando no passado que esqueci de me planejar para o futuro.

Ela sente os olhos dele se cravarem nos dela e desvia o olhar; não aguenta o fervor deles.

— E você? — pergunta ela.

— O que tem eu? Eu esqueci do que estávamos falando. — Ele não está brincando. Está nervoso.

— Pensa mais no futuro ou no passado?

— Futuro — diz, seguro. — Desde criança, eu vivo dentro da minha cabeça. Queria ser uma estrela do rock; sempre pensei no meu futuro, ser mais velho, sair da escola, conquistar o mundo com minha música.

Ela ri.

— Esse é o seu defeito?

— Não. — Ele volta a olhar para ela, que sente o estômago dar uma cambalhota. — Acho que temos o mesmo defeito.

— Qual?

— Não pensar no presente.

Assim que ele diz isso, tudo parece tão *agora*. Como se um feitiço tivesse sido lançado entre eles, Laura sente o corpo formigar da cabeça aos pés, sentindo-se tão viva, mas zonza. Ela nunca se sentiu assim perto de alguém antes, em suas raras experiências com pessoas. Até ela sabe que não é normal. É algo especial.

Ele desvia o olhar e quebra o feitiço. Ela tenta disfarçar a decepção.

— Todo mundo amou você ontem à noite — diz ele num tom quase profissional, pragmático. Ela o perdeu de novo para seja lá o que se passa em sua cabeça quando ele assume aquela expressão intensa e distante. — Eles acham que você aterrissou aqui de outro planeta. Nunca viram tamanho dom.

Ela sorri em agradecimento.

— É a sua mãe que tem um dom. — Ela pensa em Marie sentada atrás da harpa, com a coluna tão ereta, e ouve o som antes de se dar conta de que o está emitindo outra vez.

— Você gostou de estar no palco? — pergunta ele, fascinado.

Ela nota que ele tem algo na cabeça. Como na noite passada, quando ficou bravo com ela porque a encontrou com o irmão dele. Ela nunca conheceu alguém como ele, que tem tanta coisa não dita passando pela cabeça. Está tudo nos olhos e na testa. Os pensamentos parecem ganhar forma e se mover em sua fronte, nós de pensamentos. Ela deseja que eles se libertem da pele para conseguir vê-los como são. Ela quer pôr as mãos na testa dele e dizer "Pare". Alisá-la, dar-lhe paz. Melhor ainda, levar os lábios à testa dele. Ele está inquieto agora, algo mudou nele tão rápido, indo do relaxamento à tensão em questão de poucos segundos.

Ele massageia o maxilar. Ela imita o som. Ela ama aquele som. De repente, os pensamentos borbulhantes sumiram e os belos dentes alinhados riem para ela. Melhor assim.

— Foi esse som que você fez antes — diz ele, feliz por tê-lo identificado, talvez feliz por ser um som dele.

Laura faria aquele som o dia todo se isso significasse que ele lhe sorriria daquele jeito o tempo todo. Mas não funcionaria, ele se cansaria, a faísca acabaria se apagando, ela teria que continuar encontrando outros, e esse novo mundo estava repleto de novos sons para ela. Às vezes sons demais, e ela estava começando a ficar com dor de cabeça de tentar registrar todos. A princípio estava ansiosa para ouvi-los, entendê-los, mas então, quando eles partiram de Macroom para Galway, os sons se intensificaram. Em especial ontem à noite. Ela ficou exausta com a interação e não vê a hora de voltar para Cork. Seja lá onde ela vá se hospedar, pelo menos passará o tempo na montanha, cercada de sons familiares.

Apesar de que, não importa quantas vezes as pessoas tenham cantado suas músicas ontem à noite, a faísca nunca parecera se apagar deles. Ela os ouvia pela primeira vez, e era como se estivessem se apresentando pela primeira vez. Em especial a apresentação de Solomon. Ele trouxera vida ao cômodo. Laura sentiu o coração na boca por todo o tempo em que ouviu sua voz cantada, entoando as vinte coisas que o deixavam tão feliz aos dezessete anos.

A preocupação de Solomon voltou, e ela sente alguma coisa.

— O motivo pelo qual perguntei se você gostou de se apresentar é porque Bo me ligou ontem à noite.

A entrada de Bo na conversa muda tudo, alargando o espaço entre eles. Quem causou isso, ela ou ele? Ela baixa o olhar para a areia, vê pelas pegadas que seus pés se moveram, assim como os dele. Ambos se afastaram um do outro.

— Ela mudou de planos — diz ele, parecendo tenso, contrariado.

Laura sente o coração martelar, torcendo para que Bo não desista do documentário. Laura não dá a mínima para ele, mas precisa disso. É a única ponte que tem para fora de sua ilha. Sem eles, não sabe o que será de sua vida.

— Ela quer que a gente vá para Dublin hoje à noite. Agendou algumas entrevistas para o documentário lá.

Laura fica tão aliviada por saber que o documentário continua de pé que não se importa em não voltar para casa. Ela tenta reprimir o sorriso.

— E ela tem um amigo — continua Solomon, o rosto sombrio e a testa franzida — que tem um programa de calouros, *StarrQuest*. Eles gostariam que você participasse do programa.

Ele parece tão hesitante que ela fica incerta. O sinal para compreendê-lo vem e vai. Ele continua falando enquanto ela tenta decifrá-lo.

— Bo mostrou um vídeo seu para essas pessoas da TV. Lembra da máquina de café no restaurante de ontem?

Laura faz imediatamente o som que tem na memória.

— É, esse mesmo. — O sorriso dele é tenso.

— Eles gostaram desse som? — Ela o reproduz de novo, ouvindo a si mesma com mais atenção para ver o que há de tão especial nele.

— É único, Laura. Mais ninguém faz esse som. Nada além de... uma máquina de café.

— Então aquela máquina de café teria uma grande chance de ganhar — diz ela, tentando aliviar o desconforto de Solomon.

Ele ri alto, e sua piada parece atingir seu objetivo.

— Já ouvi falar do *StarrQuest* — diz ela. — Já li revistas o suficiente para saber quem foram os vencedores de todos os reality shows e ouvi sobre eles e suas músicas no rádio. O que acha de eu participar?

— Vou ser honesto... — Ele leva a mão ao rosto.

Ela faz o som da barba por fazer e ele para, enfiando as mãos nos bolsos da calça jeans.

— Quando Bo me falou isso ontem à noite, eu não fiquei feliz. Achei que fosse uma má ideia. Mas então vi sua apresentação, vi a expressão no rosto das pessoas. Elas ficaram fascinadas. Talvez seja errado privar as pessoas de uma experiência assim, dessa experiência que estou tendo com você. Talvez eu não quisesse dividir você com ninguém. Mas o documentário já faria isso de qualquer forma. Talvez seja errado privar você da experiência, da adulação, da celebração de suas habilidades.

Ela sente as bochechas corando por causa das palavras dele. Solomon não queria dividi-la com ninguém. Mas ela está confusa.

— Minhas habilidades?

Ele não sabe como abordar os sons que ela emite. Nem tem certeza de que ela tem consciência da frequência com que os faz.

— Tipo o que você fez ontem à noite na festa. Você gostou?

Ela pensa na serenidade que sentiu na casa dos pais dele. A calma conforme se lembrava das cordas da harpa, a energia compartilhada no ar. A reação explosiva lhe dera um susto, mas ela não estava esperando por isso. Sentira-se sozinha, o que ela gosta, mas como se estivesse compartilhando estar sozinha com outros.

— Sim — diz ela. — Gostei.

Solomon processa a resposta. Parece surpreso com a reação, talvez decepcionado. Laura está confusa. Ele não está facilitando as coisas para ela. Está lhe pedindo que faça algo que ela não tem total certeza de que ele quer que ela faça.

— Por que exatamente você quer que eu participe desse programa? — pergunta ela.

— A ideia não é minha — diz ele. — É de Bo. O argumento dela é que seria bom para o documentário. Se você tiver visibilidade, ajudará a alavancar o documentário.

Laura não pode perder o documentário. Sem a equipe de filmagem, ela não tem ninguém; precisa se agarrar a eles como faria a um bote salva-vidas.

— Participar do programa de calouros para alavancar o documentário parece uma ótima ideia de Bo — diz.

Ele assente.

— Imagino que sim.

Ela sorri.

— Você nem sempre gosta das ideias de Bo.

Ele parece aliviado por poder dizer a verdade.

— Não, não gosto. E, Laura, para ser completamente honesto, eu não tenho certeza sobre essa. A decisão é só sua.

— O que você acha desse programa? — pergunta ela.

Ele franze o rosto, fecha os olhos com força enquanto pensa numa resposta.

— Eu já trabalhei nele — conta ele. — No som.

— Isso não é uma resposta.

— Você não deixa nada passar. — Ele sorri. — É um risco. Você poderia fazer o teste e não passar para a fase seguinte. A plateia poderia te amar, a plateia poderia, por algum motivo desconhecido, sentir antipatia por você. Você poderia fazer o teste e ser vaiada até sair do palco. Você poderia fazer o teste e possivelmente ganhar.

Se isso acontecer, você poderia seguir numa miríade de direções. Tudo depende do que quer fazer com a sua vida.

— E se eu não ganhar?

Ele pensa.

— Você será esquecida quase imediatamente.

Ela pensa com cuidado. Direções, pensa Laura. Opções. Ter diferentes direções parece bom porque ela não pode voltar. Se fizer papel de boba, será esquecida, e isso não é tão ruim assim. É quase uma vantagem.

— Eu aceito — diz ela com firmeza, para a surpresa de Solomon.

De uma ponte para outra.

Naquela tarde, depois que os irmãos de Solomon saem da cama e voltam à vida, eles partem para um estande de tiro de pombos de barro nas proximidades. Competição é e sempre foi a regra entre os irmãos e o pai, excluindo Cara; ela prefere ficar em casa e botar o papo em dia com a mãe. Jogador de pôquer perspicaz, Finbar está sempre pensando em vencer e passou o traço para os filhos. Todo ano eles saem para caçar; faisões, galinholas, pombos, carne de caça, o que estiver disponível, e a quantidade que conseguem é o que define a pontuação. Como não estão na temporada de caça de pássaros, eles têm que se conformar em atirar em pombos de barro, e Finbar já elaborou um método de contar o placar e regras.

Laura caminha com Rory até o estande de tiros, que consiste numa série de cabanas de madeira enfileiradas. Solomon se posta protetoramente ao lado dela, mas não perto demais. Ele não sabe bem se ela quer que ele se afaste, mas decide ficar mesmo assim. Cinco cabanas, todas abrangendo grupos de seis, estão cheias. Um fim de semana ensolarado de verão atraiu as pessoas para fora de casa.

Laura fica satisfeita em se sentar no banco e observá-los disputar. Para a irritação de Solomon, Rory se senta ao lado de Laura. Solomon fica de pé por perto, sentindo-se de lado, tentando ouvir a conversa deles. Ela gosta dele, disso ele sabe, então, à medida que o jogo progride, afasta-se e lhes dá espaço, o tempo todo sentindo-se excluído e ressentindo-se de seu irmão, e de si mesmo.

Solomon se concentra intensamente em acertar os pombos de barro enquanto Rory fala às suas costas. Sente que o irmão faz isso de propósito, uma manobra para distraí-lo do jogo; então percebe a arrogância daquele pensamento. Ele erra o primeiro alvo.

— Cala a porra da boca, galera — vocifera, e eles se calam.

Finbar faz "psiu" para Rory, o que agrada Solomon, e ele acerta um tiro depois disso. Cinco seguidos, mas essa é só a rodada de aquecimento. Rory é o próximo, e Solomon fica feliz em ter o banco.

Laura ergue a mão para cumprimentá-lo.

Solomon sorri e bate na mão dela, permitindo que seus dedos afundem e se juntem aos dela. Ela sorri para ele. Eles deixam as mãos baixarem devagar, ainda entrelaçadas. Então ele pensa em Bo, pergunta-se que merda está fazendo e solta.

Rory acerta todos os tiros.

— É isso que você ganha por não vir no Natal — fala Finbar em tom de provocação para Solomon, que faltou à caçada do Natal.

— Ah, não pegue tão pesado com ele — diz Donal, pegando a arma e assumindo a posição. — Esses documentaristas premiados vivem viajando hoje em dia.

— Não fui eu que recebi o prêmio, gente, foi a Boca a Boca. — Solomon cruza os braços e para ao lado de Laura.

Ele pensa em se sentar, mas não tem espaço ao lado dela, e ele não quer se sentar perto de Rory, que voltou ao seu lugar.

— Você recebeu um boca a boca? — pergunta Donal antes de apertar o gatilho.

Solomon explica para Laura:

— É o nome da produtora de Bo. Ela vê documentários como uma forma de soprar ar nas histórias. Ajudá-las a ganhar vida.

Rory faz um som de vômito.

— Vê se cresce, Rory.

— Loly — diz Laura, uma imitação impecável de Solomon.

Ela não está zombando de Solomon e espera que ele não sinta que é o caso, mas está avaliando o clima entre Rory e ele e acha que essa é a causa. Uma simples palavra explica como Solomon se sente. Por mais que Rory não veja desse jeito, nem os outros. Os caras riem, pensando que ela está zombando dele. Solomon cruza os braços e olha para o horizonte.

— Vai, se mexe, ou vamos ficar o dia todo aqui.

Laura olha para ele com uma expressão arrependida.

Todos têm sua vez. O pai deles está na liderança junto de Rory, que sempre se sai melhor quando tem alguém para quem se mostrar. Cormac está em último. O intenso Cormac que pensa demais antes de disparar.

— A Cara dispara o flash melhor — provoca Solomon.

Solomon gosta quando é a vez de Rory porque ele libera o lugar ao lado de Laura no banco. Ele pensa em tomar o lugar de Rory, mas então acha que pode ser mesquinho, que talvez zombem dele, vejam coisa onde não tem. Então ele continua de pé, e, de toda forma, Laura está mais interessada em assistir aos tiros de Rory, que nunca erra. Sendo o único filho que ainda mora em casa, ele tem mais tempo de ir caçar com o pai.

Para a diversão de todos, Laura imita os tiros, a máquina de pombos de barro, o som de quando são liberados, o som de quando são atingidos. É interessante para Solomon como todo mundo se acostuma rápido aos sons dela e nem se viram para observá-la depois de cada barulho. De vez em quando um som provoca uma risadinha de um deles, um "Boa, Laura!" de seu pai, uma exclamação impressionada e surpresa de encanto, nunca de escárnio, e Solomon tem vontade de beijar todos eles por isso.

Rory está na liderança agora. Finbar e Solomon estão empatados. Cormac e Donal estão ficando para trás. Se Solomon acertar seis de seis e seu pai errar um, ele vai empatar com Rory. Ele se posiciona. Apoia a espingarda no ombro.

— Boa sorte, Solomon — diz Laura, o que o amansa.

Atrás dele, Rory pega a própria espingarda e gesticula para ela o seguir. Ela franze a testa, mas se levanta em silêncio e o segue. Ele vai para a lateral, fora da vista da família, mas eles não o estão vendo de qualquer maneira porque estão olhando para o outro lado, observando Solomon. Rory indica algo na grama a uma certa distância, e Laura sorri de prazer. É uma linda lebre. Uma criatura bobinha que vagou para longe e acabou num perigoso campo de batalha. Ela salta desesperadamente, tentando encontrar uma saída, as espingardas disparando das cinco cabanas ao redor do animal. Laura sorri e a observa. Ela não vê uma lebre há anos. Não havia nenhuma na montanha, sendo texugos e ratos os maiores mamíferos, que ela não queria ver perto da sua casa.

Enquanto ela a observa, Rory leva o rifle ao ombro. Mira.

— O que está fazendo? — pergunta ela.

Ele atira imediatamente, fazendo os outros pularem com o som tão próximo, que não veio da arma de Solomon.

Laura dá um grito. Solomon leva um susto e aperta o gatilho. Ele erra o pombo de barro, não que se importe, de tão preocupado que está com Laura. Ele se vira e a vê passando por baixo do parapeito de madeira em direção ao gramado.

— O que ela está fazendo? — pergunta Donal.

— Laura, não! — grita Solomon, abaixando a arma e correndo atrás dela.

— Volta aqui! — berra Finbar, assim como os outros, mas Solomon os ignora. Tem pessoas atirando à toda volta deles, e Laura poderia ser atingida.

O proprietário os avista, grita para todo mundo parar de atirar, mas as pessoas não ouvem imediatamente, e alguns tiros são disparados enquanto Laura e Solomon correm pelo campo.

— Laura! Para! — grita Solomon, bravo por ela ter se posto em tamanho perigo.

Ele a alcança e a envolve pela cintura, puxando-a para si, apertada contra seu corpo. Ela empurra o braço dele enquanto olha desesperadamente para o chão, como se procurasse alguma coisa. Ele a solta e a observa circular a área, tentando encontrar algo, fazendo barulhos, sons que ele não consegue decifrar. Sons de animais, sons de tiros.

— Laura, o que você está fazendo?

Solomon está mais calmo agora que as pessoas das cabanas baixaram as armas, mas elas estão todas enfileiradas atrás do parapeito para assistir ao espetáculo. Ele não quer que ela se torne um espetáculo, parte de um circo.

Ela dá voltas pela mesma área do campo, com os olhos no chão, em pânico, emitindo um som depois do outro, quase num esforço de rastrear algo.

— Laura — diz ele calmamente. — Eu te ajudo. O que você está fazendo?

Ele sente os irmãos ao lado dele. O pai. Olha para eles, confuso, e vê que Rory ficou para trás com uma expressão culpada.

— O que você fez? — pergunta ele, grosseiro.

Rory o ignora.

— Ele atirou em alguma coisa — diz Cormac, irritado com o irmão mais novo. — Meu Deus, Rory, você poderia ter acertado um de nós. Não se atira da cabana.

— Não estamos na porra do filme *Platoon* — fala Donal.

— No que você atirou? — pergunta Solomon. — Você atirou num pássaro?

— Não tem porra de pássaro nenhum — diz Rory, irritado porque todos estão se voltando contra ele agora. — Por que um pássaro voaria para cá?

— Ah, não toque nisso, meu amor — diz Finbar subitamente ao se virar e vê-la de joelhos, na grama, ao lado de uma lebre. Uma lebre que levou um tiro, mas ainda não morreu. Laura soluça, lágrimas escorrendo pelas bochechas, enquanto imita seus sons moribundos.

— Meu Deus — fala Rory, olhando-a como se ela fosse estranha. — É só a porra de uma lebre.

— Você não pode matar a porra de uma lebre aqui — fala o pai com rispidez, tentando manter a voz baixa com tantos olhos nele. — Jesus, o que você tinha na cabeça? Vai fazer com que sejamos todos banidos, Rory.

— Ele estava se mostrando, é isso — diz Cormac, irritado.

— A gente realmente deveria voltar para a cabana — diz Finbar para Solomon, lançando um olhar preocupado para Laura, ciente dos olhares que eles atraíram.

— Eu sei. — Solomon esfrega os olhos com cansaço. — Só dê um minuto a ela.

Ele observa Laura ajoelhada ao lado da lebre moribunda, imitando seus sons, soluçando com tamanha tristeza. Enquanto os outros podem pensar que ela é louca, ele entende sua dor, sua perda.

O proprietário começa a andar na direção deles, com o rosto vermelho e furioso.

Solomon vai até Laura, abaixa-se e passa o braço pelos ombros dela.

— Ela já partiu. Vem, vamos embora.

Ele sente o corpo dela tremer ao se levantar devagar e olhar ao redor. Para todos os olhos nela. Para os risinhos cínicos, as testas franzidas, as câmeras erguidas. Nem Rory faz contato visual com ela agora, ficando para trás e começando a voltar para a cabana sem eles. Ela seca as bochechas e tenta se recompor.

Rory já foi embora quando chegam à cabana; arrumou uma carona com outra pessoa. O clima foi arruinado, eles estão com um homem a menos e o jogo acabou, então voltam para casa.

Marie e Cara olham para eles inquisitivamente quando chegam antes do que o esperado com dares de ombros e resmungos desconfortáveis. Solomon leva Laura para o quarto no andar de cima. Ele para na porta.

— Você está bem?

Ela se deita na cama, enrosca-se em posição fetal, continua chorando. Solomon quer se deitar ao lado dela, envolvê-la com o corpo, protegê-la.

— Você quer ir embora? — pergunta ele.

— Sim, por favor — diz ela com um soluço.

A despedida de Finbar e Marie é silenciosa. Marie dá um abraço delicado nela e diz para ela se cuidar, mas Laura fica quieta, exceto por um obrigada sussurrado. Ela insiste em se sentar no banco traseiro do carro enquanto Solomon dirige para Dublin, e a princípio é porque não quer ficar perto de Solomon, mas então ele a vê se deitar, de costas para o banco do motorista. Ele ouve o rádio baixinho, uma música de Jack Starr começa a tocar e, em vez de desligá-la como normalmente faria, dessa vez aumenta um pouco o volume.

— Isso é Jack Starr — Solomon diz. — O cara que é jurado do *StarrQuest*.

Ela não responde. Ele olha pelo retrovisor e vê que ela continua de costas. Abaixa o volume, depois muda de estação e acaba decidindo desligar o rádio. De tempos em tempos ela gane como a lebre moribunda, e o som se funde com os ganidos que Mossie fizera alguns dias antes, no mesmo banco traseiro, a caminho do veterinário.

Ele deixa o rádio desligado pelo restante da viagem enquanto ela lida com outra perda em sua vida na mesma semana, da única forma que ela sabe lidar.

Laura está deitada no banco traseiro do carro de Solomon. A cabeça dela está martelando, uma enxaqueca que pulsa atrás dos olhos. Os seios da face latejam, como se a dor tivesse se transferido e agora ela a estivesse sentindo em vez dos órgãos que a sentiam. Não consegue se livrar dela; o melhor que pode fazer é fechar os olhos, fixar-se na escuridão.

A escuridão é permeada com imagens de sua mãe, Gaga, Tom; todas as coisas que ela poderia e talvez deveria ter dito a ele. No começo, logo quando ela se mudou para o chalé, a relação deles era desconfortável. Ele era menos acostumado à companhia humana do que ela. Ela foi delicada com ele, tirou um tempo para observar seu jeito; lia quando ele queria ficar com ela por mais tempo, lia quando ele não estava no clima de conversar. Conforme os anos se seguiram, ele passou a se sentar frequentemente para compartilhar uma refeição que ela preparara. Ela passava mais tempo preparando uma refeição especial às quintas-feiras, para o caso de ele ter tempo para ficar. Às vezes ficavam em completo silêncio, ele perdido em pensamentos, ela o observando, tentando identificar todas as partes de si mesma que reconhecia nele. Às vezes eles falavam sem parar durante a visita, sobre a natureza, sobre esportes, sobre algo que ela lera numa revista ou ouvira no rádio. Apesar de ser ela a escondida, sentia que era ela quem fornecia mais informações sobre o mundo. O mundo dele era a fazenda e, por mais que o dela fosse o chalé, ela ouvia o rádio e lia, então estava sempre ligada ao que estava acontecendo. Ela só precisava que ele levasse as pilhas. Sentia que ele gostava de ouvi-la falar. Talvez estivesse identificando partes dele nela também. Ele não era de rir fácil; era simples, bondoso, um bom ouvinte e um observador perspicaz. Eram parecidos nesse sentido. Ela pensa na última vez em que o viu, sumindo por entre as árvores com um aceno e Mossie em seus calcanhares. Ele voltaria mais tarde para consertar a janela dela. Precisava de selante. Andava pelo chalé dando tapinhas nas coisas, batendo nas coisas, chutando as coisas. A princípio ela o achou grosseiro, incapaz de se concentrar nela, então se deu conta de que era o jeito dele de ajudá-la, de mostrar que se importava. Por tantos anos ele foi tudo o que ela tinha, e ela o amava.

Ela pensa em Mossie, em Rory e o sorriso atrevido em seu belo rosto antes de atirar naquela lebre. O som que o animal emitiu ao desabar. Estava longe, e o tiro ecoava em seus ouvidos, mas ela tinha certeza de que o ouvira. O som que a lebre fez ao deixar o mundo.

Crueldade.

O que ela está fazendo neste mundo? Aonde está indo?

Ela sabe que tem uma distância muito maior a seguir do que a que percorreu até agora. Ela sempre poderia voltar. Sua ponte está oscilando, uma ponte de corda na melhor das hipóteses, com apoios frágeis prestes a arrebentar se receberem mais peso. Ela pensa em Joe, que parecia tanto com Tom que ela pensou que fosse ele. Ouve seus gritos furiosos, dirigidos a ela, o tom errado saindo de sua boca, e seus olhos se abrem à força. Ela sente Solomon em seu espaço pessoal, imagina seus olhos nela, sente seu corpo pressionado contra o dela no campo de pombos de barro enquanto ele tenta puxá-la para a segurança, os braços fortes dele ao redor da cintura dela. Mesmo quando ele não a está tocando fisicamente, exerce aquela presença em sua vida. O braço dele ao redor da cintura dela, puxando-a para longe do perigo.

Ela não sabe bem aonde está indo, mas sabe que não pode voltar.

17

É noite quando Solomon e Laura chegam a Dublin. Ela não abriu a boca durante toda a viagem, apesar de ele a ter chamado algumas vezes, averiguando com cuidado se ela estava bem ou se gostaria que ele parasse o carro. Solomon acha que ela pode estar dormindo, porque os sons pararam. Se for o caso, aprende que ela não emite nenhum som durante o sono, e há certa intimidade em saber isso sobre ela, até em desejar saber isso sobre ela. Ele nunca sentiu que queria saber tanto sobre outra pessoa antes. Ele a observa de novo pelo retrovisor e então suspira, acomodando-se no assento.

O apartamento de Solomon fica em Grand Canal, uma área de desenvolvimento recente em meio a prédios comerciais pretensiosos. Abaixo de cada prédio residencial há um monte de restaurantes e cafés, de forma que, nos primeiros meses de verão depois que Solomon se mudou, ele se sentava na varanda com uma cerveja, escutando as conversas de desconhecidos lá embaixo. Ele costumava ouvir tudo, tinha interesse por tudo, então, uma noite, quando as discussões carregadas de bebida começaram, ele foi idiota o bastante para descer e tentar intervir. Em vez de paz, ganhou um olho roxo. As conversas acabaram se tornando irritantes. Nada que ninguém dizia despertava seu interesse: bate-papos, conversas fiadas, fofocas, reclamações, primeiros encontros desconcertantes, casais estabelecidos silenciosos, grupos de amigos barulhentos. Então ele evitava a varanda, ou tossia alto, limpava a garganta, aumentava a música para alertá-los de que alguém acima deles conseguia ouvi-los.

Então ele parou de escutá-los. Não sabe quando aconteceu, mas se deu conta na primeira semana depois da mudança de Bo.

Ela não conseguia dormir uma noite por causa do falatório do lado de fora. E não conseguia se concentrar na papelada durante o dia por causa do barulho do *wakeboard* na água do lado de fora. E, enquanto ele lhe contava uma história durante o almoço, notou que ela não escutava.

"Você ouviu isso?", arquejara ela antes de levantar da mesa para ir à varanda, onde se debruçou para fora e tentou localizar a origem da frase misteriosa.

Ele não notara quando aconteceu, mas parara de ouvir tudo do lado de fora. E, até onde ele sabia, o mesmo acontecera com Bo desde então. É assim que são as coisas.

Laura se senta assim que eles entram na cidade, capaz de notar a diferença na luz, no som e no para e anda do trânsito. Ela se espreguiça e olha ao redor, e Solomon analisa o rosto dela, a primeira vez que tem uma visão nítida dela em horas. Se estava dormindo, não aparenta; ela parece bem desperta, linda, olhando inocentemente de uma janela para outra, registrando tudo. Ela nunca estivera em uma cidade grande. As luzes e o movimento desaparecem quando entram na garagem subterrânea do prédio.

— Meu apartamento fica em cima — explica Solomon enquanto ela olha ao redor, confusa.

Ele bate a porta do carro, e o som reverbera pelo subsolo ecoante. Laura pula, assustada. Alguém à distância joga um saco de lixo na lixeira comunitária e a fecha com força. O som faz eco, e ela pula de novo.

Solomon a observa pelo canto do olho, preocupado por tê-la trazido.

— Tem um hotel no quarteirão vizinho. O Marker. É legal. Moderno, um bar chique no terraço, dá para ver a cidade inteira. — Ele não teria como bancar a hospedagem, mas talvez Bo conseguisse arrumar o dinheiro. — Você pode ficar lá, se quiser.

— Não — diz ela depressa. — Quero ficar com você.

— Tudo bem, sem problemas — responde ele tranquilamente, sentindo uma ternura percorrer o corpo.

Ele tira a bagagem do porta-malas e o fecha com mais cuidado do que fechara as portas. A porta de saída do prédio, do tipo corta-fogo e pesada, que bate e reverbera pelo espaço, se abre. Saltos altos ao longo do concreto, o carro ao lado deles se acende e apita. Laura o imita, afastando-se do carro. A mulher olha para ela ao entrar no veículo, de cara feia, como se o som de Laura a tivesse ofendido. Ela liga o motor e Solomon afasta Laura depressa.

— Muito bem. Vamos entrar — diz ele, erguendo as malas e levando-a à saída.

Bo está parada na porta do apartamento. Solomon e Laura devem chegar em breve. Ela está nervosa e não sabe bem por quê. Mentira. Ela sabe muito bem por que, mas está tentando fingir que o fato de Solomon e Laura terem passado dois dias sozinhos, sem ela, não é motivo para preocupação. Ela quer ser o tipo de namorada que não se preocupa com coisas assim. O ciúme é um assassino, um destruidor. Ela nunca foi uma pessoa ciumenta — não em relacionamentos; nunca se sentiu ameaçada dessa forma. Com trabalho é outra história; se alguém fizer um documentário melhor, se alguém estiver se saindo melhor do que ela, então admite que sente ciúme. Ela usa esse sentimento para impulsioná-la a melhorar. Mas não sabe bem o que esse sentimento pode fazer por um relacionamento. Ela não sabe como ser melhor do que Laura, nem quer ser.

E não está se sentindo assim por causa do que Jack disse ontem à noite. Não foi ele que acionou o sistema de alarme sobre Solomon e Laura, plantando sementes de dúvidas, sussurrando em seu ouvido e então desaparecendo noite adentro. O sentimento sempre esteve dentro dela. Laura insistiu em estar com Solomon a todo momento. Que namorada deixaria isso acontecer? Não só deixar, encorajar. Ela está empurrando Solomon na direção de Laura. E foi *isso* que causou essa ansiedade, esse nó no estômago: o fato de que sabe que está deixando isso acontecer. Está fingindo que não está, porque admitir seria frio, estranho, insensível. Ela está vendo de camarote o que há entre eles e está encorajando, pelo bem do seu documentário. Pronto. Ela admitiu.

O elevador ganha vida, sobe até o andar. Eles não esperam que ela esteja pronta para recebê-los na porta. Ela quer ver o rosto deles, não o que preparariam antes de entrar no apartamento. Ela vai saber se alguma coisa aconteceu ao olhar para eles. As portas se abrem. O estômago dela se retorce, espasma. Solomon dá um passo para fora. Ele está sozinho. Lança um arregalado olhar de alerta para ela, então se vira de volta para o elevador.

— Vem, Laura, nós chegamos.

Bo dá um passo para a esquerda e espia para dentro. Laura está encolhida num canto do elevador com as mãos sobre os ouvidos. Ela se ergue, uma das bolsas na mão, parecendo tímida como um ratinho. O nó do estômago de Bo se afrouxa imediatamente. Ela sente vergonha do seu alívio, sente vergonha do prazer que sente ao ver Laura nesse estado.

— Ela não gosta de elevadores — diz Solomon com certo nervosismo.

— Oi, Laura — diz ela gentilmente. — Seja bem-vinda.

O agradecimento de Laura ao entrar no apartamento mal passa de um sussurro.

— Como foi a viagem? — pergunta Bo, incerta, enquanto Laura olha ao redor.

Solomon balança a cabeça para que ela não pergunte, mas é tarde demais.

Laura abre a boca, e um fluxo de sons jorra para fora, misturados e fundidos, um se sobrepondo ao outro, como uma música mal mixada.

Bo arregala os olhos, sem saber direito como lidar com a cacofonia. É um barulho ruim, algo aconteceu, algo que a chateou. Atônita, ela observa Solomon guiar Laura para o quartinho de hóspede como se ela fosse um pássaro frágil machucado. E durante todo o tempo Bo tenta distinguir um som do outro, mas não consegue. Ela ouviu um tiro?

Solomon, no entanto, entende cada um deles, identifica cada um deles enquanto ela os repete de novo e de novo, um lampejo da sua mente confusa, do coração magoado. Os ganidos de Mossie.

Um Joe furioso. A lebre caída, o tiro, uma porta batendo, saltos altos no concreto, o apito do alarme de um carro, o som da porta de incêndio, o ruído do elevador quando ele apertou o botão. Uma sirene de polícia.

E ali dentro, escondido entre eles, havia o som de Bo fazendo amor com Solomon.

Sons reveladores. Uma mistura de todos os sons de que Laura não gosta.

Dublin está repleta de sons novos para Laura. Das centenas de pessoas que enxameavam para fora do teatro no fim da rua, dispersando-se ao chegar a seus carros ou chamando táxis para diferentes partes da cidade e de volta às próprias vidas. Os taxistas se reúnem sob a varanda quando uma chuva cai subitamente. Até o som da chuva é diferente. Ela cai sobre o concreto e no canal do outro lado da rua. Nenhuma folha para atrasar sua batida no chão, nenhum solo para absorvê-la. Uma sirene de polícia à distância, alguém gritando, um grupo rindo... cada som a faz correr para a janela do quarto.

Ela fica grata por ser um quarto tão pequeno. Não acha que conseguiria lidar com um grande espaço desconhecido. É demais, precisa de seu próprio casulo. Há uma cama de solteiro encostada na parede; do outro lado da parede fica o quarto de Solomon e Bo. Tem uma arara cheia das camisas dele, então o quarto tem seu cheiro. O guarda-roupa de Bo fica no quarto deles, como ele lhe contara. Gosta dele assim, quando continua a falar ao saber que ela está inquieta. Isso a acalma. A voz dele é relaxante, suave. Especialmente a voz cantada. Ela fecha os olhos para ouvi-lo de novo na festa, para reviver o momento, e mal se localizou de volta no quarto quando um som do lado de fora a faz pular. É uma garota rindo com uma amiga. O coração de Laura dispara.

No chalé dos Toolin, sempre havia sons. Nunca havia silêncio, apesar do que a equipe diz sobre a tranquilidade do lugar. Mas Laura estava acostumada a esses sons. Ela se lembra da primeira noite que passou sozinha lá. Ela tinha dezesseis anos, sentira tanto medo. Sem a mãe, que ela perdera alguns meses antes, e ela e Gaga tinham trocado adeuses chorosos. Ela não dormia mais no quarto ao lado, mas saber que a avó não estava longe aliviava a dor e o medo. Quando ficou sabendo sobre a morte de Gaga, seis meses depois, ela chegou ao fundo do poço. Sentia-se completamente sozinha, mas a morte da avó fortalecera a amizade entre Tom e ela. Tom lhe dera a notícia de seu jeito habitual, com pouca sensibilidade. Ele pareceu aprender com o tempo. Sabendo que ela estava sozinha, demorava-se um pouco mais durante as visitas, oferecia-se para ajudar mais, consertava coisas sem que ela pedisse, tomava mais cuidado. Ter Tom por perto para ajudá-la se ela precisasse dele numa emergência também era vital. Às vezes Tom consertava a privada dela, fornecia tinta ou pregava alguma coisa no chalé, fornecia medicamentos, mas ela era em grande parte autossuficiente. Gostava daquela sensação, prosperava com ela, mas se sentia segura por saber que os gêmeos estavam perto, mesmo que Joe não soubesse sobre ela.

Nunca houve um abraço, um beijo, nem mesmo um toque entre Tom e ela, mas, o mais importante de tudo, ele a amarrou a um mundo do qual ela se sentia trancada para fora às vezes.

"Ele não pode saber", era tudo o que Tom dizia sobre o assunto quando ela perguntava, e era como era.

Fazia muito tempo que ela não se lembrava de maneira tão vívida de sua primeira noite sozinha no chalé. Ela se deitara na cama, olhando o céu preto pela janela sem cortinas, sentindo como se estivesse sendo observada mesmo que as únicas pessoas num raio de quilômetros fossem Joe e Tom. Apesar dos esforços de Tom para melhorar o antigo chalé antes de sua chegada, fazia frio. Ela se envolvera em peles de ovelha, encolhera-se e escutara os sons desconhecidos por ela, tentando discernir cada um deles e entender seu novo mundo. Dez anos depois, aos vinte e seis, ela voltou a se sentir como se sentira na primeira noite no chalé dos Toolin.

— Sinto como se estivesse em Cork, no chalé dos Toolin — sussurra Bo, então dá uma risadinha.

— Para — diz Solomon suavemente, sem querer que Laura a ouça rindo. — Uma coruja — sussurra, tentando identificar os sons vindo do quarto de Laura.

Ele se lembra de estar no chalé dela, parado à janela e se encolhendo a cada ruído. Ela identificava todos os sons para ele, para ajudá-lo a se acalmar. Talvez ele devesse estar no quarto com ela, fazendo o mesmo. Ele começa a aguçar os ouvidos, não só para Laura, mas para os sons vindos de dentro e de fora do apartamento. Ele ouve coisas que nunca notou antes.

Ambos ficam em silêncio enquanto escutam. Deitados com as costas contra a cama, encarando o teto.

— Morcego? — diz Bo, reconhecendo um som.

— Algum tipo de pássaro. — Ele dá de ombros. — Isso é um sapo coaxando — sussurra, identificando o seguinte.

— Uau, chuva no telhado — sussurra ela, aconchegando-se.

— Vento?

— Vai saber — diz ele, gostando de estar ali com Bo, de sua proximidade.

Eles estão pelados, as cobertas ao redor da cintura na noite úmida e abafada que a chuva tentou limpar, escutando os sons noturnos de uma montanha remota. Ele se sente magicamente transportado para outro lugar, apenas ao fechar os olhos. É um vislumbre íntimo de como seria se deitar ao lado de Laura em seu chalé à noite.

— Isso é tão romântico, sinto como se estivéssemos acampando — diz Bo, aconchegando-se nele, com a cabeça embaixo da axila dele, o corpo encaixado ao lado dele. Ela passa a perna por cima, se aninha mais. — Já transou sob as estrelas? — Ela começa a beijar seu peito, descendo por seu torso, sua pélvis.

Mas então ele se dá conta de que os sons não são nada românticos. Eles vêm de Laura, sozinha num lugar estranho, lembrando-se das coisas de sua casa que sente falta, conjurando sons familiares para espantar a solidão. Ele tenta afastar os pensamentos sobre ela, tenta parar de escutá-la e se perder em Bo. Mas não consegue, porque, mesmo quando está em silêncio, ela continua em sua cabeça.

18

A equipe do documentário e Laura se encontram no laboratório de David Kelly, da Sociedade Irlandesa de Ornitologia. Rachel analisa o monitor ao lado dela, uma composição bem iluminada, gaiolas de pássaros ao fundo, equipamento científico estrategicamente enquadrado enquanto o sr. Kelly olha para a frente, parecendo desarmado.

— Ora, tudo bem, mas isso não estaria ali normalmente — diz, um pouco afoito, enquanto Bo muda os pôsteres de pássaro de uma parede para outra a fim de enquadrá-los melhor.

Ele está enfim posicionado, com Bo longe das câmeras, sentada e pronta para começar a entrevista. Solomon está preparado, microfone boom estendido acima dos dois. Laura está atrás de seu ombro esquerdo. Todos estão felizes, exceto Solomon; é um pesadelo sonoro. Toda vez que David Kelly fala, um pássaro grasna. E se isso já não fosse ruim o suficiente, Laura o imita.

Assim como Rachel perde a cabeça quando algo interfere com sua cena, o humor de Solomon é severamente alterado quando algo afeta o áudio. Enquanto David Kelly encara Laura, exasperado por precisar recomeçar sua resposta, Solomon não sente a menor agitação. Está contente por ela estar ali com ele, os sons uma lembrança de sua presença, o que é bem milagroso considerando seu temperamento.

Ela olha para David, com olhos arregalados e inocentes, como se não tivesse feito absolutamente nada.

Solomon sentiu, mesmo antes de a entrevista começar, que era inapropriado trazê-la para cá. Ele não sabe bem quanto Laura deveria ouvir outras pessoas falando sobre ela ou sobre suas características.

Quem precisa saber o que as pessoas dizem pelas costas? Ele compartilhou isso com Bo e, por mais que ela tenha concordado, eles não têm muita opção; Laura se recusa a ficar sozinha no apartamento. Ela quer ficar com Solomon.

— Muito bem, dr. Kelly, por favor, repita. Mesma pergunta, mesma resposta, por favor — diz Bo.

— Certamente. Uma ave-lira é uma...

— Desculpe, pode começar sem o "certamente"?

— Peço desculpas, é claro. — Ele faz silêncio. Rachel assente para ele. Gravando. — A ave-lira é um pássaro terrestre australiano conhecido por suas...

— Um momento... — interrompe Bo. — Desculpa, gente. Rápido demais — diz, fazendo-o parar. E ela tem razão. Dr. Kelly está tentando terminar antes que outro pássaro e Laura grasnem.

— Um pouco mais devagar; como estava antes está perfeito. Por favor, continue.

Fones nos ouvidos. Gravando.

— A ave-lira é um pássaro terrestre australiano famoso por suas...

Grasnido. Pássaro.

Grasnido. Laura.

— ...imitações poderosas — continua ele. — Ela habita montanhas densamente...

Grasnido. Pássaro.

Grasnido. Laura.

— ...florestadas. Pouquíssimas pessoas *veem* aves-liras. No entanto, elas...

Toc toc de um bico contra a gaiola, que é imitado por Laura.

Solomon olha frustrado para Bo. Isso está uma zona. Até David Kelly parece afoito, continuando a falar por mais que pareça ser constantemente cutucado nas costelas por um agressor invisível.

— Não — diz Rachel de repente, interrompendo a situação. Solomon tira os fones e tenta disfarçar o sorriso. — Não está bom.

— Talvez devamos tentar em um lugar sem pássaros — sugere Bo animadamente, mantendo o vigor.

David Kelly dá uma olhadela no relógio.

A sala de reuniões é silenciosa. Nenhum tráfego, nenhuma pessoa, nenhum telefone, nenhum zumbido de ar-condicionado. As condições são favoráveis para Solomon. Há muito mogno escuro, e Rachel precisa se esforçar mais com a iluminação, mas funciona. Há pássaros no enquadramento, em recipientes de vidro, pousados em galhos. O único problema é que estão mortos e empalhados, o que preocupa Solomon.

Laura se junta a eles. Ela olha para a vitrine de pássaros. Solomon vê a confusão em seu rosto, mas ela não diz nada. Ele põe os fones de ouvido. Laura passa os dedos pelo armário de vidro, tentando alcançar os pássaros no interior e, antes que David Kelly abra a boca, os sons de Laura recomeçam: o tiro, a lebre caída, seu ganido, os sons moribundos de Mossie. Um novo som, os tiros computadorizados do jogo do garotinho no hotel alguns dias antes, quando ela conecta os dois.

Dr. Kelly se levanta e olha para ela.

— Nossa. Isso é *extraordinário*.

Laura ergue o olhar, vê todo mundo a encarando e os sons cessam. Ela baixa as mãos do vidro.

— Como eles morreram?

— Minta — diz Solomon com uma tosse para ele.

— Ah. Hum. Causas naturais — responde ele.

Laura franze a testa e olha para Solomon. Ela imita a tosse dele, de novo e de novo, até que a palavra "minta" fique claramente audível. Solomon suspira.

— Olha, eu acho que deveríamos gravar na sua sala. É o melhor lugar — decide Bo subitamente.

— Você disse que não gostou daquela sala — diz David Kelly como uma criança ofendida.

— Agora ela é perfeita — responde Bo, pegando as coisas e mudando todo mundo de lugar de novo.

— Eu realmente deveria ir. Tenho uma palestra…

— Não vai demorar muito mais — afirma Bo com um sorriso confiante. — E o senhor poderá passar mais tempo com Ave-Lira. Veja isso como uma pesquisa.

A ideia atrai o dr. Kelly, de tão fascinado que está com essa mulher-pássaro. Ele a analisa enquanto os outros carregam os equipamentos e dá uma risadinha nerd para si mesmo.

Laura o encara de volta, olhando-o de cima a baixo da mesma forma como ele fez com ela, então imita sua risadinha. Ele bate palmas com alegria.

Finalmente, na sala do dr. Kelly — pequena, lotada de papéis e dominada por sua escrivaninha —, eles se sentam para fazer a entrevista.

— Dr. Kelly — diz Bo suavemente —, pode nos contar sobre a ave-lira macho, especificamente sobre sua habilidade de imitação?

— A ave-lira macho é um popular artista da floresta, admirado e apreciado por outros cantores. A maior parte do poder vocal da ave-lira é devotada à imitação das canções de outros pássaros, mas ele também é um cantor muito eficiente. Mais ou menos um terço de seu canto é original, um terço pode ser descrito como parcialmente original, baseado de forma clara em sons da selva, elaborados e combinados numa melodia harmoniosa e contínua; o restante das canções são imitações, pura e simplesmente; imitações tão precisas que é impossível distinguir o canto genuíno do imitado. Não parece haver som acima dos poderes de reprodução da ave-lira.

"Aves-liras são criaturas de hábito. Elas prosperam com a rotina. A temporada de acasalamento começa em maio e termina em agosto. No começo da temporada, a ave-lira macho constrói inúmeros montes de exibição e corteja diligentemente a fêmea com músicas e danças. Sua parceira o segue aonde quer que ele vá e assiste a todas as apresentações de uma posição proeminente. Quando uma apresentação termina, ambos buscam alimento, mas, assim que o macho começa a cantar, a fêmea para a fim de ouvir o parceiro. O casal raramente é visto separado, e sua devoção contínua à prole indica um espírito familiar."

Solomon sorri ao ouvir a descrição. Bo vira a cabeça para olhar rapidamente para ele, que desvia o olhar, fingindo mexer com o áudio.

— Um par de aves-liras, depois de acasalar, escolhe um local para construir o ninho. Nenhum dos dois vaga para longe. São criaturas monogâmicas, uma vez que se escolheram. Não mudam de parceiro, e a parceria envolve a companhia vitalícia entre os dois.

Solomon franze os lábios para esconder o sorriso crescente. Ele se vira brevemente para Laura, que o está encarando, olhos verdes o espiando intensamente.

São dez da noite. Cedo para Bo e Solomon estarem na cama, mais cedo ainda para já terem feito amor, mas com Laura dividindo a mesma minúscula área de estar, é mais fácil darem boa-noite e se retirarem para ter privacidade.

Tinham feito amor o mais silenciosamente possível de novo, ainda mais depois da experiência no hotel. Solomon parecia distraído, e tudo bem. Bo também estava, com a elaboração e o planejamento do documentário criando forma em sua cabeça. Agora os dois estão deitados de barriga para cima, encarando o teto e ouvindo a melodia noturna de Laura. Bo gosta, acha relaxante. Ela enrola uma mecha de cabelo no dedo e fecha os olhos.

— Ela está repassando o dia — sussurra.

— Isso é o caixa eletrônico — diz Solomon, sorrindo. — Ela foi comigo enquanto você e Rachel terminavam o café da manhã. Nunca tinha visto um antes.

Laura reproduz os apitos da máquina. Dinheiro ejetado.

— Queria que ela ejetasse dinheiro de verdade — brinca Bo. — Se esse documentário acabar sendo tão bom quanto penso, ela vai.

— Ela provavelmente conseguiria ajudar a decifrar as senhas das pessoas memorizando os sons — diz Solomon. — Poderia ser contratada por alguma agência secreta do governo com habilidades como essa.

Bo dá uma risadinha baixa.

— Olha, *isso* eu ia querer filmar. — Pausa para escutar. — É como se ela estivesse folheando as lembranças do dia, como eu faço com as fotos do meu celular.

Eles escutam um pouco mais. Relaxados. Calmos. Tranquilos.

Então ouvem a risada de Solomon. Uma rara gargalhada calorosa.

— É você? — Ela olha para ele.

— É. — Ele evita o olhar dela. — Não lembro o que foi tão engraçado — mente, lembrando dos dois se segurando um ao outro, incapazes de parar de rir, a barriga dele doendo, os olhos lacrimejando.

Enquanto se vestia, ele achou que Laura estava fritando bacon pelos sons que vinham da cozinha, o belo som de uma frigideira quente, da gordura estourando e chiando. Quando chegou na sala, viu Laura parada sozinha na frente da geladeira vazia imitando os sons. Ela estava com fome. Ele ficou tão confuso com as bocas do fogão e a mesa da cozinha vazias, depois tão desapontado, que ela não conseguia parar de rir da cara dele. Quando ele percebeu o que tinha acontecido, juntou-se a ela nas risadas.

Quando terminou de imitar a risada, Laura reproduziu sua tosse com a palavra oculta: "Minta".

Solomon se encolhe de vergonha.

Ela contrasta esse som com o da risada. De volta ao "minta", então à risada. Faz isso algumas vezes.

— Ela está tentando decidir alguma coisa — diz Bo, olhando para ele, seu coração disparado agora que ela entendeu o que Laura está fazendo. — Ela está tentando te entender.

Laura volta a imitar a risada.

— Sol — diz Bo, com preocupação na voz.

— Hum?

Ele não consegue olhar para ela. Seu coração está martelando no peito, e ele torce para Bo não o sentir. Seu corpo todo parece latejar.

— Sol.

Minta. Sua risada. *Minta*. Sua risada. Ela vai e volta.

Ele olha para Bo. Por fim se senta, com a cabeça nas mãos.

— Eu sei. Merda.

19

Na manhã seguinte, Laura está na varanda, com as mãos em concha ao redor de uma xícara de chá. Está fazendo sons de assobios.

— O que ela está fazendo? — pergunta Solomon, recém-saído do banho e se juntando a Bo na cozinha.

Ele a beija. Faz questão de beijá-la, não escondendo mais. Durante a noite, ele e Bo haviam decidido que era melhor ele se afastar de Laura por enquanto, tentar deixar Bo e Laura criarem uma conexão. De qualquer forma, ele tem que trabalhar nas gravações de *Corpos Grotescos*, o que exige que viaje para a Suíça amanhã para filmar por vários dias, registrando a cirurgia de um homem que eles vêm acompanhando há um ano. E, por mais que ele e Bo tenham decidido que era mais saudável, para o bem de Laura e do documentário, que ele sumisse por um tempo, Solomon sabe que isso também é melhor para si próprio. Ele está se perdendo, não gosta do que está se tornando, alguém que pensa em outra mulher enquanto está na cama com a própria namorada. Ele não é assim. Ele não quer ser assim. Precisa se retirar da situação.

— Ela está falando com o passarinho do vizinho — responde Bo. — Quer ovo mexido com bacon? — pergunta, botando um prato na frente dele. — Laura que fez. Ela fica pedindo coisas das quais eu nunca ouvi falar. Ervas e coisas assim.

— Você deveria levá-la ao mercado — diz ele, tentando não olhar para Laura. — Ela ia gostar.

— É — responde ela, sem saber bem como vai lidar sozinha com Laura pela próxima semana. Ela quase muda de ideia sobre a proximidade de Solomon e Laura se isso o fizer ficar.

Laura chilreia na varanda.

— Que passarinho do vizinho? — pergunta Solomon de repente, devorando a comida e apreciando a qualidade das refeições em sua casa desde que Laura chegou.

— O garoto do apartamento ao lado tem um passarinho numa gaiola, um periquito ou algo assim. Não me diga que nunca ouviu.

— Que garoto? — pergunta ele.

Ela ri e bate nele de brincadeira com o pano de prato. Então se junta a ele com um expresso e uma toranja e mantém a voz baixa.

— Quer me acompanhar enquanto eu explico o teste para ela?

— Nós conversamos sobre isso ontem à noite — diz ele, concentrado nos ovos mexidos. — Está na hora de você conhecê-la melhor. Ela precisa começar a confiar em você também.

Laura fez o café da manhã dele, os ovos mexidos mais gostosos que ele já comeu. Ele praticamente lambe o prato. Precisa sair desse apartamento depressa.

— Sim, eu sei, mas você é muito melhor em lidar com ela.

Ele ergue o olhar para Bo, vê seu nervosismo.

— Você vai ficar bem. Não pense em "explicar" o teste para ela. Converse com ela como faria com uma amiga.

— É provavelmente cedo demais para uma garrafa de vinho às oito da manhã — brinca ela, mas sua insegurança é óbvia.

Ele olha direito para Laura pela primeira vez desde que se sentou. Depois do incidente no estande de tiros em Galway, ela levara alguns dias para se soltar de novo. Eles haviam se divertido, ele gostara de lhe mostrar coisas novas, gostara de observá-la, escutá-la, ouvir sons cotidianos que ele parara de ouvir havia tempo. O chiado de um ônibus ao parar no ponto, o assobio do carteiro, as persianas de uma loja embaixo deles sendo erguidas, o chacoalhar das chaves, uma moto, o sino de uma bicicleta, saltos altos contra o chão. Os sons eram intermináveis e fluíam dela naturalmente, sem que ela sequer notasse. O medo de Bo de que os sons de Laura sumissem ao longo do fim de semana era vão; na verdade, eles estavam mais frequentes. Ele se divertira com Laura. Em poucos dias, gargalhara mais com ela do que se lembrava de jamais ter rido em muito tempo. Mas então ele se flagrava se sentindo assim e se fechava. Laura tinha razão em questionar seu caráter ontem à noite; o que ele estava fazendo, quem ele era? Num momento se mostrava aberto para ela, no seguinte se fechava, quente e frio. Pelo bem de Laura, por si mesmo e por Bo, ele precisava se afastar.

Os chilreios de Laura flutuavam para dentro do apartamento através das portas de correr abertas.

— Ela não está falando com o passarinho, por sinal — diz Solomon, lavando os pratos na pia.

— Hum?

— Você disse que ela estava falando com o passarinho.

— É. Ela está.

— Sério?

— Parece uma conversa para mim.

— Não.

Ele ri, mas sente a agitação familiar se erguer, ou talvez seja azia, uma queimação no meio do peito. É a queimação que o faz implicar com Bo ou é Bo que causa a queimação? Ele não tem certeza, mas sabe que os dois estão intimamente conectados.

— O passarinho acha que eles estão conversando — diz ela tranquilamente, pegando o celular para olhar os e-mails outra vez.

— Bem, eu não sei o que o passarinho pensa. Só entendo humanos. — E não tão disfarçada na afirmação está a acusação de que ela não entende humanos.

— Então tá, Solomon, ela não está conversando com o passarinho. — Bo ri. — Você que me diga o que está acontecendo. Parece ter uma compreensão tão maior dela do que eu.

Ela não está sendo sarcástica, ou cínica, não há julgamento em seu tom.

— Tudo bem, nós vamos ter uma "conversa" como a que eles estão tendo agora. Bem agora. Começando agora.

— Você quer que eu assobie? — pergunta ela com uma risadinha.

— Você quer que eu assobie? — repete ele com uma risadinha, mais parecida o possível com a dela.

Ela ri.

Ele a imita.

— Talvez eu deva chilrear.

— Talvez eu deva chilrear.

O sorriso dela começa a murchar.

— Tá bom, Sol, já entendi.

— Tá bom, Sol, já entendi.

— Ela não está conversando com o passarinho.

— Ela não está conversando com o passarinho.

— Ela está imitando o passarinho.

— Ela está imitando o passarinho.

Ela para de falar de uma vez.

Do lado de fora, na varanda, por mais que nenhum dos dois consiga ver, Laura sorri para dentro da xícara de chá.

Solomon encara Bo, esperando que ela fale de novo, sentindo-se como uma criança irritando os irmãos de propósito.

— Minha namorada Bo — começa ela lenta e pensativamente — é a produtora mais gata do mundo.

Ele repete a frase, arrastando a cadeira para perto dela, puxando-a para si, olho no olho.

— Com os peitos mais gostosos.

Ela ri.

— Eu não falei isso.

— Eu não falei isso.

Alegre. Divertido. Os dois em seu melhor estilo. Então Bo estraga tudo.

— Eu vou me casar com minha namorada Bo.

Solomon pausa. Ele a encara, afasta-se um pouco de seu rosto para vê-la direito, para avaliar a situação como um todo, para ver se ela está brincando. O sorriso dela sumiu, assim como o dele. A tensão entre eles se torna pesada. Por que ela precisava dizer isso? Estragar o que era um bom momento, torná-lo tão intenso?

— É isso o que você quer? — pergunta ele.

Ela analisa o rosto dele. Obviamente não é o que ele quer, nem conseguia dizer isso, nem como parte de uma brincadeira boba. Na verdade, não é algo que ela queira. Não era o objetivo dessa relação. Já fora um dia, com Jack, mas ela era mais nova e gostava de projetos, e aquele homem era um projeto. O irônico é que ela provavelmente conseguiria subir ao altar muito mais rápido com Jack do que com Solomon. É angustiante, não porque ela quer muito, mas porque é óbvio que ele não quer. Ela não sabe bem se estar com alguém que não quer se casar com ela é um insulto, já que isso não é nem o que ela quer. Dois pesos, duas medidas. Ela aplica isso a mais alguns assuntos.

Bo ouve o argumento de Solomon sem que ele diga uma palavra, simplesmente olhando para ela em pânico, a pele brilhando como se tivesse começado a suar frio. Ela ouve seu argumento em alto e bom som; na verdade, ela está usando o exato argumento contra si mesma, mas dissera a frase para ele repetir mesmo assim, para testá-lo, o que foi bem injusto.

— Bem, isso sim é uma conversa — diz ela, levantando-se. — É melhor você ir, vai se atrasar para o trabalho.

Na varanda, Laura exala lentamente, entreouvindo o finzinho da conversa deles.

O passarinho na varanda vizinha chilreia alto, chacoalhando a gaiola, pulando de um balanço para o chão, bicando a comida, bicando as barras. Um garotinho sentado na varanda ao lado dele bate carrinhos vermelhos um contra o outro, fazendo efeitos sonoros dos carros e das batidas. Laura imita os sons infantis.

Pelas duas últimas manhãs, ela apreciou se sentar na varanda para pensar. Pelo menos tem ar fresco junto com todo o barulho. Torna mais fácil de lidar, parece soprar a dor de cabeça para longe.

Bo se junta a ela na varanda. Laura lança uma olhadela rápida para ela. Tudo em Bo é preciso, asseado, organizado, perfeito. Roupas nem um pouco amassadas ou amarrotadas, pele lisa e sem defeitos, olhos cor de chocolate, pele em tom de marrom-claro e sem marcas. O cabelo castanho curto está sempre preso num rabo de cavalo alto, por mais que mal tenha fios para formá-lo, duas mexas frontais caem e são colocadas atrás das orelhas. Seu cabelo está sempre lustroso. Quando ela sorri e articula certas palavras, duas covinhas fundas aparecem em suas bochechas. Ela está de calça jeans curta e mocassins, uma camisa polo com a gola levantada.

Os tecidos parecem caros, tudo é bem-feito. Um colar de pérolas descansa em sua clavícula. Ela poderia estar numa sessão de fotos para uma revista de iates. Nunca parece se atrapalhar, ficar afobada ou perder o controle. Para Laura, ela sempre parece saber aonde está indo. Laura sente que ela é seu exato oposto.

— Fazendo amigos aqui fora? — pergunta Bo.

Laura olha para ela, confusa. Estava sozinha na varanda.

— O... Deixa para lá. — O sorriso de Bo murcha e ela se concentra no laptop que pôs sobre a mesa. — Trouxe isso para te mostrar o *StarrQuest*. É importante que você vá com plena noção do que vai acontecer. Não quero que participe se não se sentir confortável com algum aspecto do programa.

Ela sente frio na barriga. O teste é naquela tarde.

— Esse é Jack — diz Bo, apontando para a tela.

A suavidade com que Bo diz o nome faz Laura erguer o olhar depressa.

— O que foi? — As bochechas de Bo ficam rosadas.

— Nada — responde Laura gentilmente.

— Eu vou, hum, pegar mais chá verde para você — fala Bo, e corre para dentro.

Laura se concentra na tela. Bo fez uma playlist no YouTube para ela. Participantes do *StarrQuest* têm dois minutos para mostrar seu talento. Acrobatas incríveis, cantores, músicos, mágicos, todo tipo de talento que ela nem sabia que existia.

Bo volta e repousa a xícara de chá na frente dela. Está praticamente cheia até a boca de água fervente, que derrama pelas bordas. Bo obviamente não faz chás com regularidade. Laura se pergunta por que está procurando os defeitos dela, mas nunca conhecera ninguém aparentemente tão perfeita antes, tão segura de si.

— O que acha? — pergunta Bo.

— Os participantes são incríveis — diz Laura. — Eu me sentiria deslocada ao lado deles.

— Laura, você é mais única do que todos eles juntos — afirma Bo. — E Jack Starr, o jurado do programa, pediu pessoalmente para ver você.

— E você confia nele — diz Laura.

Não é uma pergunta, ela ouviu como Bo falou o nome dele. Com ternura. Confiança. Amor.

Bo congela um pouco.

— Se eu... é, quer dizer, ele é... ele é especialista em identificar talentos. E também é músico. É muito talentoso, mais do que as pessoas sabem. Ele toca violão, piano, gaita. É conhecido por um punhado de sucessos, mas é muito mais do que isso. Tem tantas músicas que ninguém nunca ouviu. Músicas melhores. Ele tem muita experiência e reconhece o talento nos outros, e está procurando uma coisa verdadeiramente única.

Bo disse "única" duas vezes; Laura está sendo chamada por ser única ou talentosa? Ela tem medo de perguntar. Não sabe bem se quer ouvir a resposta. Ela clica em outro vídeo. O programa muda a vida das pessoas, anuncia dramaticamente o narrador de voz grave. Será que Laura quer que sua vida mude? A vida de Laura já mudou, ela não pode fazer nada. Está tentando acompanhar.

— O que você acha que eu devo fazer? — pergunta Laura.

Bo não hesita nem por um segundo.

— Participar. No fim das contas, a questão é: nós podemos fazer o documentário sem que você participe de *StarrQuest*, é claro... Não é um documentário sobre um programa de calouros... mas acho que ganhar um nome ajudaria tanto o conteúdo do documentário quanto o próprio documentário. Você não precisa se preocupar com coisas assim, mas para mim, como produtora, seria mais fácil vendê-lo. Um documentário de sucesso te daria mais opções, mais direções que você pode seguir em sua vida. Isso por si só já é uma dádiva. Oportunidades, opções. Que, eu sei, é o que você está buscando neste momento.

Laura assente. Bo parece conhecê-la tão bem. Ela diz todas as coisas certas nos momentos em que ela mesma está confusa.

— Participe — diz Bo animadamente, com um sorriso, e sua energia é contagiante. — Viva uma aventura. O que tem a perder?

— Nada. — Laura joga as mãos para o ar e sorri.

20

Solomon e Rachel chegam no Abatedouro, o local dos testes ao vivo para o *StarrQuest*, ao meio-dia.

— Cordeiros para o abate — diz Rachel, achando aquilo de mau gosto.

O local é famoso por receber apresentações de grandes nomes; pequeno e intimista, era usado antigamente como abatedouro e foi transformado em casa de shows. O processo dos testes é diferente do da maioria dos programas de calouros: não há filas de participantes serpenteando por grades por horas a fio; em vez disso, todo mundo já enfrentou um grupo de jurados e foi selecionado para os testes ao vivo. É um processo de seleção impulsionado tanto pela necessidade de entreter quanto pela busca de talento bruto. O formato do *StarrQuest* funciona assim: durante o programa ao vivo de uma hora, dez participantes recebem dois minutos para se apresentar. Jack Starr se senta num trono, a plateia rodeia o palco como se fosse uma arena de gladiador. Depois de cada apresentação de dois minutos, Jack aperta um botão para revelar ou um enorme dedão dourado para o alto ou um dedão para baixo que indica "execução". O formato foi inventado por Jack Starr e sua empresa de produção, a StarrGaze; uma referência aos seus dias de cantor de banda como vocalista dos Starr Gazers. No último ano, depois de uma longa disputa na justiça, ele ganhou o direito de continuar usando a marca StarrGaze para sua produtora, gravadora e agência de talentos, depois que um antigo integrante da banda, insatisfeito, mostrou os dentes para Jack e brigou pelo uso do nome.

A franquia *StarrQuest* foi licenciada em outros doze países por todo o mundo e é comandada por vários apresentadores com qualidades ao estilo de Starr e históricos similares na indústria do entretenimento. O ardiloso mercado estadunidense, porém, ainda não mordeu a isca, e é um alvo que ele vem perseguindo com mais vigor agora que o *American Idol* chegou ao fim. Como a Irlanda se tornou seu segundo lar e o único território de língua inglesa a comprar o formato, ele prefere aparecer como jurado no programa irlandês. Vencedores assinam um contrato com sua gravadora e agência de entretenimento, a StarrGaze. É o seu momento de glória antes que o próximo maioral de programas de calouros musicais apareça, e ele está desfrutando do renascimento da fama quase vinte anos depois de seu álbum de estreia ter ganhado Grammys e o colocado em turnê pelo mundo todo. Ele está fazendo dinheiro de novo, graças ao programa e ao relançamento de seu álbum de estreia. Tem gostado de voltar a tocar ao vivo, seu primeiro amor, e tenta incluir o máximo possível do novo material para uma plateia que só compareceu para ouvir os grandes sucessos. Seu desejo é que as novas canções cheguem às listas de mais ouvidas; elas são bem melhores do que tudo o que ele produziu aos vinte e poucos anos regados-a-álcool-e-drogas, mas sua popularidade no programa não se transferiu para a carreira musical. Desde que *StarrQuest* foi ao ar, ele lançou uma música, que não conseguiu ficar entre as quarenta mais tocadas.

No centro do palco do *StarrQuest* há um telão de quatro lados. Durante o momento de decisão, uma luva dourada oscila em destaque antes de virar o dedão para o alto ou para baixo. A sacada do programa é que a plateia pode participar. A plateia é formada pelas pessoas no estúdio e os telespectadores em casa, que podem votar pelo aplicativo. Se a plateia votar *Sim* quando Jack votou *Não*, a decisão da plateia prevalece sobre a dele. Se ele votar *Sim*, sua decisão prevalece sobre o *Não* da plateia, passando a mensagem de que qualquer "sim" vence. Desde que se converteu ao budismo, depois que seu comportamento louco lhe custou um casamento, a carreira e, por pouco, a vida, ele passou a tentar soprar positividade em tudo o que cria. Em versões anteriores do programa, participantes eliminados que tinham recebido o dedão para baixo do executor deixavam o palco numa jaula carregada por gladiadores, mas o formato foi abandonado depois da primeira temporada, quando os espectadores protestaram diante da imagem chocante de uma senhora de noventa e dois anos, cujos onze filhos e todos os netos estavam na plateia, ser carregada para fora depois de interpretar "Danny Boy", e um menino choroso de dez anos, cujo truque de mágica havia falhado, ter um ataque de pânico ao ser obrigado a entrar na jaula. A jaula de execução, no entanto, permanecera popular na versão do Oriente Médio da franquia.

Apesar de os participantes terem sido testados e confirmados com meses e semanas de antecedência, Jack Starr tinha conseguido encaixar Laura no programa ao vivo deste fim de semana. Os produtores haviam assistido a Laura imitando a máquina de café na gravação do iPhone de Bo, então estão cientes do que ela vai apresentar esta noite. Mas, antes, um encontro cara a cara, uma passagem de som e ensaio para ter total certeza. A confiança tem limites.

A segurança é reforçada na entrada. Michael, o segurança particular de Jack, decide lidar com Solomon e Rachel pessoalmente.

— Você pode passar — diz ele para Rachel, mas ergue a mão para deter Solomon.

Já faz uns bons vinte anos dos tempos em que recebia prêmios por nocautear pessoas em ringues, mas os anos passados não reduziram em nada seu físico imenso. Ele olha feio para Solomon, que revira os olhos e ergue o equipamento de áudio sobre o ombro.

— Estou aqui para trabalhar — afirma Solomon, entediado. Ele fica tentado a adicionar "Grande Mickey", a alcunha de sua época como boxeador nos Estados Unidos. Lá o nome poderia soar maneiro, mas não na Irlanda.

— Engraçado, eu lembro de você sendo demitido depois que te chutei para fora.

Com dois metros de altura, o americano assoma sobre Solomon. Ele costumava ser o gerente de turnê de Jack, e eles permaneceram fiéis um ao outro durante o retorno aos palcos. É onde reside a lealdade de Jack. Não consegue ser fiel a uma mulher, mas nunca esquece um amigo.

Normalmente, Solomon não daria a mínima se não fosse autorizado a entrar. Ficaria feliz em nunca mais chegar perto de Jack Starr e está tentando se afastar de Laura, mas precisa receber acesso pelo bem do documentário. Ele diz a si mesmo que esse é o motivo, que não tem nada a ver com querer estar perto de Laura. Amanhã ele estará na Suíça e não precisará continuar vivendo essa batalha em sua cabeça.

Laura e Bo já entraram. Elas passaram a manhã juntas enquanto ele estava nas gravações de *Corpos Grotescos*, com Paul Boyle se preparando para a iminente cirurgia na Suíça. Solomon pensou que seria bom ficar longe das duas depois dos últimos dias tão intensos, mas em vez disso passou a manhã inteira preocupado com Laura. Mensagens curtas de Bo o mantiveram informado, mas sua última mensagem fora um irritado "PQP, ela é uma mulher adulta, para com isso". Ela não respondera sua resposta. Ele não faz ideia de onde elas passaram o dia, ou o que fizeram, nem consegue imaginar as duas fazendo nada juntas.

Rachel volta a sair e para junto de Solomon.

— Acho que ele vai te deixar entrar, só quer te cozinhar um pouco.

— Por mim tudo bem — diz Solomon, deixando o equipamento no chão e se recostando contra uma parede, pronto para o que sem dúvida será uma longa espera.

— Teve notícias de Bo hoje? — pergunta Solomon a Rachel.

— Tive e não tive — responde Rachel.

— Como assim?

— Ela me ligou algumas vezes quando eu estava na ultrassonografia, mesmo sabendo onde eu estava. Deixou uma mensagem me pedindo para ir encontrar com ela e Laura.

— Para filmar?

— Não, só para ficar com elas.

O rosto de Rachel diz tudo. Ela ficou irritada por ter sido incomodada em seu tempo de folga. Solomon gosta do fato de Rachel conseguir falar o que quer sobre Bo, independentemente de eles estarem num relacionamento. Ele aprecia que ela se sinta confortável o bastante com ele para dizer o que se passa em sua cabeça, e que eles possam dizer o que querem sobre a chefe. Solomon não gosta de reclamar de Bo, mas Rachel sabe, ela sempre sabe, quando ele se irrita. O que irrita Solomon em relação a Bo é o que irrita a maioria das pessoas.

— Laura estava bem? — pergunta ele, franzindo a testa ao ouvir que Bo chamara Rachel para ajudar.

— Tenho certeza de que Laura estava bem. Talvez fosse Bo quem estivesse com dificuldade.

Solomon se pergunta por que Bo não admitiu nem uma vez, em todas as mensagens que lhe mandou, que precisava de ajuda. Ele lhe deu oportunidades de sobra. Por mais que não pudesse abandonar o trabalho e correr para ficar com ela. Mas teria feito isso.

A porta se abre e Bo enfim aparece, com uma aparência atipicamente afobada. Ter Solomon e Jack no mesmo lugar — um ex-namorado, um atual namorado que dera uma surra no ex-namorado e, portanto, fora demitido e tirado do prédio — nunca seria uma situação fácil. Mas, assim que ela vê Solomon e Rachel, a preocupação some de seu rosto.

— Oi, gente — diz, o alívio nítido, que então se torna confusão. — O que vocês estão fazendo aqui fora?

— Ele não quer me deixar entrar — diz Solomon, indicando Michael.

— Ela pode entrar — fala Michael, mordendo uma maçã. A maçã desaparece quando sua mão gigantesca a envolve, e sua mordida quase acaba com a fruta.

— *Ela* tem nome — diz Rachel.

— Peço desculpas. — Ele abaixa a cabeça. — Mas o babaca aqui, não.

— Desculpas aceitas. — Rachel dá uma risadinha.

— Michael — fala Bo —, Jack disse que ele podia entrar.

— Bem, Jack não me falou nada.

— Tenho certeza disso — diz Solomon.

— Por que ele não quer te deixar entrar, Solomon? — pergunta Laura subitamente, e todos se viram para vê-la atrás da figura enorme de Michael. Os olhos da moça estão arregalados e amedrontados.

— Laura — diz Bo, irritada, como se falasse com uma criança —, eu te disse para ficar na sala de espera.

— O babaca não tem autorização para entrar — Michael explica para Laura — porque, da última vez que botei os olhos nessa menininha, ela estava tendo um ataque de birra. Tive que carregá-la enquanto chutava e gritava.

— *Ela* socava muito bem para uma menininha, na minha opinião — diz Rachel, defendendo Solomon. — Eu não estava aqui, mas vi os hematomas nas fotos do jornal.

Michael volta a atenção para Rachel.

— Ela não é fã de Grandes Mickeys — diz Solomon, e Rachel revira os olhos.

— Meu Deus, nenhum de nós vai poder entrar se você continuar com essa história. Vou resolver isso — diz Bo, revirando a bolsa em busca do celular.

— Bo, por favor, diga a Jack Starr que agradeço muito a oportunidade, mas eu não vou entrar sem Solomon — pronuncia-se Laura, educada porém firme.

Solomon ergue o olhar para ela com surpresa e não tenta esconder o sorriso dos olhos de Michael.

A honradez de Laura não impressiona Michael, que já viu beldades loiras sedentas por fama o bastante passando por essas portas.

— Está tudo bem, Laura, eu vou ligar para Jack — diz Bo depressa, afastando-se com o celular no ouvido, o que incomoda Solomon, que quer saber o que ela vai dizer ao ex-namorado sobre ele.

Em cinco minutos, eles são postos rapidamente para dentro por Bianca, uma assistente de produção com um fone de ouvido e prancheta, que agora os guia por uma rede de corredores.

— Oie — diz Rachel para Laura. — Não consegui te cumprimentar direito lá fora.

Ela ergue a mão em cumprimento, e Laura sorri e bate na mão dela.

— Como está o bebê? — pergunta Laura.

— Grande e saudável — responde Rachel com um sorriso.

— Tiveram uma manhã boa? — pergunta Solomon, como quem não quer nada, mas avaliando o rosto de Bo e Laura em busca de pistas.

— Sim, ótima — responde Bo, um pouco direta demais. — Fomos ao mercado, então tomamos café e chá, depois contornamos Stephen's Green. Eu mostrei algumas lojas de roupa ótimas caso ela queira, sabe, saber aonde ir.

— Aham. — Rachel faz que sim, olhando de uma para a outra.

— Eu te liguei — Bo diz. — Para ver se você gostaria de nos encontrar.

— Ah, sério? Eu não vi — finge Rachel. — Eu estava na *ultrassonografia.*

— É claro! — lembra Bo. — Eu me esqueci. Como foi?

— Ótimo. Como falei, a enfermeira achou que tem um bebê lá dentro, então estou feliz — responde Rachel.

Laura ri.

— Como foi? — pergunta Solomon a Laura quando Bo e Rachel se distanciam à frente.

Laura parece entretida, então abre a boca, mas é a imitação da voz de Bo que sai:

— Talvez seja melhor só voltarmos para o apartamento.

É a forma como Laura fala — o tom, a energia sucinta e agitada que ela captura — que faz Solomon jogar a cabeça para trás e rir. Ele reconhece o som de Bo tentando ser educada, mas ao mesmo tempo se retirar rapidamente de uma situação.

Bo se vira incomodada para observá-los, então continua a andar.

— Ah, não — diz Solomon. — Não foi tão ruim assim, foi?

Laura abre a boca e Bo fala de novo:

— Será que dá para você talvez não fazer isso aqui?

O sorriso de Solomon some.

— Está tudo bem — fala Laura depressa, levando a mão ao braço dele. Ele está de camiseta, sua pele toca a dele e algo acontece. Um formigamento corre pelos dois. Laura olha para o braço dele para que Solomon saiba que ela também sentiu. —

Eu estava fazendo isso mais do que o normal — explica. — Ela me deixa nervosa.

— Acho que talvez o sentimento seja mútuo — diz Solomon.

— Eu a deixo nervosa?

— Você é diferente — diz ele, querendo dizer que Bo provavelmente se sente ameaçada, em especial depois de ouvir a maneira como Laura imitou sua gargalhada, a maneira como ela sempre quer ficar com ele e abertamente não confia em mais ninguém. — Às vezes as pessoas ficam nervosas perto do diferente.

Ela assente com a cabeça, entendendo.

— Eu também.

— Está nervosa agora? — Ela assente de novo. — Você vai ficar bem — afirma ele.

— Você vai ficar por aqui?

— Vou. — Ele dá batidinhas na bolsa de equipamento. — Estou sempre escutando.

Bianca finalmente os guia para dentro de um camarim com AVE-LIRA escrito na porta.

— Então, Ave-Lira, chegamos — diz Bianca. — Em mais ou menos quinze minutos vamos te levar para fazer figurino, cabelo e maquiagem, então para uma passagem de som por volta das quatro. — Ela baixa o olhar para a prancheta. — Você é o último número do programa, então entrará no palco às 20h50 para o teste de dois minutos. Você é... — Ela consulta as anotações. — Uma intérprete. Certo?

Todo mundo olha para Laura. Laura olha para Solomon.

— Ela não é exatamente uma intérprete — explica Solomon. — Mas ela imita.

— Imitadora. — Ela anota. — Legal. Você é o agente dela?

— Sim — responde ele solenemente. — Sim, sou.

Laura dá uma risadinha. Bo revira os olhos.

— Não é nada. Ele faz parte da equipe do documentário.

Bianca olha para Solomon, claramente não indo com a cara dele, estreitando os olhos com delineador pesado.

— Legal. — Mas isso parece ser tudo menos legal para Bianca.

— Então, os produtores gostariam de saber quantas interpretações, ou o que quer que seja, você vai fazer.

Ela olha para Laura. Novamente, Laura olha para Solomon.

— Vamos discutir isso agora — responde ele.

— Agora? — Ela arregala os olhos, assustada. — Legal. — Depois: — Vou voltar em quinze minutos, ok?

Há uma interferência de estática em seu walkie-talkie.

Laura imita o som, então se senta.

— Legal — diz com a voz de Bianca.

Os olhos de Bianca se arregalam. Ninguém riu. Todo mundo na sala já está acostumado a essa altura. Ela deixa o pessoal estranho e segue para a ginasta de doze anos da porta ao lado.

— Achei que você fosse treinar o teste com ela hoje de manhã — Solomon comenta com Bo em voz baixa enquanto eles se preparam para uma entrevista com Laura no camarim.

Bo lhe lança um olhar furioso.

— Sol, no balcão do açougue do supermercado, ela fez o som de todas as porras dos animais mortos expostos na vitrine. Então apitou cada um dos produtos na esteira do caixa como se fosse um leitor de códigos de barras. Ela confundiu tanto a coitada do caixa que ela nem sabia direito o que tinha ou não passado.

Solomon solta uma risada pelo nariz e uma gargalhada, atraindo a atenção de Laura e Rachel.

— Não é engraçado! — diz Bo, a voz estridente. — Qual é a graça nisso?

Ele continua rindo até que ela não tenha opção exceto ceder e sorrir.

— Como você está se sentindo? — pergunta Bo a Laura.

Eles estão filmando. A relação entre Bo e Laura flui muito melhor quando há uma câmera entre elas.

— Estou bem — diz Laura. — Um pouco ansiosa.

Laura imita o vencedor do ano passado. Um gaitista e cantor de música folk de setenta anos. Rachel abre um risinho.

— Parece empolgante — continua Laura, como se não tivesse acabado de soar como uma gaita. — Eu estou empolgada. Como se fosse o início de algo. Quer dizer, essa semana inteira foi uma novidade.

— Você sabe o que vai fazer no teste? Deveria ensaiar alguma coisa? Planejar um roteiro?

Laura baixa os olhos para os dedos.

— Eu não exatamente planejo. Só… acontece.

— Você se lembra de quando descobriu que tinha essa incrível habilidade de imitar?

Laura fica em silêncio por um momento. Solomon está quase esperando que ela diga: "Que habilidade?". Parece tanto uma parte dela, algo do qual não tem consciência. Ela pensa bastante, olhos saltando da esquerda para a direita. Então eles param, e Solomon, assim como Bo, tem certeza de que ela se lembrou.

— Não — diz Laura por fim, evitando contato visual.

Ela não sabe mentir. A decepção transparece na voz de Bo.

— Certo, então é algo que você sempre fez?

Outra pausa.

— Sim. Há muito tempo.

— Desde que nasceu, talvez?

— Eu não tenho lembranças tão antigas assim. — Ela sorri.

— Não espero que tenha — diz Bo, o tom neutro. — O que quero dizer é: você acha que essa… habilidade…

Solomon teria dito talento, dom. Ele tem certeza de que Bo ainda não vê desse jeito. Para ela é uma aflição. Interessante apenas para o propósito de um documentário. Ainda assim, é um avanço que ela não tenha dito problema, deficiência.

Há uma batida na porta, rápida e alta, e Bianca entra.

— Vou te levar para o figurino agora, Ave-Lira.

Solomon quer dizer a Bianca que o nome dela é Laura, não Ave-Lira, que obviamente é apenas o nome do "ato", mas se detém. Desapega, Solomon, desapega.

Sem tirar os microfones, Laura e a equipe seguem Bianca para a sala do figurino, onde ela experimentará roupas antes de fazer o cabelo e a maquiagem.

Ao seguir pelo corredor, ela se vira e olha para Solomon, incerteza estampada por todo o rosto. Ele dá uma piscadela para demonstrar apoio, e ela sorri animadamente ao continuar.

— É um pouco apertado aqui dentro, senhoras — fala rispidamente a figurinista-chefe enquanto Rachel e sua câmera, então Bo, tentam se espremer na sala atrás de Laura.

Ela não está mentindo: o cômodo contém dezenas de araras de roupas de uma parede a outra, mal tem espaço para se virar.

— Vou esperar do lado de fora. Rachel? — diz Bo.

— Pode deixar — responde Rachel, entendendo o tom de voz que significa "registre tudo".

— Uau — diz Laura. Ela anda ao longo das araras, passando a mão pelos tecidos.

— Eu me chamo Caroline. Vou produzir você — diz ela, olhando Laura de cima a baixo, escrutinando seu corpo. — Esta é Claire.

Claire não sorri nem fala. Claire é uma assistente que provavelmente aprendeu a não abrir a boca exceto quando solicitada.

Laura sorri.

— Mamãe e Gaga amariam isso. Elas eram costureiras.

Caroline não parece muito impressionada. Tem dez pessoas para aprontar, numa sala sem janelas, e pouquíssimo tempo para fazer isso, além de uma equipe de produção frustrante que vive mudando de ideia e esperando que ela consiga juntar as peças. Mas Laura se movimenta num ritmo diferente de todo mundo que já entrou por aquela porta e no mundo de Caroline. Ela fecha os olhos e, de repente, a sala é preenchida pelo som de uma máquina de costura. É ritmado e relaxante, como o barulho de trem, um som que dá vontade de acompanhar com um balanço do corpo.

Os olhos de Caroline se enchem de lágrimas.

— Minha nossa! — Ela põe uma mão sobre a barriga e outra sobre o coração. — Você acabou de me transportar para o passado. Isso é uma Singer.

Laura abre os olhos e sorri.

— Sim.

— Minha mãe usava uma — conta Caroline, seu tom duro de repente emotivo, o rosto suavizando. — Eu costumava ficar embaixo da mesa de costura e escutar esse som o dia inteiro, assistindo à renda deslizar para o chão ao meu lado.

— Eu também — diz Laura. — Costumava fazer roupas para minhas bonecas com os retalhos.

— Eu também! — exclama Caroline, o estresse totalmente eliminado de seu rosto.

Laura ainda não acabou. Há novos sons, o barulho de tesouras cortando tecido, o estalo e o rasgar e desfiar de tecido se desfazendo, então de volta à máquina de costura, que sobe e desce, acelera e desacelera ao fazer curvas, manobrar o tecido.

— Ah. Minha querida. Meu amor. Vamos arrumar algo lindo para você, sua criatura mágica — diz Caroline, completamente deslumbrada pelo que ouviu.

Quinze minutos depois, Laura sai do provador improvisado.

— E aí? — Caroline olha para Rachel.

É claro que Rachel não responde, mas sua câmera faz o trabalho. O que ela vê é Laura como nunca a vira antes, e Laura como nunca estivera antes. Laura as encara, insegura, mas com um sorriso tímido. Ela gostou, espera que as outras também gostem.

Claire começa a escolher os acessórios.

— Espera até a equipe de cabelo e maquiagem pôr as mãos em você. Vai ficar gata demais — diz Caroline. — Não tenho certeza sobre os sapatos, no entanto... — adiciona. — Suas pernas estão tremendo, coitadinha.

Laura parece aliviada em tirar as plataformas.

— Rasteirinhas gladiadoras — diz Caroline por fim. — Você tem a vibe. Grega, angelical, deusa. Alta o bastante para bancar também.

Quando o cabelo e a maquiagem de Laura estão finalizados, a equipe criou uma deusa de vestido de alcinha branco bem curto, parando bem no meio de suas longas coxas torneadas. Se ela erguer os braços, mostra a calcinha. O longo cabelo loiro está preso num coque apertado no alto da cabeça, rasteirinhas gladiadoras douradas serpenteiam até os joelhos e nos bíceps há um bracelete dourado com uma esmeralda. Os olhos verdes reluzem.

Todo mundo fica em silêncio diante dela.

— Isso vai levantar o dedão de Jack, com certeza — diz a maquiadora.

— Isso vai levantar mais do que o dedão dele — completa Caroline, e todas riem antes de se darem conta de que a câmera está ligada, então logo se calam e dispersam.

Solomon está esperando no palco com Bo. Ele põe o papo em dia com os antigos colegas enquanto espera Laura chegar para a passagem de som e ensaio de figurino. Laura chega com Bianca e é guiada escada acima até o meio do palco. Alheia a todos os olhares famintos, olha ao redor como se tivesse aterrissado num novo planeta. A iluminação, os assentos vazios da plateia ao redor do palco, a enorme tela sobre sua cabeça que vai exibir o dedão para cima ou para baixo. O trono dourado de onde Jack a julgará.

Solomon está de costas para o palco conversando com a equipe que não vê desde a briga com Jack, mas sente a mudança no ar. Pode parecer idiota, mas ele sabe que ela entrou no recinto. Ele vê todo mundo se virar, parar o que está fazendo, ele vê os olhares, as expressões em cada rosto. Seu amigo Ted para no meio da história, completamente distraído pelo que está no palco.

— Uau.

O coração de Solomon começou a bater mais depressa no segundo em que ele sentiu a mudança no ar. Ele limpa a garganta e se prepara. Então se vira.

— Puta merda — diz Ted. — Essa é a Ave-Lira?

— Ela ganha — comenta Jason numa voz cantarolada ao passar pelos dois homens. Ted ri.

Solomon limpa a garganta, desconfortável. Ele não sabe para onde olhar. Se pôr os olhos nela de novo, todo mundo vai descobrir como ele se sente. Ele não consegue lidar com a visão, não consegue se controlar, o súbito tremor que sente, o constrangimento, a ânsia completamente incivilizada de tomá-la toda para si, fazer todas as coisas que a maioria dos homens no recinto estão fantasiando nesse exato momento.

Bo o observa; ele sente os olhos dela e se vira de costas para o palco, ocupando-se com o equipamento de som.

— O que acha? — pergunta ela.

— Sobre...

— Laura.

Ele volta a erguer o olhar como se mal a tivesse notado da primeira vez.

— É. Ela está diferente.

— Diferente? — Ela o analisa. — Ela está irreconhecível, Solomon. Quer dizer, ela está incrível pra cacete. Até *eu* quero transar com ela, mas sabe...

Solomon olha para ela com surpresa.

— O quê?

— Não era o que eu esperava... — Bo observa Laura de novo, a analisa.

— É — concorda Solomon.

Também não é o que ele esperava. Nem um pouco.

Enquanto Laura está cercada de integrantes de equipe subitamente superatenciosos e Bo volta a se ocupar, ele tira um tempo para avaliá-la de verdade. Repara no nervosismo de Laura. Ela olha para ele com a expressão indagadora. Está buscando conforto, confiança, encorajamento, mas ele não pode fazer nada. Se chegar perto dela, todo mundo saberá. Ela saberá, Bo saberá. Ele não pode se permitir um passo adiante agora, sob essas luzes e câmeras, aos olhos de todos. Ele mantém distância, relanceia para ela de longe, de esguelha, agarrando-se a momentos furtivos.

O diretor de palco desvia a atenção de Laura, e Rachel documenta tudo. Solomon parte para a ação e se aproxima, fones no ouvido, microfone boom em mãos, tentando evitar o olhar de Laura.

— Ave-Lira, eu me chamo Tommy. — O diretor estende a mão e ela a aperta. — Seja muito bem-vinda. Sei que é uma experiência enervante, todo mundo que vai aparecer no programa esta noite está se sentindo exatamente do mesmo jeito. Mas não é necessário, nós somos legais. Eu também sou de Cork. O povo de Cork se ajuda.

Ela sorri, e os dois conversam um pouco enquanto ele faz um bom trabalho em acalmar os nervos dela.

— Seu rei e executor fica ali no trono. Enquanto você estiver se apresentando, essa é sua câmera principal. Atrás dela está Dave.

Dave acena comicamente, e ela ri.

— Essa é a sua marcação. Você acha que vai se mexer pelo palco?

Laura olha para Solomon em busca de orientação, mas ele baixa o olhar rapidamente para a bolsa com o equipamento, brincando com um botão.

— Bem, faremos um ensaio e veremos em primeira mão — diz Tommy com simpatia. Nada de pânico. Ainda não. Algumas horas até o programa começar. — É para isso que estamos aqui.

Ele lhe explica questões de timing, onde ela fica durante a decisão, para onde anda quando terminar. Por fim, está na hora do ensaio. Solomon, Bo e Rachel saem do palco, assim como todo mundo, enquanto as luzes e música começam dramaticamente. Laura olha ao redor, sobressaltando-se de leve com a música dramática. Começa a contagem regressiva de dez segundos: enquanto o palco é banhado de vermelho, então de verde, é chegada a hora de seus dois minutos. O cronômetro na tela acima de sua cabeça conta de trás para a frente os segundos que ela tem para convencer o Rei Jack Starr a passá-la para a próxima rodada de semifinais.

Laura leva o microfone à boca e olha ao redor. Ela não diz nada. Sua respiração é audível em meio ao silêncio absoluto.

Tommy para na beira do palco, ergue as mãos num grande gesto.

— Diga alguma coisa, *qualquer coisa*, não importa o quê, só precisamos ouvir você.

Bo parece nervosa. Solomon não tem certeza se ela está preocupada com Laura ou com a própria reputação. Rachel morde o lábio e olha para baixo, emanando uma energia furiosa. Solomon faz uma nota mental para perguntar o motivo mais tarde.

Eles recomeçam a contagem regressiva de dez segundos.

Laura olha para Solomon e passa os dois minutos inteiros fazendo o som da máquina de café. Solomon ri tanto que Bo dá uma cotovelada em sua barriga. A equipe de produção olha feio para ele, que precisa sair do estúdio porque não consegue parar.

Horas depois, depois do início do programa ao vivo, em que quatro pessoas já receberam um dedão para cima e cinco receberam o dedão para baixo, Solomon, Rachel e Bo filmam a nervosa espera de Laura nos bastidores. Ela mal consegue falar de tão nervosa. Bianca, a assistente de produção, não sai de seu lado, e Laura, assustadiça, imita o som do walkie-talkie na mão de Bianca e basicamente tudo o que ela faz. Bianca ignora como se não estivesse ouvindo.

A assistente de produção marca o tempo até a apresentação.

— Vamos ao estúdio em dois minutos.

Laura arqueja e se afasta.

— Eu preciso ir ao banheiro.

— Calma aí, calma aí, você não pode ir agora — diz Bianca, com assombro no olhar, sem achar mais nada legal.

Solomon baixa o microfone boom, e Rachel também para de filmar.

— O que estão fazendo? — Bo olha para eles, confusa.

Rachel se recusa a responder. A câmera está no chão ao lado dela, os braços cruzados, olhos no chão.

— Solomon?

Ele segura Laura pelo braço e a leva até um canto, longe dos ouvidos de todos, mas ainda assim, só para garantir, aproxima os lábios de sua orelha, tão perto que sente o nariz roçar o cabelo dela, os lábios roçarem seu lóbulo macio.

— Você tem a habilidade de transportar pessoas a outro lugar. Um lugar que elas não conseguem ver, mas conseguem sentir. Se não souber o que fazer, se nada vier à cabeça, fecha os olhos e pensa em algo que te deixa feliz. Pensa na sua mãe e em Gaga.

— Tá bom — diz ela, tão baixinho que ele sente a respiração dela em sua bochecha.

Ele a sorve.

— Você está linda.

Ela sorri.

Ele se afasta rapidamente, cabeça baixa, olhos baixos, Bo e Rachel de olho nele.

— Está pronta? — pergunta Bianca, ainda com a expressão espantada. Sendo a mensagem: "É melhor que esteja".

— Sim — responde Laura.

— Legal. — Ela leva o walkie-talkie à boca. — Ave-Lira a caminho.

Laura entra no palco. Os aplausos acolhedores da plateia se extinguem e o silêncio se instala.

— Ora, olá — diz Jack de seu trono, sutilmente olhando-a de cima a baixo e não tão sutilmente gostando do que vê.

— Olá — diz Laura no microfone.

Solomon está transbordando de orgulho; Rachel está roendo as unhas. Jack havia concedido total acesso até o momento, mas eles não podem filmar enquanto o programa está no ar, terão que usar clipes do programa.

— Qual é o seu nome? Conte-nos sobre você.

— Eu me chamo… Lau… Ave-Lira — diz ela, corrigindo-se. — Tenho vinte e seis anos e sou de Gougane Barra, Cork.

Uma comemoração vem de um canto da plateia.

Jack elogia as pessoas de Cork presentes. Gosta de Ave-Lira, dá para notar. Está usando sua expressão encantadora.

— E, me diga, o que você vai apresentar para nós esta noite? Laura fica quieta.

— Ainda não tenho certeza.

A plateia ri. Laura não. Jack sim.

— Certo, boa resposta. Bem, espero que você decida logo, pois seus dois minutos estão prestes a começar. Boa sorte, Ave-Lira.

Os holofotes do estúdio ficam vermelhos e o palco todo é mergulhado numa luz ensanguentada. O cronômetro na tela começa a contagem regressiva de dez segundos. Então ele fica verde, e os dois minutos de Laura começam.

Pelos primeiros dez segundos, ela não diz nada, não emite um único som. Está olhando ao redor, quase em choque, atônita, registrando tudo. Dez segundos de silêncio ao vivo na TV é muito tempo. A plateia começa a se voltar contra ela, começa a dar risadinhas.

Alguém grita, uma voz masculina, grossa e com um sotaque carregado de Dublin.

— Vamos lá, Ave-Lira!

Assustada, ela se sobressalta e imita exatamente o que ouviu. A plateia ri.

O som da escuridão chega tão súbito e explosivo que ela imita a risada coletiva da plateia imediatamente. Então há arquejos, e silêncio. Ela tem a atenção deles. Vê a luz vermelha da câmera de TV à sua frente, o resto do estúdio na escuridão. Jack Starr está iluminado em seu trono como se fosse uma espécie de rei. Ela pensa no vencedor do ano passado e o som da gaita subitamente enche seus ouvidos, gerando menos risadas e mais arquejos chocados. Ela sabe que não tem como fazer isso pelo próximo minuto, não sabe a música inteira do vencedor.

Sente o calor das luzes no rosto. Há um clima pesado de expectativa.

Pensa no que Solomon disse. Feche os olhos. Pense em sua querida mãe que nunca acreditaria que ela está aqui agora; em Gaga, que a mandou para a montanha para sua própria segurança, pensando que ficar afastada do mundo a protegeria para sempre, mas agora ela está aqui para o mundo todo ver, o maior medo das duas.

Uma campainha toca subitamente e ela abre os olhos surpresa. As luzes estão totalmente acesas, não há mais escuridão na plateia, e o verde se tornou vermelho de novo.

Ela olha ao redor, desnorteada, pensando que estragou tudo. Ela não disse nada. Perdeu a chance. Ela envergonhou Bo; pior ainda, envergonhou Solomon. Baixa o microfone. Espera ser ridicularizada, receber os dedões dourados para baixo imediatamente. Com o coração a mil, ela se sente humilhada. Não há aplausos, as luzes voltam de vermelho para normal e ela vê os rostos no público. Não faz ideia do que fez, mas a plateia inteira está silenciosa, olhando-a e se entreolhando com perplexidade e surpresa. Alguns até com admiração. O que ela fez?

Ela engole em seco e olha para Jack Starr, que está falando, analisando seu desempenho, mas não consegue se concentrar no significado de suas palavras. Ela as ouve uma a uma, mas coletivamente elas não fazem sentido algum. Seu coração está martelando. Ela está morta de vergonha. Teve uma chance de começar algo novo e fracassou cedo demais. A plateia tem dez segundos para dar seu voto, assim como as pessoas em casa. Assim como Jack Starr.

O voto da plateia é revelado primeiro. Ela se prepara para ser forte, para erguer a cabeça e aguentar.

Para sua total surpresa, o palco é banhado em dourado quando o dedão para cima da plateia é revelado.

O voto de Jack vem em seguida. Um dedão dourado enorme aparece na tela acima dela, mas é claro que ela não consegue vê-lo. Ela ouve a música rápida e alegre, o palco é banhado em luz dourada, e Tommy, o diretor de palco, está parado nos bastidores gesticulando loucamente para que ela vá até ele. Ela olha ao redor desconsertada ao sair do palco.

Ela passou.

21

— Isso foi incrível, incrível pra cacete — vocifera Jack Starr pelo corredor atrás de Laura.

Todos se viram, câmera inclusive, e Bo e Solomon saem do enquadramento.

Jack vai direto até Laura e põe as mãos em seus ombros, olhando-a bem de frente.

— Ave-Lira, isso foi inacreditável... Mágico. Tem certeza de que não tem um gravador aí dentro? — Ele finge olhar dentro de sua boca. — Sério... — Ele tenta se acalmar, está genuinamente empolgado. — Foi fenomenal. Eu nunca vi nada do tipo antes, nunca ouvi nada assim. Quer dizer, é claro que já ouvi coisas assim, mas não todas elas saindo de uma boca humana. — Ele ri. — Todos aqueles sons, água, vento, pessoas, risadas, você precisa me dar uma lista de tudo. Tipo, uau. Vamos te tornar uma estrela!

As bochechas de Laura ficam rosadas. Solomon se encolhe por dentro e, como se tivesse percebido a breguice do que acabou de falar, e na frente de Solomon, Jack olha incerto na direção de Bo.

— Corta — diz Bo na mesma hora.

— Vamos conversar no seu camarim — fala ele baixinho.

Parece que a equipe de produção inteira e todos os participantes se enfileiraram no corredor para assistir à interação deles. Eles vão para o camarim de Laura: Laura, Bo, Jack e seu produtor, Curtis. Solomon e Rachel seguem o grupo, mas a porta começa a se fechar na cara deles. Rachel não se importa e recua, mas Solomon empurra a porta. Jack enfia a cabeça para fora.

— Não precisamos de câmeras nem de som agora, obrigado. — Ele pisca e fecha a porta.

Rachel observa Solomon.

— Calma — alerta.

Ela se recosta na parede do corredor, sem tirar os olhos dele.

— Dia desses eu vou enfiar meu punho no cu dele.

Rachel ergue a sobrancelha.

— Alguns homens pagariam por isso.

Ele sorri.

— Ele provavelmente já pagou.

— Que nada. Tem mulheres de sobra que fariam isso de graça pra ele — responde Rachel. — Qualquer coisa pela fama.

— Você realmente odeia esse programa, não é?

— Sou totalmente a favor de talentos. Susan tem uma sobrinha de dez anos que toca *As quatro estações*, de Vivaldi, no violino de olhos fechados. Incrível. Mas ela toca em apresentações da escola e reuniões familiares. Não tem por que botá-la num palco e fazê--la passar por esse tipo de merda — diz, abaixando a voz quando uma contorcionista de doze anos passa com os pais, rosto coberto de maquiagem de TV e a bolsa de figurino no ombro.

— Imagino que estejam orgulhosos. Querem mostrar ao mundo. Compartilhar.

— Essa é a questão. As pessoas vivem perguntando aos pais dela: por que não a deixam fazer algo mais com seu talento? Inscrevê-la num programa de TV ou algo assim. Por quê? Porque ela é boa em uma coisa? — Ela balança a cabeça, perplexa. — Por que as pessoas não podem simplesmente ser boas em alguma coisa? Por que precisam ser *a melhor* em alguma coisa? Quer dizer, minha sensação é... — Ela busca as palavras, muito fervorosa sobre o assunto agora. — Existe *compartilhar* um dom e existe... *diluir* um dom. Sabe? Eles já a deixaram igual à porra da Helena de Troia. Vai saber o que farão com ela daqui em diante. Mas essa é só minha opinião impopular. Eu não assisto a essa merda. — Ela suspira.

Solomon resmunga uma resposta qualquer e rapidamente afasta as palavras de Rachel da cabeça porque não quer saber o que ela pensa sobre Laura fazer parte do programa. Ele não quer pensar que Rachel pode estar certa, e que ele é responsável por Laura estar aqui. Então, em vez disso, fantasia com todas as formas que poderia machucar Jack Starr. Nocauteá-lo foi o que causou sua demissão do programa há dois anos. A motivação foi algum comentário depreciativo sobre Bo, um que Jack dissera deliberadamente para enfurecer Solomon e ele mordera a isca. Ficava feliz por ter feito isso, ainda pensa no momento em que seu punho afundou na bochecha de Jack, por mais que estivesse mirando o nariz. Ainda assim, a sensação do osso e da carne e seu gritinho de sofrimento bastaram para embalar seu sono à noite. Ele não descartaria fazer isso de novo, mas vai segurar a onda dessa vez. Ele terá que fazer valer; não perderia a oportunidade de presenciar a jornada de Laura.

— E aí, gente, isso foi maravilhoso sim ou com certeza? Meu Deus! — diz Jack, sentando-se na mesa do camarim, perfeitamente enquadrado pelo espelho de luzes. — Laura, eu não estava puxando seu saco para as câmeras, eu estava falando *sério*.

Curtis faz que sim com a cabeça, também se recostando na bancada, segurando a borda com as duas mãos, encarando os pés. Ele é um homem alto e anguloso, nariz pontudo, cabelo platinado. Não fala muito, ou nada, muitos acenos de cabeça, cruzares de braços e olhares para o nada enquanto escuta. Ele simplesmente está ali, uma força sombria.

— Você é incrível. E não se preocupe com o nervosismo, eu entendo. A primeira noite no palco é intimidante, todo mundo se sente assim. Vamos trabalhar nisso para o próximo show, ok? Não podemos ter trinta segundos de nada da próxima vez — diz ele com uma risada, expondo seu nervosismo de mais cedo.

Laura assente.

— Minha cabeça está explodindo de tantas ideias para a semifinal. Curt, me lembra de te contar sobre elas na reunião mais tarde — diz, fervilhando, mascando chiclete empolgado.

— Claro, Jack. — Curtis faz que sim com a cabeça, sem erguer o olhar dos sapatos, que são azul-marinho com solas laranja.

Jack fala por um momento sobre o palco, jargão técnico sobre luzes e telas e cenografia, tão rápido, tantas palavras por minuto, e Curtis assente como se pegando tudo. Sem problemas, Jack, sem problemas.

Então Jack volta a se dirigir a Laura.

— Vamos fazer o melhor programa de todos juntos, né?

Ele para abruptamente de falar e encara todos ao redor como se tentando descobrir a fonte do som. Seus olhos repousam em Laura.

Ela está imitando o som de seu chiclete. Curtis ergue o olhar e franze a testa, pensando que ela está sendo desrespeitosa com o astro do programa.

— Não, Curtis, ela, hum... Não se preocupe... Ela é... Isso acontece. Espontaneamente. Não é, ela não está sendo... Podemos falar sobre isso mais tarde — diz Bo, desconcertada. — Nós filmamos com um antropólogo ontem que explicou muito bem o que Laura faz. Se eu conseguisse lembrar como ele formulou... Na verdade, Solomon explica muito melhor.

Laura tosse "minta", imitando Solomon, depois sua gargalhada calorosa.

Jack e Curtis a encaram.

— Se isso é espontâneo, você tem como planejar um número para o programa? — pergunta Jack por fim.

— Boa pergunta. — Curtis esfrega o queixo, encarando-a intensamente como se seu olhar fosse lhe forçar uma confissão, como se ela fosse uma impostora que seria desmascarada nesse momento.

Laura faz o som de Solomon coçando o queixo enquanto o observa. Curtis para e acaba baixando as mãos brevemente, sem saber o que fazer com elas, antes de apoiá-las na bancada outra vez.

— Você planejou o que fez esta noite? — pergunta Jack.

— Não — responde Laura baixinho, sentando-se com as costas eretas, tentando encontrar uma posição confortável na qual o vestido minúsculo não se erga acima de sua bunda. Ela ainda não tem muita certeza do que fez esta noite.

— Hum. — Ele olha para Curtis, estalando o chiclete. A expressão de Jack é indecifrável, mas é claro que Curtis parece entendê-la.

Então o celular de Curtis vibra. Ele lê uma mensagem, e seu rosto muda para nítido choque, provavelmente sua primeira expressão genuína desde que entrou no cômodo.

— Meu Deus. — Ele olha para Jack.

— O quê?

— Cem mil visualizações no YouTube já, de Ave-Lira.

— O quê? — Jack pula da bancada e agarra o celular. Ele rola a tela. — Faz, tipo, trinta ou quarenta minutos que saímos do ar?

Curtis acena positivamente com a cabeça. Acena de verdade. Um aceno engajado.

Jack batuca no celular por um momento, então olha para Laura.

— Eu e Curt temos algumas coisas para discutir agora, mas, Ave-Lira, certifique-se de que eles cuidem bem de você, aqui, certo? Me avisa se tiver algum problema?

Laura assente.

— Mantenha-me informada — diz Bo, levantando-se e pegando imediatamente o celular, seu choque e empolgação nítidos.

— Como sempre, Bo Peep. — Ele sopra um beijo para ela e sai com Curt.

Bo revira os olhos, mas sorri. Tira um momento para se recompor e se senta ao lado de Laura.

— Então...

Na mesma hora, ela volta a se sentir como se sentiu o dia todo com Laura: insegura do que fazer ou falar, completamente desconfortável e incapaz de preencher o tempo ou elaborar frases. Não é necessário, é claro, que ela e Laura virem melhores amigas. Ela prefere aprender sobre seus objetos de estudo enquanto a câmera está ligada, não desligada, e talvez seja isso o que a deixa ansiosa e inquieta perto de Laura. Como um fumante chaminé que não sabe o que fazer com as mãos sem um cigarro ou um músico que se sente despido no palco sem o violão, Bo se pergunta se perdeu a habilidade de se conectar com as pessoas fora das câmeras, então se pergunta se algum dia teve essa habilidade.

Outro aspecto de Laura que deixa Bo desconfortável, além de ela emitir o som de todos os animais mortos na vitrine do açougue, é o olhar atento dela. Bo odeia a sensação de ser observada, e Laura parece sorver tudo, cada coisinha. Se Bo suspira, Laura sabe imitar. Ela se sente sob holofotes, claustrofóbica. Costuma ser quem observa, mas quando está com Laura se sente a observada e odeia essa sensação, a faz reparar demais em si mesma.

Laura olha para ela agora, vendo o fundo de sua alma. Ela realmente deveria lhe contar sobre o sucesso do YouTube, deveria conversar com ela sobre como vão ser as coisas a partir daqui, formular um plano, mas aqueles olhos verdes a deixam tão desconfortável. Eles viram Jack lhe soprar um beijo, olharam inquisitivamente para Bo. Eles viram Bo sorrindo, Bo satisfeita com a atenção dele. São olhos que parecem ver tudo o que não quer que ela veja, e nada do que quer que ela veja.

— Por que você não vai à sala de figurino se trocar? — diz Bo, no fim das contas.

22

Solomon, Bo e Laura passam a noite inquietos depois da apresentação no *StarrQuest*. É como se estivessem chapados com a reação. Solomon e Bo ficam diante dos computadores e dos celulares, lendo mensagens nas redes sociais sobre o número de Laura, que se encolhe no sofá bebendo um chá de ervas atrás do outro, completamente assoberbada pelo feedback desses desconhecidos. À meia-noite, a apresentação de Ave-Lira já chegou a duzentas mil visualizações, e ela lidera as notícias de entretenimento on-line, cada artigo com a mesma simples manchete: "ave-lira".

Ao longo da noite, a história cresce mais, reúne velocidade e ganha impulso. Solomon saíra para pegar o voo para a Suíça antes de Laura acordar, o que a lança num estado de confusão desorientada. O sucesso na internet continua crescendo. Enfurnada no apartamento com Bo, Laura assiste de seu quarto silencioso enquanto o mundo parece mudar sem que absolutamente nada aconteça com ela.

Nos dias que se seguem, Laura sugere de tempos em tempos que ela e Bo saiam, mas Bo está decidida a mantê-la afastada dos olhos do público, torna-se uma guardiã paranoica quando elas estão na rua, olhando para trás, estreitando os olhos com desconfiança para casais erguendo os celulares para tirar fotos ou fazendo cara feia para pessoas mandando mensagens porque acha que elas estão tirando fotos. Ela está tensa, e Laura não tem certeza do que Bo está protegendo: seu documentário ou Laura. Algumas vezes por dia, Bo liga a câmera e tenta ter uma ideia de como Laura está se sentindo em relação a tudo, mas Laura não vivenciou essa nova versão de sua vida; como poderia, se está enfiada no apartamento dia após dia? Só o que ela sabe de sua vida supostamente nova é o que Bo lê para ela: as mensagens nas redes sociais, os artigos no jornal. São apenas palavras de outras pessoas.

Elas saem para caminhadas pelo rio Liffey, onde é tranquilo, e na terceira noite Bo mais concede do que aceita o convite de Laura de irem assistir ao musical no teatro do outro lado da rua, aquele do qual Laura observa as pessoas saírem com sorrisos radiantes desde que chegou. Mas quando Laura inconscientemente faz barulhos durante o espetáculo, o que provoca uma discussão acalorada entre um segurança e Bo, ela guia Laura para fora rapidamente antes do intervalo.

— Desculpa — diz Laura, puxando o cardigã ao redor dos ombros quando a brisa da noite a atinge.

Elas voltam para o apartamento, Laura se sentindo uma criança repreendida.

— Tudo bem — responde Bo, o estresse em sua voz indicando o contrário. — Quer comer um sushi? — pergunta, olhando o restaurante perto do apartamento.

Laura adoraria um sushi, mas percebe pelo tom de Bo que ela já está farta daquela noite.

— Não, tudo bem. — O estômago de Laura ronca. Ou talvez não seja seu estômago que emita o som. — Vou me deitar cedo.

De novo. Ela tem certeza de que Bo vai levar o laptop para passar a noite no quarto. Ela passa o tempo todo lá dentro desde que Solomon viajou, como se não suportasse ficar sozinha com Laura.

Bo parece aliviada.

Ao entrarem no apartamento, faz exatamente o que Laura esperava.

— Boa noite — diz Bo, e fecha a porta do quarto suavemente.

Laura vai para a varanda e observa o mundo passar.

Cinco dias depois do teste de Laura, as visualizações on-line de Ave-Lira chegaram a cem milhões. A imprensa não se cansa dela. Está faminta por mais informação sobre essa pessoa misteriosa que atraiu interesse mundial. As manchetes dos tabloides gritam: "a ave que viralizou".

O cativeiro autoimposto de Bo no apartamento acaba quando a StarrGaze Entretenimentos intervém. Eles montam uma base para Laura no Abatedouro, e por dois dias inteiros ela faz entrevistas curtas com a imprensa que se aglomerou em bando para falar com ela, com fãs que a filmam e lhe mandam mensagens, presentes, palavras de apoio.

Ela pode se descrever em cinco palavras?
Ela tem namorado?
Gostaria de ter filhos?
O que pensa sobre a desigualdade salarial entre gêneros?
Se fosse uma comida, que tipo de comida seria?
Qual é o seu filme favorito?
Quais são suas dez músicas mais ouvidas?
Twitter ou Instagram?
Se ela estivesse presa numa ilha deserta, qual seria o único
      livro que levaria?
O que a inspira?
Quais são seus sons favoritos?
Quem são seus intérpretes preferidos?
Quais são seus pontos de vista sobre a eleição presidencial
      americana?
Ela tem algum conselho para jovens mulheres?
Qual foi o melhor conselho que alguém já lhe deu?
Qual é a pergunta que ninguém nunca lhe fez, mas gostaria
      que alguém fizesse?

Enquanto Laura está entocada com Bianca há dois dias na coletiva de imprensa no Abatedouro, Bo e Jack começam a discutir.

Ela os ouve enquanto está sentada na tampa da privada num intervalo entre entrevistas, com os olhos fechados e as pernas encolhidas perto do corpo, qualquer coisa para escapar do constante digitar de Bianca no celular. Laura ouve as teclas em sua cabeça. Elas se misturam, cada vez mais rápido, como uma bomba-relógio tiquetaqueando.

— Olá? — Alguém bate à porta, e ela se dá conta de que estava fazendo o barulho. Fica quieta.

— Jack — diz Bo subitamente, a voz alta e furiosa, fazendo os olhos de Laura se abrirem depressa. A voz de Bo escapa pelo sistema de ventilação do banheiro.

— Bo — responde ele em tom brincalhão. — Que bom que você veio me visitar. Como se seus e-mails não tivessem sido o bastante pelos últimos dois dias, é ótimo ser assediado pessoalmente.

— Jack, manter Ave-Lira aqui há dois dias é uma coisa, mas a sua equipe *não pode* levá-la para Cork.

Uma porta bate. Há uma pausa.

— É claro que podemos. Precisamos de filmagens de arquivo para a imprensa e o programa. É a melhor maneira, a não ser que você queira que Ave-Lira vá a Cork com cada um dos jornalistas que pedir uma entrevista, quer? Foi o que pensei. Essa é a melhor maneira de lidar com a situação.

— Mas eu já tenho essas filmagens. São exclusivas para o meu documentário. Na verdade, durante os dois últimos dias eu não consegui prosseguir com o documentário porque você teve total controle de mídia sobre Ave-Lira.

— É porque ela faz parte do programa, Bo! — diz ele, exasperado. — Não é nenhum truque. Ela assinou um contrato que dizia que participaria de encargos publicitários. Você sabia disso, leu o contrato.

— Ele não dizia que eu não poderia me envolver — retruca ela, bufando.

— Ah, vai, amor, você é a única pessoa à qual concedemos acesso à imagem de Laura. Você está recebendo todo o material de bastidores pelo qual todo mundo está implorando. Curt já está quase arrancando minhas bolas por permitir isso. O que mais você quer de mim?

— Eu *não* sou seu amor. Curt *não* é o diretor da StarrGaze Entretenimentos, é *você*. Então vê se cria colhão, porra.

Faz-se silêncio.

— Vê se cria colhão. Humm. Eu já tenho, e acho que você sabe disso.

Laura ouve uma risadinha de Bo e sorri com a interação.

Quando Bo volta a falar, ela amoleceu.

— Jack, meu documentário nunca teve o objetivo de ser observativo, nem um reality show ou um olhar sobre os bastidores. Ele não será uma espécie de subproduto do *StarrQuest*. Ele é uma observação profunda da vida dela. De dentro, não de fora, e, se você não me deixar falar com ela, eu não tenho como aferir como ela está se sentindo.

— Você mora com ela — diz ele, rindo. — Não pode aferir a partir daí?

A privada ao lado é acionada e Laura fica irritada por ter perdido a resposta de Bo.

— Vou falar com Curt — diz Jack — se você sair para jantar comigo. Pra mim seria melhor, já que parar de fumar pela sua atenção é muito difícil.

— Jack — Bo dá uma risada —, você é impossível. Eu tenho namorado, *lembra*?

— Ah, sim, o Príncipe Encantado cabeludo de pavio curto. Mas ele não está viajando?

— Jack... por favor... O que estou tentando dizer é que faço documentários de longa-metragem. Você está comprometendo minha arte. Você deveria entender isso melhor do que qualquer um. Quantas vezes já teve que batalhar pelo que queria fazer com sua música? Eu trouxe Laura para você. Preciso estar mais presente. Você não pode me excluir disso.

O secador de mãos abafa o resto da fala de Bo, então Bianca esmurra a porta do banheiro, quase matando Laura de susto. Estão esperando para a próxima entrevista. É um jogo chamado *Vem tentar a sorte se acha que aguenta a pressão* para o programa derivado de *StarrQuest*, *Execução ou Liberdade*. Aparentemente, envolve meia dúzia de ovos cozidos que cada participante deve quebrar contra a testa. O perdedor será quem descobrir que pegou o ovo cru... quando ele quebrar e escorrer por seu rosto.

Laura perde.

* * *

Faltam duas semanas para a semifinal de Laura. Tem mais um programa de testes ao vivo este fim de semana seguido por uma semana de folga. A segunda-feira seguinte demarcará o início de uma semana de semifinais noturnas, em que um de cinco atos apresentados por noite passará para a final. A edição com audições ao vivo na sequência da de Laura atraiu o dobro da audiência, graças à fama internacional de Ave-Lira, e o número de telespectadores superou o do *Jornal das Nove*, tradicionalmente o programa mais visto da emissora. No entanto, a demanda para que Laura permaneça aparecendo é nítida, tanto por parte da mídia como do *StarrQuest*, que reconhece que o interesse em Ave-Lira implica o aumento da audiência do programa. A multidão de fãs reunida em frente aos estúdios cresce a cada dia; eles acampam na esperança de ter um vislumbre de Ave-Lira. Canais de notícia e outros veículos fazem reportagens tanto sobre Ave-Lira como sobre a obsessão crescente do público por ela, que cresce graças à obsessão da mídia. Uma alimenta a outra. Chovem solicitações dos Estados Unidos, Reino Unido, Europa e Austrália diariamente por uma entrevista com Ave-Lira ou uma forma de aparição. Chega uma oferta do Japão para que Ave-Lira promova uma nova bebida não alcoólica. As longas negociações, encabeçadas por Curtis, sucumbem devido a uma discordância financeira.

Também há solicitações para Ave-Lira fazer eventos particulares, eventos corporativos, eventos de caridade. Agentes e agências competem para representá-la, agências de relações públicas querem ajudar a promovê-la. Ave-Lira precisa de um agente, e ela tem um: de acordo com o contrato que Jack a fez assinar, ela se enquadra como agenciada da StarrGaze Entretenimentos, o que significa que Bo involuntariamente abriu mão do controle de seu objeto de estudo.

Bo liga para Solomon, que ainda está longe filmando *Corpos Grotescos*, e reclama:

— Tenho medo de que todas essas entrevistas ridículas com Ave-Lira façam o documentário perder valor. Estou acostumada a passar anos com um projeto antes de apresentá-lo ao mundo, dedicando-me, editando, pesquisando, dando forma a ele. Mas isso está indo tão rápido. Fui *eu* que encontrei Ave-Lira, *eu* que ouvi a história dela primeiro, e estou com medo de ela ser exposta antes que eu consiga contá-la. E, por favor, não diga "eu te avisei", não é o que eu preciso ouvir agora.

— Bem, então eu não tenho nada a dizer — diz ele, furioso.

Ela suspira, irritada. A negatividade de Solomon não está ajudando. Ela evitou compartilhar suas ressalvas com ele até então por esse motivo, mas agora precisa de ajuda, precisa de alguém para processar a situação.

Só faz uma semana desde o teste inicial, e o frenesi em torno de Ave-Lira está a todo vapor. Mas quanto tempo vai durar? Quando o documentário de Bo finalmente estiver pronto, Ave-Lira pode já ter virado notícia velha. Pior cenário: pode haver uma ressaca de Ave-Lira e ninguém ia querer nem tocar na história. Bo teme que, apesar de ela ter avistado Ave-Lira primeiro, ela será a última a contar a história. Ela odeia que pareça uma corrida; nunca trabalhou desse jeito.

Bo sente garras se estendendo por todos os lados, tentando arrancar um pedaço de Ave-Lira. E, se é assim que Bo está se sentindo, como Ave-Lira deve estar se sentindo? Ela é incapaz de imaginar. E desde quando ela começou a chamá-la de Ave-Lira?

À medida que Bo inteira Solomon do que está acontecendo desde que ele viajou, a raiva dele aumenta.

— Como Laura está? — pergunta.

— Está bem — diz Bo. — Ocupada. Eu mal a vejo.

— Ela sabe que não precisa fazer nada que não queira?

— Mas ela precisa, Sol... Ela assinou um contrato. — Ela mantém a voz baixa para que Laura, no quarto ao lado, não ouça.

Ele fica em silêncio por um momento.

— Ela está feliz, Bo?

— Como caralhos eu saberia? — pergunta ela, cansada. — Ela guarda tudo para si.

— Os sons dela — diz ele, tentando manter a calma. Se ele estivesse ali, saberia de pronto. — À noite, como estão os sons dela?

— Não notei. Ando tão cansada. Acho que me acostumei tanto a eles que parei de ouvir.

Ela consegue dissuadir Solomon de voltar para casa. Ele não pode simplesmente abandonar o trabalho; eles nunca mais o contratariam. Além disso, as coisas ainda não chegaram a um ponto crítico. Ela também lhe diz que tem certeza de que Laura tem uma paixonite por ele e é melhor ele se manter afastado. Isso não é mentira.

Bo sabe que ninguém viu o melhor de Laura ainda, e ela tem tanto mais a dar. Só espera que Laura descubra como domar esse potencial e condensá-lo num ato de dois minutos televisionado ao vivo. Será favorável a Bo se Laura se sair bem na semifinal. Bo não tem como trabalhar diretamente com Laura, mas o programa tem. Ela pega o celular para mandar uma mensagem para Jack com algumas ideias para a próxima apresentação de Laura.

Ao se acomodar para dormir, o cachorrinho novo do vizinho começa a uivar.

E, assim como na noite passada, os uivos tristes e suaves de Laura se juntam aos dele. Bo mentiu para Solomon sobre os sons de Laura; ela não poderia ter contado isso a ele. De qualquer maneira, não foi Solomon que lhe disse que esses sons não passam de imitação, e não uma conversa?

Ela apaga a luz, aperta as cobertas ao redor do corpo e cobre a cabeça com o travesseiro de Solomon para bloquear os sons.

23

Pouco mais de uma semana depois da primeira apresentação ao vivo, Solomon e Laura esperam em cadeiras de plástico em frente ao escritório de produção do estúdio Abatedouro, com a cabeça recostada na parede. Ele acabou de voltar e os dois ainda não tiveram uma oportunidade de conversar. Solomon tenta roubar vislumbres de Laura para ver como ela está; ele não tem certeza se pode confiar nos instintos de Bo em relação ao bem-estar de Laura.

— Sinto como se fôssemos levar uma bronca do diretor — diz Solomon, olhando para ela, então se dá conta de que Laura talvez não faça ideia do que ele está falando já que ela nunca foi à escola. — Desculpa — diz. — Deixa pra lá.

— Mim entende piada — responde ela num sotaque de Tarzan. — Ave-Lira vê TV. Ave-Lira lê livros.

Ele dá uma risadinha.

— Tá bom. Saquei.

No corredor, aparecem pessoas saindo de salas secretas, lançam olhadelas do alto para Laura, sussurram "É ela", então somem de novo. Outros fazem desvios óbvios para passar por ela, analisando-a com olhares de esguelha antes de perceber que o corredor não tem saída, então sendo forçados a passar por ela de novo.

— E aí, alguma novidade? Semana tranquila? — brinca Solomon. Laura ri.

Ele sentiu tanta saudade. Ficar longe dela pareceu uma tortura, mas uma necessidade. Desde que ele a ouviu imitar sua risada naquela noite na cama, soube que precisaria ir embora. Ele devia isso a Bo. Ele devia isso a Laura. Ir embora era a única maneira de escapar dos sons de Laura à noite. Escutá-los era como ser convidado a adentrar seu coração, ler seu diário, e ele não deveria estar ali; mais ainda porque ele queria estar ali. O fascínio que o mundo está sentindo por ela agora é exatamente o que Solomon sentiu na floresta quando a conheceu. Mas sente a apreensão de que, no curto período desde que foi embora, segunda-feira passada, tanta coisa mudou. Nada poderia prever esse nível de atenção, mas a StarrGaze deveria pelo menos ser capaz de lidar com ela. Agora ele se pergunta quem está lidando com ela.

— Como você está se sentindo sobre tudo isso? — pergunta Solomon enquanto alguém tira furtivamente uma foto de Laura, fingindo mandar mensagens com o celular apontado na direção dela.

— Foi uma semana louca. Não tivemos oportunidade de conversar.

— Não. Não tivemos. — Ela imita seu pigarreio desconfortável e sua coçada de barba por fazer no queixo.

O tempo afastado não tinha atingido o objetivo esperado de ajudá-lo a esquecê-la. No exato momento em que Solomon tentou se afastar dela, tirá-la da cabeça, o universo começou a conspirar contra ele. Ela foi o assunto da semana toda. "Você viu aquela garota?" Até mesmo Paul, estrela de *Corpos Grotescos*, o programa que o levara à Suíça, perguntou sobre ela a Solomon um dia na sala de espera, fora das câmeras.

A princípio Solomon não queria falar sobre Laura, mas ele logo descobriu que fingir que não fazia ideia de quem era Ave-Lira só levava a outra pessoa a começar a lhe contar tudo sobre ela, como se parecia, como desperdiçara tempo antes de impressionar todo mundo. Então ele mudou a resposta, admitindo que a vira, torcendo para isso encerrar a conversa, mas em vez disso ele se via tendo que ouvir conjecturas sobre se havia um gravador escondido; e como ela conseguira isso se não havia como esconder nada naquele vestidinho, huhuhu.

Felizmente, ninguém, fãs ou imprensa, descobrira até agora onde Laura está morando. Quando não estava no estúdio conhecendo fãs e sendo fotografada e filmada ou tirando medidas para o figurino da apresentação seguinte, Laura ficara enclausurada no apartamento.

Ela fora fotografada comprando flores na Grafton Street — uma foto armada por paparazzi — e andando em Stephen's Green. Em especial, alimentando os patos. AVE-LIRA ALIMENTA AS AVES. Ela vai ganhar mais do que migalhas depois que o programa terminar, observou um jornalista de tabloide espertinho. Os rendimentos de Ave-Lira advindos de possíveis reality shows, ensaios de revistas, entrevistas e apresentações foram especulados. Se eles soubessem como ela de fato passava os dias — sentada dentro do apartamento com a TV desligada ou na varanda olhando a água, imitando o passarinho na gaiola da varanda vizinha —, Solomon não conseguiria dizer se ficariam fascinados ou entediados. Ela adoraria ter passado o tempo cozinhando, mas infelizmente Bo não liga para comida, o que aumenta ainda mais a tensão entre elas.

— Estou bem — responde Laura.

Ela faz um som de estalo, de chiclete na boca. Solomon sabe imediatamente que ela está se referindo a Jack.

— O que tem ele? — pergunta.

É um alívio estar com alguém que entende o que ela quer dizer. Bo ainda não entende a maior parte do que ela diz. Ainda não entende as conexões. Pensa que Laura é como uma máquina quebrada cuspindo sons aleatórios, não entende as conexões subentendidas. Nem Jack, nem Bianca, basicamente todo mundo, com exceção de Rachel, mas acima de tudo Solomon. Não é nem um pouco complicado para Solomon, por mais que Bo pense que ele e Laura estejam falando uma língua secreta. Não é secreta; ele presta atenção, só isso.

— Jack não gosta de você — conta ela.

— Chocante, não é?

Ela não ri. Seu coração está apertado. Ela sabia que a decisão de entrar para o programa era dela, mas o único motivo para ter aceitado foi por pensar que isso a manteria com ele. Em vez disso, a decisão parecia tê-lo feito escapar. Ela não o viu a semana toda, e ele parece tão distante. Nem um único telefonema.

Ela trança as franjas de camurça da barra do vestido, a desfaz e começa de novo.

— Você deveria estar lá dentro com eles — diz Solomon. — Bo e Jack estão falando sobre você, planejando coisas por você.

— Prefiro ficar aqui — diz ela sem rodeios. Então muda de assunto, com esperanças de aliviar o clima. — O que você estava filmando na semana passada?

Ela está tentando fingir que não está brava com ele por tê-la abandonado, que não está brava consigo mesma por estar brava com ele. Bo é a namorada dele. Bo. Não ela. Bo é tudo o que Laura não é, o que jamais poderia ser, jamais desejaria ser.

— Estávamos filmando um homem com testículos de sessenta quilos.

Ela arregala os olhos e começa a rir.

— Eu sei que é engraçado, mas é triste. Ele mal conseguia andar, os negócios não paravam de inchar. Ele não tinha uma vida; não até a cirurgia desta semana. Vai levar um tempo, mas futuramente ele vai conseguir andar, arrumar um emprego, comprar calças que sirvam. Igual à mulher com três peitos.

— Acho que é nesse programa que eu deveria estar.

— Não tem nada de grotesco no seu corpo — diz ele e, por mais que tente impedir, sente o rosto esquentar. Ele recosta a cabeça na parede, fecha os olhos e torce para o rosto esfriar. — Quer dizer, não tem nada de grotesco no corpo de *nenhum* deles. É um nome idiota. Eles só são diferentes.

— Huum. Mas eu sou esquisita.

— Laura… — Ele olha para ela, mas ela não faz contato visual. Está ocupada se concentrando nas franjas em suas mãos. — Você não é esquisita — diz ele com firmeza.

— Eu li nos jornais. "Ave-Lira é misteriosa, sobrenatural, excêntrica, estranha." "A habilidade bizarra de Ave-Lira…" Todos estão dizendo que sou esquisita.

— Laura — diz ele, com tanta firmeza que parece bravo.

Ela ergue o olhar para ele com surpresa. Para de retorcer as franjas uma na outra.

— Não leia essa merda, escutou?

— Bo me disse que eu deveria ler.

— *Nunca* leia essa merda. E, se ler, nunca acredite em nada. Nas coisas boas nem nas ruins. Você não é esquisita.

— Tá bom.

Solomon parece tão furioso que Laura fica em silêncio por um momento, sem saber o que dizer. Ela não consegue deixar de notar como o pescoço dele se alargou, como os olhos se anuviaram e as sobrancelhas franziram, a testa formando um vinco furioso. Sua voz engrossou, carregando uma aspereza. Ele recosta a cabeça na parede e ergue o olhar para a luz, respirando lentamente, as narinas inflando, o pomo de adão parecendo maior do que o normal; talvez seja a raiva, talvez seja o ângulo. Até sua raiva tem sons.

Solomon olha subitamente para ela.

— O quê?

— Eu faço esses sons? — pergunta ele.

Laura não sabe bem que sons fez, mas imagina que sim.

— Eu pareço um cavalo arfando depois de uma corrida.

Ela dá de ombros. Está pensando numa coisa.

— Eu e Bo fomos ao teatro em frente ao apartamento.

Ele olha para ela, surpreso, pois não fazia ideia disso.

— Que bom.

— A ideia foi minha. Uma ideia idiota. Nós tivemos que sair. O segurança disse que meus barulhos estavam distraindo os atores. Que me ajudariam a encontrar outro lugar para me sentar.

— Quem ele era? — pergunta Solomon, pensando que ficará na frente do teatro esperando o cara sair do trabalho.

— Ele foi bastante gentil. Pensou que houvesse algo *errado* comigo. Quer dizer, obviamente *há* algo errado comigo, porque nós tivemos que ir embora.

Seus olhos se enchem de lágrimas, e ela desvia o olhar, odiando se mostrar chateada na frente dele, mas ela não teve ninguém com quem compartilhar esses pensamentos, ninguém além de si própria, e está enlouquecendo. Falar com Bo é como falar com uma esponja não absorvente.

— Laura — diz Solomon gentilmente, pegando a mão dela.

O toque dele é tudo para ela. Tem o efeito de revivê-la, tirar seu coração daquele lugar opressivo.

— Sinto muito, eu não sabia. Bo não me contou... — Ele está tão furioso. Com Bo. Com o mundo. A mão dele aperta a dela com firmeza e depois afrouxa, aperta e afrouxa, de novo e de novo, como se a massageando. — Me deixe te contar sobre o seu dom, Laura. As pessoas sempre dizem que não gostam de ouvir a própria voz, sabia? Normalmente, quando as pessoas se ouvem, elas se encolhem de vergonha ou ficam surpresas pelo jeito como soam. Nós nos ouvimos de um modo diferente. O que você faz... — Ele para quando outra pessoa se aproxima. — Este corredor não tem saída — diz bruscamente, e a menina fica roxa e volta por onde veio. Quando ela faz a curva há risos e risadinhas de um grupo de meninas. — Acho que o que você faz é permitir que as pessoas ouçam as pessoas e o mundo exatamente como são. Sem filtros. E, nesse mundo, qualquer coisa bruta e intocada é uma puta raridade. As pessoas gostam de te ouvir pelo mesmo motivo pelo qual elas gostam de assistir a filmes ou contemplar obras de arte, ou ouvir música. É a interpretação de outra pessoa sobre o mundo, não a delas mesmas, e você o captura bem como é. O que você tem é um dom. Você não é esquisita; e nunca deixe que ninguém te diga isso.

Os olhos de Laura ficam cheios d'água, e ele quer abraçá-la, mas não pode porque sabe que é errado. Ela quer se recostar nele, mas não pode por causa desse escudo que ele às vezes saca, erguendo-o e baixando-o como uma divisória para manter a privacidade numa limusine.

A porta do escritório de produção se abre e Bo pisa para fora. Ela vê os dois colados, Solomon segurando a mão de Laura.

Laura solta a mão dele.

— Jack quer te ver — diz Bo friamente.

— Quer que eu entre com você? — pergunta Solomon.

— Não, é particular — responde Jack detrás de Bo.

Laura entra na sala sozinha enquanto Solomon encara a parede à sua frente, lutando contra a raiva que corre por seu corpo. Ele se ouve pela primeira vez, parecendo um cavalo cansado. Lembra-se da sensação da pele e do osso sob seu punho. Jack está olhando feio para ele, desafiando-o a agredi-lo de novo, incitando-o, querendo uma desculpa para expulsá-lo do prédio de vez. Jack quer que ele o agrida, e Solomon quer agredi-lo. E vai, mas está esperando uma boa oportunidade.

— Não levou muito tempo para vocês voltarem a dar as mãos — diz Bo maliciosamente, sentando-se na cadeira ao lado de Solomon e olhando o celular enquanto fala. — Bela forma de se afastar.

— Ela estava chateada.

— Então você a reconfortou. Apropriado.

Solomon reprime o impulso de sair batendo pé. Ele aguenta sentado.

— Ela me contou o que aconteceu no musical.

Bo olha para ele, pronta para outra discussão, mas não tem energia. Esfrega os olhos com cansaço.

— Ela estava imitando a orquestra, Sol. Ela ficava tentando acertar o som do trombone, sem parar. Eu não sabia o que fazer, então a levei embora. Não quis te contar porque você ficaria puto e chateado.

— Foi exatamente o que aconteceu — diz ele, espumando de raiva.

— E que bem isso faria se você estava longe, em outro país? — pergunta ela suavemente. — Eu lidei com a situação da melhor forma que consegui.

— Ela ficou chateada.

— Eu falei para ela que não foi culpa dela. — Bo suspira. — Ela se abre mais com você do que comigo, você sabe disso.

Eles ficam em silêncio. Ele se acalma. Não pode ficar bravo com Bo. Ele está com raiva de si mesmo porque não estava lá.

— Essa reunião foi um desastre da porra — diz ela finalmente, baixando o celular e esfregando o rosto. — Jack está falando sobre mandá-la para a Austrália nos próximos dias. Melbourne e talvez Sydney. Ele diz que a trará de volta antes de segunda-feira para as semifinais.

— Austrália? Por alguns dias? Isso é ridículo. Ela vai ficar exausta — diz Solomon, aprumando as costas.

Isso parece passar pela cabeça de Bo pela primeira vez.

— Por quê? Com que você estava preocupada?

— Nós não poderemos ir. Algum acordo de exclusividade com a revista e o programa de TV australiano. Não permitem nenhum veículo não relacionado ao *StarrQuest*. Deveríamos estar fazendo um documentário sobre ela, e ele está tirando-a de nós, *de novo*.

Ele sente aquela frustração transbordante familiar de quando Bo demonstra egoísmo frio.

— Você é desprezível, Bo. — Ele se levanta e sai andando.

— Como está minha Ave-Lira? — pergunta Jack, pegando Laura pelo braço e apertando-a com firmeza. Ele dá um sorrisinho. — Que puta semana estamos tendo, não é?

Ela assente.

— Desculpa pelo palavrão, parece errado xingar perto de você. Você é angelical demais. — Ele a leva até um assento e vai se sentar do outro lado da mesa. Observa-a pensativamente. — Você não é, é?

— O quê?

— Um anjo?

— Não. — Ela sorri.

Ele retribui o sorriso e tamborila os dedos na mesa.

Ela imita o som.

— Tem razão. Eu preciso de um cigarro. Parei de fumar há uma semana.

— Por Bo — diz ela.

Ele a olha com surpresa, então abre um sorrisinho.

— Você não deixa passar nada.

Ela faz o som de chiclete.

— Boa ideia. Cadê meu chiclete?

Enquanto ele vasculha as gavetas da escrivaninha, Laura analisa as paredes.

— Você não saberia, por acaso, se eu tenho chance, saberia? Com Bo?

— Bo Peep? — Ela ergue a sobrancelha. — Ela está com Solomon.

— É, o amante cabeludo. Ela deveria largar aquele fracassado. Me conta: você mora com os dois, eles são felizes?

Laura rosna para ele, do mesmo jeito que Mossie fazia ao ouvir um barulho que não conseguia identificar em meio às árvores.

— Tá bom, tá bom. — Jack joga um chiclete na boca.

Laura volta a atenção às paredes. Discos emoldurados, prêmios, artistas que ela reconhece, outros que não reconhece, o da própria banda dele, Jack Starr and the Starr Gazers.

— Você gosta de música? — pergunta ele.

Ela assente. Faz o som estalado do vinil, como lenha queimando na fogueira, aquele som confortável, aconchegante, memorável.

Ele arregala os olhos.

— Meu Deus. Você ouvia vinil?

— Mamãe e Gaga amavam jazz. Billie Holiday, Miles Davis, Nina Simone, Louis Armstrong… — Ela cantarola a melodia de "I'm a Fool to Want You", mas o som é grave e rouco, diferente da voz de uma jovem. — A música favorita de Gaga — explica.

Ele balança a cabeça, admirado.

Desconfortável sob os olhos fixos dele, ela desvia o olhar.

— Imagino que você nunca tenha ido à Austrália — diz ele.

— Não. — Ela sorri.

— Bem, eles querem você. Ah, como querem. O maior programa de entrevistas de lá te convidou. Não existe criatura australiana, com exceção do coala, mais firmemente estabelecida na opinião pública do que a ave-lira. Mas você é completamente diferente. O coala é como uma centena de estrelas pop que poderíamos nomear, todas pitorescas e acessíveis, mas você é elusiva, exclusiva. Cara, se você fosse lá… Bem, é o melhor momento para nós, para o programa. Estamos tentando entrar no mercado australiano há um tempo, e acho que isso nos dá uma abertura. As emissoras queriam ver se conseguiríamos atrair o interesse do público e agora já viram. Cem milhões de visualizações… — Ele confere o celular. — Cento e onze milhões de visualizações. — Ele dá uma risada. — Enfim, você não precisa se preocupar com nada disso, só ganha a oportunidade de fazer uma viagem de graça. De ir ao maior programa de auditório do país. Posar com uma ave-lira para a imprensa. Fazer uma sessão de fotos para uma revista. Então voar de volta para a semifinal na segunda-feira. O que acha?

— Isso tudo parece... incrível. — Ela sorri, incapaz de acreditar. — Os outros também vão?

— Que outros?

— Os outros participantes. Acho que a maioria deles não gosta de mim.

— Eles sentem ciúmes. — Ele sorri. — É uma competição, e você deu um banho neles. E não, eles não vão. Essa viagem é só sobre você.

Ela morde o lábio, preocupada com isso.

— Não se preocupe, todos eles também estão dando entrevistas. Eles provavelmente até fizeram mais, na verdade, mas você está recebendo toda a atenção. Se eu chamasse qualquer um deles para ir nessa viagem, eles nem pensariam antes de deixar todo mundo para trás. É uma competição, Ave-Lira. Então, você precisa passar os dados do seu passaporte para Bianca para podermos agendar os seus voos.

— Ah... Eu não tenho passaporte.

— Tudo bem — diz ele em tom encorajador. — Temos alguns dias, podemos providenciar um. O programa já teve que providenciar passaportes urgentes antes. O escritório de emissão de passaportes é ótimo. Fãs do programa. Você só precisa entregar sua certidão de nascimento para Bianca. Não se preocupe se ela estiver em Cork. Podemos pegar uma cópia com o registro de Dublin.

Laura o encara, boquiaberta, sem saber o que dizer. Ele interpreta errado. Dá uma risada.

— Eu falei para você não se preocupar. Esse programa toma conta de todas as suas necessidades. — Ele estende as mãos com grandiosidade.

Laura engole em seco.

— Não, não é isso... Eu não tenho certidão de nascimento.

O sorriso dele murcha.

* * *

Bianca, Curtis e Jack se reúnem no escritório para o que Laura entende como uma reunião de crise. Curtis e Jack observam Laura, que olha para Bianca enquanto ela lê uma lista de documentos necessários para obter um passaporte.

— Registro de batizado?

— Ela já disse que não — diz Jack, ficando irritado.

— Registros escolares.

— Eu recebi educação domiciliar.

— Tá, mas os exames oficiais teriam seu registro.

— Eu não fiz os exames oficiais.

— Tá bom, legal — diz Bianca, baixando o olhar para seu material impresso do escritório de emissão de passaportes. — Uma carta de alguém que te conhece desde nova dando fé que você nasceu na Irlanda. — Ela ergue o olhar para Laura. Todos fazem o mesmo.

Jack dá uma risada.

— Bem, isso deve ser fácil. Conhece alguém que sabe que você nasceu?

Curt dá uma risadinha para adular Jack.

— Não. — Os olhos de Laura se enchem de lágrimas. — Desculpa.

— Tá bom, calma. Tem algo estranho aí. Você precisa nos contar o que está rolando — diz Jack gentilmente, e Curtis empertiga as costas, todo ouvidos.

PARTE 2

Uma criatura solitária, a ave-lira pertence à selva. Ela não pode, nem vai, subsistir em áreas descampadas e povoadas. Por ser uma ave dócil e tímida, muitas aves-liras já foram capturadas com vida e sujeitadas a análises por naturalistas experientes. O resultado é que a ave-lira esmorece em cativeiro e rapidamente perece.

Ambrose Pratt,
The Lore of the Lyrebird

24

Depois de Laura compartilhar sua história com Curtis e Jack, a StarrGaze Entretenimentos agenda uma entrevista com o maior programa de rádio da Irlanda, uma entrevista abrangente que revela detalhes exclusivos nunca-antes-falados sobre sua década de vida solitária no chalé dos Toolin, e uma discussão sobre sua inabilidade de conseguir um passaporte. A partir disso, segue-se um debate ao vivo sobre como Laura ou qualquer um na situação muito incomum de Laura pode conseguir um passaporte. Cidadãos comuns e oficiais do governo telefonam com dicas e conselhos e contam as próprias histórias. O gabinete do deputado local promete ajudá-la.

Depois de um dia exaustivo, sentindo-se completamente exaurida por se abrir, compartilhar sua história pessoal, para estranhos que lhe esmiuçaram a alma, Laura volta ao apartamento. Ela se recosta contra a porta, olhos fechados, a enxaqueca atingindo o auge.

— Você acabou de compartilhar nossa história exclusiva com a porra da nação inteira!

Laura abre os olhos.

Bo está parada na frente dela, mãos nos quadris. Laura nunca a viu tão furiosa.

— Isso é um problema? — Laura olha com nervosismo para Solomon, que acabou de sair do quarto para ver qual era o motivo da comoção.

Isso enfurece ainda mais Bo, que Laura não pare de se voltar para Solomon em busca de apoio. Ela o está usando como sua cláusula de renúncia. Pobre garotinha da montanha que não consegue tomar decisões sozinha, quando acabou se provando muito mais safado que qualquer um deles poderia imaginar.

— É claro que é um problema — responde Bo com rispidez. — Você me disse que ia ao vivo falar sobre um passaporte. Não revelar *tudo*.

Laura olha para ela com surpresa.

— Você está fazendo o documentário *comigo*, lembra? Deveria estar *me* contando sua história, e em vez disso está planejando viajar para o outro lado do mundo e contando tudo para as revistas de fofoca. Ah, sim, eu soube dessa também.

Laura engole em seco, nervosa. Ela emite um som.

— Não começa com isso, Laura, sério. Às vezes você começa com essa merda para evitar o assunto. Somos adultos. Comece a agir como uma.

— Bo — intervém Solomon. — Para com isso.

Bo o ignora e continua:

— Eu te achei, te trouxe pra cá, te arrumei a vaga no *StarrQuest*, te hospedei, estou te alimentando, te dando um lugar pra dormir…

— Bo, para…

— Não, não me interrompa. — Ela ergue a voz. — O combinado era que você dividiria sua história com a gente, não que nos usaria para ir cada vez mais alto. — Ela olha Laura de cima a baixo, para as roupas e a pilha de revistas que carrega. — Eu vejo você lendo isso o dia todo, vejo que tem um novo guarda-roupa, óculos escuros de marca. Você quer ser famosa, Laura, é essa toda a questão?

— Bo! Cala a boca! — Solomon grita com toda a força, o que assusta Laura, mas Bo nem pisca.

— Não se meta, Sol. Laura não deveria ser da sua conta — sibila. O que significa tantas coisas.

— Não, tem razão, ela é seu bebê e do Jack, não é? Vocês dois têm direito de brincar de Deus com a vida de outra pessoa. Você acusa Laura de querer glória? Vocês dois são os piores.

Enquanto eles trocam gritos ofensivos, Laura olha espantada de um para o outro. Os olhos se enchem de lágrimas, as mãos tapam os ouvidos do terrível som, do veneno, da raiva e do ódio emanando de duas pessoas que deveriam se amar.

— Parem! — grita, esganiçada.

Ambos olham para ela. Laura está tremendo e olha diretamente para Bo.

— O programa comprou essas roupas para mim. Eu preciso devolvê-las quando ele acabar. Bianca me deu essas revistas. Cada uma delas pediu uma entrevista ou sessão de fotos comigo. Eles queriam que eu as folheasse para decidir. Eu disse não para todas. A única para a qual eu disse sim vai me pagar. Caso não tenha notado, eu não tenho dinheiro nenhum. — A raiva aparece em sua voz ao dizer isso. — Não posso pagar pela minha comida porque não tenho dinheiro. Não posso pagar pelas minhas roupas porque não tenho dinheiro. Não posso comprar nada para você ou lhe dar nada como recompensa pelo que fez porque não tenho dinheiro.

"E, além de não ter dinheiro, eu não podia tirar um passaporte. Não tenho certidão de nascimento. Não tenho registro de batizado, registros escolares, nem mesmo uma carta de alguém que possa atestar que nasci na Irlanda. Eu tive que ir a uma rádio nacional para contar minha história de vida para conseguir um passaporte — diz, lágrimas de frustração brotando em seus olhos. — Você sabe como foi humilhante? Acha que eu *queria* fazer isso? Ao que parece, o contrato que você me incentivou a assinar decreta que sou obrigada a cumprir todas as campanhas promocionais que o *StarrQuest* exigir de mim. A Austrália está incluída nisso, mas não precisa se preocupar porque não parece que eu vou conseguir um passaporte porque não existe ninguém no mundo para ser testemunha do meu nascimento ou existência.

"Nosso acordo, Bo, era que você me acompanhasse enquanto eu tento seguir a vida. E eu aceitei sua proposta porque não tinha opção. Você me disse que Joe não me queria mais no chalé, e, considerando que eu não tinha mais para onde ir, só o que pude fazer foi segui-la. Você me encorajou a participar desse programa de calouros porque disse que me traria opções. Essa sou eu, tentando tomar uma decisão, construir alguma coisa para mim da única forma que sei. Eu não faço ideia do que estou fazendo, mas confiei em você. — Isso ela diz para Solomon, a voz embargada. Então, voltando-se para Bo, continua: — Você deveria me seguir, mas o que eu estava fazendo, na verdade, era seguir você. Você era a única pessoa que eu tinha para me ajudar, e não faz ideia de como sou grata a tudo o que você fez por mim. Eu tento cozinhar o máximo possível para demonstrar minha gratidão, tento ficar no meu quarto ou na varanda o máximo possível para dar privacidade a vocês dois. Bo, eu realmente tento não dar trabalho. Estou fazendo o que posso."

Laura parece tomar uma decisão, porque as lágrimas cessam e uma determinação surge em seu rosto.

— Infelizmente, em vez de construir algo, estou claramente destruindo as coisas. Vou honrar o documentário porque sou uma pessoa honesta e grata a você, mas acho que o melhor a fazer é sair daqui. Deixar você em paz. Não quero causar mais problema a vocês dois. — Ela olha para Solomon com os olhos cheios d'água. — E certamente não quero me meter entre vocês dois. — Ela se vira e segue para a porta.

— Laura, você não precisa ir embora — diz Solomon, sentindo a dor assomar em seu peito.

— Preciso, sim — diz ela baixinho, fechando a porta do quarto às suas costas.

Solomon se vira para Bo, o rosto fulminante.

— Vai em frente, Solomon — diz ela, mostrando os dentes. — Me acuse mais uma vez de alguma coisa que eu disse ou fiz, e eu vou me esgoelar. Ela não tem como ir a lugar nenhum de qualquer maneira. — Ela abaixa a voz. — Para onde ela iria?

Solomon pensa. Bo tem razão. Laura não tem para onde ir, o que faz com que ele se sinta profundamente aliviado e triste por ela ao mesmo tempo. Mas ele precisa se afastar de Bo depressa antes que diga ou faça algo de que vai se arrepender.

— Vou sair daqui — diz, pegando a jaqueta. — Porque, nesse momento, eu não suporto olhar para você nem ficar minimamente perto de você.

— Que bom. O sentimento é mútuo.

— Vou sair do documentário. Não quero ter nada a ver com ele — adiciona furiosamente, sem pensar direito.

Ela se demora, então responde com menos confiança:

— Que bom.

— Começou como algo lindo, mas você o tornou feio.

— Ótimo, valeu.

— Você está me ouvindo, Bo?

— Em alto e bom som, o bullying verbal de novo. Eu sou uma pessoa horrível, Solomon, e você é um santo. Saquei. Por que você não foge e deixa que os outros limpem a bagunça? Daí pode subir no seu pedestal como de costume e culpar todo mundo menos você.

— Vai se foder — responde ele, pegando as chaves e batendo a porta ao sair.

Deixada em silêncio, Bo se senta no sofá, pulsando de adrenalina. Ela rói a cutícula, o pé quicando para cima e para baixo, fingindo não se importar com nenhum dos dois. Mas ela sente a fisgada no dedo e sente gosto de sangue e é claro que se importa. Ela apostou todas as fichas nesse documentário. Um financiamento, promessas a investidores, sua reputação. Seu relacionamento. Tudo.

Laura não está nem se mexendo no quarto, não há nenhum som de que está fazendo as malas. Bo duvida que ela vá embora. O que disse para Solomon era verdade: Laura não tem para onde ir. Conforme os minutos passam em silêncio, ela se acalma; talvez tenha sido dura demais com Laura sobre o programa de rádio. Afinal, como Laura poderia falar sobre não conseguir tirar um passaporte se não contasse toda a sua história? Não é totalmente culpa dela, a situação saiu do controle. Ela foi mal gerenciada, mas quem poderia planejar esse nível de insanidade?

Há uma batida na porta. Bo se levanta para atender, presumindo que seja Solomon, mas, ao estender a mão para a maçaneta, se lembra de vê-lo pegando a chave.

Ela pausa.

— Quem é?

— Bianca, do *StarrQuest*. Uma pessoa lá embaixo me deixou entrar.

Bo abre a porta.

— O que você está fazendo aqui?

— Oi para você também — diz Bianca. — Vim buscar Ave-Lira. Reservei um hotel para ela.

Bo a encara, boquiaberta.

— Mas você não pode levá-la embora.

Bianca franze a testa.

— Eu não estou levando-a embora. Ela me ligou. Oi — diz, olhando por cima do ombro de Bo.

A mente de Bo está a mil. Ela deveria ligar para Sol, ele não deixaria que isso acontecesse, mas, quando termina de processar tudo e decide procurar o celular, Laura já está partindo com Bianca, as mãos cheias de bolsas com seus pertences.

Laura se vira para Bo.

— Agradeço tudo o que você fez por mim. Obrigada por me deixar ficar na sua casa, mas você tem razão, Bo, eu sou uma adulta e não preciso de cuidado.

Bo a encara boquiaberta enquanto Ave-Lira voa para longe da sua vida.

Num hotel no centro da cidade, andando de um lado para outro pelo quarto apertado, Laura sente o coração martelar de pânico.

O que foi que ela fez, o que foi que ela fez? Ela cortou relações com as pessoas de quem realmente precisa. No entanto, apesar do medo, sabe que fez a coisa certa. O ambiente do apartamento estava tóxico. Ela tinha que se afastar deles, e não era Solomon que estava aos poucos cortando relações com ela? A princípio era vai e vem, então ele desapareceu e cortou relações por completo. Ela pode ter morado sozinha por boa parte da vida, mas ainda assim sabe interpretar as pessoas.

O telefone toca, dando-lhe um susto.

— Alô.

— Aqui é Jane, da recepção, srta. Button. Tem um homem aqui chamado Solomon querendo vê-la. Devo mandá-lo subir?

Seu coração martela.

— Sim, obrigada. — Ela mal consegue respirar.

Corre para o banheiro e joga água no rosto. Pensa em milhões de coisas para dizer. Como se recusa a voltar ao apartamento. Ou talvez não recuse nada, talvez seja exatamente isso que ela quer. Ele a salvou de novo. Ele vai tirá-la desse hotel onde ela não quer estar, de qualquer forma.

Uma batida soa na porta.

Laura não confia em si mesma quando está no mesmo cômodo que Solomon. O que está sentindo por ele é errado. Ela prende a corrente na porta antes de abri-la.

Os olhos escuros de Solomon se cravam nos dela. Ela engole em seco. Ele olha para a corrente, magoado.

— Eu entendo se não quiser me ver, eu não te culparia depois do que fizemos. Quero pedir desculpas por tudo. Desculpa pelo que Bo disse hoje, desculpa por ter pedido para você participar do *StarrQuest*, desculpa por ter abandonado você esta semana, desculpa por ter te tirado de sua casa. Desculpa por tudo.

O coração de Laura martela. Ela mal consegue pensar direito com tudo o que ouve.

— Eu não te culpo por sair do apartamento. Você tem razão, e não te culpo se nunca mais quiser ver nenhum de nós dois. — Ele baixa o olhar. — Eu só vim aqui dizer que sinto muito. Você está certa em pensar que ficará melhor longe de nós. O programa vai tomar conta de você. Tem muita coisa te esperando lá fora.

Ela sente a mão dele na dela, baixa o olhar e vê que ele a passou pela fresta na porta. O toque dele é suave, e seu corpo formiga. Ela é tomada por uma onda de adrenalina, uma doce tristeza. Sente a dor do seu adeus. Ele está escapando, ela está assistindo a isso acontecer, e o coração dela martela e martela como um tambor de guerra. Ela queria que ele a tirasse dali. Queria que ele dissesse que eles a queriam de volta. Em vez disso, ele a está deixando ir.

— Se você precisar de mim — diz ele, envergonhado em sugerir isso depois de tudo o que sente que fez —, eu estou aqui. Eu sempre estarei aqui.

Então, antes que tivesse tempo de terminar a frase, sua mão vai embora, assim como ele, deixando Laura encarar, sem fôlego, uma fresta vazia.

A dor de cabeça parece se transferir para o coração; seu peito todo dói. Ela desliza pela parede, empurra a porta para fechá-la e fica sentada no chão até que o cômodo fique escuro, sentindo mais uma grande perda em sua vida.

O que foi que ela fez?

25

Laura estava errada sobre a sorte de Bo. Os rumos de seu documentário vão de mal a pior à medida que o público demonstra apoio a Ave-Lira. Antes que se desse conta do que estava acontecendo, Laura recebeu um passaporte de emergência para viajar à Austrália. A Boca a Boca Produções definitivamente não tem permissão para acompanhá-la na viagem. Depois da revelação da vida triste e solitária de Ave-Lira, ela assegurou seu lugar no coração da nação. Eles querem ajudá-la o máximo possível.

No domingo à noite, levando uma nova mala de mão pequena, Laura embarca num voo para a Austrália. Ela chegará na terça-feira de manhã, às 6h25. Vai dar entrevistas e fazer um ensaio fotográfico na terça, a grande aparição televisiva na quarta, então deixará a Austrália na quinta às 22h25, chegando a Dublin no sábado à noite por conta das escalas. Dois dias na Austrália. Ela voltará a tempo de sua apresentação na semifinal na segunda-feira.

Embora vá chegar cedo, Laura tem que começar a trabalhar ao meio-dia. A suposição é que terá descanso de sobra na primeira classe durante a viagem de vinte e três horas. Na realidade, ela mal fechou os olhos: havia tanto para absorver, para processar. Nunca estivera num aeroporto antes, nem num avião, e depois de embarcar ela não parou de imitar os sons; para a profunda frustração do comissário de bordo, inclusive o bipe do botão de chamada. Ele parou de vir depois da quarta vez, mas então, quando ela realmente precisou que ele a ajudasse com a bandeja, ele não apareceu.

Ela fica de olhos arregalados e alerta no caminho para o hotel. Há tanto para ver. No aeroporto foi recepcionada por mais fotógrafos e repórteres, então foi enfiada num jipe preto. Ela é levada ao Langham Hotel, para uma linda suíte. Ela mergulha num banho de banheira e está começando a cochilar quando Bianca telefona para avisá-la que o carro está pronto para levá-la para a sessão de fotos nas montanhas Dandenong.

Laura está sentada no banco traseiro do carro, quieta, sem conversas entre ela e Bianca, e fica feliz com isso. Tem tanto desse novo mundo para absorver. Os novos sotaques, sons, cheiros, o novo visual. Apesar de querer mergulhar no que lhe parece um novo mundo, ela não consegue deixar de se sentir deslocada. É como se lhe faltasse um pedaço, um pedaço que ela deixou em casa. Ela está com saudade de casa. Sentiu-se assim duas vezes na vida: quando se mudou da casa da família para o chalé dos Toolin e quando se mudou do chalé para Dublin. Ela se sente desconectada, como a mesma pessoa, mas no lugar errado. É uma sensação surreal, enquanto todo mundo segue normalmente à sua volta.

Foto com Ave-Lira, é só o que diz a programação, mas o que Laura descobre ao chegar é que o cenário da sessão de fotos é um espaço para casamentos elegante e encantador chamado Lyrebird Falls, localizado no meio da floresta perene da cordilheira Dandenong Ranges, nos arredores de Melbourne.

Uma equipe a espera. Ela aperta tantas mãos e ouve tantos nomes que saem imediatamente da sua cabeça, mal consegue olhar ao redor antes que seja colocada numa cadeira para fazer o cabelo e a maquiagem. Todo mundo é amigável e tagarela, todo mundo está vestido de preto, mas ela não consegue deixar de se sentir desconectada, como se estivesse vendo tudo de fora, observando todo mundo. Ela não consegue se sentir presente no momento.

Todos viram seu teste no *StarrQuest*. Todos fazem perguntas educadas sobre seu talento: onde ela aprendeu aquilo, como ela aprendeu aquilo? Ela não tem respostas para eles, que recaem num silêncio educado. Bianca lhe diz que ela deveria ensaiar algumas dessas respostas em sua mente para entrevistas futuras. Laura remói todas essas perguntas, nunca tendo precisado analisar tanto a si mesma e suas ações na vida. Por que ela faz as coisas que faz, por que é a pessoa que é? Laura se pergunta por que essas coisas têm alguma importância para as outras pessoas.

Apesar de a equipe de beleza ter familiaridade com sua apresentação de teste para o programa, eles ficam preocupados com as verbalizações espontâneas. A figurinista abre o zíper de uma bolsa, Laura a imita.

— Você está bem?

Uma arara fantástica magicamente se desdobra de uma bolsinha, e ela começa a pendurar as roupas.

Laura imita o som do spray de cabelo.

— Você precisa de água?

— Está ensaiando?

O que não foi explicado na multidão de artigos impressos e nas redes sociais dedicados a Laura Ave-Lira Button é que esse "dom" que ela tem é completa e absolutamente natural. Não é criado, inventado, concebido como parte de um ato. Ele vem de dentro, faz parte dela. É sua compleição, sua função, sua forma de se comunicar, assim como outros têm seus próprios modos. Não há menção à sua espontaneidade, sua excentricidade, se podemos dizer assim. É quase como se isso não fosse visto, não quisesse ser visto, como se os únicos dons levados a sério atualmente fossem os fabricados, cuidadosamente embalados e bem-apresentados ao mundo. Ela não pode ligá-lo e desligá-lo como um chuveiro; ainda assim, é deixada para Laura a tarefa de controlá-lo, por mais que eles soubessem o que estavam recebendo desde o começo.

Nem uma vez sequer Solomon lhe pediu que parasse ou perguntou por que ela fazia aqueles sons. Nem uma vez. Laura se sente desnorteada e sofre por não estar com ele.

Ela absorve os novos sons, novos sotaques, a subida de tom no fim das frases.

Na noite seguinte ela fará uma aparição no *Cory Cooke Show*. Jack será entrevistado no sofá. Will Smith também estará presente, divulgando seu novo filme. E então Ave-Lira participará do programa.

— O que eu vou fazer no programa? — pergunta Laura a Bianca.

— A programação diz TBC — explica ela, erguendo o olhar da arara de roupas.

Ela está segurando vestidos contra o corpo, posando no espelho.

— O que significa TBC?

Bianca a avalia por um momento para ver se ela está falando sério.

— *"To be confirmed"*, ou "a ser confirmado". Vamos descobrir mais tarde o que eles querem que você faça.

Uma hora depois, cabelo e maquiagem prontos, roupas a serem decididas em seguida, um total de seis figurinos para seis fotos, mas pegam oito, só para garantir. O programa entrou em contato com Bianca e o combinado é que Ave-Lira se sente na primeira fileira no estúdio. Jack será entrevistado "no sofá", e a câmera vai se virar para ela enquanto Jack fala de Ave-Lira e seu impacto no programa. Ela tem sorte, ao que parece, de poder estar sentada na primeira fileira do estúdio, no *Cory Cooke Show*.

Uma hora depois, quando surgem fotos dela no aeroporto e cresce o burburinho nas redes sociais de que Ave-Lira está na Austrália, o programa de TV liga para Bianca. A presença de Laura na primeira fileira da plateia deve evoluir para duas perguntas do apresentador, Cory Cooke. As perguntas serão confirmadas depois da reunião de equipe. Enquanto preparavam o figurino, Ave-Lira foi promovida do lugar na primeira fileira a uma entrada pelos ilustres degraus que só celebridades têm permissão de descer. Isso, conta Bianca, é uma grande honra. Bianca parece ver Laura com novos olhos. O que Ave-Lira vai fazer quando terminar de descer os degraus ainda será confirmado.

Laura começa a relaxar quando ganha um minuto para pegar um ar fresco antes de vestir o primeiro look. Ela não estava tensa, mas a floresta lhe permite entrar num estado mais profundo de relaxamento. Tinha quase se esquecido como era a sensação de estar naquele estado de relaxamento, quase hipnótico, seguindo com seu dia e suas tarefas com uma sensação de harmonia. Mesmo nos momentos mais relaxados que teve em Dublin, no sofá com uma xícara de chá, conversando com Solomon, ela não esteve nem perto daquela antiga sensação.

Laura fecha os olhos e inspira, amando o ar fresco e o som dos sotaques e cantos de pássaros que eram novidade. Quando ela se vira, vê a equipe de beleza, a jornalista e o repórter fotográfico reunidos na porta, encarando-a.

— O que foi? — pergunta ela, sem graça. — Eu estraguei o cabelo?

Wanda, a meiga maquiadora, olha para ela com diversão.

— Você fez o som de uma cucaburra.

— Sério? — Laura sorri.

— E de um chicoteador-oriental — diz o cabeleireiro.

— Eu nem sei o que é um chicoteador-oriental. — Laura sorri.

Eles se juntam a ela na varanda, enquanto Bianca olha o relógio com nervosismo. Ela foi escolhida para acompanhar Ave-Lira nessa viagem por sua proximidade de idade. Bianca é um ano mais nova que Laura, e essa viagem é um grande salto em sua carreira, mas Laura percebe que sua acompanhante está praticamente tão nervosa quanto ela mesma, apesar de tentar esconder com uma atitude tranquila e confiante.

— Aí — diz Wanda —, essa é a cucaburra. Jane, como é o som de um chicoteador-oriental?

Todos escutam em silêncio.

— Aí — sussurra Jane. Ela olha para Laura. — Aí.

Laura fecha os olhos e escuta. Ela nem percebe que está tentando reproduzir, mas todos começam a rir com grande alegria.

— Caramba, você é incrível! — exclamam, indicando o máximo de pássaros que conseguem, por mais que seu conhecimento sobre eles não seja amplo.

Pegas e cacatuas; esse é o máximo que chegam a identificar, mas Laura não precisa saber o nome deles; ela gosta de ouvir sons desconhecidos de qualquer maneira. Apesar de Bianca destacar que agora estão atrasados, Laura aprecia que todos tenham parado por esse momento com ela.

— Que agradável. — Jane ergue o rosto para o céu e fecha os olhos. — Às vezes é agradável só... parar.

Os outros assentem numa concordância silenciosa, inspirando o ar fresco, curtindo o momento de descanso antes que tudo recomece, mais compromissos, o retorno para casa, ou aos próprios salões, sempre indo e vindo, sempre planejando a próxima coisa. Ao menos agora eles podem estar no presente.

— Você veio na hora certa — explica Grace. — Aves-liras acasalam no auge do inverno. Os machos começam a cantar meia hora antes do nascer do sol, cantar desesperadamente. — Ela ri.

— Sabe o que é estranho? — diz Bianca. — Talvez você nem esteja imitando uma cucaburra de verdade.

Todos se viram para Bianca.

— Você pode estar imitando uma ave-lira imitando uma cucaburra.

O que parece ser um comentário interessante vindo de Bianca. Ela parece surpresa consigo mesma. Laura e Bianca riem como se compartilhando uma piada interna.

Vestido número um, Laura e a equipe saem para a primeira foto. Ela sente os olhos curiosos de todos nela: a equipe de figurino, o repórter fotográfico, o fotógrafo da revista e sua assistente, a jornalista Grace. Ela fica sem graça sob o escrutínio deles.

Apesar de estarem em junho, meados do inverno na Austrália, a exuberância da vegetação é linda. O ar está fresco, ela fica feliz com isso. Depois de aviões e quartos de hotéis com ar-condicionado, agora ela pode encher os pulmões. Anseia por uma caminhada, mas a figurinista não quer que os sapatos acabem sujos. Eles não servem direito, os bicos foram recheados com lenços de papel. O vestido está largo demais e foi ajustado com pregadores nas costas, o que dificulta que ela se abaixe. Ela pode se virar para olhar a ave-lira, mas não tanto a ponto de os pregadores aparecerem na foto, alertam.

Enquanto estão fazendo mais retoques em seu rosto e o fotógrafo se ocupa verificando a iluminação, ela ouve Bianca dizer ao telefone que Ave-Lira vai descer os degraus do *Cory Cooke Show*. Ótimas notícias. Todo mundo na sessão de fotos está impressionado. Ave--Lira não vai se sentar no sofá, não estará na primeira fileira. Se ela vai ao menos se sentar ainda será confirmado. Laura ri sozinha. Eles olham para ela como se ela fosse peculiar, o que a faz rir de novo. Eles acham que ela está sendo peculiar *só agora*?

O fotógrafo chama Laura para uma conversa. Ele a leva para um canto, fazendo uma cena, todo intenso e taciturno. Ele é bonito, a camiseta justa delineia os bíceps, a calça jeans de cós baixo revelando uma linha triangular impressionante na pelve, e Laura se pergunta se ele está usando cueca. Laura sente que ele está flertando com ela, por mais que só esteja conversando sobre as fotos. É algo no rosto dele. Nos lábios e nos olhos. Esse pensamento, e a falta de cueca, atiça seu interesse, até que ela percebe que ele olha para tudo daquele jeito, para tudo que o rodeia, um olhar de soslaio, um franzir de lábios, a mão no cabelo. Ele flerta com tudo o que vê. Agora ela está se sentindo cansada. Comeu uma salada de frutas da estação no hotel, mas talvez não tenha sido o suficiente. Ela se sente ligeiramente zonza, com tontura. Todas essas pessoas, tantas peculiaridades, tanto para analisar e entender a fim de trabalhar com elas; é exaustivo. Bianca deve se sentir da mesma forma, porque está sentada em silêncio afastada de todo mundo, bebericando uma garrafa d'água.

Laura olha para a floresta ao redor.

— Nós vamos esperar uma ave-lira aparecer voando na foto?

— Vamos trazer a ave-lira até nós — diz Grace com um sorriso.

E assim eles fazem. Assim como fizeram Laura voar até eles, a verdadeira ave-lira chega numa gaiola, carregada por um guarda--florestal que posiciona a ave aflita no chão da floresta. Parece uma galinha-d'angola com um pescoço longo e plumagem impressionante. O fotógrafo lhe diz onde ficar, as solas de seus sapatos foram cobertas com fita adesiva para não se sujarem, ela foi alertada para não "arrastá-los", pois precisam ser devolvidos à loja à noite. Todo mundo a observa com expectativa.

Laura não sabe que acontecimento estão esperando. Será que pensam que ela vai subitamente começar uma conversa com o pássaro numa língua secreta das aves-liras? É um pássaro. Um pássaro aflito que foi arrancado da liberdade e colocado em cativeiro, levado de carro pela reserva e largado ao lado de uma mulher com jet lag, e Laura sabe disso. Apesar de seu apelido, ela é humana, uma humana que não tem superpoderes para entender ou se comunicar com criaturas aladas. Nem mesmo a própria ave-lira tem esse poder; ambos são meros imitadores. Mas todo mundo observa, empolgado, tocados pela reunião das duas espécies.

O fotógrafo não permite que a ave-lira saia da gaiola até receber o fotômetro. A ave-lira está aflita. Laura imita os sons do pássaro, observando-o. Assim que é solto da gaiola, ele salta para trás de uma árvore em busca de segurança.

— Eu não culpo você — diz Laura em voz alta.

Ela o segue, ignorando os avisos de que conseguem ver os pregadores nas costas do vestido com o dobro de seu tamanho. Ela chuta os sapatos para longe e a figurinista corre para buscá-los. Ela se aproxima do pássaro, então para e o observa, dando uma boa olhada nele.

O pássaro imita o zumbido do obturador da câmera. Laura sorri e se abaixa. O fotógrafo quer que ela chegue mais perto, mas ela sabe que o pássaro vai fugir. É o que ela faria. É o que ela deveria fazer.

O fotógrafo está agachado, tentando conseguir um bom ângulo. Ele está falando com ela, pedindo que vire o rosto assim e assado, seu queixo assim e assado. Abra os dedos, feche os dedos, apoie o braço, relaxe o braço. Olhe para a ave-lira, olhe por cima da ave-lira. Finja que está olhando para a ave-lira, mas por cima de sua cabeça, para o horizonte. Você está estreitando os olhos, feche-os e abra-os no três. Sem dedos molengos, feche a boca com elegância, dobre o joelho, incline o queixo, não, não para esse lado, para o outro. Conecte-se com a ave-lira.

Se o fotógrafo se aproximar mais um passo dela, ela correrá, ela se esconderá. Ela fará o que essa criaturinha engraçada está fazendo.

Ela se lembra de uma vez em que saiu de casa para brincar. Ela deveria voltar para o almoço, mas perdeu a hora. Quando chegou em casa, havia uma cliente, um carro na entrada. Crianças brincavam no jardim, esperando a mãe do lado de fora. Laura nunca estivera tão perto de crianças. Ela lera sobre elas em livros, as vira na tv, as observara pelas janelas do carro em viagens para fora de Cork. Ela se escondeu delas na floresta, tão perto que se sentiu uma delas, mas tão longe que elas nunca souberam de sua existência. Elas brincavam de jogar gravetos no córrego e ela até mesmo ousou jogar o próprio graveto, fingindo fazer parte do grupo. As crianças acharam que o graveto caíra de uma árvore. Começou a planejar suas aventuras escondidas depois disso. Pessoas fazendo trilhas e caminhadas, caçando e passeando.

Quando ergue o olhar, Laura vê lágrimas nos olhos da maquiadora. Os fotógrafos estão clicando alegremente. Laura não sabe bem que som fez ao relembrar a infância, mas seus sons os deixaram triste. É apenas quando a ave-lira imita seus sons que ela se dá conta exatamente de como soou; ele retransmite o som da risada alegre de crianças. Ela olha para a ave-lira com surpresa. O pássaro retribui o olhar.

Ambos ficam em silêncio. Ela olha no fundo dos olhinhos do pássaro, perguntando-se se talvez eles de fato têm uma conexão. Talvez todos tenham razão, talvez eles consigam se entender.

O fotógrafo se aproxima um passo e a ave-lira foge. Ele abaixa a câmera, desapontado. Laura observa o pássaro, feliz por ele ter fugido. Ela espera que ele encontre uma companhia. Ela anseia pelo mesmo.

Na noite seguinte, às 21h42, depois da entrevista com Cory Cooke na qual Jack conversou sobre seu antigo sucesso, o mergulho nas drogas, a estadia na clínica de reabilitação, o casamento fracassado, a escalada para o topo e o sucesso inesperado com *StarrQuest*, Cory Cook anuncia a próxima convidada: Ave-Lira.

— Desde Michael Winslow, o Homem dos Dez Mil Efeitos Sonoros da franquia *Loucademia de polícia*, nós não víamos alguém assim. Apelidada de Ave-Lira, nossa próxima convidada fez um teste para o programa irlandês de calouros *StarrQuest* e em uma semana conseguiu duzentos milhões de visualizações no YouTube. É impressionante.

— Já são duzentos e vinte, na verdade — interrompe Jack, e a plateia ri.

— Melhor ainda. — Cory se junta às risadas. — Aqui está ela... Ave-Lira!

A plateia vai à loucura. Quase tão aplaudida quanto Will Smith.

Ela está usando um vestido vermelho arrebatador que está tão apertado que a figurinista o chamou de bandagem. Os lábios estão pintados de um vermelho vivo e ela está com medo de mexê-los para não borrar. As sandálias de tiras são tão altas que ela sente os tornozelos tremerem ao descer os famosos degraus. Ela para no topo, como a orientaram, dá um ligeiro aceno para a plateia, para as pessoas em casa. Então desce os degraus onde geralmente só pisam as maiores celebridades. Ela para na área onde lhe disseram para ficar, um pedaço de fita adesiva marcando o chão, e cumprimenta o apresentador. Ela não se senta no sofá nem na primeira fileira. Tudo lhe foi confirmado com trinta minutos de antecedência.

— Seja bem-vinda, Ave-Lira, ao lar das verdadeiras aves-liras.

— Obrigada. — Ela sorri.

— Como foi seu voo? — pergunta ele. — Acredito que tenha sido sua primeira vez num avião?

Ela faz o som da campainha de aviso, do botão para chamar os comissários de bordo, da fivela do cinto.

A plateia ri.

— Soube que você fez uma sessão de fotos com uma ave-lira hoje. Como foi encontrar a família?

A plateia ri.

Ela faz o som do obturador da câmera do fotógrafo, da cucaburra, da pega, de chicoteadores-orientais e cacatuas.

A plateia ama.

Então ela faz o som de um trem. Não planejou, só lembrou.

— Certo! — diz Cory com surpresa, rindo. — Puffing Billy, nosso trem a vapor! Então, nós conversamos com Jack sobre a incrível resposta ao seu teste, o que isso acarretou para ele e para o programa. Eu nem imagino o que lhe proporcionou. Está satisfeita por ter entrado no programa depois da reação que recebeu?

— Estou — responde ela. — Tem sido avassalador, mas todo mundo tem sido tão gentil, e vir aqui... — Ela faz o som da fivela do cinto, do botão de chamada, do obturador da câmera. — Está sendo uma experiência fantástica. Minha vida mudou completamente.

— O que você espera tirar dessa experiência? Seu próprio programa? Um trabalho na TV, nos palcos? Que tipo de carreira deriva dessa habilidade?

Ela pensa nas perguntas. Por tempo demais para um programa ao vivo, porque ele continua:

— Por que você entrou? Já tinha ouvido falar de Jack? Era uma fã?

— Não.

Ela balança a cabeça, e a plateia ri. Jack segura a cabeça num falso constrangimento cômico.

— Você queria que sua vida mudasse — diz ele, tentando encerrar a conversa na esperança de um fim positivo e rápido.

— Minha vida já tinha mudado — responde ela. — Meu pai morreu. Meu tio não queria mais que eu morasse no terreno dele, minha mãe e minha avó faleceram há muitos anos. Eu não tinha opção. Tive que mudar com a mudança. Tive que começar minha vida.

Isso parece comover o apresentador, e ele fixa um olhar mais atento nela, um olhar que mostra que não está ouvindo as vozes que falam em seu ouvido.

— Bem, Ave-Lira, em nome da Austrália, nós te desejamos toda a sorte e esperamos que sua vida decole.

— Foi impecável — diz Jack, abraçando-a nos bastidores. — Viu como as coisas correram bem? Quando você estiver no estúdio para as semifinais, já vai ser profissional.

Jack, Curtis e toda a equipe saem para comer. Jack quer que Laura conheça algumas pessoas no jantar, mas ela insiste em ir para o hotel. Precisa dormir, precisa de isolamento, precisa se retirar. Ela não sabe como Jack aguenta ficar rodeado de tantas pessoas o tempo todo, sempre ligado. É exaustivo para ela doar toda essa energia. Ela está com tanto jet lag que o chão oscila, como se ela estivesse num barco.

Ela corre para pegar o elevador e se surpreende ao ver Bianca lá dentro.

— Você não vai sair com os outros? — pergunta Laura.

Bianca fecha os olhos e grunhe.

— Eu fugi. Você às vezes sente como se, caso alguém te peça mais uma coisa, fosse gritar na cara da pessoa?

Laura a olha com surpresa.

Bianca ri.

— Eu não estou falando de você.

— Ah, que bom — responde Laura, aliviada.

Achava que a relação dela com Bianca tinha evoluído hoje.

— Estou cansada. E não gosto de ficar rodeada de muita gente.

Laura olha para ela, confusa.

— Mas você é tão *boa* em ficar rodeada de pessoas.

Apesar da indiferença de Bianca, ela tinha passado o dia organizando, felicitando, providenciando tudo para Laura.

— Por um tempo — responde —, até que tenham sugado toda a minha energia, então preciso recarregar as baterias.

Laura olha para ela em choque.

— Então eu não sou a única que se sente assim.

— Não, definitivamente não — diz Bianca com um bocejo. — Minha mãe diz que é porque eu tenho empatia. Eu sinto a energia das outras pessoas e isso me exaure. Mas acho que ela só está sendo gentil. — O elevador para e a porta se abre. — Acho que é porque eu sou uma escrota.

A maneira como ela fala isso faz Laura rir. Bianca também dá uma risadinha ao sair do elevador.

— Boa noite.

* * *

Laura se senta nua na enorme cama do hotel, despida das roupas que foi orientada a vestir para sua nova vida. As novas roupas lhe parecem um uniforme, e as roupas que ela usava em sua antiga vida não parecem mais apropriadas.

Ela enfia a mão na bolsa para pegar o cronograma e a página extra que Bianca lhe dera horas antes cai.

Entrevista com Cory Cooke.

P1. Ave-Lira, como foi sua viagem para a Austrália? Primeira vez num avião?

Ave-Lira: sons de avião. Cinto de segurança, botão de chamada.

P2. Como foi conhecer uma verdadeira ave-lira?

Ave-Lira: cucaburra, obturador de câmera, pega, cacatua, chicoteador-oriental.

P3. Está feliz por ter entrado no programa?

Ave-Lira: Tem sido avassalador, mas todo mundo vem sendo tão gentil, e estar aqui está sendo uma experiência fantástica. Minha vida mudou completamente.

Ela amassa a folha, sentindo-se enojada consigo mesma. Como um macaquinho amestrado. Jack vendera o roteiro para ela como uma forma de afiar suas habilidades, mas isso a faz pensar no amolador que Gaga usava para afiar a faca de trinchar para os assados de domingo. Sempre a assustara quando criança, o som, a cena e a expressão no rosto de Gaga enquanto passava a lâmina pelo amolador; principalmente porque ela sabia o que todo mundo pensava de Gaga.

O telefone na mesinha de cabeceira toca, e a dor de cabeça intensa volta, atrás dos olhos. Essas enxaquecas estão piorando.

Ela ignora o telefone, pensando ser alguém da StarrGaze com mais alguma tarefa para ela. Não sabe nem sente que é Solomon, ao começar a manhã, desesperado para saber se ela está bem. Ela entra embaixo das cobertas e soterra a cabeça com um travesseiro para bloquear o toque. Chega de sons.

Ela adormece, nua em sua cama, ao som de Gaga amolando a faca, realinhando a borda da lâmina de novo e de novo, com aquela expressão intensa no rosto.

26

O chão balança sob os pés de Laura. Ela sente como se estivesse num barco. A essa hora ontem ela estava na Austrália. Foi ontem ou anteontem? Quanto tempo ela passou no ar? Ela não tem certeza. Sabe que é noite de segunda-feira, o dia da semifinal. O dia anterior foi gasto em ensaios. Dias atrás ela estava no inverno, hoje é verão. Ela não consegue se lembrar. A tempestade está piorando, as ondas ficando mais agitadas. Ela estende a mão a fim de se equilibrar na parede. Alguém pega sua mão.

Gloria, a coreógrafa do *StarrQuest*. Ela lhe lança um olhar furioso.

— Isso é cenário — sibila.

É claro. Se Laura se apoiasse, o negócio inteiro desabaria. Mas será? Certamente cenários são feitos de materiais mais fortes do que isso, não? É coberto de papel de parede, floral, para parecer com uma sala de estar; a sala de estar de uma velha, pelo que parecia, conforme o participante diante dela se familiariza com os passos. Ela não sabe bem o que a sala da velha tem a ver com a apresentação, mas ela não está concentrada de verdade no que está acontecendo. É claro que não é real, ela está cercada de coisas irreais desde que chegou aqui. Salas falsas são só o começo. Fios expostos, paredes falsas, tetos expostos, o avesso, as portas dos fundos, os bastidores do glamoroso mundo da televisão. Ela saiu de hotéis por cozinhas, de restaurantes por saídas de incêndio, entrou em prédios pelas portas dos fundos cercadas de lixo mais vezes do que pelas principais. Ela rasteja pelos meios, as beiradas, os fundos, para subitamente ser posta na frente e no centro. A expectativa é que avance pela escuridão para emergir brilhando. O chão volta a balançar quando o jet lag a domina. Ela fecha os olhos com força e respira fundo.

— Tudo bem? — pergunta Bianca.

Apesar de ter recebido alguns dias de folga para se recuperar depois da viagem à Austrália, Bianca optou por voltar depois de um dia para a apresentação da noite, um gesto que Laura aprecia imensamente.

Estão se aproximando das apresentações ao vivo da semifinal, e deixaram Laura por último para ela poder descansar. Aparentemente, foi ideia de Bianca. Isso permitiu a Laura dar uma deitada enquanto sua cabeça girava e a mente se recusava a desligar, passando e repassando tudo o que acontecera com ela durante as últimas semanas. Teria sido mais fácil continuar em movimento. Não há como descansar muito num camarim pequeno de um set de TV. O prédio lateja com energia nervosa, dos participantes aos produtores. O programa está sob escrutínio, recebendo atenção internacional desde o teste de Laura, e eles sentem a pressão de entreter o público crescente.

Pessoas nervosas têm falado para Laura não ficar nervosa, produtores em pânico têm falado para ela não entrar em pânico. Um apresentador exausto tem falado para ela que não é possível que esteja cansada, porque na idade dela ele estava viajando o mundo, em um país diferente a cada dia, um cenário novo por noite. Laura pensou em lembrá-lo do que aquela rotina lhe acarretara. Bebidas, drogas, divórcio, destruição, desespero antes da reabilitação, uma vida sossegada e então uma nova chance com um reality show. Aparentemente, jovens não sofrem com jet lag, como se jovens fossem imunes à dor daqueles que a distribuem por aí.

O chão se mexe sismicamente sob seu corpo de novo.

Ela inspira devagar, exala pela boca. Assim que Laura embarcara no avião para casa, Bianca lhe entregara um "roteiro" da próxima apresentação do *StarrQuest*. Consideravam que sua aparição ensaiada no *Cory Cooke Show* fora um sucesso tão grande, e novamente viralizara, que eles ajudariam a levar a próxima apresentação de

Laura numa direção diferente, uma direção que eles poderiam prever, esperar, gerenciar, controlar, planejar.

— Você vai ser incrível. Todo mundo está sintonizando para ver você — diz Tommy, o diretor de palco, dando tapinhas em seu braço.

Laura abre um sorriso tenso, sem energia para conjurar nada melhor.

— Tenho certeza de que não estão. Não é isso. É o jet lag...

— Ah, com certeza você é nova demais para estar com jet lag.

— Ele ri.

Laura se pergunta se todos foram instruídos a dizer essa frase para mantê-la motivada ou se é algo em que eles realmente acreditam.

Ela ouve um som de água batendo, remos atingindo a lateral do barco, e percebe que está vindo dela. A lembrança de uma viagem de barco com mamãe e Gaga. No lago Tahila, condado de Kerry, em raras férias de verão, fora de temporada para que ninguém as visse. Sempre fora de temporada. Gaga odiava a água, ela não sabia nadar e sentou-se numa pedra próxima, tricotando, mas ajudava a limpar e cozinhar o peixe.

Tommy a observa, um sorriso triste no rosto.

— Você está bem? — pergunta Laura.

— Sim. Sim. — Ele balança a cabeça. — Meu pai era pescador. Eu saía de barco com ele às vezes. — Ele se prepara para falar mais, então para. — Enfim, você não precisa ficar escutando isso... Tenho certeza de que as pessoas vivem jogando histórias em cima de você. Você me transportou para o passado, só isso.

A plateia aplaude quando o número termina. O coração de Laura martela, sua boca está seca, as pernas estão tremendo. Ela precisa de água. Um estrondo se ergue da plateia quando o programa pausa para os comerciais, e parece que seu peito chacoalha com o rumor do público. A adrenalina das mais de quinhentas pessoas na plateia do estúdio a incita como linhas azuis elétricas disparando em direção ao seu coração e âmago.

Os dançarinos se enfileiram ao redor dela, alongando as pernas para cima e para trás, além da altura das orelhas. Eles trocam tapinhas nas costas, nos traseiros, um boa-sorte. A coreógrafa, Gloria, revisa os passos. Ela está vestida de preto, delineador preto pesado e a carranca habitual enquanto lança os olhos sobre tudo e analisa, calcula, avalia e julga tudo o que todo mundo diz e faz, não só como dançam. Ela flagra Laura olhando para ela e começa a lhe dar ordens de última hora. Seu rosto está todo franzido, retorcido, e Laura tenta prestar atenção, mas só o que ouve é o som de um abridor de vinho girando, até a rolha pipocar.

Gloria franze a testa. Laura não sabe bem como se explicar.

Tommy gesticula que avance. O estômago de Laura dá uma cambalhota. Todo mundo olha para ela com surpresa ao mesmo tempo que ela se dá conta de que o som de vômito veio dela. Aquela vez em que ainda era nova no forrageio e colheu os cogumelos errados. Tommy olha para ela, olhos arregalados e alarmados, incerto se ela está falando sério ou não, mas a tratando como se tivesse vomitado de verdade, de tão convincente que foi o som. Na última vez que ela ficara tão nervosa assim, Solomon a ajudara. Ela se lembra da sensação do hálito dele em seu ouvido, seu cheiro tão perto dela. Ele dissera que ela estava linda. A presença dele sempre a acalmava, e ela deseja que ele estivesse ali, mas sabe que foi ela quem lhe deu as costas. É culpa dela ele não estar aqui.

— Você está bem? Água?

As pupilas de Tommy estão dilatadas. O pânico, o medo, a porra de um programa ao vivo e a estrela começa a surtar.

— Estou bem — diz Laura, trêmula.

Ela o segue até o palco e, assim que sobe os poucos degraus, a plateia explode em aplausos e vivas. Laura sorri timidamente com a reação, sentindo-se menos solitária. Ela acena e assume seu lugar no palco, parando na marca branca que indica a posição inicial. Uma mulher na primeira fileira sorri, mostrando todos os dentes, e faz joinhas para ela. Laura sorri. São apenas pessoas. Muitas pessoas. Mais pessoas do que ela já conheceu na vida num único lugar, mas nunca é com as outras pessoas que ela se preocupa; é consigo mesma.

Tommy faz uma contagem regressiva para a volta do programa. Um minuto. Os dançarinos assumem as posições, formam as dramáticas poses de abertura. O coração de Laura martela tão alto no peito que ela tem certeza de que todo mundo consegue ouvir. De repente, a plateia explode em gargalhadas e ela percebe que estava fazendo o som das batidas cardíacas.

Ela olha para Jack, que está sorrindo. Ele dá uma piscadela. Ele parece exausto enquanto Harriet, da equipe de maquiadores, passa pó em seu rosto. Ele aparenta como Laura se sente.

Laura fica no centro do enorme palco, os dançarinos se posicionando, as câmeras a postos enquanto o vídeo de Laura começa a ser reproduzido.

"As últimas semanas mudaram minha vida por completo. Passei de uma vida muito tranquila em Cork para subitamente todo mundo saber meu nome." Imagens de Laura andando pela Grafton Street, então uma multidão a perseguindo. Está tudo acelerado, como se fosse um antigo filme de *O Gordo e o Magro*. Ensaiado, é claro. Filmado ontem; ou foi hoje de manhã? Então eles mostram as palavras que ela hesitou em dizer. Quis formular a frase de outro jeito, e eles haviam gentilmente permitido, mas então quiseram que uma tomada fosse dita e feita do jeito deles, para eles a terem. Naturalmente, foi a tomada que eles usaram: todas as frases bruscamente editadas, um zoom em seu rosto a cada uma, tornadas ainda mais dramáticas por um tambor retumbante para enfatizar.

"Eu não quero voltar a ser quem era." Bum.

"Essa é minha única chance de brilhar." Bum.

"O mundo todo está me vendo." Bum.

"Vou lutar pelo meu lugar na final." Bum.

"Presta atenção, mundo." Bum.

"A Ave-Lira está chegando." Bum.

Laura se encolhe de vergonha ao ouvir a própria voz. Soa tão vazia quanto ela havia se sentido ao dizer essas frases. Ela nem mesmo gosta daquela garota. Ela não gosta da garota que eles estão tentando retratar. Não gosta das garotas como ela que estão sentadas no sofá de casa, pensando na única vez em sua vida que terão que se provar. Essas coisas não existem. Nada tão grande depende de um único momento como esse.

De repente, a música começa, ela sente a batida no peito, as luzes se intensificam, a plateia comemora. Hora do show.

Ela começa a andar. Está numa esteira, e o telão atrás dela mostra cenas de uma mata. É uma animação. A imagem se mexe de maneira que ela pareça estar caminhando pela floresta. Seu longo cabelo loiro está preso em duas tranças que descem sobre cada ombro, amarradas com fitas vermelhas de menininha. Ela está usando um minivestido com mangas bufantes, um avental xadrez branco e azul, e leva uma cesta de palha na mão. Ela não sabe bem se deveria ser a Dorothy, de *O mágico de Oz*, ou a Chapeuzinho Vermelho. Não se importou muito quando eles mostraram o figurino depois que desembarcou de volta da Austrália.

Ela usa meias três-quartos brancas e sapatos boneca vermelhos de salto alto.

Está tocando a música "The Teddy Bears' Picnic", mas uma versão *dance* remixada. Ela faz o som dos saltos altos no chão e a plateia ri. Realisticamente, ela dissera a Gloria e a qualquer um que lhe desse ouvidos, seus saltos não fariam esse barulho no chão de terra, mas eles explicaram que era uma realidade melhorada. Laura se depara com uma casa na floresta, uma casa feita de doces. Ela come alguns, lambe outros, fazendo sons apropriados, e a multidão dá risada. Ela faz um som de batida na porta, a porta se abre e três porquinhas sexy saem correndo, perseguidas por um lobo. Laura espia o interior, vê um homem-urso bonito; um dançarino sem camisa. Ela experimenta os três homens diferentes até encontrar o perfeito. Move-se pelo palco, fazendo efeitos sonoros apropriados que foi orientada a fazer; comédia-pastelão, fazendo de tudo numa imitação do *Gordo e o Magro*, emitindo sons nos momentos certos. É uma produção e tanto; a equipe de figurino deve ter alugado todas as fantasias de pantomima disponíveis.

Depois da coreografia em que Laura tenta desconsertadamente acompanhar as três porquinhas sexy, os três ursos bonitões e os outros que estão vestidos como criaturas da floresta sexy, Laura acaba com o urso mais bonitão de todos. Ele é o urso perfeito. Um holofote vermelho em formato de coração emoldura os dois.

Lisa Logan, a jurada convidada do *StarrQuest*, especialmente trazida para as semifinais, estrela dos palcos e das telas com a própria escola de teatro, está aplaudindo de pé, torcendo para aparecer no vídeo viral que impulsionará sua carreira em declínio. Laura para na impressão digital no meio do palco e espera pelo feedback dos jurados.

— Oi, Ave-Lira — diz Lisa com empolgação. — Entre todos os participantes da noite, eu, como o resto do mundo, estava mais empolgada para ver o que você faria. Preciso admitir: apesar de seu óbvio talento, eu estava confusa em relação a como isso se transferiria para a indústria do entretenimento. Como você pode tornar sons viáveis? Relevantes? Como sons podem ser comerciais? Mas esta noite você nos mostrou que é possível. Esse é exatamente o caminho cabaré/Vegas que você deveria seguir. Você é jovem, sexy, talentosa. Encerrou esse programa nas alturas. Uhuu! — grita ela, socando o ar.

A plateia se junta a ela, e Lisa Logan aperta o dedão dourado para cima.

Laura fica surpresa com sua reação empolgada. Eles realmente a enxergam com uma carreira *assim*? Ela por acaso *quer* fazer isso?

Silêncio para a resposta de Jack.

— Ave-Lira. — Ele esfrega a barba por fazer desconfortavelmente, como se com dificuldade para formular o que vai falar. — Isso foi péssimo.

Vaias da plateia.

— Não, sério, foi mesmo. — Por cima de suas vaias e sibilos, ele continua: — Foi desconcertante. Foi... Para ser sincero, foi constrangedor. Eu estava me encolhendo de vergonha por você. Você parecia desconfortável. Você não é uma dançarina...

— Não, ela *não sabe* dançar — interrompe Lisa, concordando. — Mas é parte da comédia. Foi *engraçado*.

— Acho que ela não tinha a intenção de ser engraçada, tinha, Ave-Lira?

Ambos olham para ela. Silêncio.

— Eu queria que fosse divertido, e espero que as pessoas aqui e em casa tenham se divertido — diz ela com um sorriso.

A plateia vibra.

— Não, Ave-Lira. Acho que seu ponto forte está no que vimos você fazer em seu teste. Apresentações orgânicas, naturais. Apresentações comoventes, que transportam a plateia para outro lugar. Isso foi completamente errado. Isso foi um circo.

Vaias.

— Como você sabe, só um participante de hoje pode passar para a final. Todas as noites até o final desta semana. Você foi boa o suficiente esta noite? Meu conselho, se você passar, é se ater aos números genuínos. Ave-Lira, você está com problemas. Espero que o público te dê outra chance, porque eu temo pelo seu lugar na final.

27

Laura está diante da mesa de Jack depois do programa. Ela passou para a final. Ela conseguiu. Mas não sentiu a alegria que deveria. Jack parece exausto, pior ainda sem a maquiagem, que ele está tirando com um lenço umedecido.

— Como ainda estou acordado? — diz ele para as mãos, esfregando furiosamente.

Ele borra o rímel. Laura não consegue se forçar a avisar. Então pergunta para ela:

— Como você está? Provavelmente bem melhor do que eu, afinal você é vinte anos mais nova.

— Estou exausta — responde ela.

Ele deve notar a mudança no tom de sua voz, porque olha para ela, solta o lenço.

— É difícil, né? — Ela assente, sentindo-se drenada. — É, acredite em mim, eu já estive aí. No seu lugar. Devia ter a sua idade quando meu álbum chegou ao primeiro lugar em cinquenta países. Loucura. — Ele balança a cabeça. — Eu não sabia o que estava acontecendo. Eu não sabia...

Curtis entra na sala, e Jack apruma as costas. Curtis põe um café na mesa diante de Jack, então assume sua posição habitual na lateral, como uma sombra.

— Valeu, cara.

Jack dá um gole e entra em modo de negócios, pronto para lhe dar feedback como já fizera por todos os participantes em busca de validação. Antes e depois do programa, eles não desperdiçam oportunidades de se reunir ao redor de Jack, ansiosos por sua atenção e seus elogios, e ao longo dos últimos dois dias de pura exaustão Laura ficou de fora e observou, sentindo-se como se todos eles fossem pássaros rondando um restaurante ao ar livre, alimentando-se de migalhas e sobras. Eles observam e esperam, prontos para pegar qualquer coisa que Jack jogue em sua direção: um elogio, um conselho, uma dica ou um alerta ou crítica levemente velada. Eles pegam a frase e a bicam, bicam, bicam, analisando-a, agarrando-se a ela, querendo ser preenchidos por ele, sem nunca conseguir. Eles nunca se satisfazem de elogios, análises ou dissecações de si mesmos e de seu talento pelo mestre.

— Olha, Ave-Lira, não se preocupe com esta noite, faz parte do show. Todo mundo tem seus altos e baixos. É bom que você tenha uma jornada. Isso mostra que você, assim como eles, tem dificuldades. Mas a plateia decidiu salvar você. Olha só Rose e Tony, coitados, o número deles foi um desastre. Ela caiu de cara, vestida de cachorro-quente. — Ele começa a rir, uma risada de fumante vinda do peito. — Você viu o ketchup? — Ele para de rir ao perceber que ela não se junta a ele.

— A apresentação desta noite foi escrita para mim pelo seu programa enquanto eu estava na Austrália — diz Laura, confusa. — Me disseram para aprendê-la no voo. Eu tive um dia para aprender a coreografia.

Ele suspira.

— O tempo de ensaio foi curto, eu entendo, mas acredite em mim, a viagem à Austrália foi uma oportunidade única. Nós debatemos sobre ela, mas sentimos que era o melhor a ser feito, e precisávamos de você no primeiro programa de semifinais no embalo do *Cory Cooke Show* e antes que o interesse do público esfriasse. Aquela viagem foi uma oportunidade única, e qualquer um dos outros teria escolhido fazê-la a ter mais tempo para ensaiar.

— Os outros nem olham para mim.

— Eles estão com inveja. Ave-Lira, você vai ganhar esse programa e todo mundo sabe disso.

O queixo dela cai.

— Jack, você disse que foi desconcertante. Que foi horrível. Que eu não sei dançar. Você ficou constrangido por mim; se encolheu de vergonha, na verdade...

— Isso não foi fingimento. — Ele ri. — Foi horrível pra cacete. — Ele ri sozinho. — Ah, vamos lá. Relaxa.

— Eu não queria fazer aquela apresentação. Eu te disse que não sabia dançar. Eu te disse que não tinha nada a ver comigo. Nós estávamos sentados bem aqui, eu te disse que não gostei do roteiro. Você me disse para segui-lo.

— Ave-Lira.

— Meu nome é Laura! — Ela bate a mão na mesa.

— Se enxerga, mocinha — alerta Curtis. — Não comece a se achar demais.

— Tudo bem — diz Jack, cansado. — É só um programa, é isso que fazemos. Eu fui o jurado malvado que falou mal da queridinha da nação. Você ouviu como a plateia reagiu. Amanhã todos vão falar disso e te amarão ainda mais. Confia em mim, é assim que funciona. Sabe quantos votos o nosso *vencedor* recebeu no ano passado? Sessenta e cinco mil. Sabe quantos votos você recebeu esta noite para ir para a final? — Ela balança a cabeça e se odeia por querer saber. — Trezentos e trinta mil.

Ela olha para os dois com surpresa, mas não pelo motivo que eles esperam. Ela está honrada, lisonjeada, estarrecida com os números, mas tem outra coisa que a atordoa.

— Isso não passa de um jogo para vocês — diz ela com a voz suave.

Talvez seja a suavidade que mais atinge Jack. Ela não lhe dá nenhum motivo para se sentir superior ou indignado. Ela não está com raiva, mal teve tempo de registrar o fato antes de dizer a frase. A bolha dela estourou. Ele viu acontecendo. Ele apenas olha para ela, congelado.

— Muito bem, vamos encerrar — fala Curtis, erguendo-se da mesa onde estava apoiado, como habitual, nos cantos da sala. — Pode ir agora — conclui, dispensando-a e virando as costas para ela.

— Tem mais uma coisa — diz Laura, sentindo-se oca. — É sobre Bo. Ela está se sentindo excluída. Sei que assinei um contrato com você, mas também tinha um acordo com ela. Antes de você. Ela me trouxe para cá, e eu tenho uma obrigação a cumprir com ela. Não fico confortável em não fazer o que prometi.

Pode ser só o jet lag, mas ela acha que não e tem quase certeza de que está pensando com clareza. As coisas na sua vida estão certamente abaladas no momento. Alguma coisa parece estranha, muitas coisas, e estão se alastrando. A viagem à Austrália a fez olhar de uma forma diferente para as coisas; o programa hoje a lembrou do que ela tentou afastar da cabeça, mas essa reunião consolidou sua impressão. Tem algo errado aqui. Independentemente do que aconteceu entre ela e Bo, e Solomon, antes de sua viagem para a Austrália, ela sabia que o primeiro passo para endireitar tudo seria retomar a filmagem do documentário.

— A questão com a Boca a Boca Produções não é da sua conta — diz Curtis. — É uma questão contratual que está atualmente aos cuidados dos nossos advogados.

— Advogados? — Laura olha para Jack. — Mas tudo isso poderia ser muito mais simples. Só conversem com Bo.

Ela sente o pânico se acumulando dentro dela. Pensou que estivesse caminhando para a liberdade, mas em vez disso ela se isolou numa ilha.

— Preciso de um tempo com Jack agora. Você pode sair — diz Curtis, aproximando-se da mesa de Jack, debruçando-se para a frente, quase como se fosse falar no ouvido de Jack, como se fosse o dono daquele ouvido.

Laura o observa, em choque, com o coração martelando, querendo interromper, fazer mais uma tentativa com Jack.

Ele fala como se ela não estivesse na sala.

— Alan Murphy quer falar com você sobre não poder fazer shows enquanto o programa está no ar. Diz que não consegue ganhar dinheiro. Está no contrato, ele assinou, eu disse isso a ele, ele não pode ter tudo. Preciso que você saiba o que está rolando para o caso de ele mencionar o assunto com você.

— Meu Deus. Essa é a maior plataforma do mundo no momento e ele está reclamando? — pergunta Jack, irritado, jogando o lenço umedecido amassado na mesa.

Laura se levanta devagar e segue até a porta, mas, antes de sair, direciona suas palavras a Jack.

— É a primeira comunhão da sobrinha de Alan. O irmão dele pediu para ele se apresentar, e o programa não quer deixar. Ele não vai receber.

Jack olha para Curtis.

— É verdade?

— Bem, eu não sei os detalhes. Um show é um show.

Jack olha para Laura, avaliando-a.

— Descubra o que é exatamente. Se for a primeira comunhão da sobrinha, puta merda, deixa o cara se apresentar, Curtis.

Laura acena com a cabeça em agradecimento, um reconhecimento de sua humanidade, e abre a porta, sentindo os olhos de Curtis fuzilando suas costas.

Jack não acabou.

— Não se preocupe, Ave-Lira, vou ter uma conversa com Bo. Vamos resolver essa situação. Ela já se arrastou por tempo demais, e você tem razão: se isso ficar com os advogados, nunca será resolvido.

O alívio que ela sente praticamente a ergue do chão e a carrega pelo corredor, onde passa por olhares gananciosos, câmeras de celular erguidas, então flashes poderosos que ousam invadir as janelas escurecidas do SUV e ameaçam penetrar sua alma.

Ela estremece, torcendo para que eles tenham capturado apenas o próprio reflexo.

28

Depois de passar o dia todo sem conseguir manter os olhos abertos, agora Laura está totalmente desperta. Enquanto Michael a leva de carro até o hotel, ela teme outra noite sozinha no quarto, completamente acordada, sofrendo de jet lag, sentindo uma solidão que dói. Quando Solomon a visitara aqui, na última vez em que se viram, ele segurara a mão dela e lhe dissera para contatá-lo se ela precisasse dele. Ela precisa dele agora, sempre precisou dele, mas não conseguia se forçar a pegar o telefone e tirar sua vida do eixo de novo. Ela não tem como negar que, ao tentar consertar as coisas com Bo, também havia em sã consciência dado passos em direção a revê-lo. Ela se afastara deles com base na promessa de que não se meteria entre os dois, visto que estava tão obviamente os destruindo. Não tem como negar seu egoísmo ao ansiar por vê-lo e sua fraqueza em mandar Jack entrar no ringue e fazer o trabalho sujo por ela. Quanto mais tempo passa rodeada de pessoas, mais ela descobre as próprias falhas de caráter. No chalé, ela era generosa, era gentil, era positiva. Neste mundo, novas facetas dela estão emergindo, e ela não gosta disso. Achava que era uma pessoa melhor.

Ela avança por entre os fotógrafos que a retratam ao voltar para o hotel e se detém para autografar fotos de si mesma para fãs que ficam ali dia e noite e elogiam sua apresentação caótica. Ela pega a chave na recepção.

— Tem um homem esperando no bar — informa a recepcionista. — Sr. Fallon.

Seu coração fica leve. Solomon. Ela sorri.

— Obrigada.

Ela praticamente corre pelo lobby até o bar, então o circula lentamente em busca dos cabelos escuros de Solomon, procurando o coque alto que se eleva acima das outras cabeças. Mas ele não está em lugar nenhum. Confusa, ela volta por onde veio.

Ela sente uma mão em sua cintura.

— Ei! — diz um homem. — Lembra de mim?

Rory.

Laura faz um som de tiro. Uma lebre caída. O ganido de um animal morrendo.

— É. — Rory olha para baixo e coça a cabeça sem jeito. — Eu queria conversar com você sobre isso. Vim pedir desculpas. — Ele parece genuinamente arrependido, constrangido até. — Podemos conversar? Eu conheço um bom lugar.

Rory e Laura se sentam frente a frente no Mulligans, um pub escuro, o mais isolados dos outros possível. Estão no canto mais tranquilo que encontraram, porque, assim que Laura entrou, todo mundo a encarou. Todo mundo sabia quem ela era, dos jovens aos velhos, e, se não a reconhecessem, certamente reconheciam seu nome e suas habilidades. A primeira bebida é por conta da casa, como boas-vindas para Ave-Lira. Rory pede uma Guinness, e Laura, uma água. Ele não comenta sua escolha, já mandou tão mal com ela que não está a fim de cometer outro erro. Ele ligara para Solomon para pedir desculpas pelo que acontecera no estande de tiro, o que lhe exigira muito, especialmente por se tratar de Solomon. Ele pediu para falar com Laura, mas Solomon foi resoluto em negar, ocupado demais mantendo-a só para si, o que enfureceu Rory ainda mais. O irmão já tinha uma namorada, mas ainda assim protegia essa mulher como se fosse seu dono. Solomon sempre gostara disso. Reservado sobre as coisas, guardava-as para si, nunca dava abertura para Rory. A relação deles sempre tinha sido tensa, estranha, não havia a descontração relaxada que havia com os outros. Rory entendia os outros, que riam de seu humor e, mesmo que não achassem engraçado, entendiam. Solomon nunca entendeu. Ele se ofendia fácil, sempre julgava Rory.

Rory sentia vergonha do completo fiasco no estande de tiro. Em retrospecto, via que tinha sido uma babaquice idiota, mas na hora estava tão empenhado em fazer Laura notá-lo que não pensara nas consequências, no perigo, em como isso o faria parecer totalmente psicótico. Fazer besteira era uma coisa, mas fazer besteira na frente dos irmãos e do pai, sem falar de Laura, era outra.

É claro que Solomon não aceitou as desculpas, chutando o seu cadáver, e Rory sabia que o irmão não passaria o recado para Laura. Depois que assistiu ao teste dela na TV e o mundo todo começou a falar da Ave-Lira, ele soube que precisava vir falar com ela pessoalmente. Não foi difícil encontrá-la: qualquer jornal poderia informar seu paradeiro, e, assim que descobriu que ela estava hospedada num hotel em Dublin, soube que o melhor seria chegar até ela sem a presença de Solomon.

Ele analisa Laura agora. Ela é incomum, mas o tipo mais lindo de incomum. Exótica, à la montanhas de Cork. Ele se pergunta o que aconteceu no apartamento e o que a fez se afastar de Solomon e Bo. Mas uma perda do irmão era um ganho seu, sempre foi assim.

Primeiro, um pedido de desculpas; não que não seja real, ele pretende mostrar sua sinceridade da forma mais genuína possível. Olhos grandes, ele sabe o truque. Garotas adoram essa baboseira.

Laura se sente zonza, sentada no pub com Rory. Ela tomou duas taças de vinho branco e não está acostumada aos seus efeitos. Ela gosta, poderia beber mais. Não se sente mais tão confusa, a dor de cabeça latejante que se instalou em Galway depois do tiro de Rory, aquela que pulsa atrás dos olhos, desapareceu. Ela acha que a dor não a tinha abandonado até então, só se intensificado em momentos de estresse. Faz sentido que a dor de cabeça tenha passado, já que Rory fora o primeiro a causá-la e agora foi quem a fez sumir. Ou foi o vinho, mas, de qualquer maneira, ele é o responsável. Ele é engraçado, e ela não parou de rir desde que ele começou a falar. Ela de fato acredita que ele está arrependido, por mais que ache que tenha exagerado no pedido de desculpas. Ele está fazendo aquelas expressões de flerte que o fotógrafo fazia, suavizando o olhar. Não é verdadeiro, mas eles parecem acreditar que funciona, seja lá o que isso signifique. Não que ele devesse se sentir minimamente arrependido do que fez. Não é ela quem decide isso, aquele incidente a afetou profundamente, mas ela não acha que tem uma autoridade moral sobre os outros, e diz isso a ele.

Rory é como o pai. Conta longas histórias sobre noitadas de travessuras, histórias dele e dos irmãos quando adolescentes. Parece ter passado mais tempo armando para cima dos irmãos do que qualquer outra coisa, mas fica satisfeito com isso. Ela gosta de ouvir essas histórias, especialmente as sobre Solomon, sobre como ele era quando mais novo. Ela tenta limitar as perguntas depois de perceber que ele fica tenso quando ela indaga demais, então decide recuar e ouvir, esperando pela próxima menção. Quando Rory diz algo sobre as ex-namoradas de Solomon, ela tenta não se aprumar demais ou deixar o interesse muito evidente. O que descobre é que as garotas que ele namorou eram sempre ousadas, estranhas; uma que ele namorara a sério por alguns anos fizera faculdade de artes plásticas, e a família aparecera em sua exibição a pé. Pés peludos, de unhas amareladas; então ele ri, e Laura não tem certeza se é verdade ou não.

— Por que você acha que ele namorou essas garotas? — pergunta Laura, tentando soar indiferente.

— Porque Solomon em si é totalmente desinteressante — diz ele, e há uma dureza em sua voz.

É bizarro, mas estar com Rory a faz sentir conectada a Solomon. Eles são parecidos, para começo de conversa. O cabelo de Rory é curto e arrumado, e ele é mais baixo, as feições menos definidas, mas ele é como uma versão em miniatura de Solomon. É mais miúdo, tem mais cara de bebê, enquanto Solomon é mais forte, mais sólido, mais rústico; tudo é mais intenso nele: os movimentos, a postura, especialmente os olhos. A postura de Rory é descontraída, seus olhos raramente se fixam nos dela, estão sempre olhando ao redor. Eles cintilam, têm brilho, um lampejo brincalhão que revela a faísca interior e a natureza travessa, mas não sossegam em nada por muito tempo, assim como sua atenção. Isso o torna uma pessoa interessante de se ter por perto. Ele fala enquanto olha para outra coisa, normalmente a coisa sobre a qual está falando, porque passa a maior parte do tempo falando sobre alguém perto dele. Faz vozes engraçadas, finge fazer as vozes do casal sentado ao lado. Inventa a conversa deles até que a barriga de Laura doa tanto das gargalhadas que ela precisa mandá-lo parar.

Ele é carpinteiro e, por mais que ela o imagine num cenário romântico entalhando móveis, assim como seu pai fizera para Marie no aniversário dela, ele diz que não é nada disso.

— Na maior parte do tempo eu só perambulo por canteiros de obras ou empresas, fazendo exatamente o que me mandam fazer, seguindo um projeto — diz, entediado. — Para ser sincero — ele arregala os olhos para ela e se inclina para perto como se compartilhando um segredo —, eu odeio meu trabalho. Os outros não sabem. Não poderia contar ao papai; ele ficaria arrasado. Eu sou o único que seguiu a mesma profissão. Todos os outros fugiram. Eu sou o único que foi deixado para trás — admite, com um sorriso que não chega aos olhos.

Laura sente que ele está sendo honesto, talvez pela primeira vez desde que eles chegaram. Sente que consegue se identificar com ele de certa forma. Apesar de sua confiança e personalidade transbordante, por dentro está perdido.

Ele termina a quarta garrafa de cerveja, e ela percebe que ele está inquieto. Ela está tão confortável, especialmente depois das duas taças de vinho, e continuaria aqui feliz da vida, mas ele está se remexendo na cadeira, o que a deixa com dificuldade de relaxar.

— Rory, me desculpe por não poder pagar uma bebida para você. Eu não tenho um centavo no meu nome. — Ele parece surpreso. — Não posso nem pegar um ônibus, mesmo que tivesse algum lugar para ir. Eu não tenho nada — diz ela, e enquanto fala se dá conta de como isso a aterroriza. — Pelo menos no chalé eu podia viver da terra, podia forragear, plantava minhas próprias frutas e legumes, tinha um armário cheio de conservas, picles, frutas secas, o suficiente para me sustentar durante o inverno, quando as opções eram escassas. Eu poderia sobreviver sem os suprimentos de Tom se necessário, mas aqui, na cidade, não posso fazer nada sozinha.

A ironia de estar cercada de tudo com que jamais sonhou e desejou, e nada estar ao seu alcance.

Os olhos de Rory se iluminam subitamente.

— É aí que você se engana, minha querida Ave-Lira. Você é a pessoa mais famosa do mundo no momento. — E, por mais que ela tente rir como se isso fosse ridículo, ele está resoluto. — Eu vou te mostrar como forragear ao *estilo urbano*.

Forragear na cidade inclui ir a uma boate exclusiva que cobra vinte euros por pessoa e não precisar pagar absolutamente nada porque Rory apresentou Ave-Lira aos seguranças como se ela mesma fosse um ingresso. Forragear na boate era falar com as pessoas certas, que comprariam bebidas para eles e os acolheria em sua mesa.

À meia-noite, quando Laura se percebe perdendo o equilíbrio enquanto fala com um homem que estende a mão, segura o braço dela e continua falando como se nada tivesse acontecido, ainda a segurando, sua bolha de contentamento estoura. Pedindo licença e se libertando de sua pegada, o mundo gira enquanto ela segue para o banheiro. Conforme anda, tudo parece ficar mais alto: a música estrondosa em sua cabeça, em seu peito. Corpos esbarram nela, parecem mais próximos do que antes. Quando ela entra no banheiro, a música dissipa e se torna uma mera batida em seu peito. Os ouvidos estão entupidos, como ficaram no avião, e precisam estalar. Há uma longa fila à sua frente. As coisas parecem muito distantes, ainda assim ela está aqui. Sente como se estivesse atrás de si mesma. Tudo se mexe rápido, os olhos registrando tudo sobre o que recaem. Sapatos femininos, tornozelo cortado, bronzeador borrado, piso molhado, pia, lenços de papel empapados. O secador de mãos se aciona ao lado dela e ela pula, assustada, leva as mãos aos ouvidos e olha para baixo. Para as próprias botas. Manchas de bebidas em suas botas, respingos de cerveja e vinho e sabe-se lá mais o quê. Ela fecha os olhos. O secador para, e ela afasta as mãos e ergue o olhar. A garota à sua frente está olhando para ela, a reconhece. Laura se pergunta se deveria dizer alguma coisa.

A garota diz alguma coisa, mas o secador se aciona e Laura tampa os ouvidos de novo.

— Piranha burra grossa. — Ela lê os lábios da garota.

Há um fluxo constante de portas de banheiro destrancando e abrindo, clique-claque de saltos altos oscilando no piso, portas batendo. Todo mundo está olhando para ela agora. Todos os olhos, olhos arregalados. O chão está girando. Laura precisa se apoiar em alguma coisa ou vai cair. Ela decide não se apoiar na garota à sua frente, de pele cor de mogno e peitões enfiados na blusa cropped. Piercing de umbigo turquesa. Lábios delineados, mas sem batom. Ela procura algo em que se recostar, as pias, mas tem uma fila de garotas retocando a maquiagem, com os celulares em mãos, apontando para ela. Flashes a cegam. Ninguém a ajuda. Ela não sabe se está pedindo ajuda. Talvez devesse. Elas a estão vendo por meio das telas, como se ela não fosse real, como se ela não fosse alguém de carne e osso bem ali na frente delas. Estão olhando-a como se ela estivesse na televisão.

No chalé ou em casa com sua mãe e Gaga, Laura costumava olhar para pessoas na televisão, ou em livros, jornais e revistas. Às vezes ela queria realmente ver as pessoas, realmente tocá-las. Neste mundo, as pessoas têm esse privilégio, e só o que querem fazer é se verem por intermédio de telas.

Ela ouve o clique das portas se trancando, batidas, descargas, o clique-claque dos saltos. As garotas ao redor dela começam a rir, jogando a cabeça para trás, gargalhadas altas e obscenas. Talvez esses sons viessem da boca de Laura. Ela não tem certeza, está tão tonta. Está ali, mas não sente que está. Leva a mão à cabeça enevoada. Precisa de ajuda, estende a mão para a garota negra, vê uma tatuagem de cobra em seu punho, preta e espiralando pelo braço. Laura sibila em reconhecimento e tomba sobre ela, mas a garota a empurra. Algumas garotas pulam para perto e gritam "Briga!".

Laura está confusa; ela não quer brigar, só não quer cair.

Então, do nada, ela está nos braços de alguém, a pessoa está puxando-a para longe bruscamente. Ela não quer brigar. Todas as garotas estão rindo, celulares erguidos, tirando fotos ou filmando.

Ela é levada para fora do banheiro e por um corredor, percebe que quem a está arrastando é um homem que não conhece e entra em pânico. Começa a lutar contra ele. Por que as garotas ririam disso, por que não a protegem? Não a defendem?

Há um copo em sua frente, e ela não reconhece o homem. Ele está tentando fazê-la beber. Ela não quer. Não tem mais ninguém em volta. A música está tão alta que ela mal consegue escutar o que ele está dizendo. Ela já ouviu sobre pessoas botando drogas em bebidas. Ele empurra o copo contra o rosto dela, seus braços envolvendo-a com firmeza. Ela não quer. Derruba o copo da mão dele, o copo se espatifa no chão. A raiva no rosto dele. Laura está confusa. Ela é levada através do corredor pelo homem, olhando ao redor, mas é tudo um borrão, ela mal consegue focar em qualquer coisa. Ela não consegue ver, não consegue escutar, não consegue pensar. Ela quer Solomon, precisa dele, não consegue pensar em mais ninguém.

De repente, ela está do lado de fora da boate e o homem raivoso a deixa ali sozinha. Ele volta para lhe entregar seu casaco e ela percebe que ele não estava tentando raptá-la ou drogá-la. Ele é da equipe de segurança. Ela está congelando e veste o casaco. "Desculpe", diz baixinho, mas ele não está interessado. O terno dele está molhado. Ele entra, dizendo para ela esperar ali.

Ele volta com Rory, que está vestindo a jaqueta, confuso a princípio, mas então abre um sorrisinho ao vê-la.

— No que você se meteu? Eles me expulsaram lá de dentro.

A cabeça de Laura roda, ela precisa sair dali. Ela se vira para ir embora e vê uma multidão de pessoas tentando entrar na boate. Tenta dar um passo para o lado para abrir passagem, mas eles não passam, formam um muro na frente dela. Ela percebe que eles têm câmeras, estão tirando fotos dela. Ela não consegue ver o chão à sua frente, mal consegue enxergar com todos os flashes. Tropeça e cai. Não sente nenhuma dor, mas precisa de um momento para se recompor. Rory está ali, mãos sob os braços dela. Ela o ouve rindo ao puxá-la para cima.

Ela não acha a situação engraçada. Ele não consegue parar de rir.

Ela tenta andar em linha reta, mas se sente desviar para o outro lado. Rory dá uma risadinha e a segura com firmeza. Ela está enjoada.

Está tudo errado. Eles estão num beco, e ela não consegue ver a saída, o que a deixa claustrofóbica. Não há espaço nessa cidade. Tem pessoas demais. Ela tem ânsia de vômito.

— Não, aqui não — diz Rory, parando de rir. — Laura.

Seu tom é mais sombrio, de alerta, porque eles estão completamente cercados por paparazzi.

Laura está escorregando das mãos dele. O corpo e as pernas praticamente viraram gelatina. Ela é mais alta do que ele, que tem dificuldade de mantê-la de pé.

— Afastem-se — grita Rory para os fotógrafos.

Eles chegam à rua principal e encontram uma multidão à espera, perguntando-se qual é o motivo do bafafá, esperando para ver que celebridade está saindo da boate.

— Ave-Lira, Ave-Lira.

Ela ouve de lábios, todos sussurrando ao redor dela como o vento soprando por entre as folhas em sua montanha. Mas ela não está na montanha, ela está aqui, câmeras de celular apontadas para seu rosto. Cadernos para autografar e canetas estendidas.

Um grupo de garotos começa a fazer sons de cuco. Os sons os perseguem ao longo da rua. Rory os leva ao primeiro táxi que veem na fila próxima. Laura desaba dentro do carro e reclina a cabeça para trás, olhos fechados. Câmeras esbarram contra o vidro do carro, continuando a tirar fotos. Ela fecha os olhos, inspira fundo, tentando não vomitar enquanto a cabeça dá voltas.

— Para onde? — pergunta o taxista, aturdido ao se ver cercado de fotógrafos.

— Solomon — diz Laura, olhos fechados, cabeça no encosto.

As câmeras batem contra a janela.

— Ei, para onde? — pergunta o taxista, agitado. — Cuidado com o meu para-choque! — grita para os fotógrafos, abaixando a janela.

Eles continuam batendo contra a lateral do carro, o taxista sai com dificuldade e os confronta. Os flashes continuam a piscar enquanto o taxista de Ave-Lira se envolve numa discussão e ela continua apagada no banco traseiro.

— Merda — diz Rory enquanto eles esperam no banco traseiro sem motorista, completamente cercados. — Merda.

— Solomon — repete ela, sonolenta.

— Hum, não, Solomon não. Muito bem, Laura, novo plano.

Ele a sacode, tentando acordá-la. Ele abre a porta e dá a volta para o lado dela. Puxa-a para fora, tenta mantê-la de pé, mas agora ela está tão exausta quanto alcoolizada. As câmeras ignoram a fúria do taxista e seguem Laura e Rory.

— Ei! Aonde vocês vão? — berra o taxista.

— Eu não vou ficar esperando enquanto você discute — berra Rory de volta.

— Isso é culpa sua. Quem você acha que é? — O taxista grita um monte de ofensas para Rory enquanto ele meio carrega, meio puxa Laura para longe. Todos os táxis saíram da fila. — Perdi um monte de corridas por sua culpa!

Um táxi para no meio da rua. A luz está apagada. Tem pessoas lá dentro. Uma porta se abre.

— Entrem.

Rory olha para dentro e reconhece dois caras da boate. Ele põe Laura no banco da frente, tentando abaixar o vestido dela, que está subindo por suas longas pernas esguias; é uma camisa xadrez, com coturnos pretos e meias de caminhada por baixo. Ele entra no banco traseiro, espremendo-se ao lado dos dois homens.

— Aonde vocês estão indo? — pergunta um deles.

Rory acha que o nome dele é Niall, um empreiteiro, ou seria outra pessoa? Ao olhar para ele, Rory se pergunta se chegou a conhecê-lo na boate.

— Qualquer lugar — responde Rory, tampando o rosto das câmeras pressionadas contra o vidro.

Os homens riem. O taxista acelera.

29

Laura acorda na escuridão. A cabeça, a garganta, os olhos, tudo dói. Há um zumbido, a vibração familiar de um celular, e ela pensa em Solomon. Olha ao redor e vê uma luz vindo de um sapato. O celular está vibrando dentro de um tênis. Ele vibra mais uma vez, então emite um som de bateria fraca antes de morrer, a luz se apagando. É como testemunhar outra morte. A dor de cabeça que começou em Galway e piorou em Dublin, mas desapareceu depois das duas primeiras taças de vinho, agora voltou com tudo e pior do que nunca. Dói para levantar a cabeça, a gravidade parece ter se intensificado e a puxa para baixo. Ela está com medo, não sabe onde está, então se senta. Está num sofá, ao lado de uma cama de casal. Tem uma figura por cima das cobertas e um contorno embaixo delas.

Ela sente cheiro de vômito, percebe que está em seu cabelo e suas roupas, e o cheiro a transporta de volta, para a memória da cabeça sobre um vaso sanitário, um vaso sujo com merda ainda grudada nas laterais. Alguém está segurando o cabelo dela. Tem muitas risadas, garotas ao lado e ao redor dela. Uma voz próxima ao seu ouvido lhe diz que ela vai ficar bem. Uma voz gentil. Uma voz feminina. Ela se lembra de Rory, da boate, do homem que a atacou. De ser levada para fora. Dos flashes das câmeras, do táxi, do outro táxi, do enjoo.

Ela não se lembra do lugar onde está. Não se lembra de chegar aqui, como veio parar nesse cômodo ou com quem está. Ela olha para o par de All Star com o celular sem bateria e reconhece que são de Rory. Então ele está aqui, é bem provável que seja a pessoa deitada na cama. Ele a trouxe para cá. Ela não pode culpá-lo pelo que aconteceu, só pode culpar a si mesma. Ela tem vinte e seis anos e deveria ter tido mais noção. Está com tanta vergonha de si mesma por ter perdido o controle, por tamanha irresponsabilidade, por permitir que os outros a vissem desse jeito, que não consegue se forçar a acordar Rory. Ela ainda está de botas, não se dá ao trabalho de encontrar o casaco, só quer sair dali.

Ela se levanta e se equilibra enquanto a cabeça roda. Espera um momento para a tontura passar, faz algumas respirações profundas o mais silenciosamente possível para não acordar os outros. O quarto está quente e abafado. Cheira a álcool e calor de corpos, o que lhe revira o estômago. Ela passa por cima de sapatos e garrafas, desequilibrando-se e se apoiando na parede, onde bate, e ouve alguém se mexer atrás dela, acordando como se de susto. Ela não olha para trás, continua andando, sabe que precisa sair dali antes que acordem.

Ao sair do quarto ela se vê num corredor. Vê a porta principal. A porta seguinte é o banheiro, então a porta da frente. Ela passa por uma área de sala e cozinha integradas, mais corpos pelo chão e por sofás, um casal se beijando lentamente no sofá, as mãos dele se mexendo por baixo da blusa dela enquanto ela emite arquejos suaves.

Ela pensa em Solomon e Bo no hotel, fazendo amor, e deve ter feito um som, se entregado, porque de repente o casal para de se beijar e ergue o olhar. Uma cabeça brota da cozinha.

— Que porra de barulho foi esse? — pergunta a garota.

— A ave — diz o garoto no sofá.

— Ave-*Lira* — corrige ela, com uma risadinha.

— Tanto faz. Oi — diz ele, e ela acha que o reconhece.

Ela se lembra dele da boate. Ele foi amigável, oferecendo-se para comprar bebidas para ela, esculachando alguém por empurrá-la sem querer ao passar. Conseguindo a atenção do barman mais rápido do que os outros. Sussurrando em seu ouvido. Ele beijou sua orelha? Seu pescoço? Foi ele quem segurou seu braço com firmeza quando ela se desequilibrou.

— Eu me chamo Gary, sou ator. Nossa estreia foi no festival dessa noite — diz.

Ela lembra de ter ficado impressionada, nunca conhecera um ator antes. Não um profissional, pelo menos ao que parecia.

— Gary, seu merdinha — diz a garota, batendo nele, pulando tão rápido do sofá que lhe dá uma joelhada sem querer. Ele solta um grunhido. — Você disse a ela que era a porra de um ator? Quem é você, Leonardo DiCaprio?

— Eu só estava brincando, amor, calma.

— Não me vem com "amor".

Ela o golpeia de novo, o que agita os outros, que estão dormindo.

A voz dela é familiar. Laura a analisa, tentando determinar como ela a conhece. Então se lembra. No banheiro, a cabeça literalmente dentro da privada, tentando ignorar a merda seca, ouvindo risadas, a voz daquela garota, erguendo o olhar entre crises de vômito e vendo uma câmera de celular nas mãos dela.

"Para", dissera Laura, tentando tampar o rosto.

"Sai daqui, Lisa", dissera outra voz.

"Vai pro Facebook", falara ela, saindo do banheiro. "Ave-Lira, ave-suja", concluíra ela com risadinhas.

Laura deve ter dito tudo isso em voz alta.

— Cara, você postou fotos dela vomitando no Facebook? — pergunta Gary. — E está me esculachando?

— Você está bem? — pergunta uma voz vinda da cozinha. — Quer uma xícara de chá?

Laura não reconhece o rosto dela, mas reconhece a voz imediatamente. Era a que estava em seu ouvido. "Psiu. Psiu. Vai ficar tudo bem."

Laura sabe que repetiu isso porque a garota está sorrindo. Ela tem um rosto amigável; é bom ver um. Oferece uma xícara de chá para ela.

Laura balança a cabeça e continua andando para a porta. Ela deveria entrar no banheiro para se limpar, mas sabe que precisa ir embora, não quer que Rory acorde, não quer ter que falar sobre o que aconteceu.

Ela não faz ideia de onde está, de onde estão suas coisas. Está num prédio qualquer. Ela segue para a saída de incêndio e desce cinco lances de escada correndo, achando que alguém a está perseguindo, não ouvindo nenhum passo, mas com medo de ser alcançada ao parar ou olhar para trás. É como um pesadelo se desdobrando, e é ela quem está trazendo-o à vida com uma imaginação hiperativa. Corre escada abaixo, agarrada ao corrimão, roçando o metal e sentindo farpas da tinta descascada com a mão. Ela pensa que vai ficar presa para sempre naquela escada, que ela nunca acabará, até finalmente chegar ao térreo. Passa por uma parede de caixas de correio cinza, só números, nenhum endereço, não que eles fossem significar algo para ela de qualquer forma. Ela dispara para a rua, torcendo para ver algum lugar familiar, um dos lugares onde esteve com Solomon, Bo ou Rachel, mas não reconhece nada. À sua frente há um prédio idêntico, ao seu lado e a toda sua volta também.

Uma buzina alta a assusta, e ela ergue os olhos a tempo de ver o bonde avançando bem na sua direção. Pula para a calçada, o coração martelando enquanto o motorista passa gritando.

Depois de se acalmar minimamente, ela olha para a esquerda e para a direita, decide seguir para a esquerda na direção do bonde, ele deve estar levando as pessoas a algum lugar. Algum lugar é melhor do que o desconhecido, o mesmo padrão de pensamento que adotou desde que Bo e Solomon entraram em sua vida. *Siga-os, eles estão indo a algum lugar, algum lugar é melhor do que lugar nenhum.* Enquanto anda, ela pensa no som do bonde que quase parou seu coração. Ela não ouve a si mesma imitando-o, por mais que ouça o som, como uma música que não sai de sua cabeça. Mas as pessoas estão assustadas, pulando para longe, algumas rindo quando ela se aproxima.

Talvez ela não esteja fazendo som algum, talvez a aparência dela é que seja tão chocante para eles, e o cheiro dela. O vômito no cabelo, o vômito seco nas botas em que só reparou agora. Ela está uma desgraça; seu cheiro está ainda pior. Tenta prender o cabelo para trás, parecer mais arrumada, especialmente quando uma câmera de celular é tirada de uma bolsa. É como uma maré: assim que uma pessoa pega o celular, esta dá permissão às outras, a confiança para fazer o mesmo.

Ela sente no peito a batida da música da noite passada, as pessoas gritando, o vidro quebrando, os sons abafados que se misturam numa cacofonia barulhenta, perturbadora. Leva as mãos aos ouvidos, abafando tudo. As pessoas a encarando, os celulares erguidos, os flashes dos fotógrafos, agora ela se lembra. Os fotógrafos. Ah, meu Deus, as pessoas a verão no jornal. Será que publicariam fotos tão horríveis? Ela pensa em Solomon abrindo o jornal matinal. Se ele a vir, ela nunca mais vai olhá-lo nos olhos, tamanho constrangimento.

Ouve o farfalhar do jornal matinal dele enquanto Bo mexe no celular; para ela tudo numa tela, para ele tudo que é palpável. Farfalho, clique, buzina de bonde, estilhaçar de um copo. Um taxista furioso, gritando com ela. Uma mão áspera em seu braço. Ela se lembra agora. Ela vomitara no táxi, o motorista os expulsara. Ela se ajoelhara na sarjeta e vomitara um pouco mais. Os caras rindo. All Star azuis ao lado dela, vômito espirrando na biqueira branca. Mais risadas. Uma mão em sua cabeça agora, então um braço ao redor de sua cintura. Não conseguir ficar em pé, ser levada embora, uma garota, a garota gentil perguntando ao dono do braço ao redor da cintura dela o que ele acha que está fazendo. Rory dizendo ao homem com a mão ao redor de sua cintura para se afastar. O que ele ia fazer com ela? Suas bochechas ardem com a vergonha de ter se colocado nessa situação.

Então o banheiro. O vaso sanitário. A mancha de merda na bacia. Um cobertor quentinho. Um copo d'água. Risada distante e música.

Ela aperta as mãos sobre os ouvidos, afunda no chão, tentando se esconder das câmeras. Sua mãe e Gaga estavam certas em escondê-la. Ela não é apta para tudo isso, não pode correr para lugar algum. Queria que elas a escondessem agora.

Ao pensar nelas, os barulhos em sua cabeça começam a se acalmar. Ela consegue raciocinar melhor e, conforme os pensamentos aquietam, ouve-se ganindo, chorando, arquejos, soluços. Está sentada no chão. Uma multidão se aglomera ao seu redor. Algumas pessoas são educadas demais para olhar diretamente para ela, mas ainda assim perambulam por ali. Ela ergue o olhar para a pessoa parada ao seu lado. Uma policial. Mamãe e Gaga disseram para não confiar em policiais. Mas essa parece bondosa. Parece preocupada. Ela se abaixa, nivela os olhos com os dela e sorri, com apreensão no olhar.

— Quer vir comigo?

Ela estende a mão, e Laura a pega. Não tem mais lugar nenhum para ir. Algum lugar é melhor do que lugar nenhum.

30

Laura se senta no canto da sala da delegacia, envolta num cobertor. Entre as mãos, segura uma caneca de chá quente, que a ajudou a se acalmar. Ela espera que alguém venha buscá-la. Não quis dar o nome de Solomon ou Bo, não quer que eles a vejam desse jeito ou saibam qualquer coisa sobre o ocorrido. O orgulho dela estava ferido. Ela queria provar que poderia ficar bem sem eles e fracassara.

A Gardaí trabalha ao redor dela; abrindo e fechando a portinhola para carimbar formulários para passaportes, carteiras de motorista e seja lá o que mais as pessoas precisem. Muita papelada; os bastidores da manutenção da ordem. Ela sente que está numa área segura. Não há nenhum ladrão sórdido sendo arrastado para as celas. Se sua mãe e Gaga soubessem disso, ficariam apavoradas, a concretização de seus piores medos, mas não há nenhum senso de pavor aqui, é calmo. Laura pensa em Gaga e ouve o som da faca sendo amolada. Não é um som apropriado a se fazer numa delegacia; cabeças se viram. Talvez seja por isso que o faz, porque não deveria. O nervosismo a pegou de vez ou ela quer se rebelar, quer ser diferente, ser vista? Todas essas perguntas foram feitas por Bo quando estavam sozinhas. Laura pensa nelas agora, de um jeito que nunca pensou antes. Ela nunca teve que se analisar tanto assim. Não sabe bem por que faz os sons que faz; não sempre, pelo menos; às vezes eles fazem todo sentido. Mas, agora, emitir sons de faca sendo afiadas numa delegacia... isso não é uma boa ideia. Isso faz sentido quando ela está relaxada na montanha, lendo um livro enquanto um pisco constrói um ninho no alto. Ela não consegue deixar de acompanhar o som deles agora.

— Um pisco — diz o policial subitamente. — Eu reconheço esse.

— Não sabia que você sabia alguma coisa sobre pássaros, Derek.

— Uma família de piscos vive no nosso jardim dos fundos. — Ele gira na cadeira para falar com o colega. — O papai pássaro é bem cruel.

— Eles são muito territoriais — diz Laura, recordando.

— É isso — concorda ele, largando a caneta na mesa. — Aqueles piscos ganhariam fácil uma briga contra nossa cachorra. Daisy morre de medo deles.

— Eu diria que Daisy não ganharia uma briga contra ninguém — responde o colega, ainda folheando papéis. — Com um nome como Daisy.

Os outros riem.

Enquanto todo mundo relaxa, o som de sua risada é como um gatilho. Laura sente a batida da música da boate, vinda do coração.

Piranha burra grossa. A garota pensara que Laura estava tampando os ouvidos para evitar falar com ela, mas era porque o som do secador de mãos havia lhe dado um susto. Fora tudo um mal-entendido.

Misofonia, Bo lhe explicara. Pessoas com misofonia odeiam certos barulhos, chamados de sons de gatilho, e respondem com estresse, raiva, irritação e, em casos extremos, fúria violenta. Laura não sentira que isso se aplicava a ela, mas talvez Bo tivesse razão. Ela volta a pensar naquele momento.

As garotas rindo no banheiro, câmeras de celulares erguidas. O homem com a mão ao redor de sua cintura levando-a a algum lugar, dizendo "psiu" em seu ouvido. A garota gentil sussurrando "psiu" em seu ouvido, segurando seu cabelo, afagando-lhe as costas.

Não, Laura se contém. Ela não reagira com violência, tinha apenas tampado as orelhas.

Hipersensibilidade a sons, dissera Bo em outro momento. O policial com a família de piscos no jardim desliza até ela na cadeira de rodinhas, olha para ela com uma expressão paterna preocupada.

— Se houve algo que você precise compartilhar sobre a noite de ontem, pode nos contar.

Ela engole em seco. Estremece, então balança a cabeça.

Um policial que ela ainda não tinha visto chega para o seu turno e larga um tabloide sobre a mesa. Laura vê uma foto de si mesma na primeira página. A manchete diz: "AVE BÊBADA". Ela começa a entrar em pânico. Ele se assusta, não fazia ideia de que Ave-Lira estava em sua delegacia. A policial bondosa que a encontrou cobre o jornal e tenta acalmá-la de novo.

Laura mal consegue ouvir o que ela diz em meio aos próprios sons desesperados: o avião, o rosnado de Mossie, os morcegos à noite, sirenes da cidade, obturador de câmera, o som da gaiola da ave-lira, o clique do cinto de segurança do avião, descargas de privadas, saltos altos em piso frio, secadores de mão ruidosos. Tudo se mistura em sua cabeça.

Apesar da gentileza dos policiais, ela deveria ter imaginado que as coisas não ficariam calmas por muito tempo. De alguma forma, a imprensa descobre que ela está na delegacia. Estão do lado de fora, esperando sua aparição. Bianca e Michael chegam. Michael fica do lado de fora, liberando a passagem até o SUV de vidros escuros. Laura não quis contatar Solomon e Bo. Bianca fora a única pessoa em quem ela conseguiu pensar.

— Você está bem? — pergunta Bianca com preocupação enquanto Laura é levada à recepção.

Laura gane, os sons moribundos de Mossie, a lebre caída.

— Ela teve uma noite difícil — diz a policial gentil. — Precisa descansar.

— A garota vai prestar queixa. Ela está encrencada? — pergunta Bianca.

— Ninguém veio aqui prestar queixa — diz a policial.

Bianca se vira para Laura.

— Havia uma garota no banheiro da boate. Ela disse que você a empurrou, a agrediu. Curtis precisa dos detalhes. Eles têm que liberar uma declaração para a imprensa.

Laura engole em seco com nervosismo, tentando pensar.

— Eu não empurrei ninguém. Eu me senti zonza, estava tentando me apoiar nela. Eu precisava de ajuda, eu estava... Eu estou encrencada?

— Não — diz a policial, irritada. — Ninguém prestou nenhuma queixa. Você deveria acreditar mais em nós do que nos jornais. Você vai levá-la para um lugar seguro, eu espero?

Laura emite sons. Ela está nervosa, afobada, tentando reviver tudo o que aconteceu para conseguir entender.

Bianca a observa com atenção. Já ouviu os sons de Laura antes, mas nada tão angustiado assim. Eles se derramam dela como a respiração trêmula e os soluços depois de um longo choro.

— Você está bem, Laura? — pergunta gentilmente.

— É de nosso entendimento que esses sons são normais para ela, não?

— Sim, mas... — Bianca parece muito preocupada.

— Estou bem — diz Laura. — Eu só quero ir para... — Ela quase disse "casa". Casa. Ela não sabe mais onde isso fica. A exaustão a inunda.

— Muito bem, vamos te levar para algum lugar confortável e seguro, não se preocupe. Tem um monte de fotógrafos do lado de fora — adiciona Bianca, verificando o estado de Laura com nervosismo. — Toma, você pode usar isso... — Ela lhe entrega seu par de óculos escuros grandes. Laura os veste e se sente imediatamente protegida do mundo. — E use isso... — Ela tira o colete de pele e entrega para Laura, que hesita. Essa é uma nova Bianca. — Não é pele de verdade — diz, como se esse fosse o problema.

Laura por fim o veste, concordando que, por mais que possa não ser o melhor look por cima de um vestido xadrez, na verdade uma camisa masculina grande demais que Tom lhe dera e que ela complementara com um cinto, o colete de fato cobre as manchas. Ela agradece os policiais e enfrenta a barragem de mais fotógrafos e uma câmera de TV. A princípio acha que é Rachel quem está atrás da câmera, e naturalmente espera ver Solomon ao seu lado, esperançosa para enxergar a expressão intensa de concentração em seu rosto enquanto ouve os sons ao redor, mas ele não está em lugar nenhum, e ela se dá conta de que é uma emissora de notícias; o repórter esbraveja perguntas pressionando um microfone enorme contra seu rosto. Bianca e Mickey a guiam tão depressa que tudo ao redor vira um borrão. Nas fotos subsequentes ela parece uma pessoa diferente. O cabelo foi preso num coque alto para esconder o vômito seco, o colete de pele por cima da camisa xadrez, os óculos escuros grandes, os coturnos surrados que ela tem desde os dezesseis anos e as meias de caminhada puxadas para cima. Ela aparece nas revistas de moda como um novo ícone fashion. Pele e xadrez, coturnos e meias de lã. Todo mundo ama o excêntrico visual Ave-Lira. Ela não se reconhece quando olha as revistas. Enquanto o jipe se afasta, Bianca joga um jornal no banco, ao lado de Laura.

— Esse é o único que chegou a ser impresso a tempo. Sairão mais histórias amanhã aparentemente.

— Ela não precisa ver isso — diz Michael de maneira protetora.

— Curtis me disse para mostrar — fala Bianca.

Michael fecha a boca numa linha fina. Laura baixa o olhar para o jornal no banco.

AVE BÊBADA

AVE-LIRA BARATINADA

AVE NOTÍVAGA VIRA CABEÇA DE VENTO DEPOIS

DE UMA NOITE DE MUITA BEBEDEIRA

O coração de Laura martela, ela sente enjoo. Abaixa a janela em busca de ar, perguntando-se por que estão tão furiosos com ela. Ela sente as ondas emanando das páginas do jornal, e isso a aterroriza.

Bianca se vira no banco da frente. Mickey analisa Laura pelo retrovisor. Bianca estende a mão para trás e pega os jornais, amassa-os no chão à frente. Mas, mesmo que Bianca tenha levado os jornais embora, Laura já viu o suficiente para lembrar para sempre. Imagens horrendas de si sendo segurada por Rory, que está rindo enquanto o cabelo dela voa na frente do rosto. Seu rosto, suas pernas, seus pés estão apontados para todo lado, desconjuntados. Algumas fotos dela com os olhos meio fechados a fazem parecer drogada. Seus olhos estão sem vida; as pupilas, tão dilatadas que quase sobrepujam o verde. Em algumas ela está esparramada num beco sujo, deitada no chão molhado de álcool derramado ou sabe-se lá o quê. O rosto dela está branco pela força do flash. Ela não parece bêbada e assustada, ela enxerga o que eles estão dizendo: ela é uma mentirosa porque não é uma garota inocente que não bebe e tem uma conexão com a terra que ninguém mais tem, como diziam antes. Ela parece descontrolada, parece drogada, parece alguém que ela não gostaria de conhecer. Os jornais estão furiosos, sentem-se enganados.

Talvez ela seja assim. Talvez eles tenham razão.

Ela pega os jornais de Bianca. O mais sensacionalista de todos buscou fotos da garota da festa na qual Ave-Lira capotou. Nelas não parece que ela estava passando mal, como se estivesse com medo e quisesse ir para casa. Parece que ela se injetou heroína. Ela não consegue fechar as páginas, não consegue parar de se olhar. Não consegue se encontrar nelas. Não consegue conciliar as fotos com a forma como lembra que se sentia: assustada, confusa, amedrontada. Mas a expressão no rosto dessa garota é esnobe, superior, metida.

— Estamos te levando para a casa dos participantes da final. Demos saída do hotel, tem jornalistas demais lá. A StarrGaze vai bancar os finalistas até o fim do programa. Você é a única por enquanto. Isso vai te proteger da imprensa e deve impedir os outros de falar com os jornais, o que alguns já fizeram. — Ela se vira. — Cuidado com Alice. Ela é perigosa. A semifinal dela é amanhã à noite, mas suas votações têm sido altas e devem continuar assim.

Em vez de ficar preocupada por precisar enfrentar Curtis e morar com Alice, que nunca foi sua fã, Laura sente uma onda de alívio percorrer o corpo por saber que eles a estão levando a algum lugar. Outra ponte. Ela ainda não está presa em sua ilha solitária. Outra casa, outro lugar para se esconder, outra ponte para ela atravessar enquanto segue para o absoluto desconhecido. Não há mais volta agora, de jeito nenhum. Fisicamente, ela nem conseguiria chegar lá.

A casa dos participantes está localizada fora de Dublin, nas montanhas Wicklow, e ela fica feliz por estar cercada de natureza, de árvores, montanhas e espaço. Mal aproveita a vista, no entanto, porque não para de olhar para as fotografias nos jornais, para a estranha usando suas roupas. Mas pelo menos olhar para as árvores a ajuda a respirar de novo.

Quando chegam aos portões, há fotógrafos do lado de fora, e ela enfrenta mais câmeras batendo contra a janela, o que a leva de volta à noite anterior. Ela se ouve fazendo os sons. Michael a analisa pelo retrovisor enquanto eles esperam os portões se abrirem.

— Já estamos quase lá — diz ele gentilmente.

A casa é visível dos portões, o que não oferece muita privacidade. Todas as cortinas estão abertas, e Laura vê alguém parado à janela, observando, antes de se afastar rapidamente. Ela faz uma nota mental para não se aproximar das janelas.

Ela não consegue olhar para Simon, o integrante da equipe de produção que a cumprimenta. Ele vai morar com os participantes para cuidar de todas as suas necessidades. Ela quer pedir desculpas para Michael, Bianca e Simon por atrair toda essa atenção para o programa, mas está envergonhada demais para fazer contato visual. Fica com os óculos de Bianca; gosta de como eles a protegem. Ela mantém o olhar baixo enquanto eles a observam subir as escadas, Mickey a ajudando com as malas. Bianca tenta ajudá-la a se instalar e diz que Curtis vai visitá-la amanhã. Apesar da leveza do seu tom, parece um alerta.

Laura apaga as luzes, fecha as cortinas, grata por suas janelas darem para os fundos, com vista para as árvores. Um balanço e um escorregador no jardim. Ela toma um banho, sente-se enfim limpa, então entra na cama, ainda enjoada do álcool e sentindo-se humilhada. Ela está com fome, mas não quer descer e encontrar alguém. Ela se deita na cama, enroscada em posição fetal, embaixo da coberta, se escondendo. E dorme.

31

"De garota montanhesa anônima a superestrela da internet, parece que sua fama recém-alcançada está finalmente subindo à cabeça da participante favorita do *StarrQuest*, Ave-Lira, visto que o porta--voz de Laura Button confirmou os relatos de que ela se envolveu num incidente no banheiro de uma boate de Dublin ontem à noite. As fotos no jornal de hoje a mostram sendo carregada para fora por um segurança da casa, que interveio no incidente, e quem ela em seguida atacou, jogando um copo de água nele."

A reportagem mostra vídeos de Laura.

"Seu teste a deixou famosa no mundo todo em questão de semanas, mas, de acordo com relatos, ela foi encontrada vagando pelas ruas de Dublin extremamente aflita e foi levada a uma delegacia para sua própria segurança. Agora ela está de volta à custódia dos produtores do programa *StarrQuest* e hospedada na casa reservada para os finalistas da competição.

"Os produtores do *StarrQuest* saíram em defesa de Ave-Lira hoje, divulgando uma extensa declaração em que pedem pelo fim dessa atrocidade. Jack Starr descreveu Ave-Lira como uma jovem delicada e gentil que teve uma vida difícil. Depois que sua mãe morreu, Laura foi abandonada num chalé pela avó aos dezesseis anos, lugar em que morou por dez anos, escondida de todos exceto o pai, que manteve sua existência em segredo. Starr diz que Laura está com dificuldade de lidar com a situação e que está assoberbada desde o primeiro teste. Ele diz que se tornar a maior estrela do planeta tão rápido é assustador e inquietante, como Laura descobriu.

"Ave-Lira teve mais do que quinze minutos de fama e tem potencial de fazer milhões com contratos de livros, publicidade e aparições em eventos. Mas a fama vem com um preço, e parece que Laura Button está começando a pagar por ela."

Solomon se levanta e joga o controle remoto contra a parede acima da lareira, fazendo-o se chocar contra os tijolos. A tampa se solta e as pilhas se espalham pelo chão. Bo se abaixa e se encolhe ainda mais no canto do sofá. Ele olha para ela, mas nenhum dos dois diz nada. Não é preciso; Bo parece tão culpada quanto ele se sente.

— Temos que fazer alguma coisa — diz Solomon, sentindo e ouvindo a emoção na voz.

Ele mal consegue suportar ficar apenas assistindo enquanto Laura é escrutinada e criticada.

— Estou tentando, Solomon — responde Bo, com lágrimas nos olhos.

— Eu já cansei de tentar falar com ela por meio do *StarrQuest*. — Ele anda de um lado para outro, com raiva. — Temos que ir pessoalmente até ela. Onde fica a casa dos participantes que o jornal mencionou?

— Não faço ideia — diz Bo, perdida em pensamentos, então se empertiga ao ter uma ideia. — Mas os sites de fãs vão saber.

— Sou amigo de Laura Button, estou aqui para vê-la — fala Solomon para o segurança nos portões em frente à casa dos participantes.

O guarda ri e se aproxima dele com uma prancheta.

— Você e todos os outros.

Solomon olha ao redor. Uma dúzia de fotógrafos e uma equipe de filmagem o observam, a princípio com interesse, então com divertimento quando seu desejo de entrar é negado. Atrás de uma grade há um punhado de fãs de carteirinha, sacos de dormir enfileirados na grama, uma faixa caseira em que se lê *Nós* ❤ *Ave-Lira*.

— Deixa ela em paz — grita uma garota do outro lado para ele.

Uma raiva toma conta de Solomon.

— Se você puder dizer a ela que eu estou aqui, ela vai te dizer para me deixar entrar.

O segurança o olha de cima a baixo.

— Por que você não vai em frente e liga para ela primeiro? Fala para ela me ligar e pedir para você entrar.

Solomon range os dentes.

— Eu não tenho como ligar para ela. É por isso que estou aqui.

— É. Bem, eu não posso deixá-lo entrar. Seu nome precisa estar na lista, e não está, então eu não posso te deixar entrar.

Solomon desliga o motor e começa a sair do carro.

— Senhor, eu o aconselho a ficar no carro. Não há necessidade de sair do veículo.

O homem está tão perto da porta do carro que Solomon não consegue abri-la. Ele a empurra com um pouco mais de força. A porta atinge o guarda, que dá um passo para trás.

— Ei, o que você está fazendo? Eu disse para voltar para o carro!

— Então não bloqueie minha porta! Não bloqueie minha porta! — Solomon aproxima o rosto do dele, e eles começam a gritar um com o outro.

Um fotógrafo entediado tira algumas fotos.

Um segundo segurança aparece da guarita.

— Barry? — diz ele, preocupado.

— Ótimo, com sorte você pode ajudar — fala Solomon, afastando o cabelo do rosto e tentando se recompor na frente da multidão. — Preciso contatar minha amiga Laura Button. Tenho consciência de que não estou na lista, mas se você ligar para ela, o que só vai tomar um segundo do seu tempo, ela vai me deixar entrar imediatamente. Tudo bem?

— Quem? — pergunta ele ao colega, olhando para Solomon de relance.

— A Ave-Lira — diz Barry.

— É Laura, na verdade. O nome dela é Laura Button. — Solomon volta a ficar aborrecido.

— Deixa a Ave-Lira em paz — grita a fã para ele de novo. — Pessoas como você não estão ajudando!

Solomon a ignora.

— Então você sabe o nome verdadeiro dela. Você lê as notícias — diz Barry, indiferente.

— Tudo bem, tudo bem, vamos manter a calma — diz o segundo segurança. — Não tem motivo para ficar aborrecido.

Solomon se acalma. Ele gostou desse cara, talvez tenha bom senso.

— Chega aqui comigo. — Solomon o segue, fora do olhar da multidão, para dentro da guarita de segurança. Ele sente que foi levado a sério. — Agora, deixa eu te contar como as coisas funcionam aqui — diz o segurança com calma.

— Eu já disse — interrompe Barry, atrás dele.

— Barry — alerta o outro segurança, e Barry sai da guarita praguejando. — Nós recebemos uma lista de pessoas que têm permissão para visitar. É uma lista muito restrita. Se quiser visitar alguém da casa, você deve contatar o escritório de produção, que então nos avisa. Não temos permissão para deixar qualquer Tom, Dick ou Harry simplesmente sair entrando. E você nem é da família. E são dez da noite. Tarde demais para visitas.

— Eu entendo, e concordo. É assim que deve ser, mas eu sei que Laura quer me ver. Não estou na lista porque ela não sabia que eu podia visitar, mas eu posso. E, agora, se você avisar a ela que estou aqui, prometo que isso não será uma perda de tempo.

Ele olha para Solomon como se tentasse avaliá-lo.

Pega o telefone, e uma onda de alívio corre pelo corpo de Solomon.

— Simon, é o Richie. Tenho uma visita para Ave-Lira. É. Ele está aqui agora. Não está na lista, mas quer vê-la.

— Solomon Fallon — diz Solomon, dando-se conta de que o segurança nem perguntou o nome dele.

— Solomon Fallon — repete para o telefone. Ele escuta. Eles esperam. — Estão verificando — diz.

Ele olha ao redor enquanto espera um pouco mais.

Tem algo rolando. Solomon sente que há algo errado. Ele olha para o telefone e percebe que Richie não está nem no telefone. Ele não ligou de verdade, é tudo uma farsa. Quando Solomon aguça os ouvidos, consegue escutar o som da linha do outro lado.

— Que palhaçada. Que palhaçada fodida.

Solomon derruba toda a papelada da mesa, sai batendo os pés e entra no carro. Barry o cumprimenta do lado de fora, enquanto Richie dá de ombros como se tivesse valido a tentativa.

— Contate o escritório de produção — repete Richie com firmeza, dando tapinhas no capô do carro.

Solomon afunda o pé no acelerador e arranca a toda velocidade, o sangue fervendo, o coração disparado de raiva.

Uma batida na porta acorda Laura na manhã seguinte, e Simon, da StarrGaze Entretenimentos, avisa que Curtis chegou. Ela veste uma calça jeans, uma camiseta e um cardigã largo que envolve ao redor do corpo como proteção. É um que Solomon comprou para ela em Cork. Ela deixa o cabelo recém-lavado solto para poder se esconder e desce as escadas descalça até a sala de reunião.

Curtis está sentado à cabeceira da mesa de jantar. A sala de jantar fica virada para a frente da casa. Laura para à porta e olha para a janela.

— Sente-se — diz ele.

— Eles conseguem nos ver?

Ele olha pela janela.

— Agora você está preocupada em ser vista? — Ele se levanta e fecha as cortinas mesmo assim.

— Obrigada — diz ela baixinho, com nervosismo.

— A StarrGaze fez muito por você. Nós te acolhemos, te tratamos bem, te demos uma plataforma internacional, te levamos para a Austrália, pagamos por suas roupas, cabelo, hotéis. Não economizamos em nada.

— Eu sei, e verdadeiramente...

Ele continua como se ela não tivesse falado.

— Somos um programa de família. Mais de setenta por cento do nosso público está na faixa etária entre dezesseis e trinta e quatro anos. — Ele mantém o olhar hostil, como se para enfatizar que ela precisa mesmo entender isso. — Esperamos que você cumpra o contrato que assinou, que estipula que não fará nada para prejudicar a imagem estabelecida e a marca do *StarrQuest* e da StarrGaze Entretenimentos.

Ele não lhe dá espaço para falar uma palavra.

— Nós conversamos e chegamos à decisão de que você poderá continuar na competição. Vamos permitir que se apresente na final.

Ele faz uma longa pausa, e Laura olha para ele, olhos arregalados. Não tinha lhe ocorrido que poderia ser retirada do programa.

Ele parece esperar alguma coisa.

— Obrigada — sussurra ela, a garganta apertada, sentindo como se tivesse recebido uma vida extra da qual nem sabia que precisava.

— De nada — diz ele, soturno. — Mas você tem um caminho difícil pela frente. Tem muita gente para convencer, muitas opiniões para mudar.

Laura assente, com a cabeça a mil.

Ele se levanta e fala como se suas palavras tivessem sido decoradas, escritas para ele e ensaiadas.

— Eu reconheço que sua vida tenha mudado imensamente. É muito para processar. O *StarrQuest* tem um terapeuta qualificado à sua disposição, se você desejar. Aconselho a conversar com ele. Gostaria que eu providenciasse um horário?

Laura pensa em se sentar com outra pessoa do *StarrQuest* e ter que se explicar. Não ajudaria em nada. Só a faria reviver tudo de novo, e tudo o que ela quer é esquecer o que aconteceu.

Ela faz que não com a cabeça.

— Se mudar de ideia, avise Bianca. Sugiro que não fale com ninguém de fora antes de sua apresentação. Nenhum veículo. E isso não é uma sugestão, é um pedido direto em nome do *StarrQuest*.

— Tudo bem. — Ela limpa a garganta. — E quanto ao documentário? Jack ia falar com...

— Com a Boca a Boca Produções. Sim, sua relação com eles foi encerrada — diz com um ar de que a questão foi encerrada.

Ela sente lágrimas brotarem nos olhos. Está confirmado. É real. Ela está oficialmente desconectada de Solomon, e isso parte seu coração. Ela sente o rosto corar e os olhos arderem pelas lágrimas. Tem medo de perguntar se é porque Bo e Solomon não a querem mais depois do seu comportamento na noite de segunda-feira ou se Curtis simplesmente conseguiu o que queria. Apesar de sua perda, está aliviada por poder se esconder de Solomon; está envergonhada demais para encará-lo agora. Ela tentara se convencer de que ele talvez não tivesse visto os jornais, mas ela precisa ser realista. Seu irmão está nas fotos, sua família toda vai vê-los, seus amigos, seus gentis vizinhos que ela conheceu na festa da mãe de Solomon. Todas aquelas pessoas que foram tão boas com ela verão a bagunça que fizera consigo mesma.

Ao sair, Curtis se demora, como se estivesse repensando, com peso na consciência, se é que ele tinha uma. O coração de Laura martela enquanto ela espera que ele diga que tudo bem, ela pode ver Solomon. Ou que ela está fora do programa.

— Essa matéria vai sair em alguns dias. Eu recebi uma cópia de antemão que você deveria ver, para ter uma chance de resposta.

Ele põe um grande envelope pardo na mesa e sai.

Ela encara o envelope, o coração martelando.

Alguém bate à porta, e ela se vira. A porta se abre, mas não revela ninguém. Então um rosto aparece no batente, mas não um rosto humano. É o fantoche de Alan, Mabel. Alan não está à vista.

Mabel limpa a garganta.

— Oi, Mabel. — Laura sorri.

— Mabel quer saber se a Ave-Lira quer uma xícara de chá. Ave-Lira não come desde que chegou, ontem à noite, ouvi dizer. Alan vai fazer uma para ele.

— Obrigada, Mabel. — Laura sorri. — Você é muito gentil. Mas pode me chamar de Laura.

— Tá bom, Laura — diz ela timidamente, e Laura ri.

Mesmo que Mabel não core, ela é tão realista, e Alan é tão bom em movimentar seu rosto todo que ela parece real.

Então Alan enfia a cabeça pela porta. Laura gosta dele. Ele fez o teste na mesma noite que ela. É um homem agradável. Peculiar. Tem quarenta anos e mora com os pais, investe todo o dinheiro em Mabel e seu show. Ele tem um coração bondoso e um enorme talento.

— Parabéns, Alan. Eu não sabia que você tinha passado para a final, perdi o programa ontem à noite.

Laura se sente envergonhada por ignorar uma noite tão importante para os colegas de programa, seu egoísmo transparecendo de novo.

— Obrigado. Estou bem destruído hoje. Mabel me fez ficar acordado até tarde e beber uma garrafa de Jameson para comemorar.

Laura ri.

— Mabel me disse que pode te chamar de Laura. Isso quer dizer que eu também posso?

— É claro.

Alan entra na sala, quase na ponta dos pés, como se não devesse estar ali. Ele é assim em todo lugar: age como se não devesse estar ali, como se estivesse no caminho das pessoas, mas, quando Mabel está em seus braços, ele se torna outro homem, espirituoso, encantador, até travesso. Através de Mabel, ele diz coisas que Laura não imagina que passem por sua cabeça como Alan. Ele traz apenas alegria às pessoas.

— Só queria ver se você está bem — diz.

Os olhos de Laura se enchem de lágrimas e ela desvia o olhar.

— Ah, não, você a fez chorar, seu idiota — fala Mabel.

Laura ri.

— E você a fez rir — responde Alan para Mabel.

— O que você faria sem mim? — diz Mabel.

Laura seca os olhos.

Alan se senta ao lado dela.

— Estou tão envergonhada, Alan. Mal consigo me forçar a olhar alguém nos olhos.

— Não precisa ficar envergonhada. Todo mundo já teve noites como aquela.

Laura olha para ele.

— Bem, eu não. Mas Mabel já.

Mabel lança um olhar vagaroso para ele.

Laura ri de novo.

— Olha, estamos todos juntos nessa. Algumas pessoas...

— Alice — tosse Mabel.

— ...veem isso como uma competição. Uns contra os outros. Mas eu não. Eu estou competindo comigo mesmo. Sempre estive. Cabe a mim ser o melhor possível.

— E a mim — interrompe Mabel.

— E a você, Mabel. É um acontecimento que muda nossa vida. Eu fui reconhecido na farmácia ontem. Comprando uma pedra-pomes. Sabe o que é isso?

Ela balança a cabeça.

— Uma lixa para calos e pele morta dos pés.

— Sexy — diz Mabel.

— De fato — concorda Alan. — Dei meu primeiro autógrafo em meio a uma conversa sobre pedra-pomes.

Laura ri.

— Eu não estou recebendo nem metade da sua atenção e estou com dificuldade. Você é um alvo para eles. Duzentos milhões de pessoas querem saber o que você vai fazer em seguida. — Ele dá de ombros. — Então deixe-os de queixo caído.

— Obrigada. O programa vai me dar outra chance.

Alan olha para ela com surpresa.

— Foi sobre isso que Curtis...

— Babaca — interrompe Mabel.

— ...veio conversar com você?

Ela assente.

Ele se inclina para a frente. Larga Mabel na mesa, e ela chega a soltar um "ai".

— Você sabe que eles não seriam nada sem você, não sabe? Só um programa de entretenimento irlandês bosta do qual ninguém nunca teria ouvido falar se não fosse você.

Laura fica chocada ao ouvir isso.

— Você os colocou no mapa. Por sua causa, eles venderam o formato para mais doze países, até agora. Se você desistisse agora, eles não seriam nada.

— Fale por você — diz Mabel da mesa, deitada de barriga para cima.

Laura processa a informação.

— O que é isso? — Ele olha para o envelope pardo.

— Um artigo que vai sair no jornal em alguns dias. Curtis me deu para ler.

— Não leia — diz Alan.

— Eu deveria.

— Não, não deveria. Você não deveria ter que ler nada disso nunca mais — diz ele, sem nem uma gota de bom-humor. — Não se envenene com isso, Laura. Você é a pessoa mais pura e autêntica que eu já conheci. Quero que você vença.

Ela sorri.

— E eu quero que você vença.

Eles mantêm o contato visual, e Laura aprecia demais o apoio. Quando fica estranho, Mabel intervém.

— E eu, porra?

Os dois começam a rir.

— Muito bem, vou pegar uma xícara de chá para você. É melhor aproveitarmos o silêncio antes que o próximo participante chegue. E vou preparar um almoço. Não sei cozinhar, mas pode ser um sanduíche de queijo e presunto?

— Perfeito, obrigada.

— Eu não comeria, se fosse você — sussurra Mabel antes que os dois saiam. — Acho que ele está tentando me envenenar.

Laura ri enquanto ele a deixa sozinha na sala de jantar.

Sentindo-se mais confiante, ela encara o envelope na mesa. Ele tem razão, ela precisa ignorar essas coisas, e está se sentindo um pouco mais forte depois da conversa, mas ainda precisa saber o que as pessoas estão pensando dela.

Ela desliza os papéis para fora do envelope.

A primeira página é uma carta de um advogado, vinda do jornal, declarando que eles publicarão a história no dia seguinte. Se houver qualquer coisa que Laura Button queira responder, por favor, fazê-lo até o fim do dia.

Ela deixa a carta de lado e começa a ler o artigo.

"AVE-LOROTEIRA?" é a manchete, e a história é sobre por que um policial em Gougane Barra acreditava que a avó de Laura,

Hattie Button, matou o marido. Na época, o policial pensou que a filha de catorze anos deles, Isabel, que se tornou Button depois da morte do pai, também estava envolvida. O policial, Liam O'Grady, morreu há anos, mas sua filha deu uma entrevista para o jornal. Ela contou como seu pobre pai dedicou a vida a tentar levar à justiça quem ele acreditava ser o responsável pela morte do amigo, Sean Murphy. A esposa do falecido era Hattie Button, uma inglesa, que Sean conheceu enquanto ela cuidava das crianças de uma família vizinha. Sean se apaixonou por ela, e eles logo se casaram e tiveram uma filha, mas Hattie era incomum, não se aventurava muito na cidade nem se envolvia, sempre foi considerada uma pária da sociedade. Sim, Sean gostava de uma bebida, mas ele era um fazendeiro trabalhador e um bom homem. Quando questionada se Sean era violento, considerando que hematomas e cortes, velhos e novos, foram encontrados na esposa após a morte do marido, a filha do policial disse não saber, mas que isso não mudava o fato de que Hattie Button e a filha mataram o avô de Laura Button, Sean Murphy.

Laura se sente enjoada.

Sean foi encontrado virado para baixo num córrego da propriedade em que viviam. Tinha se afogado em água rasa. Havia álcool no corpo e um traumatismo craniano na parte posterior da cabeça. Sheila disse que o pai sempre acreditou que Hattie fosse responsável pela morte de Sean, mas que ele nunca conseguira encontrar provas de que ela o matara. A mulher tirou a filha da escola e elas se tornaram ermitãs, o único contato que tinham com a comunidade era por meio do negócio familiar de costuras e ajustes, que elas precisaram manter. O policial O'Grady continuou na vida de Hattie, na esperança de um dia pegá-la, mas isso não aconteceu. Ele foi para a cova sentindo que decepcionara o amigo. A mãe de Laura era uma mulher limitada, "tinha algo não muito certo com ela". Independentemente do que pensa sobre seu papel na morte de Sean Murphy, a filha do policial declara ser uma vergonha o que "Tom Toolin fez com ela, tirando vantagem de uma mulher doente. Não é de espantar que tenham escondido a criança". Sheila não fica surpresa ao saber sobre o comportamento violento de Ave-Lira numa boate. "Ela não é meiga como finge ser. Ela é uma ave-loroteira, não uma ave-lira. Uma loroteira como a avó e a mãe."

Laura não consegue respirar. Não consegue respirar. Não consegue emitir um som. Ela lê tudo de novo, sua preciosa Gaga e sua mãe sendo destruídas depois de mortas e enterradas. Seus segredos transbordando, mentiras sujas e horríveis que elas tentaram tanto conter; nada do espírito que tinham representado ou reconhecido, a alegria e a diversão, a felicidade que envolvia aquele chalé, apenas mentiras frias, feias, sombrias, horríveis.

É culpa de Laura. Ela provocou isso. Deveria ter ficado escondida na floresta.

32

— Acho que ela está em choque — diz Selena, a cantora lírica.

Ela exala um cheiro de cigarro, como se tivesse acabado de voltar do jardim, onde vai de hora em hora fumar um cigarro de mentol achando que ninguém nota.

Acabaram as semifinais do *StarrQuest*, todo mundo que passou para a final está na casa. Os últimos participantes haviam chegado tarde da noite no dia anterior: Sparks, um mágico de dezenove anos, e Kevin, um cantor country jovem e bonitão. Apesar de apenas um participante poder passar para a final, a nação se apaixonara pelos dois, e os votos ficaram divididos. Jack, num momento de fraqueza, não conseguiu escolher um e, em vez disso, passou os dois de fase. Foi um programa cheio de tensão e lágrimas. Como consequência de sua decisão emotiva, haverá seis apresentações na final do próximo fim de semana, e todos terão uma semana morando juntos enquanto preparam suas apresentações finais. Agora os outros cinco competidores estão parados ao redor da cama de Laura, observando-a encolhida em posição fetal, encarando o nada, completamente inerte.

— Ela está definitivamente em choque — diz Mestre Brendan, do número circense de Alice e Brendan. — Se eu estou achando todo esse negócio estranho, imagina como ela está se sentindo.

— Eu estou amando! — exclama Kevin, o cantor country.

Depois de uma ótima apresentação cantando uma música para uma paixonite secreta, admitindo seu amor por ela, ele obteve quinhentas mil visualizações no YouTube. Decisões emotivas à parte, ele era simplesmente um participante popular demais para Jack cortar da final. E transferira o foco do afeto de seu verdadeiro amor para Alice, da dupla circense Alice e Brendan.

— Ela consegue nos ouvir? — pergunta Alice em voz alta. — Talvez tenha tido um derrame ou um colapso nervoso e não consiga nos ouvir.

— É claro que ela consegue nos ouvir — diz Alan. — Ela está escolhendo não responder.

— Sua idiota da porra — diz Mabel.

— Ei, você precisa parar com isso — diz Kevin em defesa de sua paixonite.

— E você precisa arrumar um senso de humor — retruca o mestre de pista Brendan para o cantor country que tem uma queda por sua parceira contorcionista de quem ele é secretamente a fim há anos.

Eles se conheceram quando ela tinha catorze anos e ele tinha vinte e quatro, então sempre lhe pareceu errado dizer a ela como se sentia, já que a conhecia desde que ela era tão nova. Mas agora ela está com vinte e dois e ele com trinta e dois, e estaria tudo bem, não fosse por esse tonto country se metendo no caminho.

— Notaram que ela não disse nada? — pergunta Selena.

— Eu não sou surda, porra — diz Mabel.

— Eu não quis dizer *falar* — explica a cantora, direcionando-se a Mabel. Todos eles a veem como uma integrante extra da equipe, tamanha é sua presença na casa, e Alan parece totalmente incapaz de controlá-la. — Ela não está fazendo nenhum dos sons. Ela sempre faz seus barulhos.

Eles observam Laura, encolhida na cama, encarando a parede como se não houvesse um grupo de competidores de um programa de TV reunidos ao redor dela. Absolutamente nenhum som vem dela. É incomum.

Alice está nitidamente satisfeita. Menos competição.

— É como um mistério de assassinato. — Alice dá uma risadinha. — Quem roubou o lume de Ave-Lira? Bem, eu que não fui.

— Foram eles — diz Alan, olhando para os jornais ao redor da cama.

Ele pega o jornal de fofocas aberto com o artigo sobre a mãe e a avó de Laura serem supostamente responsáveis pela morte do avô de Laura. Foi publicado ontem, no último dia das semifinais do *StarrQuest*, primeira página de um veículo sensacionalista, "o LOGRO DE AVE-LIRA", e por mais que Laura estivesse relativamente silenciosa desde a chegada de Alan, quatro dias antes, ela sucumbira a este estado depois de o ler. Ele está preocupado. Dobra o jornal e o enfia embaixo do braço, a raiva crescente, com a intenção de destruí-lo para que ela não possa mais pôr os olhos nele. Outro artigo revela a história por trás da realização do infame ensaio Laura-conhece-uma-ave-lira em Melbourne, tendo a soberba ave-lira sido chocantemente capturada para fins de promoção. O texto é acompanhado de uma grande fotografia de Laura ao lado do pássaro engaiolado, que fez com que protetores de animais esbravejassem de indignação.

— É melhor contarmos aos produtores — diz Sparks, nervoso.

— Não — diz Alan depressa. — Nós não contaremos aos produtores. Foram eles quem a puseram nessa situação. Eles a levariam para o programa assim se for preciso.

— E quanto a Bianca? Ela ligou há alguns dias mandando Laura telefonar para um rapaz. Deixou um número, mas Laura mal olhou para ele.

— Só precisamos que ela fale com pessoas que a ajudarão — diz Alan, dispensando isso. — Que tal o terapeuta do qual nos falaram?

— Larry — informa Sparks.

Ele passou para a final com truques de carta incríveis, mas durante o processo desenvolveu um tremor incontrolável nos dedos. Ele fez uma sessão de três horas com Larry de manhã.

— Ele é bom? — pergunta Selena.

— Mostra as mãos — intervém Mabel, e Alan olha para ela com desdém pelo comentário inapropriado.

— Desculpa — diz Alan para Sparks em nome de Mabel.

— Tudo bem — responde Sparks, esquecendo-se momentaneamente de que Mabel é Alan.

— Você pode ligar para o terapeuta para ela? — pergunta Alan.

— Posso.

— Bom garoto.

— Podemos contar com Sparks — diz Mabel assim que ele sai do quarto. — Ele é firmeza, o nosso Sparks.

Os outros sorriem e balançam a cabeça, sem querer rir.

Alan repreende Mabel de novo.

Laura os escuta. É claro que ela os escuta. Fica grata por eles se importarem, mas ainda mais grata quando eles por fim saem do quarto. Ela se senta quando eles saem, sentindo-se em pânico. Não notara, mas eles têm razão: ela não se percebeu nem se ouviu imitando sons; não que sempre notasse, mas tem certeza de que eles estão certos. Ela não emitiu nenhum som. Não anda pensando no passado; nenhuma lembrança feliz, triste ou de nenhum tipo. Ela se sente entorpecida demais para revisitar um momento de sua vida além do aqui e agora, e o agora é nada. Qualquer outra coisa é dolorosa demais. A mente dela está completamente desprovida de lembranças, pensamentos e sentimentos. Só aqui, agora, isso, nada. Então o pânico se dissipa e uma calma a inunda.

Se ela está em silêncio, talvez o mundo silencie com ela. E vê uma grande liberdade nisso.

33

A frustração de Solomon é imensa. Eles não podem filmar o documentário sobre Ave-Lira por causa das restrições de *StarrQuest/StarrGaze Entretenimentos*, com as quais o pai de Bo, um poderoso advogado, está lidando. Todo contato é com a equipe de advogados da StarrGaze Entretenimentos; eles não têm como falar com Laura. O pai de Bo lhes perguntara: a Boca a Boca Produções deseja abrir um processo contra Ave-Lira?

Solomon ficara satisfeito e aliviado ao ouvir Bo responder com um firme "não".

A situação toda é uma bagunça e, na verdade, ele não dá a mínima para o documentário. A única coisa com que se importa é ver Laura. Ele se sente um dependente, precisa dela, e quanto mais o impedem de vê-la, quanto mais pessoas negam e batem portas e desligam telefones, mais ele a quer. Com o intervalo das filmagens dessa temporada de *Corpos Grotescos*, ele não tem mais nada para fazer. Não quer ficar parado no apartamento com Bo, como se esperassem alguma coisa acontecer. A vida deles está pausada, o que lhe mostra quanto da vida deles depende desse projeto. Quando acabar, eles não terão nada. Eles só falam sobre Laura. No começo sobre como ela é fascinante, agora sobre como recuperá-la. Ela é como uma filha que foi tirada deles. E foi a ganância de Bo e a ingenuidade dos dois que provocaram aquilo. Quando Laura estava com eles, ela os desmantelara; agora que se foi, eles estão conectados por ela, mas sem ela ou sem falar dela não têm mais nada, as coisas se tornaram insípidas.

Sua prioridade esta semana foi ficar em Dublin e tentar entrar em contato com Laura, tanto visitando a casa como tentando contatá-la por meio de Bianca, por mais que os pedidos de Bianca para Laura ligar para Solomon tenham sido em vão. Ele não tem certeza se acredita que Bianca está de fato repassando as mensagens. Como suas últimas tentativas fracassaram, ele não consegue mais ficar sem fazer nada no apartamento com Bo, sentindo-se num limbo. A primeira ideia é dirigir até Galway para meter a porrada em Rory. Ele vem planejando isso há um tempo, desde a manhã de terça-feira, quando as notícias da noitada de Laura saíram nos jornais, a cara travessa do seu irmãozinho ao lado dela em quase todas as páginas. Ele saboreou os pensamentos do que fará com o irmão, e agora está pronto.

A viagem de carro de três horas não ajuda em nada a acalmar a raiva, no mínimo a intensifica. Ele tem tempo para remoer sobre todas as fotos da imprensa que não param de emergir na superfície turva toda vez que o nome de Laura é mencionado. Ela caindo por onde passasse. Rory rindo. *Rindo.*

É sábado. Ele liga para Marie para perguntar como quem não quer nada se Rory está em casa. Rory trabalha com o pai, os dois ainda vão para casa almoçar com Marie. Ele está calmo, só perguntando; tem certeza de que ela não nota, e ele não diz nada sobre visitar, sobre estar a caminho. Mas ela o conhece bem. Quando ele chega, os pais e os irmãos, Cormac e Donal, o esperam na casa, assim como a irmã, Cara. O comitê de boas-vindas inteiro sentado à mesa da cozinha.

— O que está acontecendo? — pergunta ele furiosamente.

Marie baixa o olhar para as mãos, então desvia o olhar, culpada. Quando não aguenta mais o olhar fixo, cruza a cozinha para encher a chaleira. Chá. Distração.

— É uma intervenção para a raiva de Solomon — brinca Donal, mas Solomon não está no clima para rir.

Ele veio meter a porrada em alguém, não usar palavras. Está esperando por isso há dias, há tempo demais, na verdade, e está sentado há horas, tem muita energia para dispersar.

— Cadê ele? — pergunta Solomon, sem nem se dar ao trabalho de disfarçar o que foi fazer.

— Vamos conversar primeiro — diz seu pai.

— Cadê aquele escrotinho? — rosna Solomon. — Olhem só para todos vocês, parecem os guarda-costas dele, sempre pareceram. Aquele merdinha assustado nunca teve que encarar nenhuma das confusões que criou, nunca, em toda a vida. E olha só o bem que toda essa proteção fez por ele. Ainda em casa com mamãe e papai, ainda recebendo um almoço pronto todo dia. Sem querer desrespeitar, mãe, mas ele é um merdinha mimado. Sempre foi.

Sua mãe parece aflita.

— Ele sente muito pelo que aconteceu, meu amor. Se você o visse...

— Sente muito? — Solomon solta uma risada raivosa. — Que bom. Me diz onde ele está para eu poder ver pessoalmente como o escrotinho sente muito.

Marie se encolhe.

— Chega — diz seu pai com severidade.

— Ele é um idiota, Solomon — diz Donal diplomaticamente. — Todos nós sabemos disso. Ele fez besteira, mas não tinha a intenção. Ele não fazia ideia do que estava fazendo.

— Galera. — Ele se acalma e olha para todos, tentando fazê-los entender. — Ele *arruinou* a vida dela. Num nível global, *destruiu* a reputação dela. Ela não tinha *nada*, morava numa montanha, não conhecia ninguém, ninguém sabia que ela existia, então de repente todo mundo descobriu que ela existia. Ela tinha a chance... — A raiva volta a emergir, e ele se esforça para controlá-la. — Ela nunca tinha nem bebido antes. Nem uma vez.

Marie parece chateada.

— Ele a leva para sair... para um *pub*. Então para uma *boate*. Alguma boate de famosos, só para que ele pudesse entrar usando-a como ingresso. Nada a ver com ela, com o que ela queria; foi tudo para ele. Uma viagem de graça para Dublin, o que ele pode tirar disso? Em momento nenhum ele me ligou. Eu teria ajudado. Depois de ficarem cercados por fotógrafos, ela mal conseguindo *ficar em pé*, o que ele faz? Ele a leva para uma *festa*. Deixa pessoas tirarem fotos dela, vomitando, caindo, desmaiando. Onde caralhos ele estava? Ele devia estar de olho nela. Ela era responsabilidade dele.

Ele diz essa parte quase para si mesmo. Laura era sua responsabilidade, e ele sabia disso. Ele a deixou escapar, deixou isso acontecer. Ele vai meter a porrada em Rory por sua própria irresponsabilidade.

— Eu não consigo escutar isso — diz Rory subitamente, e Solomon se vira para ficar cara a cara com ele. — Em que século você vive? Ela é uma mulher adulta, Sol, não precisa ser cuidada.

Solomon fecha os punhos. Escolhe um ponto do belo rosto de Rory para esmurrar. Demora-se, aprecia o momento. Ouve o arrastar das cadeiras pelo piso da cozinha quando elas são empurradas para trás. Os irmãos e Cara se levantando, se preparando. Ele os sente às costas.

— Rory — diz o pai —, você errou e sabe disso. Admita, peça desculpas a Solomon e vamos deixar isso para trás. Sejam homens agora.

— Por que eu deveria pedir desculpas a Solomon? O que ele é de Laura? É com Laura que eu deveria falar.

— Você nunca mais vai chegar perto dela — rosna Solomon.

— Nem você, eu diria — diz Rory com um sorriso.

Eles se encaram.

Rory olha para o punho de Solomon.

— O que você vai fazer, me bater?

Ele sorri, um sorriso provocativo. Solomon se lembra de Rory quando garoto, zombando de suas dificuldades de fala. Seu gaguejo e seus "eles". Sente uma raiva incontrolável, um ódio tão forte que tem receio do que poderia fazer agora. Ele quer machucá-lo, mas pensa em como fazer isso sem acabar com ele.

— Peça desculpas a Solomon *agora*, Rory — diz Marie rispidamente, e Solomon sente como se fosse uma criança de novo.

— Desculpa — diz Rory enfim. — Eu realmente sinto muito. Não fazia ideia de que ela ficaria mal daquele jeito. O motivo pelo qual eu não te liguei é porque ela disse que não queria que eu ligasse.

O coração de Solomon martela ainda mais rápido. Tudo o que Rory diz é projetado para impulsionar o punho de Solomon para o rosto do irmão. Então Solomon perderia a razão e todo mundo correria ao socorro de Rory.

— Ela tem nome.

— Ave-Lira. — Rory revira os olhos. — Ave-Lira disse que não queria que eu te ligasse.

— O nome dela é Laura — diz Solomon entre os dentes. — Você nem sabe a porra do nome dela.

— Eu não sabia aonde levá-la — continua ele com o falso pedido de desculpas. — Ela não queria ir para o hotel, não podia ir para a sua casa, já que vocês tinham se desentendido e ela teve que ir embora, então pensei em aceitar a gentil ajuda de algumas pessoas. As meninas da festa estavam cuidando dela, eu achei que ela ficaria bem. Eu realmente não sabia.

A atitude de Rory não condiz com seu tom. Solomon sente os irmãos por perto, logo atrás dele.

— É claro que eu tenho certeza de que todo mundo sabe que isso não seria uma questão tão grande se Solomon não estivesse com ciúmes porque eu levei *Laura* para beber.

— Para com isso — diz Marie.

— Deem as mãos — diz o pai.

Rory estende a mão, Solomon a pega. Ele quer puxá-lo para a frente, dar uma cabeçada nele. Quebrar aquela porra de nariz. O aperto de Rory é firme e forte para um carinha mirrado, mas até aí Rory sempre teve que recorrer a outras táticas para sobreviver na família, para receber atenção, para ser visto e ouvido. Ser repreendido em grupo assim é difícil para ele. Mesmo que não esteja demonstrando agora, mesmo que esteja suave na nave, sua atitude de "não me importo" não cola com Solomon. Essa é a pior situação possível para Rory, percebe Solomon: a família inteira o forçando a pedir desculpas por algo que ele sabe que foi errado. Subitamente, Solomon aprecia essa noção, permitindo que Rory pense que está se saindo por cima quando a realidade é que a fraqueza do irmão mais novo está visível. Ele sente a tensão se dissipar ligeiramente dos ombros.

Talvez Rory perceba que está perdendo a raiva de Solomon, que Solomon não está mais por baixo, porque então apela.

— Mas ela é uma bela foda — diz, para o horror da mãe e um grito do pai.

Rory solta a mão de Solomon. A garganta de Solomon fica seca, o coração martelando fora de controle, uma batida tribal chamando para a guerra.

Então Solomon vê um punho se erguer no ar antes de se chocar com o rosto de Rory. Ele cambaleia. Surpreendentemente, não é o punho de Solomon, mas o de Cormac. O irmão mais velho, o responsável. Todos olham para ele em choque a princípio, e ninguém mexe um dedo para ajudar Rory, que caiu no chão, mas então os gritos agudos de Cormac os faz entrar em ação.

— Acho que quebrei meus dedos — guincha.

Rory se senta, segurando a cabeça, em sofrimento.

— Quem soca uma testa?

Cara começa a rir de todos eles. Ela ergue a câmera e tira fotos.

Mais tarde naquela noite, todos os irmãos se sentam do lado de fora, na mesa redonda do jardim, bebendo cerveja. Marie está ignorando todos, dando-lhes um gelo por seu comportamento, e o pai faz o mesmo como forma de apoio, por mais que todos saibam que ele está morrendo de vontade de se juntar aos filhos.

Cormac usa uma tipoia. Ele quebrou dois dedos, e a mistura de analgésicos e álcool o transformou na diversão da noite.

Rory se senta longe de Solomon, um galo do tamanho de um ovo de codorna se projetando da testa. As nuvens de tempestade descarregaram a chuva, mas nada secou ainda. A paisagem está totalmente encharcada, então eles se encarrapitam nos pontos secos por enquanto. Tem uma coisa que não sai da cabeça de Solomon: Rory transou com Laura? Ele tem quase certeza de que Rory inventou isso para atingi-lo, o que funcionou, mas não consegue tirar isso da cabeça. Felizmente, Cara vem à sua ajuda.

— Sabe, Rory, se você tiver mesmo transado com Laura, talvez tenha que responder a algumas perguntas da polícia.

— O quê? — exclama Rory. — Do que você está falando?

— Existe um negócio chamado consentimento. Você provavelmente não tem familiaridade com o termo... — explica Cara. — É preciso que uma mulher diga sim. É uma parada real. Outros homens de fato transam com mulheres que não estão fora de si. Mulheres que conseguem distinguir o rosto dos seus amantes. Agora, eu sei que normalmente não é como você faz, mas...

— Cala a boca, Cara.

Ela pisca para Solomon.

— Sério, todo mundo viu as fotos. O mundo todo viu. Ela não conseguia botar um pé na frente do outro. Se você a levou para aquela festa e fez o que disse que fez, pode estar com problemas sérios.

Rory olha para todos eles, ignorando Solomon.

— Ah, que seja. É claro que eu não transei com ela. Ela mal lembrava o próprio nome. Passou a noite toda vomitando.

O alívio que Solomon sente é avassalador, mas seu coração se parte por Laura, pelo que ela passou sozinha.

— Rory tinha razão sobre uma coisa, no entanto — diz Cormac, falando enrolado.

— Lá vamos nós. — Donal dá um sorrisinho.

— Ah, vai, me ouçam.

Eles sossegam.

— Está claro que você está enamorado por essa jovem, Solomon. — Ele precisa de algumas tentativas para conseguir dizer a palavra *enamorado*, mas está decidido a usá-la. — E, por mais que Rory tenha errado em fazer o que fez, você não ficaria tão furioso se não fosse pelos seus sentimentos por ela.

— Cormac Fallon, o melhor psicólogo de Spiddal! — Solomon gargalha, fazendo pouco caso.

— Ele tem razão — diz Donal.

— Pena que ela gosta do irmão errado — intromete-se Rory, e leva um golpe na cabeça de Cormac.

— Sai pra lá, minha cabeça está latejando.

— Então cala a boca — responde Cormac.

Eles soltam risadinhas, inclusive Rory. Esse comportamento é tão atípico para o irmão mais velho.

— Bo — continua Cormac, franzindo o rosto. — Você e Bo não me convencem.

— Você e Madeleine não me convencem — retruca Solomon depressa, ofendido, então dando um gole na cerveja.

Os outros fazem "uuuh" e observam com interesse.

— Você tem razão — diz Cormac solenemente, o que é recebido com uma risadinha surpresa. — Às vezes a gente também não me convence.

Rory pega o celular e começa a filmar.

— Para de ser babaca — diz Cara, dando um tapa atrás da cabeça dele. Ele larga o celular.

Cormac continua:

— Madeleine é... Às vezes eu nem *gosto* de Madeleine.

Todos riem enquanto Cormac tenta fazê-los parar a fim de terminar.

— Mas... mas... escutem. Ela muitas vezes é a pessoa mais irritante do mundo. E eu quero estrangulá-la. Ou abandoná-la. Mas mesmo nas piores épocas, e nós tivemos muitas, especialmente nos últimos tempos... Essa porra de menopausa. Se eu pudesse me separar dela até isso passar, eu me separaria. De verdade.

Eles se mijam de rir, mas Cara balança a cabeça e diz:

— Inacreditável.

— Mas eu não conseguiria. Porque, mesmo quando eu não gosto da Madeleine, eu amo a Madeleine pra cacete.

O que é possivelmente a coisa mais torta, porém romântica, que um deles jamais disse sobre qualquer um de seus parceiros.

— Enfim, onde eu estava? — Ele tenta focar Solomon, um olho fechado para ajudar. — Você e Bo. Eu não acho que vocês dão certo juntos. Vocês não combinam.

— Com todo respeito, Cormac... e eu agradeço sua preocupação comigo — diz Solomon suavemente. — Mas não é da conta de mais ninguém se eu e Bo damos certo juntos.

— É claro! — Cormac joga as mãos para o alto e espirra o conteúdo da garrafa. Ele estica o braço e cutuca o peito de Solomon com o dedo encharcado de cerveja. — Mas *você* acha que dão certo juntos? Solomon, a vida é assim, irmão, não há mal nem vergonha alguma em admitir que algo não está funcionando. Dá o fora agora enquanto pode. — Ele balança a mão num gesto de dispensa. — Não sei o que está esperando.

No dia seguinte, lutando contra uma ressaca poderosa, Solomon volta para Dublin pensando em tudo o que Cormac e seus irmãos lhe disseram.

Tudo fizera tanto sentido ontem à noite. Ele terminaria com Bo. Cara o orientara sobre quais palavras usar. Eles tinham conversado até o sol nascer, mas, na fria e sóbria luz do dia, a ideia o apavora.

Ele liga o rádio para se distrair.

"E, nas notícias de entretenimento, é incerto se Ave-Lira vai subir aos palcos na final ao vivo do *StarrQuest*. A participante, cujo nome verdadeiro é Laura Button, recebeu duzentos e cinquenta milhões de visualizações nas redes sociais após seu primeiro teste, mas na semana passada virou manchete depois de uma noitada numa boate, causando uma repercussão negativa na mídia. Eis o que Jack Starr tinha a dizer numa coletiva de imprensa com os finalistas hoje:

"'Estamos torcendo muito para que Ave-Lira participe. É claro que a decisão é dela, e todos nós do *StarrQuest* lhe daremos todo o encorajamento e apoio de que ela precisar.'

"E Alan, o colega de programa de Ave-Lira do popular número Alan e Mabel, declarou o seguinte:

"'Laura vai muito bem. Ela está ótima. Só está emocional, física e mentalmente exausta. O programa tem sido a mais extraordinária montanha-russa, para todos nós, então não consigo imaginar como está sendo para ela. Acho que só o que ela precisava era de um pouco de paz e descanso, ficar em algum lugar reservado para superar o que aconteceu, porque o que aconteceu com ela foi sem precedentes.'

"Sobre a noitada sensacional de Ave-Lira que chegou a todas as primeiras páginas pelo mundo, Alan disse:

"'Laura chegou de um voo da Austrália, onde passara só dois dias trabalhando num ritmo intenso, e teve que ir direto para os ensaios das semifinais, pelas quais passou, e tomou alguns drinques pela primeira vez na vida. Ela tinha direito de celebrar seu sucesso. Não fez nada de errado naquela boate, foi um mal-entendido, ela precisava de apoio e ajuda, e em vez disso as pessoas tiraram vantagem. Ela aprendeu algumas lições duras, mas aprendeu.'

"'Ave-Lira se apresentará na final?'

"'Espero que sim', diz Alan.

"'Sério? Mas ela é sua maior oponente. Vocês dois são os favoritos.'

"'Ela é a pessoa mais genuinamente amável e naturalmente talentosa que já conheci. Espero que ela suba naquele palco e prove às pessoas por que recebeu a atenção delas em primeiro lugar, e espero que vença.'

"O que só nos faz amar os maravilhosos Alan e Mabel ainda mais. E aí, Ave-Lira perdeu seu lume? Sintonize na final do *Starr-Quest* para descobrir!"

Solomon atravessa três pistas com o carro, a fim de parar no acostamento ao som de buzinas raivosas de motoristas. Ele liga o pisca-alerta, abaixa a janela e respira fundo. Nunca quis ou precisou tanto de alguém na vida.

34

Quando Laura escolheu fechar a boca, fechou todas as portas ao redor. Para os colegas de programa com quem morava, para Curtis, que ela se recusava a ver, e para Bianca, com quem se recusava a falar; até para Solomon, que ela não suportaria ver depois de seu constrangimento, e para Bo, porque, por ordem da StarrGaze Entretenimentos, está impedida de falar com qualquer veículo de mídia pelo futuro próximo.

Apesar dos protestos de Bo, apesar de suas tentativas de mudar a opinião de Jack, com doçura e depois por meio de ameaças em cartas de advogados, nada está funcionando. Bo mal consegue falar com Jack. Curtis está bloqueando tudo, e parece que o *StarrQuest* inteiro está em pânico diante da fama internacional; uma atenção que eles tinham apreciado enquanto Ave-Lira atraía centenas de milhões de visualizações na internet, mas não agora. A repercussão negativa tinha se espalhado de Ave-Lira para o *StarrQuest* e a StarrGaze Entretenimentos. Eles vinham tomando por todos os lados: colunas de opinião na imprensa e programas de auditório já debateram se o programa falhara com sua estrela. Afinal, Ave-Lira não era responsabilidade deles? Eles não haviam efetivamente permitido que esse colapso acontecesse? Eles não deveriam se esforçar mais para proteger os participantes? Insistir que passassem por testes psiquiátricos, providenciar terapia antes, durante e depois do processo de testes e apresentações ao vivo? Os programas de calouros não deveriam ter uma responsabilidade maior pelo bem--estar de seus integrantes?

Jack Starr dá entrevistas para CNN, Sky News e redes do mundo todo, explicando a relação próxima que tem com os participantes, que o bem-estar deles vem sempre em primeiro lugar.

— Ninguém poderia ter previsto o impacto do primeiro teste de Ave-Lira, ninguém poderia ter se preparado para isso. Ninguém tem como saber como esse nível de atenção pode afetar alguém. Era algo novo para todos, e todos foram e são responsáveis: o programa, a imprensa, a sociedade, o público, até a própria Ave-Lira. Foi algo sem precedente. O talento dela é imenso, e eu quero cuidar dele e dela. Podem acreditar, é isso o que estamos fazendo. Isso é entretenimento. Se não houver alegria, qual é o sentido? Já perguntaram muitas vezes a Ave-Lira como ela quer proceder. Continuar ou não com o *StarrQuest* é uma decisão apenas dela, não há nenhuma pressão sobre ela de nossa parte.

— Jack, considerando sua própria jornada pessoal no mercado fonográfico, você não deveria estar mais preparado para os efeitos que a fama pode ter num artista? Esse não é o motivo de se ter um mentor como você, alguém com conhecimento em primeira mão dos efeitos positivos e negativos da indústria?

Jack encara o jornalista, quase como se estivesse congelado, em choque. Ele não sabe como responder. Surpresa, compreensão, culpa, tudo passa por seu rosto ao mesmo tempo.

— Ave-Lira participará da final?

Jack consegue se recompor.

— Ave-Lira tem muitos apoiadores, mas também muitos críticos. Ela vai e deve provar que eles estão errados.

Laura desliga a televisão do quarto, que fica silencioso. Ela gosta disso neste quarto. Parece um casulo. Seguro. As cortinas ficam fechadas dia e noite. Ele tem uma paleta bege-clara, nada a ver com seu retiro em Cork. Como o restante da casa, ele é vazio, não passa a sensação de que alguém já morou aqui, de que alguém o possui. O lugar não tem identidade, exceto pelo conjunto de balanço e escorregador abandonado no jardim. Ela gosta da ausência de identidade. Creme e bege, um tapete claro felpudo. Ela se aconchega embaixo do edredom e fecha os olhos. Aguça os ouvidos para seus sons, mas nada vem.

Absolutamente nada.

PARTE 3

As primeiras penas perdidas pelo macho na época de muda são as duas plumas finas, estreitas, parecidas com arames, em formato de lira, que, quando a cauda está aberta, se projetam acima do leque e são sempre mantidas num ângulo agudo em relação às plumas principais quando a ave está se exibindo [...].

Quando a muda das penas da cauda está completa, um observador casual mal pode distinguir o macho da fêmea por um período de várias semanas. Durante esse intervalo, o macho se mantém mais ou menos em isolamento. Ele desaparece de seus locais de costume e seu canto raramente é ouvido [...] Ele nunca dança e em raras ocasiões canta [...] De forma geral, seu semblante é triste e deprimido. Estudos de observação prolongados levaram à conclusão de que o Menura macho é uma criatura deveras orgulhosa e vaidosa que, quando despida de seu esplendor, sente-se envergonhada e desconsolada e fica mais feliz quando escondida.

Ambrose Pratt,
The Lore of the Lyrebird

35

Bo se senta sozinha no apartamento silencioso, observando o relógio. Solomon ainda não voltou de sua viagem a Galway, nem mesmo telefonou. Ela também não ligou para ele. Não tem certeza se ele volta para casa hoje ou amanhã. Não tem certeza de que se importa. Eles têm tido tão poucas coisas boas a dizer um ao outro ultimamente, e está claro para ela que chegaram ao fim. Isso não foi só uma lombada, colocada para fazer as pessoas desacelerarem, prestarem atenção, processarem o que está acontecendo. Não, dessa vez eles se depararam com uma enorme placa de pare, gritando para eles desistirem. Chega de avançar.

Ela se senta à mesa, cabeça a mil, contemplando o que resta de sua vida. O documentário virou pó, mas ela não quer prestar queixas contra Laura como seu pai sugeriu; essa nunca foi sua intenção. Ela precisa seguir em frente, disso ela sabe. Mas como? A vergonha, no entanto, não é a pior consequência disso. Sua reputação está um pouco manchada, mas não é o que a incomoda. É que ela não consegue se forçar a seguir para a próxima história até poder terminar de contar essa. Apesar de tudo que Solomon possa pensar, o coração de Bo está na história de Ave-Lira.

O telefone toca e, quando ela olha para a tela, seu coração dá um salto. Desde que eles terminaram e ela embarcou num relacionamento com Solomon, Jack sempre teve a capacidade de ligar para ela em seus piores momentos; como se ele conseguisse sentir quando ela está mais vulnerável, o momento mais provável de ela baixar a guarda. Desde que essa bagunça jurídica começou, Bo vinha rezando pela volta dessas ligações que ela lhe implorara para cessar.

— Alô.

— Oi — diz Jack, soando derrotado.

— Agradeço por finalmente retornar minha ligação — diz ela, incapaz de disfarçar a raiva na voz.

Ele suspira.

— Bo Peep. Socorro. — Ela fica surpresa com o tom. É raro para ele. — Está tudo tão louco por aqui nos últimos dias. Realmente estressante. Estou exausto, Bo — diz, e deixa o silêncio crescer. — Pensei ter aprendido com todos os meus erros da última vez. Pensei que sabia ajudar os artistas. Achei que poderia impedir o que aconteceu comigo de acontecer com eles. Pensei... — Ele suspira. — Eu fiz merda. Já desci do pedestal agora. Danem-se os advogados. Dane-se tudo. Preciso da sua ajuda.

— Minha ajuda?

— Ave-Lira não sai do quarto há dias. Ela não dirigiu a palavra a ninguém, não emitiu um som. Não há final sem ela. Não podemos pressioná-la a continuar, tem atenção demais em cima de nós agora. Todo mundo está nos observando. Esperando o programa fazer merda, esperando ela fazer merda. Quer dizer, quando foi que o foco deixou de ser o talento deles? Não posso dizer que a culpo. Eu já estive nesse lugar que ela está agora.

Bo fica muito surpresa, ela esperava uma discussão.

— Bo, nós precisamos da sua ajuda. Você a conhece melhor do que a gente. O que devemos fazer?

— Eu te aconselhei em relação à semifinal, eu te disse para escolher um tema de floresta, eu te disse exatamente o que fazer e você estragou tudo.

— Eu sei, eu sei, me desculpa — diz ele. — A gente fodeu tudo. Eu me orgulhava de proteger os artistas, de não deixar isso acontecer. Você sabe que ela me faz lembrar de mim mesmo, desse jeito que ela está agora, onde eu estava quando tudo virou um borrão. Isso tudo está me levando de volta... — Ele fica quieto. — Quer dizer, eu não vou beber — continua, como se tentasse se convencer. — Não vou. Mas fumei um cigarro. Espero que isso não estrague as coisas entre nós — brinca, triste, sem ânimo.

— Podemos nos encontrar? — pergunta Bo, empertigando-se, sentindo toda a energia que se dissipou dela voltando em força total. Está preocupada com ele, está empolgada por ser incluída. Um contato enfim.

— Por favor — suspira ele. — Precisamos de toda a ajuda possível. *Eu* preciso de toda a ajuda possível.

— Vou fazer o que puder — diz Bo, levantando-se e pegando coisas, jogando-as na bolsa. — Mas, primeiro, uma pequena dica.

— Diga.

— Comece chamando-a de Laura — fala ela gentilmente.

— Certo. Entendido — diz ele.

36

Laura acorda com um sobressalto, o coração martelando e o som de chilreios ressoando nos ouvidos. Se ela teve um pesadelo, não se lembra, mas sente o pânico remanescente no coração e no peito. Algo a assustou. Ela ouve os outros competidores conversando e rindo no andar de baixo, bebendo depois do último drama, que forçou um participante a sair do programa e fez com que outro entrasse na casa.

O cantor country Kevin foi expulso depois que o *StarrQuest* descobriu que ele já assinara com uma gravadora, acordo que ainda é válido. É contra as regras ter qualquer tipo de contrato que afete os direitos da StarrGaze sobre o artista. A pessoa mais feliz na casa é Brendan. Mas ele não sabe que, quando Kevin voltou pela última vez para fazer as malas, Alice lhe deu um presente de despedida. No quarto vizinho ao de Laura, a cabeceira da cama estava esmurrando contra a parede no ritmo dos grunhidos roucos de "Pai amado!" emitidos por Kevin. Então os dois amantes conversaram sobre as ofertas feitas por revistas e planos de entrar no *Big Brother Celebridades*, antes que Kevin recolhesse o chapéu e as botas de caubói e partisse.

A contorcionista de doze anos tomou o seu lugar. Ela está lá fora agora, praticando o show pirotécnico, mergulhando por anéis de fogo enquanto os pais observam, usando moletons com o nome e o rosto dela nas costas.

As lágrimas de Alice logo secaram e agora ela está no corredor discutindo com Brendan sobre sua concentração ou a falta dela. Totalmente desperta agora, Laura se senta e escuta. Ele lhe diz que ela precisa se concentrar em sua carreira, nele e nela. Alice está de saco cheio dele e dela, precisa de uma vida além daquele ato, esse programa lhe deu isso. Para Brendan, é como uma bala no coração.

Conforme a discussão se desenrola, Laura ouve o eco dos chilreios em sua mente. O som não veio dela, ela tem certeza. Parece-lhe que ainda não emitiu nenhum som, e sente como se alguém tivesse fechado as cortinas em sua garganta. Ela acende a luz do quarto e se senta, o cômodo é envolto por um brilho laranja caloroso.

Ainda assim, seu peito martela.

Ela inspira e expira lentamente, tentando se acalmar, confusa com o sentimento. Já faz dias que esse quarto tem sido seu refúgio. Ao fechar as cortinas para sua voz, ela fechou a cortina para o mundo; por um tempo, isso a ajudou a se sentir segura, protegida, em paz. Agora ela se sente encurralada, como se as paredes a pressionassem. Enquanto antes o lugar parecia grande e espaçoso, agora passa a sensação de ser sufocante. Como se ela estivesse numa gaiola.

Esse pensamento instiga o chilreio em sua cabeça outra vez, e ela percebe de onde o som está vindo. Ela afasta as cobertas e se veste depressa, espiando o lado de fora. São duas da manhã, os fotógrafos não ficam a noite toda, ela vai conseguir sair sem ser vista. Guarda algumas coisas numa mochila, inclusive seu *per diem*, o cachê que o programa lhes paga diariamente. Sair daqui vai ser um problema; a casa fica numa área remota de Enniskerry, e, por mais que haja um vilarejo a alguns minutos de distância, não dá para ir a pé, não a essa hora. Ela teria que chamar um táxi, e todos os telefones ficam no andar de baixo. Alice e Brendan se afastaram do lugar em que estavam discutindo. Ela abre a porta e anda o mais silenciosamente possível pelo corredor, torcendo para não encontrar Alice, que parece relatar todos os seus passos à imprensa.

Ela se encolhe quando o chão range ao dar um passo. Quando chega ao térreo, todo mundo já parece ter ido deitar, preparando-se para a final da noite seguinte. Ela entra numa das salas na ponta dos pés e está prestes a telefonar para um ponto de táxi quando uma figura aparece na porta.

— Alan — diz ela, levando um susto.

— Laura! — Ele parece tão surpreso quanto ela. — O que você está fazendo?

— Chamando um táxi.

— Eu te levo.

— Você nem sabe aonde eu vou.

Ele dá de ombros.

— Qualquer lugar que não seja aqui seria uma atração agora.

Ela sorri com compaixão para ele.

— O que está fazendo acordado tão tarde?

— É a única hora em que consigo ensaiar. Fica tão louco com todo mundo aqui durante o dia. Gente demais de olho um no outro. Eu te invejo às vezes, lá em cima no seu quarto.

— Desculpa.

— Não precisa pedir desculpas.

— Eu preciso sair — explica ela.

— Você vai voltar?

— Eu quero — diz ela com honestidade.

Não quer abandonar todos que a ajudaram. Não é culpa deles que tudo chegou a esse ponto; a culpa é toda dela. Mas como ela pode participar do programa sem emitir um som? Ela ouviu relatos no rádio e na TV afirmando que a Ave-Lira perdera seu lume.

Alan parece cansado.

— Você deveria ir dormir, Alan. Tem uma grande noite amanhã.

— Não consigo — diz ele, esfregando os olhos. — Nunca estive tão nervoso na vida — gagueja. — Mabel, por outro lado, está tirando seu sono da beleza. Ela precisa.

Laura ri.

— Eu estava falando sério. Quero que você vença. Você merece mais do que ninguém.

— Acho que nós dois merecemos mais do que ninguém — diz ele gentilmente.

Eles sorriem.

— Então, se um de nós dois vencer, nós dois já vencemos — continua ele. — Posso te perguntar uma coisa? Por que você está participando desse programa? Você é a última pessoa que eu imaginaria estar interessada nesse tipo de vida. Não que eu esteja julgando — gagueja. — Se você visse a minha situação, entenderia por que eu entrei. Eu não tenho nada. Moro com meus pais. Sou eu e Mabel e... é isso. Se eu não fizer isso dar certo, não sei fazer mais nada. Já tentei todo o resto. — Ele balança a cabeça. — Fracassei em todo o resto. Mabel é tudo o que tenho.

Laura pensa.

— Eu acho, Alan, que nós dois temos mais em comum do que você imagina. Também não consigo pensar em mais nada que poderia estar fazendo se não estivesse aqui agora, mas não sabia que ser capaz de fazer o que amo fazer, naturalmente, tornaria a vida tão complicada.

Ele sorri com tristeza.

— E nós somos sortudos. Imagina se não soubéssemos.

Laura pondera sobre isso.

— Vou pegar as chaves do carro.

Eles saem da casa despercebidos, mas Laura não ficaria surpresa se relatos de um caso secreto entre os dois emergisse na imprensa. Não há nada que Alice não faria para prejudicar o lugar deles na competição. Laura tem certeza de que Alice estava por trás do "bate-boca dos bastidores" entre Ave-Lira e o produtor de *StarrQuest* que vazara.

A viagem até Dublin é calma, considerando a ausência de carros nas estradas a essa hora.

— Essa é a casa do cara do som? — pergunta Alan, erguendo o olhar para o prédio.

— Sim — responde Laura. — Como descobriu?

— Eu já vi você com ele — diz. — Mabel sentiu que tinha alguma coisa rolando.

Laura inclina a cabeça contra o encosto do banco.

— Mabel se enganou. Não tem nada entre nós. — Ela reprime as lágrimas.

— Não sei, Mabel é bem esperta — diz Alan, analisando-a. — Bianca deixou o número dele para você ligar, sabe?

— Eu sei. — Laura suspira. — Não consegui. Estava envergonhada demais.

— Laura, você precisa superar isso. No casamento do meu irmão eu fiquei tão bêbado que fiz uma dança sensual para a sogra dele. Eu nem me lembro de ter feito isso. Mas vi a filmagem. Eu abri minha camisa com força. Arrebentei todos os botões. Quase arranquei o olho da mulher fora. Se eu consigo olhar nos olhos dela todo Natal, Páscoa e em todos os eventos de família, você também consegue.

Laura dá risadinhas.

— Obrigada, Alan.

Ele está relutante em deixá-la no prédio de Solomon, mas Laura o convence de que está bem, parando ao lado da porta e fingindo apertar o interfone para enganá-lo. Ela observa o carro se afastar, de volta à casa dos participantes, sem dúvida praticando seu número com uma Mabel invisível no carro.

Parada sob a varanda, ela imagina ouvir o violão de Solomon. Tem esperanças de conseguir entoá-lo, mas nada; a cortina ainda cobre suas cordas vocais. Ela ergue o olhar para a janela do quarto onde ela dormia com as araras de camisas e camisetas dele. Ela amava o cheiro e a sensação das coisas de Solomon ao redor dela, o equipamento musical, o violão no canto do quarto, o equipamento de gravação. Ela pensa em Bo e Solomon fazendo amor, e isso retorce seu coração. Ela precisa ficar longe dele, seguir em frente. Não é o apartamento deles que ela veio visitar.

Laura ouve o chilreio em sua cabeça de novo, o som que a acordou de seu pesadelo. O restaurante embaixo dos apartamentos deixou todas as mesas e cadeiras do lado de fora; elas estão empilhadas no canto contra a vitrine. Ela tem uma ideia. Move-se o mais silenciosamente possível, consciente da clareza com que ouvia tudo quando estava no quarto de hóspede. Ela é mais sensível a sons do que a maioria das pessoas; Solomon é a única outra pessoa que ela já conheceu que ouve as coisas como ela. Ouvidos afinados durante o tempo como músico ou pelo tempo como engenheiro de som, treinados para ouvir aquela coisinha a mais. Ela empilha quatro cadeiras e as escala com esforço. Bambo de mais e alto de menos. Ela em parte levanta, em parte puxa uma mesa para mais perto da varanda, tira algumas cadeiras da pilha e as põe sobre a mesa. Arrastar a mesa fez barulho, ela ergue o olhar para verificar os apartamentos. Todas as luzes estão apagadas, varandas vazias, nenhuma cabeça saindo das janelas. Ela usa uma cadeira para subir na mesa. Segura na vitrine do café enquanto sobe nas cadeiras empilhadas. Está alta o bastante para alcançar a varanda, mas sente a cadeira incrivelmente bamba por conta do peso. Ela arrisca, inclina-se para a frente e segura o parapeito. Ela se segura com firmeza e apoia um pé no piso da varanda, deixando o outro na pilha bamba de cadeiras. Por fim, respira fundo e iça o corpo para a varanda de modo a ficar de pé do lado de fora da balaustrada. Ao se impulsionar, as cadeiras empilhadas tombam da mesa e caem no chão, fazendo um estrondo enorme que reverbera pelo canal. Com o coração martelando, ela vê luzes se acendendo, ouve janelas se abrindo, e rapidamente pula o parapeito da varanda e se abaixa, de costas para a parede. Ela recupera o fôlego e torce para ninguém a ver, encolhida no escuro. Pode estar em segurança, mas descer vai ser impossível agora que ela estupidamente derrubou a pilha de cadeiras.

Ela ouve o chilreio de novo e procura a gaiola. O chão da varanda é decorado com caixas de brinquedos, que protegem os brinquedos das intempéries, a mãe do garoto usando todo o espaço disponível do pequeno apartamento para o filho. Laura está pronta para soltar o pássaro. Depois de ouvir seu chilreio por tanto tempo e observá-lo da varanda de Solomon e Bo, ela continua não sabendo falar a língua dos pássaros, mas durante o tempo que passou imitando os sons ela sentiu que ele falava alguma coisa. *Estou preso. Me solta.* Mas seu sorriso murcha enquanto procura pela gaiola. Ela sumiu.

Ela começa a chorar, sentindo-se inútil, desamparada, patética.

As luzes do apartamento se acendem de repente e ela entra em pânico, sabendo que pular da varanda para a mesa seria perigoso. A mesa viraria com seu peso, ela acabaria no chão. Será que deveria arriscar?

A cortina se abre e o rosto de uma mulher aparece. Quando vê Laura, ela começa a gritar. Em polonês. Laura se levanta e estende as mãos para acalmá-la.

— Está tudo bem — diz Laura, sabendo que a mulher não consegue ouvi-la, e, mesmo que conseguisse, talvez não entenda inglês. — Por favor...

As luzes no apartamento de Solomon se acendem.

Laura entra em pânico. Ele não pode encontrá-la, não assim. A porta da varanda se abre e Solomon aparece, sonolento. Está sem camisa, com a calça de moletom perigosamente baixa nos quadris. Apesar do pânico, Laura não consegue evitar contemplá-lo. Ele esfrega os olhos como se não conseguisse acreditar direito no que está vendo.

— Laura?

Ela começa a chorar de novo, sentindo-se ridícula, patética, morta de vergonha, mas aliviada em vê-lo de novo. Todos esses sentimentos, todos ao mesmo tempo.

Solomon esmurra a porta. Ele ouve Katja do lado de dentro, gritando, uma criança aos berros. Ela não abre a porta, mas parece estar falando com alguém no apartamento. Está esganiçada e chorando, o garotinho está aos prantos. Outros saíram de seus apartamentos para o corredor e encaram com irritação e sono enquanto Solomon esmurra a porta, como se fosse tudo culpa dele. Ele os ignora. Seu coração bate forte no peito, ele precisa entrar.

— Katja! — Solomon ergue a voz, ignorando os pedidos dos vizinhos por silêncio.

Ela finalmente abre a porta. Seus olhos aterrorizados exibem um vermelho vivo, lágrimas escorrem por seu rosto, catarro de seu nariz. Um bebê está chorando em seus braços, um garotinho agarrado à sua perna, e ela segura um telefone no ouvido.

— Sou Solomon, seu vizinho — diz ele quando a expressão aterrorizada dá lugar à confusão. Eles nunca se falaram, exceto por poucos olás rápidos ao se cruzarem no corredor, mas nada além disso, nada mais amigável do que isso.

— Tem uma ladra na varanda — ela diz, então volta a metralhar polonês para o telefone.

Ela deixa a porta aberta e recua para o interior do apartamento. Anda de um lado para o outro junto à parede mais distante da varanda, como se temesse chegar perto da ladra que continua presa lá fora, sentada no chão duro e frio, cobrindo o rosto com as mãos.

— Você ligou para a Gardaí? — pergunta Solomon.

— Para quem?

— A polícia.

— Não! Meu marido! Os amigos dele estão vindo.

— Não, não, não — diz ele, tentando tirar o telefone dela para explicar tudo ao homem na linha, mas ela o golpeia com força no braço e o pega de surpresa. O bebê berra; o garotinho tenta chutá-lo.

— Katja, escute — implora, tentando acalmá-la, fazê-la parar de gritar para o telefone. — Isso é um engano. Ela não é uma ladra. É minha amiga. A ladra na varanda. Ela é minha amiga. — Ela finalmente para e olha para ele com desconfiança. — É um mal-entendido. Minha amiga estava tentando fazer uma surpresa para mim. Ela escalou a varanda errada. — Na mais pura verdade, Solomon não faz absolutamente nenhuma ideia do que Laura está fazendo nessa varanda. Ela bem poderia ser uma ladra, até onde ele sabe, mas a defenderá até o fim. Ele já viu o marido de Katja. Não quer conhecer os amigos dele. — É um engano. Ela subiu na varanda errada.

— Por que ela ia querer subir na sua varanda?

— Para… para… para ser romântica, sabe? Shakespeare. *Romeu e Julieta*. A varanda. Sabe? Confia em mim, ela não é uma ladra. É um mal-entendido. Diga ao seu marido para dispensar os amigos dele.

Ela pensa um pouco, então dispara uma metralhadora de palavras raivosas para o telefone.

Enquanto isso, Solomon abre as portas de correr e se abaixa ao lado de Laura, que continua encolhida no chão, abraçando-se com ainda mais força ao ouvir a porta se abrir. O rosto dela está enterrado entre os joelhos, os braços enlaçados ao redor das pernas, que estão dobradas bem junto ao corpo.

— Está tudo bem — sussurra ele, aproximando-se, tentando ver o rosto dela.

— Eu estava tentando soltá-lo — diz ela, choramingando.

— Tentando soltar o quê? — Ele franze a testa.

— O passarinho. — Ela enfim ergue o olhar. — Eu ouvi o passarinho. Ele me acordou. Estava tentando fugir. Eu estava tentando soltá-lo, mas ele não está aqui...

Ele entende o que ela estava tentando fazer.

— Ah, Laura.

Solomon a abraça e a puxa para perto de si. Ele a aperta com força, sentindo a pele da cintura deixada à mostra pela blusa, que se erguera. Ele a beija no topo da cabeça, a cheira. Poderia ficar assim para sempre. Ela se agarra a ele com a mesma força com que ele a segura, e ele se entrega a esse abraço, querendo esse momento mais do que tudo.

Ela ergue o rosto de onde está aninhada para o torso nu dele e o olha. A testa dela roça no queixo de Solomon ao se mexer, a pele dele formiga, a dela está pegando fogo. O coração de ambos martela com a proximidade. Ela ergue o queixo para vê-lo, seus lábios tão próximos, seus hálitos já se tocando. Ela investiga os olhos dele e encontra sua resposta. As pupilas dele estão dilatadas, ela vê o desejo ali. Sorri.

Então Katja vem até a porta, o bebê ainda chorando em seus braços.

— Vamos lá — sussurra ele, sem querer se mexer, mas querendo sair dali antes que o marido dela volte.

Laura se mexe com ele, suas mãos se encontrando e se enlaçando com firmeza. Ao se levantarem, Solomon vê uma figura na varanda ao lado. Em sua varanda. É Bo. Ela os estava observando.

— Me desculpem — funga Laura, encolhendo as pernas sob o corpo ao se enroscar na poltrona. Ela se envolve em uma manta, estremece. Não consegue olhá-los nos olhos.

Bo e Solomon a observam do sofá. E, por mais que tenham voltado para o dois contra um, as posições mudaram. Bo estava sentada o mais longe possível de Solomon, encarrapitada na beirinha do sofá.

— Eu tive um pesadelo, acordei me sentindo presa, eu conseguia ouvir o pássaro. — Ela balança a cabeça.

— Que som ele fazia? — pergunta Bo, testando-a.

Laura pensa um pouco, então balança a cabeça, não lhe vem nenhum som.

— Acho que estou ficando louca. — Ela esfrega os olhos com cansaço. — O que eu estava pensando?

— Não está, não — diz Bo baixinho, e Solomon a olha com surpresa.

Ela o ignora. Pega uma cadeira da mesa da cozinha e a leva para perto da poltrona, de modo a ficar de frente para Laura. Solomon não sabe se ela está deliberadamente bloqueando sua vista da mulher da qual ele não conseguiu tirar os olhos desde que a conheceu ou se Bo só quer tirá-lo da própria linha de visão.

— O que está acontecendo com você é uma loucura. Como diabos as pessoas esperavam que você lidasse com isso está além da minha compreensão. Essa foi sua maneira. Virar uma ladra de apartamentos. — Laura olha para Bo com surpresa, e as duas começam a rir, quebrando a tensão nervosa. — O passarinho é um canário. Eu tinha um quando criança. Ele fica na gaiola. Dorme do lado de dentro à noite — explica Bo.

— Ah. — Laura funga. — Eu deveria ter imaginado isso.

— Acho que isso teve menos a ver com querer soltar o canário e mais com você se sentir presa, querer sair de lá — sugere Bo.

Solomon está atônito com essa interação. Ele fica em silêncio, sentindo, provavelmente pela primeira vez, que Bo consegue lidar com Laura.

— Todo mundo tem sido tão gentil — diz Laura. — Não tive nenhum motivo para me sentir desse jeito. Você e Solomon foram tão bons comigo, acolhedores, hospitaleiros. — Seus olhos se desviam rapidamente na direção dele, então voltam para Bo, sem querer trair a mulher que está sendo tão compreensiva. — Eu não queria estragar tudo para vocês, envergonhá-los, decepcioná-los.

— Você não fez isso — diz Bo, irritada; mas não com Laura, consigo mesma. — Nós... Eu só posso falar por mim, mas deveria ter protegido você. Eu te joguei aos leões, assisti a tudo acontecer. Disse a mim mesma que era para o seu próprio bem, mas não era.

Laura e Solomon olham para ela em choque.

— Não, você não fez isso, você me salvou — fala Laura. — Eu sou tão grata por tudo.

— Não seja — diz Bo baixinho. — Por favor. Todos ficamos tão empolgados com você, como você é preciosa e rara e empolgante, que nos perdemos em você. Seu talento...

— Ah, eu não tenho um talento — interrompe Laura. — Alan é alguém que tem um talento. Ele passa a noite acordado, todas as noites, melhorando seu número. Ele escreve o roteiro, o encena, até mesmo costura a própria boneca quando precisa ser consertada. Passou os últimos quinze anos viajando pelo país, aceitando todos os shows imagináveis. Já recebeu gritos, risadas maldosas, pagamentos ínfimos, só para afiar a habilidade.

Ao dizer a palavra afiar, ela vê Gaga com sua faca, mas nenhum som vem até ela ou sai dela. Acabou. Isso a enfurece ainda mais.

— Alice, apesar de todos os defeitos, passa quatro horas por dia na academia; todo santo dia. Não engole nada sem um propósito, ela se dobra em mil pedacinhos, dedicou a vida toda à sua arte. Sparks faz truques de carta desde os sete anos. Sete! Ele passa seis horas praticando por dia. Selena canta como um anjo, e tem uma garota de doze anos que pula no meio do fogo no quintal. *Isso* é talento. O que eu sou? Uma esquisita que abre a boca e imita sons. Não há nada de original em mim. Eu sou como um papagaio, ou um, um, um... macaco. Sou uma aberração da natureza. Uma esquisita, deveria estar num circo, não nesse programa com pessoas talentosas. Eu sou uma farsa, uma mentirosa. Eles estão certos no que dizem sobre mim. Não sou original, não sou única nem autêntica. Eu imito sons, e na metade do tempo nem sequer percebo o que estou fazendo. Eu não deveria estar aqui, sei disso. Eu não deveria ter me enfiado na vida de vocês à força, não deveria ter feito vocês se distanciarem; sei que foi o que eu fiz, e sinto muito... — As lágrimas caem. — Mas eu não sabia o que fazer. Não tenho mais lugar nenhum para ir, não posso voltar. Estou tentando seguir em frente o tempo todo, mas estou me agarrando a tudo e não consigo me segurar a nada... — Sua voz se extingue enquanto as lágrimas escorrem.

Os olhos de Solomon se enchem d'água. Se Bo não estivesse ali, ele se levantaria, iria até ela, a pegaria nos braços, a beijaria, cada pedacinho dela, diria a ela como é linda, como é talentosa, como é perfeita em todos os sentidos. Como ela é a pessoa mais única, talentosa e autêntica que ele já conheceu. Como ela o cativa só por existir. Mas ele não pode. Bo está na sala, e o mínimo som ou movimento que ele fizer o trairá, trairá Bo. Ele fica sentado em silêncio, sentindo-se preso ao próprio corpo, assistindo enquanto a mulher que ele ama se desfaz na frente da mulher que ele tentou amar.

E a mulher que ele tentou amar fala por ele, mais forte do que ele, mais forte do que ele jamais será, e ele é grato a ela por isso.

— Laura, deixe-me falar sobre a sua habilidade — fala Bo, com convicção. — Parte dela é que você expõe a beleza do mundo. Você reconhece o menor dos detalhes nas pessoas, nos animais, nos objetos, em tudo. Você ouve coisas que nós nem notamos ou que já paramos de ouvir há muito tempo. Você registra essas coisas e as exibe para o mundo. Você nos lembra do que é belo.

"As pessoas dizem que é isso que eu faço com meus documentários. Eu mostro ao mundo personagens e histórias que estavam escondidas. Encontro a história, as pessoas, então as ajudo a contá-la ao mundo. Você... você faz tudo isso por meio de um simples som. Um sopro do perfume da minha mãe me transporta de volta à minha casa de infância. Um som que vem de você leva todo mundo a outra época, outro lugar. Você toca todo mundo, Laura. Precisa entender isso.

"Solomon me contou que, quando a mãe dele ouviu você reproduzindo a música da harpa no aniversário dela, disse que era o som mais lindo que ela já ouvira. Ela vem produzindo aquele som por cinquenta anos, mas o ouviu pela primeira vez através de você. Você entende como isso é importante? Ao conhecer Caroline na sala de figurinos, precisou de um minuto para levá-la às lágrimas; você a fez se sentir com seis anos de novo, sentada com a mãe na oficina de costura. Acho que você não faz ideia de como toca as pessoas. Você encontra a beleza no mundo, a tristeza no cotidiano, o extraordinário no ordinário, o exótico no mundano. Laura, você entrou no programa imitando uma máquina de *café* por um minuto inteiro."

Elas riem.

— Você é importante. Você é relevante. Você é única... e merece estar naquele palco tanto quanto qualquer um deles. E daí que você não precisa ensaiar? Isso não significa que você não é boa o bastante. Será que todo mundo precisa *batalhar* para ser verdadeiramente ótimo? Porque seu talento lhe vem com facilidade, isso te torna menos talentosa? Ou te torna ainda mais impressionante? É a maior lição que você pode nos ensinar: o que você tem vem de dentro. É uma habilidade natural, rara, dada por Deus.

— Ela se foi — sussurra Laura.

— Ainda está aí dentro. É como um soluço. Você levou um susto e ele foi embora, mas continua aí dentro. Você a encontrará de novo.

— Como?

— Talvez se lembrar como começou, talvez isso ajude a trazê-la de volta. Você parou de se sentir curiosa, ou intrigada, se desapaixonou pelas coisas. Você vai voltar a se inspirar. — Ela relanceia para Solomon, quase como se estivesse passando o bastão para ele. Será que ela realmente quer dizer o que Solomon acha? Aquela expressão desconcertada em seu olhar, o tom triste, mas resignado. Ela se levanta. — Você tem até a noite de amanhã. Fiquei ajudando Jack hoje, tentando descobrir uma configuração que te ajude a se apresentar, que te ajude a se sentir confortável. Nada de dançarinos em roupas de elastano, nada de ursos dançando na floresta. Você vai se sentir em casa lá em cima. Bem... é melhor eu deixar vocês dois...

Ela olha ao redor sem jeito, juntando suas coisas sob o olhar atento de Solomon. Ele quer dizer alguma coisa, mas não sabe o quê. Ele não sabe bem se entendeu direito. Ela entra no quarto e ele a ouve abrindo o zíper de uma mala. Seu coração dispara.

Ele olha para Laura, perguntando-se se ela entende a grandiosidade do que está acontecendo, mas ela está em seu próprio mundo, remoendo mentalmente todas as coisas que Bo falou.

Solomon vai até o quarto. Encontra Bo fazendo a mala.

— Bo...

— Bo...

Solomon e Laura falam ao mesmo tempo.

— Sim? — responde ela para Laura, indo até a porta.

— Você disse que se eu conseguisse me lembrar da primeira vez...

— Sim, foi só uma ideia...

— Você está com a sua câmera aí?

As bochechas de Bo ficam rosadas.

— Não foi isso o que eu quis dizer. Não estava pedindo para você...

— Eu sei. Mas eu quero te contar.

— Laura, nós não temos permissão de continuar com o documentário. Os advogados da StarrGaze Entretenimentos foram muito claros sobre isso.

— Eu não me importo com o que eles dizem, é a minha boca, são as minhas palavras, meus pensamentos; eles não os possuem.

Solomon e Bo se entreolham. Ele lhe dá um aceno de cabeça.

Rachel está no hospital com Susie, que está em trabalho de parto. Mas Laura quer fazer isso agora, então Bo prepara uma câmera num tripé. Solomon cuida do som. Tudo é feito rapidamente, sem alvoroço. Laura está pronta para falar.

37

Isabel ficou doente muito depressa. Ela enfraqueceu rapidamente. Vinha tomando todos os seus remédios caseiros, tudo o que elas conseguiam pesquisar e preparar por conta própria. Em nenhum momento ela quis tomar remédios de hospital. Ela era contra quimioterapia, queria tentar terapias alternativas, planos nutricionais específicos. Foi muito minuciosa em sua pesquisa; Gaga também. Elas sempre tinham sido assim, quase como se tudo o que tinham aprendido na vida fosse para aquele momento. Ela fez terapia de desintoxicação hepática, terapia de pH alto, que assegurava que comesse comidas básicas e equilibrassem seu pH corporal. Então, quando ela não conseguia mais comer sólidos, aderiu a um protocolo líquido.

— Se eu vou morrer — sua mãe estende a mão e seca uma lágrima da bochecha da filha —, eu vou morrer saudável.

Laura sorri e funga, dispensando as lágrimas. Ela beija o dorso da mão da mãe.

A oficina de costura funciona dentro de casa para que Gaga e Laura possam trabalhar nas peças e cuidar de Isabel ao mesmo tempo, por mais que Gaga ainda lide com os clientes na garagem. A casa delas é privada. A proteção de Laura sempre foi sua prioridade, apesar de agora Gaga ter dificuldade de se afastar da filha doente. Laura sempre pensa que, mesmo que ela esteja ao lado da mãe, Gaga quer estar lá pessoalmente. Ela está largando mão do negócio, deixando a qualidade cair, só para não precisar deixar a filha. A saúde da mãe de Laura se deteriorou depressa, e elas passam a noite toda acordadas com Isabel; deveriam estar se revezando no posto, mas nenhuma das duas quer estar dormindo quando o momento chegar. É num desses dias em que Gaga está lidando com um cliente na garagem que Laura está sozinha com a mãe. Laura percebe pela mudança da respiração de Isabel que algo está acontecendo.

— Mamãe — diz Isabel, numa voz rouca, parecendo uma criança.

É a primeira palavra que diz em dias.

— Estou aqui, mãe, é a Laura.

Laura pega a mão dela e leva aos lábios.

— Mamãe — repete ela.

Seus olhos estão abertos, olhando ao redor como se procurassem por Gaga.

O coração de Laura martela. Ela corre até a janela e espia pelas persianas na direção da garagem. Não há sinal de Gaga, mas o carro do cliente continua na entrada. Ela olha da mãe para a garagem, sentindo-se encurralada, o mais encurralada que já se sentiu na vida. Se chamar por Gaga, o cliente vai ouvi-la ou vê-la. Elas tinham feito um pacto de que Laura nunca seria vista, não até atingir a maioridade. Isso era há muito compreendido e há muito tácito. A ideia de ela sair para o mundo antes dos dezesseis anos as apavora.

Laura está dividida. A respiração da mãe está curta, Laura sabe que ela está deixando o mundo, não pode chamar Gaga e arriscar que alguém a descubra, mas não pode deixar a mãe partir achando que estava sozinha.

O pânico. O fervor que avassala seu corpo enquanto o suor brota de sua testa e escorre por suas costas. As palpitações. O frio de terror. Ela está perdendo a mãe e, ao mesmo tempo que quer gritar para o mundo por ajuda, sabe que não pode arriscar ser tirada de Gaga também. Ela perderia tudo.

Ela não quer que a mãe morra pensando que está sozinha, assim como se sentirá sem ela. Ela não quer que Gaga saiba que a filha morreu pensando que a mãe não estava ali. Ela se senta ao lado da mãe, fecha os olhos e instiga todas as partes de seu corpo a solucionar o problema, a salvá-la naquele momento.

Ela abre a boca e canta, e quando canta ouve a voz de Gaga, a voz de uma mulher mais velha com sotaque de Yorkshire. Isabel aperta sua mão.

A árvore partida, com um galho partido,
Queda onde a grama é marrom, e o céu escurecido.
Flores são botões eternos,
Uma árvore esqueleto no bosque soberano.
Nenhuma aranha rasteja, nenhum animal reina,
Na árvore partida, com um galho partido.
Mas no galho uma ave fêmea se apruma,
Com o bico erguido e os olhos em sumo.
Ao cantar para todos sua canção
Os botões se escancaram e as pétalas vão ao chão.
Aranhas rastejam e tecem suas teias,
As mosquinhas voam dos morangos em cadeia.
A árvore quebrada inteira se torna quando a ave chega e
*   seu lume entorna.*
A árvore revive, o galho consertado,
Os animais a habitam por terem escutado.
Crianças escalam, a rir e brincar,
A árvore quebrada mais um dia viverá.
Ao fim da canção, a ave sai a voar,
E a árvore quebrada assim volta a ficar.

Solomon e Bo prendem a respiração enquanto assistem a Laura. Não foi só sua voz que mudou enquanto ela relembra a canção do leito de morte da mãe; de alguma forma ela conseguiu permitir que o espírito de sua Gaga a habitasse. Não é nada menos do que mágico. Bo se vira para Solomon, olha para ele pela primeira vez desde que efetivamente o deixou; os olhos estão arregalados e cheios de lágrimas. Ele estende a mão e ela a pega, a aperta. Laura abre os olhos e olha para as mãos deles, unidas.

Bo seca a bochecha e Laura sorri.

— Essa foi... — Ela tosse para se livrar da emoção e recomeça: — Essa foi a primeira vez que você percebeu que tinha essa habilidade?

— Sim — diz ela suavemente. — Foi a primeira vez que percebi. Mas então, quando me dei conta, ficou claro que não era a primeira vez que eu a usava.

Bo assente para ela contar mais.

— Gaga a mencionara para mim um dia, anos antes. Estávamos deitadas na grama, nos fundos da casa, eu estava fazendo correntes de margaridas. Mamãe estava lendo um livro, ela amava livros de romance, Gaga os odiava. Mamãe às vezes lia as frases em voz alta, só para irritar Gaga. — Ela ri. — Eu consigo ouvi-las, implicando uma com a outra. Gaga tampando os ouvidos, *lá lá lá*.

Isabel não está lendo em voz alta. Está silencioso. E, de repente, Gaga começa a gargalhar.

— Essa foi boa, Laura — diz.

Laura não faz ideia do que ela está falando.

— Para com isso — a mãe de Laura lhe diz, olhando feio por cima do livro.

— O quê? Foi um som particularmente bom. Ela está ficando melhor, Isabel. Você precisa admitir.

Laura se empertiga na grama alta.

— Eu estou ficando melhor no quê?

Gaga ergue as sobrancelhas para a filha.

— Nada, amor, nada. Ignore sua Gaga, ela está ficando senil.

— Bem, isso todas nós sabemos. Mas não há nada de errado com meus ouvidos. — Gaga dá uma piscadela para Laura.

Laura dá uma risadinha.

— Me conta.

Mamãe abaixa o livro. Olha feio para Gaga, porém há uma submissão no olhar, como se ela lhe desse permissão, mas alertando-a para tomar cuidado.

— Você faz uns sons maravilhosos, minha querida. Nunca notou?

— Sons? Não. Que tipo de sons? — Laura dá risada, pensando que Gaga está brincando com ela.

— Todo tipo de sons. Bem agora você estava zumbindo como uma abelha. Quase pensei que estivesse prestes a levar uma ferroada! — Ela dá uma gargalhada.

— Não estava, não — diz Laura, confusa.

Sua mãe olha para Gaga, há preocupação em seus olhos.

— Ah, você de fato zumbiu, minha abelhinha. — Ela fecha os olhos e ergue a cabeça para o sol.

— Não, eu não zumbi. Por que você diria isso? — pergunta Laura, a voz tremendo.

— Eu ouvi — diz Gaga simplesmente.

— Já chega, mãe.

— Tudo bem — responde ela, olhando para Isabel com um olho só, então fechando-o de novo.

Laura encara as duas. Sua Gaga preguiçosa numa espreguiçadeira, mamãe lendo seu livro. Uma onda de raiva lhe percorre.

— Você é uma mentirosa! — grita, então corre do jardim para a casa.

— Quantos anos você tinha? — pergunta Bo.

— Sete. O assunto não ressurgiu por muito tempo. Talvez por um ano. Mamãe não queria falar sobre isso, sabia que era um assunto sensível para mim, e Gaga tinha instruções estritas de não dizer uma palavra.

— Por que você acha que era um assunto particularmente sensível para você?

— Sabe como é ouvir constantemente que está fazendo algo que nem sabe que está fazendo?

Bo sorri ao ouvir isso, morde o lábio. Relanceia para Solomon com uma expressão atrevida no olhar.

— Digamos que sim, eu conheço essa sensação. Faz a pessoa sentir como se estivesse ficando louca. Faz a pessoa se ressentir de quem está dizendo aquilo.

Solomon a ouve.

— Mesmo que você saiba que ela só está falando para seu próprio bem — diz Laura. — Mesmo que saiba que a pessoa não pode estar inventando, porque você confia nela. Faz você questionar tudo. Eu fiz um som uma vez que realmente assustou minha mãe. Fez com que ela quisesse conversar.

— Qual foi o som?

— Um rádio de polícia. — Laura engole em seco. — Eu só fazia sons que já escutara. Eu podia tê-lo ouvido na televisão, é claro, mas mamãe sentiu que era real. Ela não pôde ignorar. Era o som que ambas temiam havia muito tempo. Ela queria saber onde eu o ouvira, mas eu não sabia de que som ela estava falando, não percebi que o fizera. Mas conseguimos chegar até ele. Era o rádio de polícia. Eu o ouvira um dia quando as duas estavam fora de casa. Eu estava no meu quarto, as cortinas estavam fechadas como deveriam estar. Morando num bangalô, nós tínhamos que tomar cuidado com quem olharia pelas janelas quando mamãe e Gaga não estavam.

— Elas deixaram você sozinha em casa aos sete anos? — pergunta Bo, preocupada.

— Estavam na mata, forrageando. Eu decidi ficar em casa, ler um livro. Ouvi um carro se aproximar. Eu me abaixei e me escondi embaixo da cama. Ouvi passos no cascalho. Chegaram perto da minha janela. Senti que havia alguém do lado de fora. Então ouvi o som do rádio da polícia. — Laura estremece ao contar a história. — Eu não contei à mamãe e à Gaga quando elas voltaram para casa, não queria que ficassem com medo. Nada acontecera, então não havia motivo para contar a elas, mas então revelei de qualquer maneira com meus sons.

— Como sua mãe reagiu?

— Ela entrou em pânico. Chamou Gaga. Me fez contar a história de novo e de novo, exatamente o que eu ouvira, de novo e de novo. Eu fiquei confusa. Sabia que elas ficavam nervosas perto de policiais, mas nunca soube por quê.

— Elas te contaram?

— Eu perguntei naquele dia. Achei que elas tivessem medo de que eu fosse levada embora por causa dos sons que fazia. Assim que minha mãe ouviu isso, ela me sentou e me contou toda a história. Ela e Gaga. Elas me contaram tudo.

— Tudo...

Laura olha para Solomon. Ela respira fundo.

— Sobre como meu avô morreu.

Solomon tira os fones de ouvido.

— Laura, tem certeza de que você... Bo, talvez devamos desligar a câmera...

— Já desliguei — responde Bo, virando-se para olhar para ele, olhos arregalados.

Tanto ela quanto Solomon tinham lido o artigo sensacionalista sobre o suposto envolvimento de Isabel e Hattie na morte do avô de Laura, uma história que Bo ouvira em Cork quando perguntara sobre as duas. Era a história que ela estava escavando quando entrevistou Laura no chalé dos Button, mas agora tem medo de gravá-la. Não tem certeza de que quer ouvir a verdade. Como as coisas mudam...

— Laura — diz Solomon delicadamente ao baixar o equipamento —, você não precisa contar essa história.

— Acho que preciso.

— Não precisa — insiste Bo. — Por favor, não sinta que precisa. Eu não estou te pressionando.

— Nem eu — diz Solomon com firmeza. — Na verdade — adiciona, levantando-se —, talvez nós devamos fazer um intervalo, esticar as pernas. Está tarde. São quase três da manhã. Foi uma noite longa, cheia de emoções. Amanhã é um grande dia, nós deveríamos...

— Eu preciso contar por elas — diz Laura. — Ele não pode mais machucá-las.

— Quem? — pergunta Bo. — O policial? Ou seu avô?

— Ambos. Eu preciso contar a história. Pelo bem da mamãe e de Gaga. Quando elas me esconderam, elas esconderam a verdade. Estavam tentando me proteger, mas agora é minha vez de protegê-las.

Solomon olha para Laura, tenta decifrar sua expressão. Laura olha para Solomon, e Bo analisa os dois enquanto fazem o que vêm fazendo desde o momento em que se viram pela primeira vez. Essa comunicação não verbal.

Bo desvia o olhar para lhes dar espaço, para se dar espaço, para desaparecer da estranheza da situação. Desde o começo, ela viu algo entre eles e os empurrou na direção um do outro. Fez isso para conseguir a história, usou Solomon para se aproximar de Laura. Não pode negar. Ele queria manter distância, ele sabia o que sentia, e ela o empurrou para junto de Laura. Ela não pode culpar nenhum dos dois. Certamente não culpa a si mesma, mas vê tudo pelo que é, de forma realista e ponderada. Há algo grande entre eles, algo que os conecta, algo que ela nem tem certeza de que o próprio Solomon enxerga. Solomon, que é tão observador quando se trata dos defeitos dela e tão rápido para julgar os outros, não consegue se afastar o suficiente para enxergar a si mesmo.

Seja lá o que se passa entre eles ajuda a levar uma decisão adiante.

— Tá bom — diz Solomon, passando a mão pelo longo cabelo. — Se é o que você quer.

A voz dele é tão suave, tão gentil, tão compreensiva. Bo se pergunta se já o ouviu usar esse tom com ela, se ele sequer sabe como soa.

— É — responde Laura com firmeza.

Um aceno de cabeça faz seu cabelo cascatear pelos ombros. Ela ocupa seu lugar na poltrona em frente às cortinas creme que foram fechadas; a luminária emite um brilho quente ao seu lado, uma almofada e manta verde-musgo sobre o encosto da poltrona, ajudando a destacar ainda mais a cor de seus olhos.

Solomon se senta, olhos em Laura o tempo todo. Bo sente como se estivesse interrompendo alguma coisa, percebe que se sentiu assim sempre que eles estavam juntos no mesmo cômodo. Ela observa Solomon pelo canto do olho enquanto ele põe os fones de ouvido, ajusta novamente o áudio. Ela pensa nas inúmeras vezes em que ele se perdeu em seu próprio mundo sob aqueles fones de ouvido, fosse para o trabalho ou para a própria música. Ele usa o som como fuga, assim como Laura. Ela olha dela para ele. Pensa que eles realmente não fazem ideia. Ou fazem e têm sido profundamente respeitosos com ela o tempo todo. Numa reviravolta bizarra, ela quer abraçar os dois, então esmagá-los um contra o outro, esses idiotas.

Bo se vira para Laura.

— Está pronta?

Ela dá um aceno firme de cabeça, o olhar determinado.

— Meu avô machucava as duas. Gaga e minha mãe. Ele bebia demais. Gaga diz que ele era desagradável na maior parte do tempo, mas ficava violento quando bebia. Sargento O'Grady, o policial local, era seu melhor amigo. Eles tinham estudado juntos na escola, bebiam juntos. Gaga não era da região, crescera em Leeds. Ela era babá, se mudara para a Irlanda para cuidar das crianças de uma família. Conheceu o vovô e foi assim... ela ficou, mas teve dificuldade de se adaptar. Gostava de ficar na dela. Os locais não gostavam muito disso, o que a deixou ainda mais retraída. Vovô era possessivo, ficava procurando problema em tudo o que ela dizia quando estava com outras pessoas, no comportamento dela, então ela decidiu que era melhor não sair mais. Era conveniente, dizia. Mas então ele começou a ficar agressivo. Batia nela. Ela foi para o hospital com costelas quebradas. Houve um ponto em que as coisas ficaram tão ruins que ela foi até o amigo do vovô, o policial O'Grady; não para prestar queixa, mas para pedir que, como amigo do vovô, conversasse com ele, o ajudasse. Ele não gostou do que ouviu, disse que ela devia estar fazendo algo errado para deixá-lo tão furioso; botou toda a culpa nela.

"Ela nunca teria voltado ao policial O'Grady se não fosse pelo fato de que vovô batia na mamãe. Ela disse ao policial que, se ele não fizesse alguma coisa, ela o denunciaria. O policial O'Grady contou ao vovô o que ela dissera. Naquela noite, ele chegou do bar bêbado. Bateu em Gaga, disse que mataria mamãe. Gaga disse para ela correr, e mamãe fugiu da casa e correu para a mata. Vovô a perseguiu, mas mal conseguia parar em pé. Estava escuro, ele não enxergava nada, estava bêbado. Gaga o seguiu. Ela o viu tropeçar e bater a cabeça numa pedra. Ele implorava por ajuda, para ela chamar uma ambulância. Ela não conseguiu ajudá-lo. Disse que ficou paralisada. Ali estava o homem que ela já amara, o homem que acabara de espancá-la e ameaçar matar a filha deles, e ela se sentou e o observou se afogar num córrego. Disse que foi a melhor coisa que poderia ter feito por ambos. Ela não batera nele, não o matara, mas também não tentou salvá-lo. Disse que escolheu salvar a si mesma e à filha."

Laura ergue a cabeça.

— Eu sinto orgulho dela. Sinto orgulho do que fizeram, de terem sido fortes o bastante para se defenderem da única forma que souberam. Ela tentara falar com o amigo dele, tentara falar com a justiça, e isso só piorou a situação. Vovô morreu por suas próprias mãos.

— Mas por que elas decidiram manter você em segredo?

— Porque o policial O'Grady não as deixava em paz. Por meses arrastou Gaga para interrogatórios quase diariamente. Tornou a vida dela um inferno. Falou tão mal dela que mal lhe restaram clientes. Ele atormentou até a mamãe, que só tinha catorze anos, a levou para interrogar também. Ele acusou as duas de serem assassinas. Costumava aparecer na casa a toda hora, dia e noite. Ele as assustava, ameaçava trancafiá-las pelo resto da vida. Elas viveram com medo por tanto tempo, mas permaneceram onde estavam.

"Quando o trabalho ficou escasso, mamãe teve que sair em busca de emprego. Foi quando começou a trabalhar para os gêmeos Toolin. Ela teve um caso com Tom Toolin. Não sei quanto tempo durou, mas sei que terminou quando ela engravidou. Ela nunca nem contou a ele que teve um bebê. Morria de medo de o policial O'Grady me tirar dela, de que ele arrumasse um jeito. Gaga se sentia da mesma forma. Então elas me mantiveram em segredo. Não queriam que eu tivesse a mesma vida que elas tiveram, não queriam que ele me atormentasse. Elas me protegeram da melhor maneira que puderam."

— Você acha que o que elas fizeram com você, a vida que escolheram para você, foi certo?

— Elas estavam fazendo o melhor que podiam. Estavam me protegendo. Eu poderia ter ido embora do chalé dos Toolin a qualquer momento, mas era feliz lá. Quando pequena, eu gostava de me esconder, de ficar escondida. Gostava de olhar as coisas de fora, de longe. Se não fizesse isso, não conseguiria me imergir tanto em todos os sons ao meu redor. Todos eles se tornaram parte de mim. Eu absorvia tudo, como uma esponja, porque havia espaço para isso na minha vida. Enquanto outras pessoas têm estresses e tensões, pressões intermináveis, eu não tinha nada disso. Podia ser completa.

— Completa — repete Bo, refletindo. — Você se sente completa agora que saiu do chalé? Agora que está imersa na sociedade?

— Não. — Laura baixa o olhar para os dedos. — Eu não ouço tanto as coisas como antes. Há muito barulho. Uma confusão de... — Ela busca a palavra certa, mas não consegue encontrá-la. — Eu me sinto um pouco quebrada — conclui com tristeza.

38

Solomon escova os dentes, levando mais tempo do que o normal, encarando-se no espelho sem se ver. Ele ergue o olhar e vê Bo parada na porta da suíte, mala em mãos.

Lágrimas brilham em seus olhos.

Ele cospe a pasta de dente com pressa e limpa a boca. Volta para o quarto, batendo o quadril na quina de uma gaveta aberta. Ele sibila de dor, então busca algo para dizer a Bo, mas nada lhe vem à cabeça, nada apropriado, é mais um sentimento de pânico por esse momento ter chegado. E, depois de tudo isso, ele quer mesmo que isso aconteça? Nenhum alívio, só pânico, pavor. O sentimento terrível de ter que enfrentar, lidar com as coisas, não se esconder. A dúvida natural e assombrosa que nos vem ao sermos confrontados com a mudança.

— Jack? — pergunta ele, pigarreando, sem jeito.

— Não. — Ela dá uma risadinha. — Só não você. — Ele é pego de surpresa pela dureza da resposta. — Ah, vai, Sol, está longe de ser um choque para qualquer um de nós dois.

Ele esfrega o quadril, distraído.

— Você está apaixonado por ela — diz ela depressa. Limpa uma lágrima da bochecha. Bo nunca foi muito boa em chorar. — Os olhos de Solomon se arregalam. — Quer você saiba ou não, é verdade. Eu nunca sei com você. O que você sabe e finge não saber ou o que está genuinamente bloqueando... Às vezes você vê tudo com tanta clareza e outras vezes não consegue nem olhar para si mesmo, mas, até aí, não somos todos assim? — Ela sorri com tristeza.

Solomon vai até ela e a abraça, com força. Ela larga a mala e retribui o abraço. Ele a beija no topo da cabeça.

— Desculpa por não ter sido melhor para você — sussurra ele.

— Eu também — responde ela, e ele se afasta e faz uma careta. Ela ri e pega a mala. — Bem, a culpa está longe de ser minha, né?

— Nunca. — Ele sorri, balançando a cabeça, sentindo-se um pouco perdido, como se estivesse perdendo uma parte de si mesmo com ela.

Bo se demora na porta, abaixa a voz.

— Você foi ótimo. Tivemos momentos de grandiosidade. Alguma coisa aconteceu com a gente quando a conhecemos. É o que você disse uma vez: ela mostra um espelho para todos. Eu não gostei do que vi de nós, não quando vi como você realmente poderia ser. — Ele sente o rosto queimar. — Ela nos salvou, eu acho — adiciona ela, lacrimejando de novo, mas tentando impedir. — Alguém já ouviu falar de um salvador que separa as pessoas? Nós devíamos ser péssimos.

— Não éramos — diz ele, na defensiva. O relacionamento deles pode não ter sido perfeito, mas eles tiveram muitos momentos bons, ou pelo menos bons em sua maioria, mas não bons eternamente. Ele não o veria com maus olhos. — Aonde você vai?

— Não para os meus pais. — Ela faz uma careta, recuando.

— Jack? — pergunta ele de novo.

— Você precisa superá-lo — diz ela, aborrecida.

— Você também — responde ele, e ela revira os olhos e lhe dá as costas.

E, apesar da situação, Solomon odeia Jack ainda mais e quer bater ainda mais forte nele.

— Estou ajudando o *StarrQuest* com a última apresentação de Laura. Você só precisa levá-la ao estúdio amanhã. Vou voltar para buscar o resto das minhas coisas durante a semana. Fica longe da minha gaveta de calcinhas.

— Vou tentar — diz ele, cruzando os braços e observando-a. — É só a textura da renda que me pega.

Ela tenta não sorrir ao abrir a porta.

— Esse é o término mais estranho de todos.

— Foi a união mais estranha de todas.

— Consigo pensar em outras mais estranhas — diz ela, olhando por cima dos ombros dele.

Ele se vira, esperando ver Laura, mas se depara com a porta fechada do quarto de hóspede. Quando volta a se virar, Bo já foi embora, fechando a porta. Só então ele nota que seu corpo está tremendo de leve, do choque, da perda. Ele olha para a porta fechada de Laura outra vez e pensa no que Bo disse.

Apaixonado por ela.

É claro que está. Soube disso no segundo em que a viu.

Agora sabe a solução para seu dilema, se é melhor proteger algo precioso e raro ou compartilhá-lo. Seu amor por ela era precioso, e sua intensidade era rara. Seu amor por ela era melhor não compartilhado. Ela ficaria melhor sem ele, Solomon a trouxera até ali e não a ajudara em nada. Ele não era bom para alguém como ela. Era melhor manter o que era precioso protegido.

Seu papel agora é consertar a confusão na qual ele a meteu, a confusão na qual ele a transformou. Ele a tirou de seu ninho, fraturou sua vida, abandonou-a. Vai fazer tudo o que puder para remendar e reconstruir. Ele fecha a porta do quarto e ouve um som de Laura que lhe parte o coração. Silêncio.

39

Perto das cinco da manhã, Solomon acorda com o som da televisão da sala. Laura ainda está acordada. Não está muito confiante na apresentação dela, que é tecnicamente hoje agora que o sol está brilhando com força e a manhã começou, e não tem certeza de que se importa. Ele avalia o dano de ela não aparecer no estúdio; Laura não deve nada ao programa, mas certamente tem uma dívida consigo mesma. O público ficou com a impressão errada dela, e, por mais que ninguém devesse se importar com o que as pessoas pensam, quando alguém tem algo tão lindo para mostrar ao mundo, quando as pessoas se beneficiam apenas pela existência dela, é aí que esse alguém deve ser compreendido. Ela deve a si mesma se apresentar uma última vez, em sua própria pele, da maneira que quer. Ele não faz ideia do que Bo tem na manga, mas confia nela. A mulher que ela se mostrou nas últimas vinte e quatro horas consolidou em sua cabeça a grandiosidade dela, o motivo para ter ganhado tantos prêmios este ano. Ela é uma campeã em sua própria arena, sabe capturar corações e mentes por sua capacidade de contar histórias.

Ele não consegue dormir e, por mais que esteja tentando manter distância de Laura, especialmente num ambiente tão íntimo, não consegue ficar deitado ali enquanto ela está do lado de fora. É claro que não vai avançar sem sua permissão, mas ele quer isso pra caramba. Melhor manter distância. Mesmo sabendo disso, sai da cama, não se dá ao trabalho de vestir a camiseta. Abre a porta do quarto. Ela está sentada no sofá, de costas para ele. Está assistindo a *Os gêmeos Toolin*.

Ele a observa. Usando uma das camisetas dele, as longas pernas dobradas ao lado do corpo, o cabelo solto caindo preguiçosamente, bagunçado por sua inquietude na cama. O coração dele martela. Ele está prestes a dizer algo, algo reconfortante, algo tenro sobre seu pai e seu tio, quando ela volta o filme alguns segundos e assiste de novo. Ele não quer impedi-la de ouvir seja lá o que ela queira ver ou ouvir de novo. Ele espera, observando-a. Então, quando a cena termina, ela rebobina e dá play de novo, empertigando as costas. Ele olha para a TV, para os irmãos na montanha, vigiando as ovelhas. Ela rebobina e dá play de novo.

Não é o momento certo. Ele estava certo sobre provavelmente nunca ser o momento certo. Fecha a porta com cuidado e adormece ao som de Laura voltando e revendo o vídeo do pai e do tio.

Laura mantém os olhos na televisão ao ouvir a porta se abrir às suas costas. Sua pele formiga, se arrepia. Ela fica sentada ali, congelada. Só os dois no apartamento; ela ouviu Bo ir embora, ouviu parte da conversa deles, tentou não ouvir como um sinal de respeito. Ela se sentira tão intrusiva no relacionamento deles que deveria pelo menos ficar fora do adeus, deixá-los ter isso para si. Então ficara deitada na cama, olhos bem abertos, nem um pouco cansada apesar da hora, o quarto cheirando a Solomon, o mesmo cheiro que ela sentira na floresta no dia em que eles se conheceram.

Ela sentira sua presença antes de sentir seu cheiro.

Ela sentira seu cheiro no vento muito antes de vê-lo.

Ela o observara muito antes de ele sequer sentir sua presença.

Observando-o de detrás da árvore, ela sentiu um desejo arrebatador de ser vista por ele. Não como quando era criança. Ela observava as outras crianças brincando na floresta e queria brincar também, mas sabia que não devia fazer isso; na maior parte do tempo ficava feliz só de observar. Parecia suficiente. Mas, no dia em que conheceu Solomon na floresta, ela perdera toda a sensatez e, de modo egoísta, queria os olhos dele sobre ela. Fizera um som deliberado para que ele se virasse. Aquele momento fez sua vida mudar. Não fora quando a mãe faleceu, quando Gaga a levou para morar no chalé ou quando o pai morreu. O maior risco que Laura já correra foi fazer um som para que Solomon a visse. Um homem como aquele, ela queria que ele a visse.

E, por um momento, naquela mata, ele fora dela.

Tudo mudou para ela; havia a vida antes de ela conhecer Solomon e a vida depois disso.

Ela engoliu o nó na garganta. Sonhara com as mãos dele em seu corpo, o beijo dele em sua pele, imaginara o toque dele, qual seria a sensação. Será que ele seria delicado ou forte, como beijaria? Ela o observara com Bo, pelo canto do olho, vira a ternura da qual ele é capaz e se perguntara: ele seria daquele jeito ou diferente com ela? Não consegue evitar imaginar o gosto de sua pele, a sensação de sua língua. Desde o momento em que o viu, ela não conseguiu reprimir esses pensamentos.

Ela sabia que era errado sentir isso. Tentara parar, mas ficava sendo puxada de volta para ele. Sabia por sua mãe e Gaga que não havia lugar para uma mulher que tomava o homem de outra. Elas desaprovariam; ela própria já se desaprovava, mesmo que fossem apenas pensamentos privados. Ela se agarrara a ele como a um bote salva-vidas, sem pensar em mais ninguém. Achou que ficar tão longe dele, na Austrália, fosse acabar com isso, a afastaria dele, o outro lado do mundo. Não fora o caso. Ela pensara que conhecer outros homens a distrairia. Talvez por ele ser o único homem que conhecia, talvez por isso seus sentimentos fossem tão intensos. Também não fora o caso. Parecia irônico, romântico e deturpado que o primeiro homem que conhecera fosse o único que ela já quis.

Nenhuma das distrações do mundo funcionava. E o cheiro dele... Não era só a colônia dele, era sua pele. Dormir no quarto dele, morar em sua casa, ela se sentia abraçada por ele. Quando virava a cabeça no travesseiro e afundava o rosto nele, era como se afundar em Solomon. Grunhia ligeiramente de frustração porque não era o bastante. Ficar cercada por ele, do lado de fora dele, perto dele. Não era o bastante. Fora para o sofá para se distrair.

Ela tem medo de respirar ao senti-lo às suas costas. Fecha os olhos enquanto o documentário é reproduzido e o imagina se aproximando por trás, os lábios dele em seu pescoço, mãos nos seus quadris, então em todo lugar. Espantada por seus pensamentos tão perto dele, ela abre os olhos e se concentra ao máximo no documentário, no que o tio e o pai estão falando. Seu coração martela, e não porque está revendo o pai com vida.

Assistir ao documentário não lhe proporcionara nenhum consolo até agora. A bem da verdade, ela se sente ainda mais sozinha. Estava com esperanças de se sentir conectada, enraizada de novo, de impedir a cabeça flutuante de sair voando, firmar os pés no chão com o que está acontecendo em sua vida. De voltar a sentir, voltar a ouvir, voltar a fazer seus sons. No entanto, ela não consegue deixar de sentir que estava vivendo a meros metros de distância ao longo de todo o documentário e ainda assim não há um rastro dela, uma pista dela.

"Você nunca quis uma esposa ou filhos?", pergunta Bo, no documentário, e de repente Laura se empertiga.

Joe balança a cabeça, entretido com a pergunta, um pouco tímido. Uma *mulher*? Mesmo com o rosto marcado pela idade, ele parece um garotinho ao ser confrontado com o assunto.

"Sou ocupado aqui. Com a fazenda. Muito a fazer."

"Claro, quem ficaria com ele?", provoca Tom.

"E você, Tom? Já quis um casamento ou uma família?"

Ele pensa por mais tempo do que Joe.

"Tudo o que tenho, tudo o que preciso, está bem aqui, nesta montanha."

Laura pausa o filme, o coração martelando no peito, e, sim, dessa vez é por causa do pai. Ela volta a cena, então a repassa. Ela assiste a Bo fazer a mesma pergunta aos dois homens de boina debruçados sobre pacotes de feno. Independentemente da cinematografia espetacular de Rachel, a imagem dos dois gêmeos idênticos por si só é linda. Eles envelheceram exatamente do mesmo jeito.

Ela dá play na cena de novo.

Seu pai.

"Tudo o que tenho, tudo o que preciso, está bem aqui, nesta montanha."

Nesta montanha.

O coração de Laura está saindo pela boca. Para impedir de se deixar levar pela emoção, ela avalia o cenário para se certificar de que é a montanha certa. Só para garantir. Talvez haja outro filho em outra montanha, outra mulher que veio depois de sua mãe. Ela tem certeza de que não é verdade, mas só para garantir, pois ela precisa entender corretamente algo tão grandioso assim. Retrocede o vídeo de novo. Dá play.

Depois de assistir à cena pela quarta vez, ela tem certeza. Ele teve tempo para pensar, tanto tempo que até Joe o olhou com aquele sorrisinho tímido de menino no rosto. O irmão está sendo questionado sobre garotas, ele dá uma risadinha zombeteira.

O que havia na montanha de Tom? Joe, sua casa, seu negócio, suas ovelhas, seus cachorros, suas lembranças e, sim, Laura. Ela morava naquela montanha, então aquilo significava que ele a estava incluindo também. Ele pode não a ter amado do jeito convencional com que pais amam as filhas, mas ele a reconheceu, assumiu, valorizou. E isso significa tudo para Laura.

Só depois de processar tudo isso que se lembra de Solomon. Ela se vira, um grande sorriso no rosto. Ele sumiu. A porta do quarto dele está fechada. O sorriso dela murcha depressa, até que ela se lembra das palavras do pai e vai se deitar sentindo como se ele tivesse acabado de lhe dar o abraço que ela tanto desejara, mas que ele nunca lhe dera até agora.

40

Solomon dá batidinhas suaves na porta de Laura. Hesitante a princípio, então com mais confiança.

— Laura, eu...

A porta se abre, ela está usando a camiseta dele, e só. Ela o encara, olhos verdes sonolentos mal abertos e desacostumados à claridade. Ela tem um cheiro sonolento, um cheiro quentinho e aconchegante de cama, e ele quer se jogar em cima dela, literalmente. Ele a olha de cima a baixo enquanto ela esfrega os olhos, as longas pernas de coxas esguias desaparecendo sob a camiseta.

— Desculpa pela camiseta — diz. — Eu deveria ter te pedido, mas... — Ela não consegue pensar numa desculpa e ele não se importa.

— Não, não peça desculpas. Está tudo bem. Está ótimo. Digo, você está ótima. Ela está ótima em você — diz ele, enrolando-se.

A gola, que é larga demais para ela, tem três botões, eles estão todos abertos, então ele consegue ver o contorno de seus peitos, um lado da camiseta está afastado, e, se ele se inclinasse para a frente, provavelmente veria...

Ela olha para o prato na mão dele.

— Ah. Sim. Fiz uma salada de frango para você. Com romã. Só porque tem romã em tudo ultimamente.

Ela sorri, tocada.

— Você deveria comer antes de ir para o estúdio, isso vai ser melhor do que aquela merda de plástico. — Ele baixa o olhar para o prato de novo. — Se bem que talvez não. — Ele se sente hesitando. É um homem adulto que quer desesperadamente ir para a cama com essa mulher, precisa agir de acordo. Apesar de que não pode ir para a cama com ela, esse é o problema. Ele vai arruiná-la. Já fez um bom trabalho com isso até agora. Ele se empertiga, dá um passo para trás ao notar que está praticamente babando nela. — Precisamos sair em algumas horas. Você dormiu a manhã toda.

— Não consegui dormir ontem à noite. — Ela parece apavorada ao pensar no programa desta noite.

— Nem eu. — Seus olhares se fixam. Ele poderia jurar que ela tem um efeito hipnótico nele. Ele sai do transe. — O programa começa às oito. Você é a última. Não precisa chegar antes das dezoito. Mais tarde do que o normal, mas eles disseram que você não precisa ficar esperando. Eles vão fazer as passagens de som sem você.

— E o ensaio? — pergunta ela, confusa.

— Eles disseram que você não precisa ensaiar. Você vai se sair perfeitamente bem, Laura. É o último programa. Os últimos dois minutos que você vai passar lá em cima. Faça valer.

— Você estava me fazendo sentir melhor até dizer isso.

— O que quero dizer é: você precisa mostrar a eles quem é de verdade. Melhor, não mostre a eles, só seja você. E eles verão. — Quando ela sorri, ele dá uma risada. — Eu sou uma merda nisso, não sou? Da última vez que fiz um show de abertura, vinte pessoas foram embora antes do artista principal chegar.

Ela dá uma risadinha.

— Talvez você possa fazer isso por mim esta noite, facilitar.

Ela pega o prato da mão dele e anda até a mesa da cozinha. Senta-se. Ele a observa comer. Ela cruza as pernas. Está descalça. O coração dele bate forte. Ele deveria sair, mas não pode deixá-la sozinha no apartamento, não quando ficou responsável por levá-la ao estúdio sã e salva. Ela poderia começar a escalar varandas de novo.

Ele sorri ao pensar no que aconteceu na noite passada.

— O quê?

— Nada. — Ele se senta de frente para ela à mesa. Sempre que pensa que deveria se afastar dela, faz o exato oposto. Mas a maneira como ela olha para ele o desorienta. — Só estava pensando em você sendo uma superninja ontem à noite.

Ela morde o lábio.

— Que bom que o marido dela não chegou.

— Olha, se ele aparecer por aqui hoje, eu vou sair direto por aquela janela. Você está por conta própria. — Ele se debruça sobre a mesa, cabeça nos braços cruzados, e olha para ela.

— Ei. — Ela dá um sorrisinho, chutando-o de leve por baixo da mesa.

Silêncio. Ele a observa comer. Ele a observa pensar, analisa o franzir de sua sobrancelha. Sua seriedade o faz sorrir, qualquer merda que ela faz o faz sorrir, e, quando ela olha para ele, seu rosto se contrai tentando esconder o sorriso revelador. Ele se sente um garoto de doze anos empolgado demais.

— Passei dois dias ensaiando para a última apresentação. Uma baita coreografia elaborada. Essa semana, nada. Não sei bem como interpretar isso. — Ela o encara. — Você assistiu?

Ele não consegue parar de sorrir, e agora ela acha que ele está rindo dela.

— É claro que assisti — responde ele. — Foi terrível.

Ela solta um grunhido, joga a cabeça para trás, esticando o longo pescoço.

— Não foi sua culpa. Bo sugeriu algo que tivesse a ver com a floresta para o diretor artístico, mas Cachinhos Dourados e os Três Ursos não era bem o que ela tinha em mente. Não foi culpa sua.

— Eu falei a Jack que não queria fazer aquilo, mas eles perguntaram se eu tinha outras sugestões e eu não consegui pensar em nada.

— Então foi o jeito deles ou nada.

Ela assente.

— Foi chocante?

Ele pensa em como se sentiu ao vê-la. Parecia fazer tanto tempo que não a via: ela se mudara para o hotel, fora à Austrália, ele se sentia completamente afastado dela.

— Eu só fiquei feliz em te ver, fazia um tempo. — Ela sorri, os olhos brilhando. — Mas sei que você pode se sair muito melhor. Bo está trabalhando em alguma coisa para você esta noite. Ela está se dedicando. Acho que quer se redimir, mostrar que se importa com você. — Ele quer fazer o mesmo, mas não sabe bem como.

— Ela não me deve nada. — Laura franze a testa. — Todos aqueles erros foram meus. Eu os assumo.

— Bem, já que estamos falando sobre assumir erros... Sobre o que aconteceu com Rory...

Laura se encolhe de vergonha, mal consegue pensar naquilo. Solomon se empertiga.

— Eu te deixei na mão. Em grande estilo. Nunca vou me perdoar por isso, mas quero que saiba que sinto muito. Eu deveria ter te protegido melhor. Só não queria... Pensei que deveria te dar espaço. Por quaisquer motivos, meus próprios motivos, eu não queria pressionar você nesse seu novo caminho. — Ele olha para ela, perguntando-se se deveria continuar.

— Eu vi você há três anos. — Ela o interrompe subitamente, como se não tivesse ouvido uma palavra do que ele disse, por mais que ele saiba que ela ouviu, ela estava ouvindo atentamente. — Na montanha. Eu estava forrageando. Procurando um sabugueiro. Tom tinha cortado todos, estava tentando deixar a cerca viva à prova de rebanhos, o que me incomodou porque as frutinhas são gostosas no outono, e a flor... Não importa.

— Continua — incita ele.

— A flor tem o verdadeiro poder. Ela adiciona um sabor incrível a vinhos, bebidas e geleias. Gaga fazia um licor de flor de sabugueiro deliciosíssimo, que atinge o ápice só depois de seis meses. Eu estava numa missão. Queria encontrar um sabugueiro que Joe e Tom não tivessem destruído, então me afastei mais do que de costume. Saí da mata e vi você parado, com os olhos fechados, os fones de ouvido no pescoço, aquela bolsa sobre o ombro. Não sabia o que você estava fazendo na época. Agora sei que estava ouvindo, buscando sons, mas só o que eu soube na hora era que você parecia tão em paz.

— Eu não te vi.

Ela balança a cabeça.

— Eu não queria que você me visse.

— Isso foi há três anos?

— Maio. — Dia 4 de maio, ela se lembra. E não só porque o sabugueiro estava em flor. — Eu perguntei a Tom quem você era. Ele disse que você estava fazendo um programa de TV. Que também gostava de sons. Foi só o que ele disse. — Ela engole em seco antes de fazer uma confissão. — Eu te observei algumas vezes.

— Sério? — Ele sorri. Seu coração martela. — Você deveria ter dado oi.

— Queria ter feito isso — diz ela com suavidade. — Todo dia que eu não te encontrava, desejava que você tivesse me visto da vez anterior, mas, na hora, eu não conseguia. Então, dessa vez, quando eu te vi na floresta, depois de tanto tempo sem te ver, eu não pude arriscar que voltasse a acontecer. Foi por isso que fiz um som. Queria a sua atenção.

Ela olha acanhada para ele. Pronto, a verdade estava dita.

— Bem, você certamente conseguiu minha atenção — diz ele, estendendo a mão por cima da mesa e deslizando o prato para o lado. Ele pega as mãos dela.

Ela quer que ele a beije.

Ele quer tanto beijá-la. Dá a volta na mesa, põe uma mão na bochecha dela e a puxa para perto. Ele a beija com delicadeza a princípio, afastando-se para olhá-la nos olhos, para se certificar de que está tudo bem. As pupilas de Laura estão dilatadas, o anel verde ao redor delas quase luminoso. Ela fecha os olhos, então o beija vorazmente.

Laura sentiu a presença dele antes de sentir seu cheiro, sentiu seu cheiro antes de vê-lo. Ela o observara antes de ele a vir. Ela o conheceu antes de ele a conhecer. Ele a amou antes de beijá-la.

41

A tensão, adrenalina e empolgação que emana do Abatedouro é visceral quando Laura e Solomon se aproximam no SUV. Do lado de fora, há centenas de fãs reunidos atrás de barricadas, balançando pôsteres, câmeras em mão, entoando músicas de suas bandas favoritas que não têm nada a ver com o programa, mas tudo a ver com a união dessas pessoas num fã-clube mútuo. Eles comemoram quando o carro se aproxima, o som de muitas vozes fazendo o estômago de Laura dar uma cambalhota. Solomon também sente, e ele nem vai chegar perto do palco. Não a culparia se ela fugisse agora. Ela não deve tanto assim a ninguém.

Seguranças em roupas pretas de combate e coletes fluorescentes usando walkie-talkies se alinham em frente às barricadas e à entrada do Abatedouro. A imprensa está reunida, mais fotógrafos e jornalistas do que nunca agora que o programa atingiu escala global, ansiosamente tentando ter um vislumbre de quem chega. Virou menos uma questão de quem vai vencer e mais se Ave-Lira vai se apresentar. A StarrGaze não é burra, eles sabem o que o público e a mídia querem e não vão proteger Laura agora, não quando ela os deixou no escuro a semana toda sobre se iria ou não se apresentar, então, apesar da recente lealdade de Michael a Ave-Lira, ele os alerta que vai abrir a porta do carro de frente para os jornalistas.

Quando Michael sai do carro, Laura e Solomon sabem que têm menos de um minuto antes que tudo fique insano. Solomon pega a mão dela e a aperta. Eles estão longe de seu leito de segurança onde, em silêncio, em paz, numa serenidade de absoluta beleza, eles puderam se explorar. Uma tarde inteira tocando um ao outro de formas com as quais eles vêm fantasiando há tanto tempo.

Agora estão expostos. A porta se abre e as mãos deles se soltam. Algumas coisas são sagradas. Laura olha para fora e se depara com flashes, um mar de câmeras, rostos, chamados, comemorações. Algumas vaias daqueles que ainda estão ressentidos de sua noitada.

Michael lhe dá um aceno de cabeça solidário, estende a mão para dentro do carro, ela a segura. A mão é grande, firme, forte, já nocauteou mais pessoas do que ela gostaria de saber, mas seu toque é delicado ao guiá-la para fora. Ela desliza pelo banco de couro, protegendo sua modéstia das câmeras que miram baixo enquanto sai do carro. Ela aprendeu. Está usando outra camisa de Solomon, uma de xadrez verde, ajustada com um cinto de couro marrom, botas marrons com franjas de camurça na altura dos tornozelos. Ela sobrepôs com a própria camisa jeans, menor, e os braços estão cheios de braceletes. Ave-Lira chique, como a revista *Grazia* apelidou o look. A multidão berra, a imprensa grita por entrevistas. Incerta do que fazer, Laura acena, sorri contritamente para os vaiadores e permite que Mickey a conduza até as portas. Assim que ela entra, é recebida por Bianca, que está sorrindo.

— Seja bem-vinda de volta — diz com alegria, sem uma gota de sarcasmo. — Vamos direto para o cabelo e a maquiagem. Não temos muito tempo; todo mundo já passou o som, estão todos vestidos e maquiados, dando as entrevistas prévias e prontos para começar. Você não vai passar o som, vai entrar por último às 19h45. — Ela abaixa a voz para um sussurro animado. — Você vai *amar* o que eles fizeram. Vamos lá.

Ela começa a caminhar, e Ave-Lira e Solomon seguem atrás.

— Você anda tomando uns remedinhos, Bianca? — pergunta Solomon, e Laura sorri.

— Não fode, Solomon — diz Bianca.

— Aí está ela. Nossa garota voltou.

Bianca tem dificuldade de tirar o sorriso do rosto. Ela os leva para a sala de figurino, e, quando entram, veem Bo com um homem que Laura não conhece.

— Laura, Solomon — diz Bo, um pouco nervosa, olhando de um para o outro. Laura sente o rosto arder ao pensar no que ela e Solomon fizeram naquele dia. Suas bochechas a entregam e Bo deve notar, mas não diz nada. — Esse é Benoît. Ele é o diretor artístico da final de hoje. Trabalhou com Jack em suas turnês anteriores, e Jack pediu para ele voltar por você. Ele é um verdadeiro mágico da área — diz Bo, incapaz de conter o entusiasmo.

Benoît é careca, usa preto dos pés à cabeça, mas são as sedas e veludos mais estilosos que Laura já viu. Usa óculos redondos dourados e tem o andar e a postura elegantes. Quando ele fala, sua voz é relaxante, hipnótica, lírica.

— É uma honra te conhecer, querida Ave-Lira — diz Benoît, pegando a mão de Laura com ternura. — Sou um grande fã do seu trabalho. Espero que goste do que fizemos para a sua noite.

— Nenhum passeio no bosque? — pergunta Solomon.

Benoît parece insultado e ofendido pela ideia de repetir o desastre da semifinal.

— Não, querido, esse programa está nas mãos de profissionais. Não temos muito tempo — diz ele ansiosamente.

— Estou tão feliz por você estar aqui! — diz Caroline ao cumprimentar Laura. — Minha nossa, como salvamos o melhor para o final.

Laura sorri, sentindo-se tão amada, tão cercada de ternura e alegria. Benoît se senta na cadeira ao lado dela.

— Ave-Lira... Se importa se eu te chamar de Ave-Lira? Já conheci tantas Lauras na vida, nunca uma Ave-Lira.

Laura sorri.

— É claro.

— Obrigado. — Ele abaixa a cabeça. — Temos uma montagem espetacular para você esta noite. O que Bo fez é fascinante.

— O que eu preciso fazer?

— Você só precisa ser você. Nenhum roteiro, nenhum dançarino sem camisa vestido de urso horroroso, nada além de você e qualquer coisa que você queira fazer.

Os olhos de Laura se arregalam de pavor e ele dá uma risadinha calorosa.

— Eu sei, minha querida, ser quem se é de verdade é frequentemente o mais assustador. Para esta noite — ele pega um desenho de um caderno de rascunhos —, criei uma gaiola de pássaro em tamanho real. Só que não é para um pássaro, é para você, querida Ave-Lira. É de bronze polido. Um amigo querido a fez especialmente para mim. Uma encomenda cara mas necessária, acho que os produtores do *StarrQuest* concordarão. Ela ficará suspensa no palco. Tive que mandar soldar reforços especiais ao teto para me certificar de que aguentarão o peso. E vai, nós testamos. — Ele fecha os olhos, abre os dedos. — Perfeito. Dentro dela há um balanço. Você se sentará no balanço. No palco, haverá uma tela para você olhar. Olhe mesmo. Contemple as imagens, as absorva, faça o que desejar. Naquela tela aparecerão imagens, e você fará quaisquer sons que quiser. É a sua história, o seu momento. Nós a tiramos de você nas últimas semanas... — Que honrável da parte dele se incluir nessa afirmação, por mais que não tenha tido nada a ver com o programa até então. — E agora vamos devolvê-la a você. Expresse-se como desejar.

Laura olha para o rascunho simples e sorri.

— Obrigada.

— Em seu corpo haverá um collant fino. Dourado. A mais refinada seda na qual Caroline bordou à mão trezentos cristais delicados. É claro que sua modéstia será protegida por uma roupa de baixo da cor da sua pele. É lindo, não é?

— Uau.

— Vê como os cristais refletem a luz? Caroline fez isso.

Caroline sorri com empolgação e cora.

Laura passa as mãos sobre a fina seda, as joias cintilando ao movimento. O collant parece tão minúsculo, pequeno demais para comportar seu corpo. Ela olha para Solomon, que arregala os olhos de maneira sugestiva.

— *Oui*, todos os homens ficarão sedentos por você nisso. — Benoît sorri.

Laura olha para Bo com nervosismo, Solomon abaixa a cabeça. Bo se mantém afastada, desvia o olhar para as paredes, as araras de roupas, qualquer coisa menos os dois.

Benoît volta ao assunto do figurino, sua empolgação evidente.

— Caroline, por favor, revele a peça final.

Os olhos dele não se desviam de Laura por um segundo. Ele sorve sua reação, olhos aferindo se Laura gosta do que está prestes a ver ou não. Ela planeja fingir que sim. É evidente que trabalharam com afinco nisso tudo, ela sente a importância do momento para ele, e está grata. Mas não há motivo para fingir, o que Caroline mostra lhe tira o fôlego. Lágrimas imediatamente enchem seus olhos, tamanha a beleza.

Benoît fica encantado pela reação dela e bate palmas com alegria.

— Uma maravilha, uma maravilha.

— Uau — diz Solomon.

É um par de asas, um belo e grande par de asas que será preso às costas de Laura. Elas cintilam com os mesmos enfeites de cristal do collant, mas multiplicados por mil.

— Dez mil ao todo — sussurra Caroline, como se falar num volume normal fosse quebrar as frágeis asas.

Mas elas não parecem frágeis. São grandes e fortes. Um metro e oitenta de envergadura total. Elas são grandiosas, majestosas, tão lindas reluzindo na minúscula sala de figurino que Laura nem imagina como ficarão no palco.

— Posso?

— É claro, é claro, elas são suas — diz Benoît.

Laura se levanta para tocá-las.

— Você fez tudo isso? — pergunta a Caroline.

— Fizemos juntos. A partir dos desenhos de Benoît. Foi... — Seus olhos lacrimejam. — Bem, foi exaltante criar algo tão lindo. Me levou de volta à minha época de faculdade e... Bem, você merece.

— Obrigada. — Ela suspira.

Quando Laura as segura, o cômodo se enche do som de um grandioso bater de asas, de uma águia-de-cabeça-branca, por mais que a maioria das pessoas ali não saiba isso, movendo-se em câmera lenta. O som preenche o cômodo e todos congelam, olhos arregalados. Laura pensa que talvez eles tenham adicionado um efeito sonoro às asas até que se dá conta de que o som está vindo dela.

Caroline leva a mão ao peito.

— Eu te disse, Benoît — sussurra.

— Minha nossa — diz Benoît, olhando para ela como se encantado. Empertigado, com as costas retas, ele abaixa a cabeça e faz uma reverência como se visse Laura pela primeira vez. — Vamos trabalhar, Ave-Lira. Temos muito a fazer.

— Tirei a ideia da gaiola de um dos meus filmes favoritos, *Zouzou*. Conhece? — pergunta Benoît enquanto eles a vestem.

Laura balança a cabeça.

Ele inala por entre os dentes.

— Sacrilégio. Mas você vai. Amanhã, todos conhecerão. Nele, Josephine Baker, a primeira mulher negra a estrelar um longa-metragem de sucesso, canta para sobreviver, como um pássaro numa gaiola, piando e se balançando. É uma cena importante, um filme importante.

Enquanto Benoît fala, Laura se mantém informada pelos bastidores do que acontece no programa. Já começou. Seis apresentações na final. Os vídeos gravados no começo desta semana ou hoje mesmo por seus seis colegas de casa mostram a importância desta noite na vida deles.

— Agora ou nunca.

— Fazer ou morrer.

— Cantar pela minha vida.

— Apresentação de uma vida.

— Fazendo isso pelos meus filhos. Para eles se orgulharem de sua mãe.

Benoît solta um muxoxo.

— Eles vão se orgulhar de qualquer maneira, mas eu e você sabemos disso, não sabemos, Ave-Lira?

Laura assente. Ele tem um efeito tranquilizador, de um profeta que tudo vê e tudo sabe, que já fez isso mil vezes. Nada além de suas criações são de grande importância. Tudo ficará bem. Laura se sente calma.

A apresentação de Alice e Brendan é impecável, de parar o coração. Eles subiram todos os níveis, assumiram riscos enormes usando fogo, água, espadas... tudo voa pelo ar. Alice parece forte e poderosa; Brendan, esguio e cruel. Eles trabalham perfeitamente juntos.

Selena, a soprano, recebe a maior salva de palmas de pé de toda a história do programa.

Sparks controla as mãos trêmulas.

A ginasta de doze anos dá cambalhotas, saltos e estrelas por anéis de fogo.

Ninguém dá um passo em falso. Rachel e a esposa, Susie, chegam com seu novo pacotinho, Brennan. E Laura segura aquele corpinho nas mãos e se perde em seus choros. E então, quando Alan assume o palco, walkie-talkies no corredor seguidos por uma batida na porta fazem o estômago de Laura se revirar. Eles vieram buscá-la, é hora de ir. Ela olha para Solomon e ele relanceia desconsertadamente para Bo.

— Ah, só beija ela logo, puta merda! — exclama Bo com rispidez, virando-se deliberadamente e olhando para a parede.

Rachel arregala os olhos, sem saber o que está acontecendo enquanto Solomon dá um longo beijo desejoso em Laura.

— Só seja você mesma — sussurra ele em seu ouvido. — O máximo que você conseguir usando um collant dourado e asas de um metro e oitenta.

Laura ri pelo nariz, então dá uma gargalhada, e eles se afastam.

— Encantador — diz Benoît, fingindo desinteresse, mas seus brilhantes olhos travessos o entregam.

Laura é levada ao palco, suas asas estão fechadas agora; Benoît lhe disse para só as abrir depois de entrar na gaiola, senão ela não passaria pela porta. Ela fica junto ao palco e assiste a Alan levar a plateia à loucura. Seu número foi polido até ficar perfeito, parece completamente natural apesar das horas que ela sabe que ele dedicou. Consiste em Mabel lhe contando que está terminando com ele. Ela o está deixando. Encontrou outro homem. Um homem que a faz se sentir diferente, soar diferente. Esse homem é Jack Starr. Sob aplausos, Jack assume o palco e põe a mão dentro de Mabel, o que lhe é estranho, já que só um homem já esteve dentro dela. Assim que abre a boca, ela soa completamente diferente, uma voz mais grave, ridícula. É o segundo fantoche desenvolvido por Alan, aquele cujos movimentos faciais ele podia controlar por controle remoto. Alan briga com Mabel. Ela o quer de volta. Ele não a aceita. Ele para ao lado das coxias, braços cruzados, e eles gritam um com o outro enquanto Jack, no meio deles, ri até chorar. Por fim, Alan concorda em aceitar Mabel de volta e eles se reconciliam.

A plateia ama.

Ele arrasa.

Então Alan sai e eles começam o vídeo de Laura. Ela ouve a própria voz, seu verdadeiro eu dessa vez, falando sobre uma jornada, como sua vida mudou. Não é nada revolucionário, mas é ela, é a verdade. Enquanto escuta o som de sua voz sendo reproduzido ao vivo para o país, ela passa por Alan, que aperta sua mão e a beija rapidamente na bochecha.

— Você consegue.

A gaiola desce do teto e, por mais que a multidão devesse ficar quieta, eles não conseguem segurar um "ooh". A porta se abre e Laura entra. Benoît foi modesto. Não é uma simples gaiola como mostra seu rascunho, mas uma bela e elaborada obra de arte, com mais do que apenas grades, mas barras que parecem retorcidas como cipós, com folhas de bronze polido crescendo a partir delas. Ela se senta no balanço, alguém atrás dela a prende a um arnês de segurança, e a porta da gaiola se fecha. A gaiola é lentamente suspensa no ar. Suas pernas e seu corpo cintilam ao serem erguidos, todos os olhos nela. Ela se sente linda, reluzente, mágica e vulnerável presa nessa gaiola, lá no alto. Ela se senta com as costas retas, postura perfeita no balanço, sem saber o que vai acontecer, mas sabendo que deve se concentrar na tela.

— Eu percorri um longo caminho — diz ela na tela. — Mas tenho uma distância a seguir. Meu sonho? Meu sonho é voar alegremente para o meu futuro.

Então as luzes se acendem, não todas, um holofote só nela. Ela se vira para a tela e assiste. Reconhece as cenas do documentário de Bo, *Os gêmeos Toolin*. Vistas deslumbrantes do céu acima das montanhas de Gougane Barra, usinas eólicas, fazendas de ovelhas. Sua montanha, seu lar. O cume das árvores. Ela fecha os olhos brevemente e inspira. Quase sente como se estivesse em casa. Ela imagina as caminhadas matinais, forrageando, esticando as pernas, se exercitando, explorando. O som de seus passos na terra macia, a chuva nas folhas, as quatro estações em meio à natureza. Os pássaros, furiosos, contentes, brigando, construindo, pintinhos famintos. Os sons distantes de tratores, de serras elétricas, de veículos.

Seu chalé. Seu lar. Ela pensa na água fervendo no fogo, a lareira estalando nas noites de inverno quando escurece tão rápido que não pode ir a lugar nenhum depois das três da tarde. Cebolas fritando, o cheiro que enche o cômodo, cebolas do seu próprio jardim. O galo que a acorda, as duas galinhas que lhe fornecem ovos toda manhã, o quebrar dos ovos contra a frigideira, o som deles ao frigir, a cabra que lhe dava leite. O som de uma noite de tempestade, o vento uivando através da cabana. Os roncos de Mossie, as corujas, os morcegos.

Então uma imagem da casa em que vivia com Gaga e mamãe. A garagem. Jazz, um toca-discos, a máquina de costura, o ferro quente, o súbito som do vapor, tesouras cortando tecido, tesouras aterrissando em outras ferramentas ao serem largadas na mesa.

Uma fotografia de mamãe e Gaga. O tilintar de copos, as risadinhas e as gargalhadas de duas mulheres que se adoravam, que viviam uma pela outra, só tinham uma à outra, só queriam uma à outra, e então abriram o coração para outra.

O Abatedouro. A primeira apresentação de Laura. Jack, mascando chiclete, luzes, câmera, ação, o aplauso de uma multidão. A contagem regressiva, os walkie-talkies dos seguranças. A infame noitada de Laura. Fotos na imprensa. Flashes, xingamentos, importunações, a garota no banheiro que não quis ajudar, que queria uma selfie, os saltos altos no piso, as portas de banheiro batendo, a tranca, a descarga, o rugido dos secadores de mão. Vidro se estilhaçando, flashes, gritos da imprensa, todos chamando seu nome, rostos borrados e sons borrados. A confusão, cabeça na privada, ecos, vômito. Você está bem? A vergonha, ajuda ajuda, ninguém a ajuda.

Todos os barulhos da cidade de Dublin. Sons demais, ela mal consegue acompanhar tudo o que passa em seus ouvidos. Ambulâncias, sirenes, máquinas de cappuccino, cartões de crédito, telefones tocando, mensagens apitando, caixas registradoras, videogames, o sibilo do ônibus freando, todos os novos sons.

A delegacia. Uma foto de Laura saindo, tentando cobrir o rosto. "Você está bem?" Ela ouve o som da policial bondosa.

Então subitamente o vídeo termina e ela se vê. Está assistindo a si mesma na tela, uma mulher-pássaro, cintilando sob as luzes. A jornada a traz até agora.

Que som ela faz para o agora? Para o fim de sua jornada. Ela fica em silêncio.

Mesmo depois de todo o trabalho de Benoît, ela se esqueceu das asas, deveria estendê-las. Entrando em pânico, puxa a corda e elas se abrem. Elas se abrem como um leque e são tão fortes que quase a erguem do balanço.

A plateia arqueja. Ela os olha enquanto eles a examinam.

Não é o fim de sua jornada. Ela pensa em Solomon. O pigarreio constrangido, o suspiro satisfeito, os grunhidos contentes, um acorde num violão. A felicidade da beleza dessa tarde. O som mágico da mãe dele tocando a harpa. As ondas quebrando na praia em frente à casa deles. As gaivotas. Só os dois, sozinhos, eles não precisam de mais nada nem ninguém. Esse não é o fim. É só o começo.

Ela pensa em Rachel e no lindo bebezinho Brennan e de repente ouve seu choro no estúdio. Elas devem tê-lo levado ao estúdio, Rachel e Susie ficarão envergonhadas por ele fazer barulho, quebrar o silêncio, mas ninguém parece se importar ou olhar ao redor. A maioria das pessoas está sorrindo, alguns enxugam os olhos. Ela gosta do choro do bebê, não é um som triste, ela poderia ouvi-lo o dia todo, e assim faz, começando a se balançar no balanço, as asas totalmente estendidas.

Ela olha para o lado e vê as pessoas que a trouxeram até aqui.

Bo está chorando.

Solomon a encara com orgulho, sorrindo, olhos brilhantes.

Bianca está soluçando.

Até Rachel está lutando contra as lágrimas. Brennan dorme nos braços de Susie, e ela se dá conta de que não foi ele, foi ela própria que fez aquele som. Ela deveria ter imaginado.

A gaiola desce devagar. Ela se segura ao balanço até que a gaiola toque suavemente o palco. A plateia fica em silêncio enquanto ela desce. Então ela não sabe o que fazer; seu tempo ainda não acabou. Ela tem mais cinco segundos. Eles são contados regressivamente na tela do alto. No um, a porta da gaiola se abre de súbito, automaticamente.

Ela sorri para o toque final de Benoît.

42

Laura e Alan estão no meio do palco do *StarrQuest*. Jack está entre eles, mas Laura estende a mão e segura a de Alan. Sente a mão dele pegajosa, em sua outra mão está a leal Mabel, que cobre os olhos com a mão em expectativa pelo resultado.

Atrás deles, os colegas finalistas estão na escuridão, seus holofotes apagados assim que Jack anunciou que foram eliminados pela votação do público. Alice está com a cara amarrada. A ginasta de doze anos já teve uma discussão com os pais no corredor. E agora restam Alan e Laura enquanto os últimos votos chegam.

A tensão aumenta, mas Laura sente uma calma avassaladora. Ela já venceu. Conseguiu o que queria, e mais. Ela realmente voou. Atingiu novas alturas particulares. Ela se sente livre, embarcou numa aventura, transformou sua vida. Depois de tanto tempo escondida, ela não está mais.

Jack Starr abre rasgando o envelope dourado. Há suor em sua testa e buço.

— E o vencedor do *StarrQuest* 2016 é... ALAN E MABEL!

Ela sorri. A porta da gaiola se abre de novo. E ela está livre para partir.

PARTE 4

Aproximadamente do final de junho até meados de julho, o canto do pássaro macho passa por uma mudança curiosa. Durante esse período, seus poderes de imitação são raramente exercidos e ele se concentra na execução das próprias melodias, chamados peculiares e a longa, suave e trinada canção nupcial de seu bando. Essa canção é incomparável, a mais adorável de seu vasto repertório, e por ao menos uma quinzena a cada ano ele se dedica assiduamente a aperfeiçoá-la, cantando-a repetidas vezes do amanhecer ao anoitecer. Durante esse período, o macho e a fêmea nunca se separam. Eles percorrem uma rota fixa pelas florestas e pelos arbustos ou samambaias de monte em monte, e em cada um o macho para a fim de se exibir e cantar.

Ambrose Pratt,
The Lore of the Lyrebird

43

Laura está sentada na varanda usando outra camiseta de Solomon. Suas longas pernas se estendem até o parapeito da varanda, onde seus pés estão cruzados, as mãos entrelaçadas segurando uma xícara de chá verde. Seus olhos estão fechados e voltados para o sol matinal. Solomon a observa preguiçosamente do sofá, onde ele está deitado com seu violão, tocando suavemente, lentamente compondo uma nova música, murmurando palavras aqui e ali, tentando fazer as coisas se encaixarem. Ele nunca conseguiu fazer isso na frente de Bo, sempre precisava estar sozinho, se sentia muito sem graça, mas a companhia de Laura é relaxante. Ela escuta e ocasionalmente imita o som das cordas. Ele para a fim de escutá-la, ela tenta algumas vezes até aperfeiçoar o som. Ele pratica sua música, ela pratica a dela. Ele sorri e balança a cabeça diante da maravilhosa bizarrice da situação.

Laura abre os olhos e olha para o jornal que Solomon deixou dobrado ao seu lado. Ela o sentiu deixando o jornal ali antes de se sentar no sofá para tocar violão.

Vê a manchete. "EXCELENTE AVE-LIRA."

— Você me disse para nunca ler essas matérias.

Ele continua tocando.

— Você deveria ler essa.

Ela suspira e tira os pés do parapeito, precisando se enraizar, preparando-se para um possível ataque, por mais que saiba que o conteúdo deve ser positivo se Solomon o está mostrando. É um artigo sobre a final do *StarrQuest* pela crítica de TV Emilia Belvedere. Laura se prepara para ler.

Minha mãe era obstetriz, mas se identificava mais como uma jardineira entusiasta. Ela dedicava a maior parte de seu tempo livre a travar uma guerra com plantas indesejadas entre as rachaduras da calçada, no gramado, murmurando xingamentos e ameaças ajoelhada de quatro. Rachaduras e fendas em calçadas são esconderijos confortáveis e sorrateiros para sementes de ervas daninhas, carregadas pela brisa. Arrancá-las dali é inútil. Dentes-de-leão, cardos, solivas, grãos de amaranto, milefólios; esses eram os arqui-inimigos da minha mãe. Penso nessa analogia em particular quando contemplo o papel desempenhado por programas de calouros em nossa sociedade.

Os jurados, os olheiros, não são a brisa que carrega as sementes. Eles têm um quê de minha mãe, no sentido de que notam e puxam, mas o fazem (a princípio) sem sua agressividade ou irritação. Seu propósito não é aniquilar; por mais que com frequência demasiada esse seja o resultado de seus esforços. Eles veem algo raro, algo belo, mas no lugar errado, e o arrancam da terra. Os olheiros os põem num vaso ou jarra chique, um lugar onde eles serão exibidos diante de todos. Eles convencem a erva daninha que é ali onde ela pertence. Convencem a erva daninha a lutar com todas as outras ervas daninhas que sempre se destacaram em suas próprias rachaduras de suas próprias calçadas e nunca tiveram que brigar antes. Essa é tanto a salvação quanto a perdição dos programas de calouros. Os olheiros não podem ser guardiões. Eles arrancam do solo, eles puxam, eles replantam, e elas logo perdem a beleza em seu novo habitat. Elas não conseguem crescer, não conseguem prosperar, elas perderam a fenda onde um dia brotaram com vitalidade. Estão perdidas no grande desconhecido, num mundo artificial que não entendem.

O propósito dos olheiros é apontar uma luz, mas frequentemente a luz é tão forte que as desnorteia e cega.

Desde o momento em que foram concebidos, eu desprezo programas de calouros televisivos. É uma hora de talento descoberto sendo exibido no lugar errado; nutrido, se muito, do jeito errado. Pode até não ser vinagre concentrado sendo derramado sobre essas raras ervas diante de nossos próprios olhos, mas chega perto. Este ano, um programa de calouros mudou minha opinião, o olheiro que encontrou a mais rara erva daninha, que cresceu e floresceu na mais distante fissura...

Alan e Mabel foram um vencedor digno do *StarrQuest*, um número simpático, um número pelo qual torcemos, do qual damos risadinhas, não conseguimos deixar de nos comover com seu desespero velado, mas Ave-Lira roubou o coração do país; ou melhor, o coração do mundo. Eu fui transportada, naquela única apresentação, à minha infância... o que não acontece com frequência. Geralmente, é a fuga o que desejamos, a evasão do que conhecemos tão bem. Ave-Lira me levou ao meu âmago.

Os sons de Ave-Lira vieram tão velozes, em ondas, às vezes se sobrepondo tão assombrosamente que é impossível escutar tudo, mesmo ouvindo de novo. Cada som fala de modo diferente com cada pessoa. Enquanto lidamos com a repercussão de um, outro chega. Portas se abriram dentro de mim, sentimentos surgiram em explosões surpreendentes, aqui, ali, em todo lugar. Uma palpitação no peito, um estalo no estômago, um nó na garganta, uma alfinetada no canal lacrimal. Eu ouvi minha infância, minha adolescência, minha juventude, minha feminilidade, meu casamento, minha maternidade; tudo em dois minutos. Foi tão incrível, tão avassalador, que prendi o fôlego e minhas lágrimas rolaram enquanto eu assistia a uma criatura parada num balanço, numa gaiola, nos contar a história de sua vida. Uma vida em sons, sons dela, mas partes da vida que todos nós compartilhamos. Nós nos unimos, ela nos uniu, uma reunião coletiva de corações e mentes.

Talvez tenha faltado a exuberância dos outros finalistas; sem dúvida a ausência de pirotecnias é algo que outros atacarão, mas a sutileza foi sua força, sua majestade. Foi preciso muito poder para ser tão refinada, e é claro que com Benoît Moreau no comando, auxiliado pela documentarista Bo Healy, não deveria haver surpresa. Ainda assim surpreende. O espetáculo foi repleto de humanidade, emoção e ternura. Foi bruto, foi corajoso, suave e delicado. Ergueu-se e caiu antes de voltar a se erguer. Sons árduos durante imagens sutis, suspiros suaves de aceitação quando confrontados com uma tristeza inabalável.

A apresentação de Ave-Lira foi cativante, encantadora, um verdadeiro momento não só de magia televisiva, mas do tipo de magia que raramente ocorre na vida. Seja lá o que tenha acontecido na sede do *StarrQuest*, seja lá que conversas ou supostos desentendimentos tenham ocorrido, foi certo, foi justo, foi necessário. Uma vitória suada. As pessoas esquecerão, como normalmente esquecem, o que sentiram naqueles dois minutos. Talvez o sentimento tenha se dissipado no tempo que levaram para ferver a água da chaleira, pôr as crianças para dormir, mandar uma mensagem ou mudar de canal, mas ele estava ali naquele momento, e isso elas não podem negar.

Uma mudança ocorreu, não só no programa de calouros; ela aconteceu dentro de mim também. Como resultado, eu sou uma crítica de TV, uma mulher, dividida: quem eu era antes de assistir à apresentação de Ave-Lira e quem sou depois dela.

Pedir a Laura Button para descobrir o momento em que sua habilidade surgiu seria como pedir à humanidade explicar o momento em que deixamos de ser macacos. Faz parte da evolução dela. Sabemos que Laura viveu em isolamento por boa parte da vida, dez anos sozinha, e dezesseis anos antes disso em relativo isolamento com a mãe e a avó. O que sabemos é que animais que vivem em isolamento por tanto tempo evoluem para formas magníficas e curiosas. Laura não é diferente.

O lume da ave-lira viajou muito e rápido, profunda e amplamente, de uma fissura, uma rachadura, para as profundezas do coração e da mente humana.

Não é o holofote que encoraja o crescimento, é a luz do sol. Jack Starr aprendeu isso ontem à noite.

Os olheiros a encontraram, os entusiastas como eu guardarão as dádivas que ela nos deu. Agora, deixemo-la em paz e que ela voe em liberdade.

* * *

Laura termina de ler o artigo sem fôlego, os olhos cheios de lágrimas. Ela se vira para Solomon, que parou de tocar enquanto a observava.

Ele sorri pela reação dela.

— Falei que era bom.

Há uma batida na porta. Dez da manhã de domingo, ele não está acostumado a visitas.

— Fique aí — diz, soando protetor ao deixar o violão no chão. Ele anda em silêncio até a porta e olha pelo olho mágico. É Bo.

— Laura, é a Bo — avisa ele depressa, dando-lhe uma chance de se ajeitar antes de abrir a porta.

— Bo, oi — diz ele sem jeito, abrindo a porta, prendendo o cabelo atrás das orelhas.

Ela nota rapidamente sua aparência desgrenhada.

— Espero que não esteja atrapalhando nenhum... — Então vê Laura na varanda e parece aliviada por não ter interrompido nada inescrupuloso. — Posso entrar? Não vou ficar muito.

— Claro, claro.

Laura repousa a xícara e faz menção de se levantar.

— Não, não se levante por minha causa. — Bo faz um gesto de dispensa com a mão, parecendo desconcertada por ser uma visita no lugar que era sua casa até poucos dias atrás.

— Por favor, sente-se. — Laura puxa a segunda cadeira da varanda para mais perto.

Bo se senta, e Solomon fica para trás. Bo nota a resenha na cadeira ao lado.

— Ah, que bom, fico feliz por você ter visto isso.

Laura sorri.

— Ela também menciona você. Obrigada, Bo. Sou grata por tudo o que você fez por mim nos últimos dias.

As bochechas de Bo coram.

— Você não deveria me agradecer. Foi a coisa certa a fazer. Finalmente. Eu deveria ter interferido antes, mas não sabia como. Você já tem alguma ideia do que vai fazer agora? Tenho certeza de que já houve muitas ofertas.

Laura balança a cabeça.

— Preciso pensar um pouco. Você tem razão, houve ofertas. Até mesmo um programa de culinária. — Ela sorri.

— Você seria ótima! — Bo dá uma risada.

— Eu gostaria de fazer algo a ver com forrageio... fora da cozinha — diz Laura, mas então para. — Não sei, tudo o que quero fazer, que realmente me representa, tem a ver com voltar para casa. Sinto que não tenho como seguir em frente sem voltar lá. Quero me encontrar com Joe. Tenho tanto que conversar com ele, perguntar a ele, explicar. Tenho certeza de que ele está se sentindo tão magoado pelo que Tom fez, tem muita coisa que eu posso dizer que vai ajudá-lo. E quero que saiba que vou honrar o seu documentário. Vou cumprir com a minha palavra, mas, se Joe um dia quiser conversar comigo, acho que precisaremos estar sozinhos.

— Nossa, Laura, nem precisava dizer isso — responde Bo, balançando a mão num gesto de dispensa. — Eu vim te entregar isto. — Ela enfia a mão na bolsa e pega um envelope. — Peguei com a StarrGaze Entretenimentos.

Solomon olha o envelope com desconfiança. Ele não quer nada da StarrGaze em sua casa; por mais que eles tivessem sido honráveis com Laura no final, ele é cauteloso sobre qualquer "ajuda" a mais que eles possam oferecer.

Bo sente sua suspeita.

— Você ainda não confia em mim — diz Bo baixinho, soando traída e resignada.

— Bo — responde ele gentilmente. — Não é você, são eles. Desculpa. É claro que eu confio em você, ainda mais depois de tudo o que você fez para a final.

Bo parece aliviada.

— Você gostou?

— Amei, mas você usou cenas do documentário.

Ela dá de ombros.

— Bem, eu ainda sou dona dos direitos, não é mais exclusivo, mas acho que consigo viver com isso. Era a coisa certa a se fazer. Olha, não é como se eles tivessem me dado isso diretamente, tá bom? Então...

— Não diremos uma palavra — concorda Solomon, observando Laura virar o envelope e arregalar os olhos ao ler o que está escrito.

— O que é? — pergunta, preocupado.

— De Joe Toolin, Fazenda Toolin, Gougane Barra — lê Laura, tirando a carta rapidamente.

Solomon olha para Bo com surpresa.

Eles observam Laura desdobrar a carta, notam o leve balanço do papel em suas mãos trêmulas. Ela lê em voz alta.

A quem possa interessar:

Laura Button nasceu em Gougane Barra, condado de Cork, Irlanda. Filha de Isabel Button (Murphy) e Tom Toolin. Ela morou com Hattie Button e Isabel Button até os dezesseis anos, então na minha propriedade, Chalé Toolin, Fazenda Toolin, Gougane Barra, condado de Cork, até recentemente.

Sou o tio dela. Espero que isso seja tudo o que precisam para o passaporte.

Boa sorte para ela.

Joe Toolin

Laura se volta para Bo, os olhos cheios de lágrimas.

— Ele deve ter te ouvido no rádio — fala. — Jack disse que ele mandou isso sem que a agência pedisse. Eu teria te contado antes, mas só descobri agora.

Solomon baixa o olhar para Bo, nota que ela está desarrumada, o que é incomum. Ela parece diferente, apressada. São dez horas da manhã de um domingo. Ela veio assim que pôde. Começa a se perguntar em que circunstâncias exatamente ouviu de Jack sobre a carta, circunstâncias que a fariam correr para cá numa manhã de domingo. O familiar ciúme cresce dentro dele, como uma ardência no peito, mas ele logo o reprime, odiando-se pelo mero pensamento.

— Achei que ajudaria com as suas... opções. — Bo sorri.

— Sim, ajuda, muito obrigada.

Laura se levanta e abraça Bo. Bo retribui, e elas ficam juntas na varanda, abraçadas. Uma arrependida, uma agradecida, uma redimida, uma restaurada. Ambas gratas pela outra.

São seis da tarde quando Solomon passa dirigindo pelo portão de entrada da Fazenda Toolin, em Gougane Barra. Joe poderia estar em qualquer parte da porção de terra montanhosa, eles poderiam ter que esperar o dia todo pelo seu retorno, mas Laura tem sorte. Joe está consertando a cerca na frente da casa.

Ele ergue o olhar enquanto o carro se aproxima, estreita os olhos para ver quem vem dentro. Uma encarada agressiva diante da possibilidade de mais jornalistas chegando para aborrecê-lo com perguntas sobre Ave-Lira. Solomon abaixa o vidro e lhe dá um aceno caloroso. Ele parece relaxar um pouco, reconhecendo Solomon e o carro. Solomon encosta perto da casa.

Laura olha para Solomon.

— Leve todo o tempo que precisar — diz ele. — Seja lá onde você decidir construir seu monte, eu vou te seguir e te observar.

Ela sorri.

— Obrigada — sussurra, inclinando-se para ele, erguendo as mãos para suas bochechas. Para beijá-lo, esse homem que ela observou de longe e adorou, confiou e seguiu até que encontrasse a si mesma.

Assim que ela sai do carro, Ring e um novo filhote vêm correndo na direção dela, dançando ao redor de suas pernas com empolgação para cumprimentá-la depois do tempo afastados. Solomon sai do carro, cotovelos no teto, para observá-la.

Ela pula a cerca em frente à casa e desce pela encosta da montanha, cabelo voando ao vento ao se juntar ao tio. Ele olha para ela em cumprimento, mas ela não diz uma palavra. Em vez disso, o ajuda com a cerca, erguendo o poste de madeira do chão e segurando-o de pé para poderem passar os arames juntos. Ele a observa por um momento, avaliando-a, tentando entendê-la e o que ela está fazendo aqui, então pega o arame dela e trabalham juntos.

UM SUMÁRIO

Quando juntamos todos os fios disponíveis para nos aproximarmos de uma compreensão da ave-lira, somos imperiosamente compelidos a adentrar o reino nebuloso no qual a inteligência se separa do instinto e coincide numa forma, ainda que vaga, de consciência espiritual.

O Menura, como já vimos, submete voluntariamente sua vida à regulamentação de um código definido de princípios.

Ele tem um forte senso de direito e valorização de propriedades.

Respeita os direitos territoriais de seus vizinhos e defende os próprios.

Possui o poder de transmitir ideias por um tipo de linguagem.

Ele é monogâmico e bem fiel ao companheira — aparentemente (apesar de ainda não ter sido exclusivamente determinado) mesmo depois de ser privado do companheiro de vida.

Ele tem um profundo amor por melodias, que é capaz de expressar da forma mais doce com arte consumada.

Dança belamente e acompanha os passos com uma estranha música élfica, espaçada por batidas pulsantes obedecidas pelos passos da dança.

Não consegue resistir a residir em locais de suprema solidão e esplendor repletos dos mais agradáveis perfumes da selva perene.

Tem natureza amigável e gentil e um temperamento decididamente sociável.

É capaz de amizade leal com seres humanos, mas uma que não pode ser conquistada — como com todas as outras criaturas selvagens — com ofertas de comida.

Sua vida doméstica é exemplar e nunca desfigurada por desavenças.

Ambrose Pratt,
The Lore of the Lyrebird

AGRADECIMENTOS

Foi graças às inspiradoras reflexões de Ambrose Pratt em *The Lore of the Lyrebird* que fui capaz de imergir no mundo da ave-lira, esse pequeno pássaro peculiar e excêntrico pelo qual me apaixonei. O óbvio amor, curiosidade e admiração de Pratt pela ave-lira, e *The LyreBird — Australia's wonder-songster* [*A ave-lira — A maravilhosa cantora da Austrália*], de R.T. Littlejohns, me permitiram pegar as características e traços da ave-lira e criar Laura, uma mulher com seu próprio lume único e poderoso.

Enormes agradecimentos a minha pequena família: David, Robin e Sonny. Obrigada pelo apoio, amor, energia. Meu coração é completo por sua causa.

Obrigada a meus lindos pais, Georgina, Nicky, meus pacientes e doidos amigos, Marianne Gunn O'Connor, Lynne Drew, Martha Ashby, Liz Dawson, Charlie Redmayne, Kate Elton, Roger Cazalet, Tony Purdue, Mary Burne, Ann-Marie Dolan, e toda a equipe da HarperCollins por sua criatividade e apoio. Sou grata demais a todos vocês.

Aos leitores, obrigada por me acompanharem numa nova aventura. Espero que apreciem a jornada tanto quanto eu apreciei.

Este livro foi impresso pela Vozes, em 2023, para a
HarperCollins Brasil. O papel do miolo é avena 70g/m^2,
e o da capa é cartão 250g/m^2.